Readings of Overseas Chinese Literature

Essay

海外华文文学读本

散文卷

袁勇麟 选编

暨南大學出版社
JINAN UNIVERSITY PRESS
中国·广州

图书在版编目（CIP）数据

海外华文文学读本·散文卷/袁勇麟选编. —广州：暨南大学出版社，2009.4
ISBN 978-7-81135-089-0

Ⅰ.海… Ⅱ.袁… Ⅲ.①中文—文学—作品综合集—世界②散文—作品集—世界
Ⅳ.I11

中国版本图书馆 CIP 数据核字（2008）第 141890 号

出版发行：暨南大学出版社

地 址：中国广州暨南大学
电 话：总编室（8620）85221601
营销部（8620）85225284 85228291 85220693（邮购）
传 真：（8620）85221583（办公室） 85223774（营销部）
邮 编：510630
网 址：http://www.jnupress.com http://press.jnu.edu.cn

排 版：暨南大学出版社照排中心
印 刷：佛山市浩文彩色印刷有限公司

开 本：787mm×1092mm 1/16
印 张：18.75
字 数：419 千
版 次：2009 年 4 月第 1 版
印 次：2009 年 4 月第 1 次
印 数：1—3000 册

定 价：33.00 元

目 录 Contents

亚洲

北美洲

欧 洲

亚洲

五月花节①

［菲律宾］柯清淡

柯清淡（1936— ），祖籍福建晋江，1948年随母赴菲律宾与生父团聚，续念中文于华校。进大学先选工科，后又就读政、史、哲、商及外交诸院系，获数学位。当过文员、店员、报社特写翻译员、售货员等，现为进出口商人。著有作品集《五月花节》。

点点烛光划成的长龙，先在钟楼前随音乐蠕动，随后便朝向我们的“斜山新村”行进来。

新村上各窗口里、阳台上，无数的眼睛，正期待着观赏快要游过这里的五月花节队伍。

这幅由音乐和烛光所交织成的图画，使我敏锐地回忆起三十五年前的一个晚上，在北码头区伯父“菜仔店”② 的破连柜窗后，那个对我完全面生的父亲，指着街道上的队伍，向我这个满面充满好奇神色的儿子说：“这是番仔③的风俗！”

三十五年前，我随年轻的母亲，在战舰密布的厦门港登上“十三港”客轮，越过南中国海，到达父亲在我出生前便返来继续谋生的这岛国，这种烛光和音乐互衬的队伍，便成为我做第一天华侨的头一项见闻。队伍里那一对对扮淑女绅士的少男少女，烙给我以一种非常优雅的印象……还有那个卷发棕肤的童子，把胸前一把像家乡“弦管”队里的琵琶，弹奏得使我感到陌生又亲切：陌生的是因我生平从未见过卷得那么奇的头发、棕得那么深的皮肤；亲切的是因我在十天前也当过这种小乐员。只是我们的队伍是

① 五月花节是菲律宾天主教的传统节日，由于它是在百花盛开的五月份举行的，所以叫做“五月花节”。

庆典日子在每个地区不尽相同，但通常是在五月份的某一天。

庆典的主要节目，是在晚间举行盛大的游行。

游行队伍有几个特点：参加游行的群众手持蜡烛，各种乐队竞相演奏；善男们扛着、抬着一尊尊神的雕像；由当地少男少女扮成的淑女绅士，都以别致的化妆和艳丽的服饰，乘这场合来亮相、竞美。

庆典前，从地方人士中选出一名有名望的富裕教徒，担当 HERMANO DE MAYOR（源自西班牙语，意谓“老大哥”），负责筹款。

尽管这种节目是通过敬神、谢天等浓厚的宗教形式出现，实质上，它是在收割结束后的5月份，劳动人民举行的一次群众性庆丰收的娱乐活动。

② 菜仔店——华侨普遍开设的一种小本日用杂品店。华人店主及店员，与下层的土著有广泛的生活接触，也常常成为地痞、流氓、小吏所欺侮、伤害及鱼肉的对象。

③ 番仔——华侨对南洋群岛土著的俗称，通常带有几分鄙视和敌意。

家乡人叫做“割香”[1] 的另一种游行，而我所玩的乐器是“锣车鼓”阵里的铜钹子。

然而，父亲那句“这是番仔的风俗”，对我这个十二岁的“新客仔”，具有最深远的影响力，因它使我永远把这场面，视为一种“非我族类者”的玩艺和活动。那仪态优雅的淑女绅士、那弹奏悦耳的卷发棕童子，尽管都逗起我的好感和羡慕，但我总觉得他们毕竟都不属于“咱人”[2] 的人类。

二十年前，初成家的我，在生活鞭子的驱策下，除了须放弃进修硕士学程外，还得步上父亲的后尘，去奔波于这个国家的群岛间，做个小本的推销员。因此，在每年的收割季结束后，不管是在芭蕉遍野的岷多洛岛，还是在椰树遮天的三描省，处处我都看到这种传统的五月花节队伍。但是，我都自觉和不自觉地把自己限制为一名看客，因为我记起父亲的那句话……

游行的队伍，在烛光和音乐中渐行近来。

我身边的幼儿幼女，面上流露出兴奋的神色……啊！这神色在去年春天曾经在这些地点流露过：长城顶、石林下、杭州之水上、侨乡泉州的东西塔前，也在日月潭、阿里山中。

在孩子们那副神色前，身为爸爸的我，一面让热泪升上眼眶把冰冷的眼镜镜片烘成雾，一面自慰地说：“总算对得起黄帝，总算对六亲父老有个交代！”接着，我以最浅易的华语去简介那古老的国度，然后要他们在那多娇的江山前，齐声随我以国语喊出：“我们是龙的传人！”

孩子们的中文名字：轩辕、桑梓、龙种、向华、醒狮，逗起海峡两岸入境证件检察官、关警、售票员、导游、司机……的注目和赏识，使我在同胞们的面前显出不番也不洋，也证实出我这名黄帝的子孙，尽管长期处身于外族沙文主义下，却既未忘本，也从不自卑或屈服！

我用公司所发的一笔花红，不照规定去先进的欧美考察商业，而擅自携带妻儿往那他们从未见过的“唐山”，去实现我和老父母的夙愿……

游行的队伍，在烛光和音乐中渐行近来。幼儿幼女迫不及待地跑到街上，去跟四邻的菲童一同拍手，一同欢叫……这和洽的异族相处情景，使我追忆起我进菲律宾学校念小学的年代里，曾经怎样因国籍、肤色、语言的不同，而受到讥笑、揶揄、歧视、欺负和伤害。五十年代后期，一名土著作家在报刊上发表的一句话，曾使我数夜难眠。他说在土著的“峇利宋”[3] 刀尖下，华侨才明白自身是丧国之民！

我是个华侨，我深知我的祖国仍存在着，可是我却不知应怎样在这境遇下解释自身的命运。于是，我不断地设法从受禁忌的书报、口头、电波里，去探听那几占世界人口四分之一的同胞们，究竟在那被围堵的地区里怎样地争着一口气。所以，中国的原子弹

---

① 割香——到远方寺庙取香灰来本乡的迎神游行；盛行于闽南和台湾。

② 咱人——菲律宾华人之间的互称，有“自家人”的意味。

③ 峇利宋（Balisong）——菲律宾土著惯用的一种匕首。

爆炸、卫星升天，都促使一群同道朋友们奔走相告，聚首欢庆。我以这心境和生涯，度过了二十多年，直到中菲的元首举杯祝饮，心情才转为宽松……

五月花节的队伍行更近来。

点点的烛光，成为在夜幕中只只眨眯着的眼睛。这些发光的物体，曾经是我穿梭于各岛间所贩卖的商品。在每年的三、四月份，我自马尼拉市运出大批长短红白的蜡烛，送到近的马仁愈计岛，远的将军市，及时递到五月花节队伍上善男信女的手中间。我从这种交易上，抽取到养家还有余的佣金。

终于，一年比一年大的销售量和收入，促使我去搞一宗中菲贸易，并玉成我去做一次乡人所称道的“衣锦荣归、显祖荣宗”。

那是在五年前的一个黄昏，我从市郊一家烛厂的后门失望地退出，因为厂方短缺石蜡，无法接受我的万箱订单。由于公路刚被山洪所冲断，我拖着凉鞋抄走小路，心中想起一本介绍中国石蜡工业的杂志。突然地，我发觉到置身于稻田和一群追捕着蜻蜓、青蛙的村童中，这情景使我猛然想起童年和故乡来。接着，我紧捏着掌心中一叠刚被拒收的汇票，然后眯着眼睛环扫四周的原野，心头灵机一动，脸上遂闪出一丝笑容来。于是，在十五天后，我便身在广州市交易会上采购制烛用的石蜡；十六天后，搭上驶往泉州城的“福建牌”客车；十七天后，我终于返回那一草一木都呈陌生却亲切的故乡，去把一袋袋购自香港的衣物分赠六亲，去跟壮年童伴们谈起掏沙捏泥的趣事，去听“高甲戏”的苦旦唱支《出汉关》，去跟老乡们讲起旧社会里“收钱粮、捉壮丁”的恐怖往事……

五月花节的游行队伍行更近来。

“你们的贡献很大，不然就不会这样热闹!”对面阳台上的艾斯沓署长高声向我们窗口喊着。

这几天来，我们这唯一具有华人单音姓氏的家庭，似乎已成为新村中各餐桌上的话题。

十年前，收入改善了，我便在这块以妻的菲籍身份买到的地皮上，盖起这座房子。这孤单的华籍家庭，夹于众律师、医生、政府官员的四邻中，我们也遇到传统上华侨所遇到的不便：在人家的心目中，华人不讲卫生，但我家门内外却比别家清洁；人家认为华侨只懂赚钱做生意，不讲文化艺术，但妹妹或妻弹起钢琴来，四邻都以为我家唱机上有张古典音乐唱片在旋转，而我家四壁上的文凭也不少于别家。陆续地，有人登门来自我介绍是邻居。七年来，我从一名开会时无语退缩于一角的会员，升为今年度“斜山新村宅主联合会”的主席。在就职典礼上，我以闽南俗语的“千银买厝、万银买厝边”为题目，用英语发表一席博得热烈掌声的演说。

孩子们跟四邻的儿童，由陌生、轻蔑和敌意，渐变为客气、好感，而终于打成一片。由于人家是多数，我们占少数，他们竟日对讲的都是土话。不仅是语言，我也发觉到人家的感染力和价值观，渐渗进孩子们的脑海里。受颇高西方教育的我，虽然曾经去客观地分析出这些外来东西的优点，但心头毕竟有点慌，感到这趋向是一种对祖国及祖宗的背叛。我的父母来探孙儿，也发现了这种外来意识入侵的迹象，老人家便认真地责成我在周假日，必须带领孩子们到他俩的住所去“学咱人话、识咱人条规”。

老人家原本住在这里，但由于没有华人邻居，终于搬到“唐人区”去跟我二弟住。

前月，一位法官、一位女医生，在教堂神甫的陪同下登门来访。据他们说，自四方移来的斜山区三个新村的居民，要在今年举办首次的五月花节游行，他们是庆典的筹备组长，而我则已被最高票数推选为 Hermano De Mayor!

我吃了一惊，因它的字义是“老大哥”。我记起故乡每逢迎神赛会的前夕，光临我家向祖母捐钱的有头有脸的人物，是我们儿童听来很新奇的“乡里老大”。现在，我居然在另一个故乡，当起父亲所称为“番仔的风俗”中的老大哥!

我口头上作些推辞，妻急以华语提醒我说这是罕有的荣誉，却之不恭也不宜。其实我表现的是中国儒家的谦虚礼让，内心正乐得有个这种搞国民外交的机会，尽管我既非天主教徒，也不是个土著，而且还记得父亲的话。

客人去后，我笑着向妻讲起这段富于变化的道家式人生哲理：“庄子睡时梦见自身化为蝴蝶，醒后，竟分不出他是蝴蝶，还是庄子!”

花费些时间，逐村逐户登门捐些钱，人们对这名黄面孔的异族老大哥，先感到奇怪、陌生，再表现出客气、欢迎、合作。

把捐来的钱去买庆典的用品和道具；钱不够，自掏腰包凑足，这本来就是身为“老大哥”者的义务。这样，我自认为已很深入于当地人的社会……其实，我不自觉地已更深入了……

当队伍游过我们窗口时，妻指着一对身穿菲律宾传统礼服的少男少女说：“轩辕和桑梓，扮得多像岛国典型的淑女绅士!”

这人物使我又敏锐地回忆起三十五年前的那个晚上，那一对对仪态优雅的淑女绅士。

随在后面作扇形排开的七人乐队，居中的少年琴手，用悬挂在胸前的一把吉他，弹奏一支抒情的菲律宾民谣，博得掌声四起……啊！这乐器也是那卷发棕肤童所弹的，在三十五年前的那个晚上。

“龙种的吉他，音最响亮，拍子又准，伴奏的其他乐器才不乱。”音专毕业的妻指出。

三十五年前的那个晚上，十二岁“新客仔”的我，以一名看客的好奇目光，去看那“非我族类者”的活动和玩艺、不是“咱人”的淑女绅士和童子琴手。时过境迁，庄周梦蝶，三十五年后的这个晚上，我竟以这五月花节庆典的“老大哥”身份，来看儿女们充当琴手，扮淑女绅士！一切的变化太出人意料之外，太玄秘了！我遂觉得自身本来只是个看风筝的人，突然却变成放风筝的人，最后竟变成一只风筝被放上天供人观看!

多彩多姿的队伍已全部游过去，音乐随着远去的烛光转弱。我望着队伍和孩子们的背影，感到耳边的父亲那句话突然嘶哑无力……渐渐地，我陷进沉思中；渐渐地，我有所领悟；渐渐地，我心里已觉得可以承认和接受这种我刚领悟出的现实：“在人类生存和延续的过程中，一群又一群的人各自在不同的地方聚居，遂形成了不同的民族和国家；由于某一群人中有人基于某种原因，通常是经济性的原因，走离群到另一群人相聚的地方去，而遇到不同肤色、语言、观念的陌生人，也被这群陌生人视为外来者；双方由陌生而产生敌对、相持、隔膜，但却由于长期相处而互相了解，达到最终的融洽，遂成为这另一群人中的成员……”

烛光、音乐、背影，消失于我视听界限外。我揩干额上和掌心的冷汗，做一下深呼吸，心中认识到三十五年来所发生的一切变化，其实都很自然和正常。

1983年9月作于马尼拉
1984年5月修改于北京

（选自《菲华散文选》，海峡文艺出版社1985年10月版）

甜粿·椪柑·红包

［菲律宾］林婷婷

林婷婷（1942— ），女，祖籍福建晋江，出生并受教育于菲律宾马尼拉，获文学硕士，曾任大学讲师。1994年移居加拿大温哥华，担任加拿大华裔作家协会会长。著有散文集《推车的异乡人》、《漫步枫林椰园》。

居住在菲律宾的华人，每年可以庆祝两次圣诞，过两次新年。

菲律宾的土话中，圣诞节叫“巴士歌”（Pasko），他们称中国农历除夕为“中国人的巴士歌”（Pasko ng Intsik），直译就是“中国人的圣诞”，农历元旦，当然顺理成章地就成为“中国人的新年”（Pagong Taon ng Intsik），亦即英语的（Chinese New Year），因此，菲律宾的华人，每年可拥有两次“圣诞”，两个新年。

菲律宾是个天主教国家，人民多乐天达观，喜爱热闹，庆祝圣诞的气氛特别浓烈，圣诞季节也相当长。往往早在十一月初，无线电台已开始播放圣诞歌曲，每天按倒顺序计到圣诞日。刚跨进十二月，五颜十色的金属亮片和圣诞红，把商店陈列窗点缀得光眩夺目。主要的街道，也相继张灯结彩，一柱柱的路灯打扮得像盛装赴宴的艳妇，站得一派雍容华贵。到了十二月中旬，几乎家家户户，或装置圣诞树，或在窗口挂起圣诞纸灯。购物中心更是红男绿女，熙来攘往的一片喜气洋洋。什么国家外债，什么失业、治安问题，都不是这个季节该忧虑的，这时该想的是拿到圣诞红利（Chrismas Bonus）①，要买些什么礼物，圣诞日前夕“Misa” de “Gallo”②，该准备哪些吃的，算算看有几个圣诞“拍地”（Party）要参加，就这么计划着、忙着，一直忙到正月六号“三皇日”（Three Kings）③，圣诞季节才正式全部结束。

许多华人家庭，参与庆祝圣诞的盛况，非但不亚于菲律宾人，且是有过之而无不及，有的干脆来个中西合璧，把“圣诞”延至农历新年，才尽兴而止，有的甚至把家里的圣诞树摆到过了春节才收起来。

现居菲律宾的华人，除了少数从国内移民过来的老华侨，以及最近从台港和中国大陆来居留的“新侨”外，大多数是土生土长的菲籍华人。所以在生活习俗上，多已随风土人情被同化了。譬如，在宗教信仰方面，中青代多信奉天主教，小孩受洗、成人婚

---

① 菲律宾政府规定，每年圣诞日前，公司要多发一个月薪水给职工，作为年底奖金。

② 十二月二十四日晚上，菲天主教徒多守夜，参加午夜弥撒，家里准备很多吃的，亲戚朋友欢聚一堂。

③ 纪念三王朝拜圣耶稣的日子。

丧喜庆，多采用天主教仪式，老一辈的则仍信奉佛教。近年来菲华侨社中，佛教却是相当流行，寺庙香火鼎盛，遂出现一种新奇现象。在华人社会，这两教不但不互相排挤，还相辅相成，信徒无不皆大欢喜。华人信徒逢初一、十五就到佛寺拜拜，逢星期三和星期天也到天主教堂望“弥撒”（Mass）。家里客厅供奉观世音菩萨，也置有“尼诺”的圣像（Sto Nino）①。因此，我们华人欢度了天主教圣诞节，再过过传统的中国年，是忙得不亦乐乎呀！

甜粿、椪柑和红包，是过农历年不可少的三样东西。它们是否属闽南人的风俗，我们出生“番地”一代的华人，也未曾想要查考。过农历年是我们中国人的日子，热闹的焦点，当然集中在华人区。每逢春节，马尼拉市的王彬街就是唐人文化的一个缩影。

农历春节前一星期，穿过王彬北桥不远，即可看到本来已挤得水泄不通的人行道上，水果摊上排满了一箱箱进口的椪柑，也挂着一串串小黄橘子。食品店、面包店、超级市场和中餐厅，都贩卖甜粿，大有供不应需的盛况。甜粿何以如此畅销呢？当然，华人重礼尚往来是原因之一，主要还是要归功于文化交流的结果。

根据菲律宾各地出土的文物证明，早在一千多年前，中国人已到菲律宾了，华人对菲律宾的文化，自有其深远的影响。就菲律宾本土的语言来说，有许多文字，都是从闽南语拼音而成的，尤其是吃的艺术方面。例如“烧包”（Siopao）即广东话的叉烧包，“扁食”（Pancit）即炒面类。“椪柑”（Pong Kom）和“甜粿”（Tikog）这两个名词，一听了然，也是借自华语。所以，每过农历年时，菲律宾友人只要“Tikog”一字派上用场，就让我们忙得团团转。交游广阔的华人，力展“国民外交”，来个一年一度的甜粿大赠送，难怪有时到了大除夕，也闹甜粿缺货。

赠送甜粿，不只是中国人过年的习俗，也是华人和菲律宾人友谊的一种传统。菲律宾华人人口的比例，包括华籍和菲籍华人，还不到菲国总人口的百分之二，却掌握菲国的经济实力。根据最新地产交易报告，目前全菲最昂贵的地皮，竟是在马尼拉的华人区！这恐怕是世界各地华人区难得一见的现象，也足以反映华人对菲国的经济影响力。我们华人的节日，受菲律宾人的重视，历年来，我们以甜粿和菲律宾朋友共度佳节，这又何尝不是增进民族友谊的优良传统呢？

有人说中国人吃掉一座万里长城，这句话其实也并不夸张，“民以食为天”是自古以来咱们中国人的哲学，何况是过年节？海外华人当然也不能免俗。农历除夕，除了有些侨团举办小型的联欢会或同乐会外，大多数华人都和自己的家人团聚。家庭成员多的，不是上馆子，就是把酒席设在家里；小家庭者，则“加菜”吃团圆饭，饭后长辈分发“红包”（即压岁钱）给未成年子孙，幸运的华菲儿童也因此一年可拿到两次“红包”。华人区菜市场的菲律宾小贩，很多都会看中国日历。过农历年，我们不守岁，也不放爆竹，但那份过中国年的温馨却充塞着每个华人家庭。

农历新年不是公共假日，商店照常营业，公司照常办公，学生也要上课，但在华人

---

① 菲天主徒所崇拜的孩童耶稣的圣像。

区，年初一早上，可看到三五成群的国术社成员，在街上表演舞龙舞狮，放鞭炮打鼓。华人商店或住宅的窗口或门楣上，多悬“红包”，作为赏龙的“珠”。虽然我们不行拜年礼，但华人区仍是一片欢欣祥瑞的景象，迎接属于我们自己的新年。

近年来，马尼拉极力拓展观光业，许多港台游客，利用农历年假期来菲观光。其中香港游客最多，如果在这几天逛观光区的购物中心，夹在一片闹哄哄的广东乡音中，令人有种身在香港的幻觉。为迎来这些游客，马尼拉观光饭店，多设有迎春的中式自助餐，有时还特聘香港名厨师主理，虽然这是生意手腕，却也为春节平添不少中国气氛。

记得菲华诗人林泉写过：

伫立王彬北桥怅望
时光在前
阴影在后
面对南桥
不知该向南或向北走
向南或北
路上遍是先祖斑斑的脚印

是的，海外华人，已走过了好几代岁月的辛酸，虽然移植的华人，历经变质的冲击，但也由于我们仍保存着“甜粿、椪柑和红包”的美好传统，我们紧紧抓住的是一份中国意识，我们向往的仍是一片家园情怀！

（选自《推车的异乡人》，台北巨龙文化事业有限公司 1992 年 12 月版）

移动的故乡

［韩国］许世旭

许世旭（1934— ），韩国作家。1959 年韩国外国语大学中文系毕业。1960 年至 1968 年就读于台湾师范大学中文研究所，获文学博士学位。1969 年返回韩国，担任韩国外国语大学中文系教授。1986 年后任韩国高丽大学中文系教授。著有散文集《城主与草叶》、《许世旭散文选》，诗集《雪花赋》、《东方之恋》等。

母亲守寡，转眼两年，而我心中温馨的故乡随着变动，也近两年，宛如小贩动不动就易地而卖。

故乡之所以被称为故乡是有许多种说法的，有的人是以自己出生的地方为故乡，有的人是以亲族聚居的地方为故乡，而我是以父母所在，尤其母亲所在的地方为故乡。母亲亲手做的清豆酱，放在房间一个角落里，从它发酵时发出的香味里我才发现故乡。明明有户籍上的本籍而没有故乡的人，假若有被豆酱的臭味儿熏熏的卧房，感觉上就会舒服多了。

母亲高龄七十，是乡下地主的媳妇，也是四代奉祠的宗妇。自父亲去世后，母亲整顿一切，拖着老躯到各个孩子家做“非时的流浪”，她既不是失掉家乡的人，也不是避难的难民，只提着一个小小的塑胶手提袋。

母亲来到我家，就嫌这里像悬在半空中的鹊巢，窗一打开就让人感觉昏眩，她不喜欢公寓，马上就又准备离开，要到七百里外的南道老幺家去。清早起来，趋往母亲的房间，只见她老人家已经整顿好一切，盘坐在那儿，来时携带的手提袋整理得好好地放在一边，可以说走就走。见到那整理好的袋子，一阵罪恶感与辛酸掩袭而来，是不是我只忙世俗的事，只在早晚探望一下的缘故？如不是，是不是黄昏时的寂寞与焦躁，使她感觉到哪里都不是安住下来的好地方？

敌不住好奇心，我偷偷地打开放在一角的手提袋，里面有一两套外衣、内衣，还有我买给她的强胃散（台湾货）药瓶、橘子、苹果、破碎的饼干、口香糖，另一角有用破烂的手巾包着的梳子和小镜子。手提袋里面折放着应该挂在衣柜里的衣服，有应该放在镜台前的盥洗用具，有应该放在粉盒里的常用药，而给她做零食用的饼干、水果，她都收藏在这里，这时我忽然感觉眼角湿润起来了。

扁扁的袋子里有以前我送的金钗，用布片包着，媳妇编织给她的新袜子也用透明纸原样放着，另有几张卷得整齐的纸钞。换句话说，这个手提袋是衣柜兼粉盒、镜台，这可就是母亲的全部动产！

七十有三年来获得的动产，还不到我出国时手提的箱子的几分之一，随着年轮增长应该膨胀的目录，即使是双破鞋子也好，而母亲却以反比例下降，渐渐向赤字还原，是不是她不喜欢重的东西？

其实那塑胶手提袋里的动产，并不尽为母亲自用，橘子、口香糖、饼干都是为散在各地的孙子孙女而准备的。母亲自丧夫之后，从大户长的地位落为孙子的保姆，事情更为繁忙，情爱也更要分散，有许多地方要去，但心中却常空虚，有许多空闲却常焦急，每碰到这些时候，母亲总是提着这个袋子登上疲倦又寂寞的旅程。塑胶袋里折放的衣服，每条皱纹都有着孤寂的痕迹。

有时到父亲坟上去，母亲经常悲伤得不能自持，两年来她把陌生的山麓当做吐露胸怀郁恨的好地方，母亲的心中，是不是也有个移动的故乡？如果说真有归去的故乡，母亲已决定回到父亲的身旁，她早就含情脉脉地在抚摸着它了，她已嗅着那里发出的芳郁艾草和土地香味了，如果把始终和生死看成一体更是如此，母亲心中的故乡已经移往他处了。

昨天早晨母亲也是提着那个塑胶手提袋到全州幺弟家去的，话虽然说是汉城太嘈杂了，其实是急着要抱抱刚满百日的孙女，更切实的是要更接近祖坟所在地，想踏着湿湿的泥土，可不是吗？

新春已晚，广播中一直可以听到《故乡的春天》这首歌，可是不知什么缘故，我对桃花、杏花、杜鹃花盛开的故乡变得厌倦起来，仔细一想，是白长衫的父亲离开了世间，而母亲煮好豆酱也离开故乡浪迹他乡的缘故。

去年秋天这种厌倦也呈现我心中，母亲当时住在大邱二弟家中，晚秋，我满怀回故乡的兴奋，坐上火车，而驶到半路，我才发现我在向着陌生的秋风岭疾驰。

我的故乡有时候在全州，有时候在大邱，有时候在我出生的地方，可是当母亲在我家的时候，我却不把汉城当我的故乡，这是为什么？

二十多年前我们穿的衣服都是母亲亲手做的木棉质衣，至少内衣是如此，现在披在身上的一丝一缕再也没有母亲的辛劳。今天就如母亲的辛劳变得无用般，故乡有时在那遥远的地方，有时候却忘得一干二净。

不管别人怎么说，我有故乡的，而我的故乡被浓雾掩遮，随着母亲所在而移动着，又随着老母那憔悴的塑胶袋搬来搬去。

当老母离乡背井时，我竟失去了故乡。

写于1974年春

发表于1980年6月18日

（选自《移动的故乡》，百花文艺出版社2004年1月版）

大地浮雕

［马来西亚］潘雨桐

潘雨桐（1937— ），原名潘贵昌，祖籍广东梅县，生于马来西亚森美兰文丁。1957年起先后留学于台湾中兴大学和美国俄克拉荷马大学，获农学士学位和遗传育种学博士学位。现居马来西亚柔佛州，服务农业界。著有短篇小说集《昨夜星辰》、《静水大雪》、《野店》、《因风飞过蔷薇》等。

我把车子沿着河边开过去，停在码头，而后迅速地步下车子，随手抓了一个木桶，掏了河水就往车斗泼过去。也许我太用劲了，河水反溅了回来，混着污泥和一些凝固了的血块，湿了我一脸。我抬起手臂抹了一把，衣袖上有一点点的油腻，而从车斗淌落码头的却是一股暗淡的血水，沿着码头的横梁，直流入河里。

河水滚滚地流着，远些的河湾处，抹了一点暗红。

太阳还浮在雨林的顶端，打着一层淡淡的血色，从雨林高处推了过来，渐行渐远渐弱，到了码头，停在我的身上。

我深深地喘了一口气。蓦然惊觉，我的衣衫沾了点点的血迹。

阿祖恐怕活不过来了。

平常时候经过医院，看着病人和护士来来去去，从不留心。而这回半架半拖着阿祖进去，一切都变得肃穆起来。身边的病人像是河边的水草，忽而一个波浪涌来，全都倒过一边。护士则冷冷地瞪着，手里的纱布迅速绕转、张开。我忽然莫名地想起大都会博物馆里从木乃伊身上解下来的裹尸布，一层一层地平铺着，旁边还有横切面的图片说明。那是如何的在几千年前，经过繁复的药剂处理而保存下来的尸身，如此的穿越时空，来到千万里外的大都会展示，以远古的神秘文明揶揄着现代人的自豪自信。木乃伊静默无言，以一身的灰败抗拒世人的目光。而阿祖可不一样，血染的身子在洁白的床单上辗转。他的女人不哭，守在床边，要以她单薄的身子，在他逐渐冰冷的胸膛燃起一把火，共同度过在雨林订盟的今生今世。

大河是见证。

我再掏起几桶水来，把码头的血水冲洗干净。

这样的意外时常发生。当我赶到工地的时候，阿祖已经跌在河边，半个身子淹在河水里。几个工人扰攘着，而他的女人则从工寮飞奔过来，手里拿着的午餐盒掉落，洒了一地的黍米饭，像是祀奉山神和水妖的祭礼。这一刻是怎么发生的？没有人看见，一棵刚锯倒的大树树冠大部分盖着河面，电锯则跌落土沟旁，发散着一股焦油味。

河水把树冠冲得哗哗响，就像现在，河水冲着码头边的水草也哗哗地响。

码头建在浅滩处，散着一片河石，直延伸到河里。河水与河石原本是一体，可是千万年前地壳的变动却把河床提升上来，这就难怪河水每隔一段时间就疯狂地涌上河滩，重温千万年前的旧梦。而码头总是静默一旁，静观天地的变化、人事的消长，百年的岁月在河边也只是一瞬。没有人说得出码头是什么时候建的，用的全是山里砍伐下来的原木，一根一根地沿着河边竖过去。原木的纹理在河水的冲刷下变得粗拙，把河的从容豁达与水的柔情委婉都一轮一轮地刻下来，有朝一日可以印证天地是否不仁，抑或万物本该是刍狗。

我把水桶放过一边，仿佛听见阿祖的女人那干涩的声音飘了过来。

“你不可以丢下我不顾，你还得帮我挑大河的水浇菜灌玉蜀黍。”

码头不大，延伸到河面的部分有点倾斜。山里的人说有一年发大水，河水淹过了码头，一淹就是好几天。待得水退后，有人发现一条巨大的鳄鱼摊在码头上晒太阳，一连好几天，流连不去，不畏生人，也没有人敢靠近。鳄鱼离开后，码头就倾斜一角。这样的传言在山中流转不息，在荒诞与真实之间，山里的人悠闲地过着日子。阿祖不相信这种事，在一个燠热的黄昏，他从工地回来，哗哗地蹲在码头上掏水洗澡，却一个不小心掉入河里，原本想就此泡一个沁凉的河浴，赫然看见每一根码头的原木柱子都是一条鳄鱼的头颅，那样静静地竖立着，瞪着滚滚的河水，瞪着河水掀起许许多多的漩涡。他没命地爬上码头，光裸着身子向着工寮飞奔而去。

这样的事情谁相信呢?

工程处的人不相信，几经探测，却发现码头倾斜的一角，因为河水多年的冲蚀，加上沿河大量砍伐雨林，已使水土经年流失，河床改变，部分的河床已淤积山泥而变浅了。

重新打桩，可是码头依然倾斜。

传言中的鳄鱼难以证实，而在朦白的月夜里，鳄鱼突起如刀的背脊闪着一点点的月光倒是时隐时现。

传言也说阿祖犯了忌。而林中的讳忌很多，我总是当作流言，而直至我握住他那冰冷的手，我才真正地感觉到在虚幻之中，遽尔呈现的真实是如此震撼人心。

阿祖成了一个血人。

太阳没入了雨林，而林后透着一点点的霞光，一抹的粉红里还羼了一点青紫，把雨林嵌上一条细细的亮边，逼到河面来时，已软弱无力，在河水的滚动中，只能泛起一点点的油亮。

今年的雨季来得早，要不然黄昏就不会那么快逼过来。

气象预报员早些时候就已作了预测，三年一次的反常天气从西南方开始，越过苏门答腊的群山，扫过加里曼丹的丛林，但滞留在苏拉维西海域，与北方苏禄海的流风相互对峙，时而各自相安，以轻若柔荑的手势挥洒风云，在大地的边陲演绎各自的玄机。而玄机不可泄漏。一滴露水，一蕾小花，都各有天地，生命本在其中生生不息。但这样的机缘并非常驻，激荡的风云总在瞬间乍起，狂云挟着雨云，从苏拉维西海上反卷而来，扑向群山，没入雨林，而后密谋，企图共策。这是一场永无终结的际会，起始尚能礼遇，在叶与叶之间喁喁私语，但终归徒劳，遂致反目成仇，以雷霆万钧之势，从峰顶直劈而下，顺着绵延的山势，毫不容情地狂飙大地。

大河也开始烦躁不安起来，从西南山区汇聚了山涧细流，一路的呼啸流过东北，越流越急，越急越深，滔滔滚滚，过百洌，经苏皓，越亚拜，决无反顾地冲向苏禄海。

码头下的河水由清而浊，渐渐地激起泡沫，山中有些地区已洪水倾注，挟着原木直冲而下，逼得往返河水的小渡船迂回躲避。而小渡船上的小学生可乐开了怀，在水花飞溅中惊呼，在遽尔转折中鼓掌，虽然溅上来的河水湿了一脸一身，可从不曾有过怨言，说是老舵工身手不灵，年迈不中用。小渡船一靠上码头，一群鸭子般的小学生，聒噪着爬了上去，转眼间便消失在工寮四处。而老舵工则瞪着河水，长长地吁了一口气，燃起一根山番烟，巴巴地吸着，一股辛辣的烟味弥漫在空气里。

老舵工是山里人。一个阳光炽热的正午，我经过原木堆积的河岸，一个赤膊的男人正蹲在一条原木的切口处搜刮树脂，小心翼翼地装在一个玻璃罐里。赤红的树脂映着阳光，犹似凝结了的血块。这原木是大树的血啊，那样的屹立山原，俯仰天地间，千百年已过去，从天的尽头开始，莽莽相依，直到河岸，才踟蹰不去。而今却一根一根地集结河岸，准备渡河而下，到下游的锯木厂，或是直接进入海湾，由驳船接了远渡重洋。我的身影横过老舵工，他慢慢地抬起头来，咧开大嘴笑了笑，而后沙哑地说着一连串语音独特的土语。我讶异地望着，停下了脚步，那一张脸，那一张似曾相识的脸，可不是我在北美奥克拉荷玛大平原偶遇的草原旅者吗？如此一张颧骨高张眼角上翘的脸，在千里宽阔的草原望尽天涯。当我们相遇的刹那却是如此的慌张，急切地想寻找同一的语言相邀同饮一瓢水。夏日的草原风高气爽，我们还不曾说话就已经决定共同度过一个夏季。如今在这雨林中，我走过山崖，越过丘陵，涉足沼泽，与我相错而过的人全都展现棕色的容颜。我蹲了下去，犹似不同世代的人在时空的错置中遽尔相遇，本该在良宵把盏高歌，但却在湿热的雨林边缘相对。我不说话，于此大地，于此雨林，于此大河，我们如此相对，已没有了贫富，没有了贵贱，而回归到了自然。还有什么比心灵回归到自然来得澄明呢？他把树脂收好，我知道他把树脂提炼后用以填补小渡船的蚀漏。城里的工程师认为这是对生命的一种冒险，而小渡船在大河中总是安然无恙。他以这门手艺自豪，一如他对阿祖成为熟练的电锯手一般有自信。

阿祖是老舵工从河口捡回来的村童。

我不时得到县公署去办事，如果走山路，得绕过很长的谷地。山路狭窄难行，有时候夜来暴风雨，还常常把原木搭建的便桥冲毁，使人进退不得。老舵工知道了，便邀我走水路。一大清早，他已准备好一切，一顶破皮帽压住风霜的脸，口里叼了一根山番烟，悠闲地站在码头，看着一群小学生推推挤挤地钻进小渡船。风轻轻地吹着，河水显得柔和平静，远处偶尔无由地打着一些旋涡。河面郁结着一层水汽，随着轻风，越过码头，飘向雨林。小学生一个个排排坐在船舱里，一身肮脏的校服裹着瘦削的身子，白色的帆布鞋早已污秽不堪，有的小腿处还沾着山泥。但他们都不介意，一脸的童真，吱吱呱呱地说着土话，直到小渡船开动，急急地往下游赶去，河面变得冷冽起来，船舱里的喧哗才会静止。我坐在他身边，看他掌舵，全神贯注。破旧的小渡船显然超载，河水偶尔溅了上来，船头全湿了，他不怕，小学生也不怕，但我却担心着不知鳄鱼会否向小渡船追逐过来，想起月色迷蒙中鳄鱼背上一刀一刀的突起，想起皮革店里的鳄鱼皮手袋，那样的闪着光泽，竟和月色下鳄鱼活体如此相像，还有那个日本女人伸出柔细的手摸着鳄鱼皮手袋的模样，显得虚幻无常。小渡船到了一座大桥前就停住了，小学生这次却像一群刚出窝的小鸡，拍着小翅膀冲了上去，我最后一个跨上河岸。

“我就是在这里捡到阿祖，他说他一个人。”

老舵工淡淡地说着，仿佛这是上天的旨意。

那已经是陈年旧事。

阿祖当然不会忘记往日在河口流浪的日子，那样的饿着肚子在河堤边看人来人往，偶尔一大清早到菜市场去，提着空塑胶袋卖个一毛几分，好买一包椰浆饭。这一顿饭之后，也许得等到明天才有食物果腹了，他不在乎露宿风餐，有时候也到河边废置了的长屋里看月落星沉。

老舵工说阿祖是属于雨林属于群山，所以不肯跟他在大河上过日子。

码头的斜对面是一片沼泽地，绵延不尽，生长着耐湿的矮灌木以及一些相近似的林木。密密环生，拔地而起，为了争取阳光，枝蔓绝少，待得冲到顶端，则争先恐后，忽而撑开，遂成华盖。华盖边缘重叠，但在沼泽水深处，缺口大开，阳光可以直透进去，蒸腾的水汽弥漫不散，形成一个独特的生态环境，各种生物都在这里纠缠不清。

沿着沼泽的边缘有一栈道，那是用原木强行铺过泥泞而成，时日久远，原木在积水中变得黝黑。当年雨林中的硬木都是经过这里拖往河岸，拖拉机辗过的痕迹处处可见，有一部分拖拉机陷入沼泽中已成废铁。驻足观望，锈蚀斑斓的引擎盖仿佛还在突突地响。篷架犹在，铁皮上盖了一层厚厚的风积土，长着青苔长着不知名的蔓草，直直地垂了下来，开了几朵血红的小花。

有人说水妖头上戴的花环就是从那里采摘的。

水妖就是戴着那样的花环不时到工寮去蛊惑血气方刚的伐木工人。

伐木工人都不愿意走这一条栈道。

我是多么的想和水妖见上一面，看她是否真的如水般的委婉动人，倾听她的传奇，欣赏她的烟视媚行，问问她是否真的能以眼波杀人，而后把被害者的眼珠挖了去。

有人说水妖把被害者的眼珠点成水灯，夜来就提着和萤火虫在雨林、在河边、在码头嬉戏。

水妖没有来，而出现在我眼前的都是雨林的家族。羚鹿和山羊不分昼夜，总是使人不经意地在一回头中就在栈道前方一跃而过，或是站在水湾的一隅，待走得近，一闪就没入灌木林。沼泽地带的天气非常酷热，水草丰美的地方就特别热闹，从犀鸟成群地嗥嗥飞过雨林越过栈道，到雉鸟拖着两条赤练似的长尾企立在栈道边的枯木上展翅晒太阳，全都是围绕着沼泽栖身觅食。象群可不一样，它们是贵族，举步巡行从不慌张，于此群山，在这雨林，从南方绵延的加里曼丹边境往北进行，不知经过了几许长路。它们在寻找家园，在雨林消失之前寻求一片乐土。它们来到水边，在一个黄昏夕阳褪尽之前，工地的引擎仍然发着震耳的噪音，它们无奈地抬头凝望，而后悄然离去。

◎野生动物保护局颁布：每年大量砍伐热带雨林，象群的生存环境已遭破坏。由西南往东北迁徙的象群已来到沼泽地带，生存将面临困难。

测量队已完成工作，把沼泽地规划成井然的台地，巨大的排水沟足可容纳小舢板往返，而排水沟与排水沟之间依据天然沼泽的深浅而作调整，并设置水闸，以控制山间水量的消长，以及大河返潮的倒灌。

◎湿地局宣告：天然沼泽经过人工调整后，整个沼泽地的生态已被彻底破坏。无人能评估这一生态的失衡所造成的巨大损失。

沼泽的侧面是斜坡地，环覆着雨林，雨林随着地势的起伏高低而改变。前方一片苍郁，渐次往后则起起伏伏，越远越淡，随着日光的转移和时序的变化而呈现不同的风貌，最后在山势的重叠或平坦或陡峭或扭曲而与天色浑然一体。

雨林的前方已被蚕食了一大缺口。

缺口从河岸水边开始推进，顺着山地的倾斜度，阿祖领着一班电锯手，把林木往一个方向砍倒，而后由重型机械将林木堆置在一起。有些较小的林木，则直接由重型机械连根拔起，等到枝干叶燥后，在一把冲天的大火中化作灰烬。

大火就这样地在河岸水边焚烧过去，留下一大摊一大摊的烙印，在残存的巨大原木忽而燃烧忽而止熄中改变景观。烙印是大地的淤伤，雨来时，淤伤淌着黑水，在风雨中哭泣。但在风和日丽的日子里，巨大的原木下暗藏的火种会忽然爆发开来，起始则白烟直冒，在风中申冤，扬天告状，直到火高高燎起。火是大地最好的清洁剂，火苗熄后，大地必然重生，犹似火浴的凤凰——满山遍野全种了作物，哺育苍生。

◎环保组织呼吁：哺育苍生的作物不能取代热带雨林，那将导致地球升温，禁止砍伐！

阿祖的女人只会种玉蜀黍。

我回到工寮，把车子泊在工寮前面的空地上。劳累了一天，竟然不饥不渴。

风从雨林直刮过来。

我坐在工寮旁山藤编造的凉椅上，看夕阳褪尽后雨林成了大地的泼墨，看滚滚的大河流经码头深邃无尽。忽然风中传来小渡船逆流而上沉郁的引擎声，断断续续中越来越强劲。一股亮光霎那投向码头。

阿祖回不来了。

阿祖的女人默默地流泪。没有人说话。

老舵工蹲在工寮外的土灶旁生火，潮了的山柴在土灶里噼啪响。土灶上的铁锅盛着河水，没剥干净的玉蜀黍须在铁锅外烧出一股焦味。

我望望码头，萤火虫在闪烁，水妖也提了水灯在嬉戏吗？

（选自《赤道形声》，台北万卷楼图书有限公司2000年5月版）

进埃及记（节选）

［马来西亚］戴小华

戴小华（1949—　），女，祖籍河北沧县，生于台湾台中县。毕业于台湾世界新闻专科学校和中国文化大学新闻系。曾任台湾中国电视公司节目主持人、台湾中华航空公司空中小姐。1973年结婚后赴马来西亚定居。1986年赴美攻读公共行政，获旧金山大学硕士学位。现为马来西亚华人文化协会署理会长。著有散文集《戴小华中国行》、《天涯行踪》、《深情看世界》等。

到了路克索，笑吧！

一

说到埃及，马上就会联想到金字塔和尼罗河，它们几乎已成了埃及的象征。

尼罗河所孕育的埃及文明，在历史上最早发光，却也最快地从历史上黯淡下来。

埃及文明虽然衰落了，但我对埃及的好奇和憧憬，并未因历史的湮没和时间的流逝而终止。一亲埃及的芳泽依然是我一个挥之不去的梦寐以求的想望。

今年，我终能如愿以偿。

二

从吉隆坡经都拜到开罗，十多个小时的旅程中，我几乎没合过眼，一直在看有关埃及的资料。一到了开罗国际机场，又急匆匆地赶到国内机场搭机前往路克索。

路克索位于开罗南方700公里的地方，过去曾是古埃及帝国首都底比斯的一部分，有生命之城之称。现在则是全埃及最重要、最吸引人的地方。

路克索的遗迹之美简直令人惊叹，只有亲眼目睹了才会相信。这里不仅古迹多，神殿也多，譬如著名的帝王谷、孟农的巨像、卡纳克神殿、路克索神殿。

优以歇提一世和兰塞斯二世父子建筑于卡纳克（Karnak）的亚门神庙，更是神庙中的神庙，神殿中的神殿，几乎个个法老都要争相到这里记下他们的名字和事迹，以昭后代子孙。

神殿的许多墙壁及石柱上均刻有许多守护神性质的图腾，这些现象反映了古埃及人的泛灵信仰极为普遍，同时，还有许多传说和神话故事亦反映在神殿建筑上。最常见到的是有关爱西斯（Isis）传说的绘图。

爱西斯是古埃及传说中的一位受人民爱戴的女神，她教人民磨麦子，以及用织布机纺亚麻布。她的丈夫奥赛利斯（Osiris）也是一位公正而且深受万众爱戴的君主，他教人民制造农具、轮流栽植农作物，以及控制尼罗河河水的方法。他还教人民如何改吃五谷杂粮，如何做面包、酿葡萄酒和啤酒。然而，他的弟弟赛斯（Seth）却因妒生恨，将他骗进一个柜子里，丢进尼罗河里。悲痛欲绝的爱西斯到处寻找丈夫，当她找到丈夫的尸体后，伤心欲绝，哭倒在旁。后来爱西斯变成一只鸟，飞落在奥赛利斯的尸体上，并且得到奥赛利斯的种子，生了鹰头人身的霍鲁斯（Horus）。霍鲁斯长大成人后，报了杀父之仇，登上王位，并封奥赛利斯为冥界之王。

我们是在到达路克索的第二天晚上去看声光表演的。夜色中闪烁的灯光照射在一排排横空而出的石柱上，显得既雄伟又诡异。

这些高约20公尺的石柱是埃及古老文化的见证，也是埃及的骄傲。只是时光荏苒，岁月更迭，有些石柱已残缺不堪，给人以不胜今昔之感。

三

除了神殿古迹，在路克索最常看到的是许多写着“Smile you are in Luxor（到了路克索，笑吧!）”的路牌。

而在路克索逗留的三天，确实遇到许多令我发笑的情景。

起码女人到这儿会笑，而且还会信心大增，因为路克索的男人嘴很甜，很懂得奉承女人，女人有时明知是假，也乐得照单全收。或许，这里的女人很少外出，即使有，在打扮和服饰上也较开罗保守，大多穿着长袍，戴着头巾。所以，女性游客走在街上，自然会吸引到当地大批男士的注目。

女友曾告之她在路克索的亲身体验：她到一家珠宝店购物，一进门，一位男店员立刻用一种目瞪口呆、失魂落魄的神情痴痴地望着她，好一会儿，才回过神来。接着，店员用非常轻柔的语调对着她低语：“你是我这辈子见过的最美的女人，因为你惊人的美，我一定会给你最好的折扣。”女友信以为真，立刻向他买了一件首饰，结果，货比几家后，才发觉上了当。不过，埃及男人的甜言蜜语却增添了埃及魅力中的媚力，这一直为她津津乐道。

15世纪埃及的史学家玛奎瑞济曾不太客气地描述道：“对寻乐的爱好支配了埃及人的个性……他们极端地倾向喜好奸诈和欺骗。埃及人从一出生在这方面就优于他人，而且运用得十分纯熟，因在他们的性格中早有逢迎谄媚的基础，所以他们在这方面能够登峰造极，不但是前无古人，同时也是后无来者。”

他如此形容自己的同胞似乎用笔重了些。我反而愿意如是想：在埃及民族特有的幽默与谎言的背后，是否隐藏着一个民族的心灵苦难？他所有的痛苦可能就在于：古代的荣耀和伟大，无法掩饰近代的贫穷和落后。

四

不如，我们先追溯一下埃及的历史：公元前332年，在亚历山大大帝占领埃及地区前，埃及已被亚述人及波斯人统治过。后来此地成为罗马帝国的一部分，公元30～60年间基督教也跟着传入其地。但到了公元640年阿拉伯人开始在埃及发展，回教和阿拉伯语又流行于埃及。公元1517年土耳其人入侵，埃及成为鄂图曼帝国的一个省区。1869年，法国因开凿苏伊士运河，在埃及拥有相当大的势力，后来因英国收买了运河公司百分之四十四的股权，从而成为埃及新的统治者。到1922年埃及才成为独立国，但迟至1956年，英国才完全撤出运河区。

早期回教徒里最具雄才的名将之一阿姆尔就这么说过：“埃及人好比羊群，土地好比金子，只要谁有本事，埃及就属于谁。”

埃及人在异族长期的统治下，不仅丧失了自己的语言（喀普提克语），丧失了自己的文字，也在不断历经的创痛中，学会了将自己调适在宿命与希望之间。

他们成为适应环境的老手，养成了及时行乐的习性。他们发现忍耐和幽默是疗伤止痛，甚至是发泄心中怨气的最佳良方。所以，埃及人虽然大部分经验都是不快乐的，但经常面带笑容却成为这个民族最突出的特征。当然，其中也有任重道远的知识分子，不过，他们却被迫成为与社会脱节的少数人。

五

一天黄昏，我和几位友人特地到极少有女士出入的咖啡室“观光”。

埃及男人好坐咖啡室已成为他们日常生活的一种习惯，他们一边啜饮热的土耳其红茶或土黄色的土耳其咖啡，一边对弈黑白棋或抽水烟斗。在那里，大家天南地北无所不谈，有时彼此挖苦一番或吹吹牛，说到兴起，笑声雷动，荡气回肠，而且还很有传染力。正是这种闲散的情趣把他们在生活中遭受的磨难慢慢化解了。

我们坐在路克索最受游客欢迎的马车上，来到了火车站附近。这里有一条街，整排都是咖啡室，不仅间间爆满，而且还将生意做到路边。当我们落座时，立即引起了邻近几桌男士的侧目。

我们假装看不到，不仅点了喝的，还点了抽的水烟斗。水烟斗在埃及的叫法是“徐布克”（chibuk）。“徐布克”是一管长约120公分的烟杆，在埃及和中东国家普遍可见。传统的“徐布克”由一种称为“伽玛夏克”（garmashak）的木头制成，精致一点的“徐布克”，杆身刻有细致美丽的花纹，烟嘴以铜铸成。

埃及人抽“徐布克”的历史超过一千年，不管在路边、餐馆、咖啡室还是五星级的酒店，都会看到有人抽。“徐布克”几乎成了埃及的特色之一。

陪同我们的导游说：“因为‘徐布克’能把燃烧的烟叶味变得更甜更淡，在吞云吐雾中，既觉得逍遥又能产生冥思，使人只想安静地沉湎其中，就像在谈恋爱一样。”

我忍不住也想试试，可惜，才抽了一口，就呛得连泪水都咳出来了！

红海写意

六

小时候曾看过一出戏《出埃及记》，戏中令我印象最深刻的一景，就是摩西用蛇杖指着红海，说了几句话，红海就分开了！一条路赫然在海中间出现，路两边是高高的水墙在不停地滚动着。摩西带着成千上万的犹太人，从这条用奇迹造成的路逃离埃及。这时埃及大军骑着马追来，当他们一踏上这条海中路时，红海又合了起来，将埃军全部淹灭了！

当时，我一直不明白将海分开的镜头到底是怎么拍成的？直到我去了美国加州的环球影城参观，才知道原来只是在一条小溪中，装置些道具，再运用镜头的特殊效果处理，就拍成了那样一个令人叹为观止的画面！

海水分开的谜虽然揭晓了，但红海这名字却深深地烙进了我的脑海里，再也挥之不去了。

这回，我们既进入埃及，当然也想去看看摩西带犹太人逃出埃及的地方。于是，车从路克索往红海的方向驶去。

七

这一路上，除了公共汽车、游览车、少数的轿车和骆驼，最常见的还是驴车。

在埃及乡下或尼罗河灌溉的水道旁，看到的屋子多是用泥砖、木头和椰叶建成的极为简陋的矮屋。埃及虽然幅员辽阔，约有626 000平方哩，然沙漠就占了陆路面积百分之九十强，耕地几乎只占总面积的百分之一。近6 000万的人口，百分之八十居住在城市里，而且每三人就有一人住在开罗。所以埃及乡下人住的虽多是泥屋，却至少人人有屋住，但在城市，埃及人就得依据本身的经济条件做三种选择：买屋，租屋，或露宿街头。

车行了两个半小时，途经一个小镇，见路旁有家卖饮料及食物的商店，我们遂在此稍作歇息。下了车，见对过马路的蔗田里，一些孩子正在那儿嬉戏，我被他们快乐的笑声吸引了过去。那些正玩着的孩子见到有陌生人走近，全都停了下来。他们每个人的眼睛全都盯着我嘴中正咬着的苹果，我马上会意，转身跑回车上，将所有的水果都拿了下来。孩子们见状，全都围了过来，伸着手要。当我分着水果的时候，现场一片混乱，霎时间，哭声、叫声、骂声夹杂在一起。

当我被同伴呼唤着赶紧上车后，我听到一个孩子的惨叫声，回头一看，见一位怒气冲冲的大男人，揪起一个孩子，朝他狠狠地打着。我很难过，知道定是自己惹的祸。照说孩子拿陌生人的东西也不应遭此一顿毒打呀！我正想过去理论，却被导游唤住，他说，孩子被打的原因，不在于他们接受了陌生人的东西，而是因为他们伸手要。因为埃及人的禁忌是：再穷，也不能向人乞讨。

八

过了几个小镇后，我们进入了沙漠地带。这150公里阔的沙漠，没有河水，没有生命，也没有繁殖，有的只是荒凉的石灰岩与花岗岩山地。由于景色太过单调，大家索性闭目养神。

不知行了多久，突然听到一声惊喊："红海！"车内每个人精神一振，立即将身子坐直，伸长颈子往窗外望。可惜仅那么惊鸿一瞥，视线就被路旁的建筑物给挡住了。

又行了约莫20分钟，看到前方路旁有一个大招牌写着："欢迎到赫加达（Welcome to Hurgada）。"这时已近午餐时间，导游告知Conrad国际饭店有中餐馆。大家听了，全都兴奋起来，提议先去享用一顿美味的中餐，再坐游艇逛红海。下了车，一进饭店的大门，一群穿着传统长袍"格拉比亚"的埃及男人，奏起埃及民间的乐器，欢迎客人的到来。

穿过富丽堂皇的大厅，走到外面的阳台，霎时，我们全都被震慑地惊呼了起来！红海就呈现在我们眼前的不远处，但它的颜色不是红的，而是像缅甸的蓝宝那么美，像锡兰的蓝宝那么清！

这片闪烁着蔚蓝的海面上，有着白色三角帆的木船，正静静地行驶着，好像在玻璃般的水面上漂行。河岸整齐，棕榈树的叶子衬着蔚蓝的天空，仿佛是精致的剪纸。

从阳台进入布置得古色古香的中餐厅，没想到它虽设在五星级的饭店里，但菜单上并无太多可供选择的菜式。反正我们早已饥肠辘辘，就点了几样最容易做的菜：酸辣汤，腰果鸡丁，姜葱牛肉，清蒸鱼，洋葱炒蛋等，可没想到餐厅领班说，这些菜需花费1个小时以上的准备工夫。本想换个地方，但想到这几天吃的全是埃及餐及西餐，好不容易有家中餐厅，当然舍不得放弃。我们想，或许他们是慢工出细活吧！于是大家决定先出去逛逛。

九

车沿着海岸线驶去，但见到处都在大兴土木，有许多已建好或正在建的星级大饭店、豪华的滨海度假屋、精致的商店，当然，还有许多式样不一的清真寺。真没想到，原本一个荒漠地带，经过近几年的开发，居然成了埃及最受欢迎的海边度假胜地。赫加达有一座机场，距离开罗只有一小时的飞行航程。来此度假的游客百分之七十是埃及人。这里没有任何纪念建筑，只有金黄色的海滩和美丽的珊瑚礁，但对于只想休息和做水上活动的人而言，这儿正是一帖清爽的解药。

我们将整个度假区绕了一圈正好1个小时，心想，一顿香喷喷的盛宴正在迎接着我们。进了中餐厅，桌面上已摆好精致的餐具。一看，刀、叉、杯盘、汤匙全有，独缺筷子，看来是中餐西吃。侍者先送上一盘用麦做的无酵饼，咦！这不是埃及人的主食吗？接着酸辣汤端上来了，但见几条冬菇丝、胡萝卜丝和鸡丝，稀稀落落地浮在一片褐色的汤水上。我们以为他们弄错了，再问，确是酸辣汤无疑。一喝，这汤既不酸也不辣，有的只是酱油味。其他的菜也就可想而知了！牛肉像牛皮，腰果鸡丁变成拌上花生酱的花生鸡丁，清蒸鱼变成水煮鱼块，唯一没太走样的就是洋葱炒蛋。我们只好自我安慰一番，毕竟在沙漠中还能吃到中国菜，已属难得，不好苛求了！

十

埃及有两种最受游客喜爱的手工艺品，一是玻璃瓶，一是纸草画。各种形状，各种色泽的玻璃瓶，令人看了爱不释手，不过，很不幸它易碎，不易携带。纸草画则是古埃及人的一种艺术。古埃及人除了喜欢将他们的文字刻在石头上，也爱用墨水写在一种“纸草”做成的纸上。

很早以前这种艺术几濒绝迹，后由罗格伯博士的大力推动，又开始盛行，进而成为埃及的特产之一。纸草画的纸是用一种呈金字塔形状的芦苇草制成的。制作的过程是先将芦苇浸在水里6天，待芦苇膨胀后取出，削去皮将水挤干，放在水里再浸6天，取出压干并风干后，形成一种成片状的芦苇条，再将之一纵一横编织即成。

纸草画的价格不一，芭蕉叶的纸草画较芦苇叶的便宜，模型印的图案又比手绘的便宜。

看过了古埃及人的建筑及发明的纸草画艺术，觉得他们和中华民族一样都是非常聪明的民族，可是为什么经由这两大优秀的民族所创造的古老又辉煌的文明，到了现代会停滞、衰落了？

究竟文明衰败的根源，在于敌人还是自己本身？

希望面对着宽阔的大海，可以展开我们的视野，而不是祈盼发生在摩西身上的奇迹会再现。

（选自《永结无情游》，东方出版中心2000年1月版）

繁华的图腾

［马来西亚］林幸谦

林幸谦（1963— ），祖籍福建永春，生于马来西亚森美兰州芙蓉镇。马来亚大学文学士、台湾政治大学文学硕士、香港中文大学哲学博士。现任香港浸会大学中文系教授。著有文学创作集《原诗》、《诗体的仪式》、《狂欢与破碎》、《叛徒的亡灵——我的五四诗刻》等。

童话

岁月的风中充满骇人心酸的童话。我们的母亲，认得她所有十二个子女的历史和命运。在她心中，你是一个神话的终结；在我，你是盛开的凋花：淡金色的凋花，飘向丰收后的田野，郁寂而空旷。

一个有月亮的黄昏，我坐在落地长窗的栏杆旁，在楼上望见你走到一棵开着淡金色花朵的老榴莲树下。斜阳从雨林深处射来，布满孩童无法洞悉的一种瑕疵。母亲在盛花的老树下注意你。虽然相隔甚远，我还是看到了母亲脸上的金色泪水。满园，淡金色的榴莲花如落叶飘坠，癫狂如失控的梦幻，满园飞舞。

那些渐渐黯淡的田野，有如我们如今近于荒废的心情。骤起的微风，把荒野和微阳都吹入你的视野。黄昏，在你眼中片片破裂。山风从古老的傍晚吹来，从荒无人烟的天边吹入你的童年，视野一片斑驳，仿佛，你洞悉了一种无法阅读的童话，一颗心，剥落的荒荒凉凉。凌厉之中，又有一份近于狂欢的欢愉，非语言所能表达。你如此生活在潜意识的世界里，丝毫不懂性与暴力的罪恶。

今天我才明白，你大概是怀着被人唾弃的忧伤去到林边。黄昏的田野如孤独的大海横卧大地，宇宙沉默，万星升起，万星下坠。你的童年，就在梦幻中浮动。直到斜阳消失，这人间，就孤零零只剩下你自己，连影子也消失无踪。

通常在黄昏过后，幽暗的天色有一种枯槁的凄美，我们坐在幽暗的橡树林边，发起呆来。你习惯把舌尖夹在嘴唇之间的角落，左右交换，微微韵律地一紧一松，发出哦哦细声，平淡之极，仿若仙人诵经，哀喜难分。

你如此想着你的心事，以平淡的声调倾诉了内心的实在状况，大概别有一番心情。你就这样嘲笑命运的造化，孤芳自赏。一声声，都传入母亲的耳里；天父有耳不闻，有眼无珠。

成年以后，你低哦的声调开始沙哑，静夜里听得人心惊胆跳。珍爱与遗弃、自由与囚禁、幻灭与重生，迂回曲折的心事逐一在潜意识层里暗自起伏蠕动。诗人格奥尔格在类似情境中期待着远古女神的降临，把遥远的梦想和奇迹推入深渊——“如此，在渊源深处一无所有……我于是哀伤地学会了弃绝：词语碎碎处，无物存有”。破碎中，你所拥有的，所剩无几。你或许会在繁华幻灭处，想起自身的身世，欲哭无泪。

然而，泪水不只一次从你智障的大脑流出扭曲的眼眶，不只一次偷探着人间的繁华瑰丽，沾湿了你原本璀璨的童话，涌入雨林深处，流到宇宙尽头，滚滚腾腾。你就在繁华幻灭的地方暗自痛哭，无可捉摸的欲望，在泪水中明明灭灭；连泪水，也是死去的泪。

如今追忆起来，仍不知你是如何度过你的童年。在一座充满花香的果园里，没有学校生活，没有任何朋友，没有人为你庆祝生日，连弟兄仿佛也不存在。广阔的稻田，群山和荒苍的原始雨林看着你成长，深知你的孤独。孤独本身就是你的人生，像群山林野一般的原始。

虽然命运注定你的盛年惨淡无华，你却未曾用任何方式遮掩你纯朴的窘态。人们对你人格上的歪曲，是他们自身的可耻。你就在他人忽视和歧视的眼光中，走过了苍白的童年，却一直没有走入人间。

年近三十，仍旧是破碎的童话，你还在人间之外；神与兽，都只是门外的过客。你伫立在你内心的庭院深处，拒绝了解生命的真相，因为你本身就是生命的一种真相；而所有的美梦和神话，都是极其肤浅的秘密。就算菩萨再生、佛陀临世，都无法更改你那被生命本体亵渎了的命运。

其实，我们的人生就是如此，童话一般，魔幻写实之极。

命　运

命运，往往是偶然的，偶然地使你成为你，我成为我；否则，使我成为你，你成为我。

我们都没有编写自身命运和童话的权力，甚至连阅读他人悲伤的能力也没有。所有飘在空中的神灵、死在床上的人、落在荒野的狂雨，都与我们无关。

对你来说，这世界像一个匆匆的异客。一出生，你就拒绝了认识这位异客。你坐在莲花宝座上，自我放逐，三千大千世界，十方无量诸佛众鬼，都与你无关。你只是一个漠不关心的异客，不刻意悲壮，也不在乎寂寞。

早凋的花叶在暴雨中盘旋翻飞，你就在雨狂花飞的一个春天来到人间。和其他先知一样，出生只带给你非常短促的喜悦，或许没有。全世界对你的悲欢置之不理，还嘲笑你的自我中心，且为你取了不少人格歧视的别名：智障者、低能儿、弱智、白痴！然而你也只是一个不问世事的异客，过境不问俗。说明白点，你并不属于人间，一如灵魂不属于躯体。

很多时候，别人故意嘲弄你，笑你白痴，你总是眯起那双扭曲的凤眼对他们咧嘴而笑。你赤诚的笑容反讽了人们的鄙夷，你会向他们伸出手来，一求相握问候，从容地拍拍他们肩膀，用你的语言表示你的友善和气度。相对于你的人生态度，丑恶的社会和肮脏的文化在你面前只有自惭形秽。你不需要病态的人际关系，所有现代人的虚伪，你都不屑一顾。你如此在自己的潜意识中生活，无视于外在世界的丑恶与卑俗。这种人生态度，对我们凡人具有重大的启迪作用。说来连你自己也不自知。

你知道吗？你的人生是一种坦诚共认的诗体。你的单纯构成了人生的一种艺术形式，以独有的情感独白模式而成为一个艺术家。我只是借助你来启发自己，企图为你的人生勾勒一个模型，用象征去象征自己，用命运去解构命运。

但是，智力作为命运的图腾，象征了我们的繁华人生，决定了一生的兴衰荣辱。

宿命就是这样造就了一切的荒谬。从你出生以来，现实便一再以荒谬的形式呈现在你面前，正好反证了你近于纯稚无欲的内心世界。尽管无动于衷，你也还是纯真地嬉笑，纯真地哀哭。或许，就这样也好。

平常的日子，我们把自己囚禁在复杂曲折的心理结构中。雨水飘打着原始的山林、物化的世界，也打湿了我们的心情。我们都离不开梦幻般的命运，就如我们离不开疯狂的现实，而把人生视为荒唐的覆写。

童年的写意，如今变成连续不断的追忆——渗糅着岁月的雨水和成长的泪水。骇人心酸的童话与寓言早已注定，无可挽回。夜里，你照常用沙哑的咽喉表白心事，咿咿哦哦，论述你的命运，歌中大概有你的梦幻与爱情。在自己含糊的吟哦中，大概你已预先知道了自己的结局。

神灵如星子升起，瞬间即逝。晚云年年飘来飘去，其中的心酸无人能懂。人生，历史，欲望，在寂静中自有喧哗华丽的故事。乌托邦的童话世界始终是一种神话，那些从小就被遗弃的人，就在教人心酸的命运中，想着人人皆知的心事。

我们的一生到底有多少说不尽的心事，谁也说不尽：随着朝生暮死的太阳放逐人间，自生自灭。而命运存在的意义，就是任我们自生、自灭。

寓言

不可信赖的命运，截割了你的欢愉，蛮横地，盗取你深具寓意的一生。

金色大地，你是所有命运中匮乏的人。你的残缺就烙在你的脸上，一张智障的脸，说出了你异客的身世。一方面，像流泪的天使，另一方面则像无父无名的孤儿。虽然如此，你也有着极其美丽的幻象，就在你的笑声中生生不息，如一只瑰丽的蝶，或一首缥缈的古典诗。此蝶，带着庄子的梦幻话语，飞舞着惊人的讯息，双翅拍打着双翅，你仍然是你，满足于无知无欲的世界。那些宛如月光的幸福感，幽幽暗暗，对于你来说，原来就虚无一物。

幸福的岁月是失去的岁月。普鲁斯特在追忆他的逝水年华时曾感叹道：唯一真实的乐园是人们失去的乐园。说起来，我们都在寻找人生的乐园，事实上却是不断地丢失乐园：一幕幕的童年岁月，一幕幕的历史惨剧，流亡的人生，如元宵灯火涌列眼前。恍惚间失去了一切，失去了一生。

这一生，你是失去了一切。智障，令你失去所有繁华的图腾，说出你隶属异客的身份。这身份是精神层次上的一种孤绝。没有人愿意去了解你。所有人都为自己而活，活在某种神话之中，在某种程度上承受某种智障和盲目的处境，在即将永别的人间稍作停留，尽情纵欲。

幸福因而变成一种奢望，这正是我们摆脱不了现实，从而以此作为逃避的借口。我们都在匮乏中原谅了自己。到头来，裸露在各种不堪中，面对老来的残缺。

残缺不全的人生景观，恐怕就是我们最华丽的生命寓言，构成记忆中凄美欲绝的装饰品。

生命的寓言，毕竟无法粉饰，完整的归于完满，破碎的偿还残缺。你的痴呆，论说了空无一物的寓言。缤纷华丽中的心酸，只有你自己晓得，千种嘲讽与狂欢都仿佛无法言说。这即是人生的主题。

我们在各自的人生逻辑中走到中年，岁月站在天使的那一边，我们站在世俗的底层；可幸的是，我们还能够用平静的心情去对待命运与年华的递变。

青春年华是如此美好，对于你却只有讽刺的意味。身为一个智障者，没有人知道你有多少的愿望和憧憬；也只有你自己明白，你是如何面对你的梦想和现实的矛盾。如今，双十年华已经过去，我们各有自己的心事，宛如盛开盛凋的花：强烈、细致、深远。

三十年来，你活在自己的婆娑世界里，以自己的方式生活着。你的内宇应有独特的山川天地：没有科学，没有历史、文化、爱情和肉欲，只有莫名的寓言。也只有寓言世界能令你如痴如狂，语言和真理都显得虚假和肤浅。在神圣的痛苦中，你保持无求无欲的高贵品格，在寂寞中过着自得其乐的生活。这一点，你比谁都好。

你注定失去你的历史，失去自身的文化习俗，甚至说，你从来未曾拥有繁华人生。对于命运的安排，你没有任何怨言。你安然在残缺的寓言中扮演一位缺席者。出生以前，父母和天父对你所许下的华丽的生命寓言，终告崩解，你却没有一丝怨言。你安于成为一个历史的缺席者，以缺席作为一种纯真的反抗。

今天，世纪末的繁华堪称史无前例，却仍有千千万万流浪街头的孩子，病了就睡在街头，出卖纯洁的肉体，言说不出自身的心酸。醒来，忧伤就飘浮在地狱的边缘。好个太平盛世，竟成了腐败的母体。天父所遗弃的子女，在残缺不堪的命运中心酸地生活。繁华的盛世与他们无关，太阳死了，一切有光的物体都在自身的光芒中毁灭。盛花的森林，蔚蓝透明的大海，金黄色丰收的田园，都在神话般的梦中死去。

卑微的命运自有卑微的寓言，很多人到死都未曾走入人间，亦未走出地狱。空旷幽绝之间，人生彻底空洞。写到这里，反思的墨水在笔画间凝固，突然又思索起一些小时候的往事。那些不懂求生和求死的日子，真叫人怀念。

贡品

那些遥远的童年，快乐的珍贵来自于我们享有快乐的感觉而不自觉。那些食花的蜥蜴，采蜜的花鸟，成群飞舞的蜻蜓和蝴蝶，在我回到家乡的深夜里一再出现，满室飞舞，仿佛时光倒流，说出童年时候你想要说出的一些话。

大概你已忘了，从小，你就略懂人情世故，也学会了伪装。我们同睡在一张木床上长大，你已懂得隐藏心事，懂得掩饰你的寂寞。童年的时候，父兄离家在外，种满热带果树的花园，不久就野草丛生，季节一到，花香就从树上飘来。大片的凤仙花，大片的紫茉莉、美人蕉、胡姬和蝴蝶兰，一年四季点缀我们的日子。偶尔，你跟着我到水塘边，看我捉蜻蜓。我没有在游戏中预设你的角色，你便在翠竹旁坐下，炎热的阳光灿烂异常，满塘的荷花叶在微风中轻摇。我们的那口井，就在翠竹与荷塘之间，清澈见底的水面浮着几片落叶。黄昏的时候，我们裸身对着满塘荷花洗澡，清凉异常。毫无意识到，那竟是一生中难再的盛景。

随着年纪的增长，我们都胖了，你赤诚的脸也不复孩童时候的天真可爱，我们都变得更丑了。满塘的荷花和高耸的翠竹之间，坐着的不再是那口井，而是寂寞的你。你就坐在那里，仿若菩萨坐禅，荷花凋零；蝉声四起，在我游戏的时候，聒噪地安抚你这位寂寞的菩萨。

繁华径自岁月的彼端滑落，只给我们留下难以幻灭的繁华幻象。

繁华俗世中，我曾力图遗弃这精心创造的世俗世界，却在懦弱和空虚中妥协了。相对于你，我的妥协构成了人格的脆弱和无情。若说你的人生空洞无华的话，那凡人的世界也只是多了一层繁华的表象，内在也许空无一物。

此刻我以自赎的心情写你。千种命运，万种繁华，你却只有一种不变的人生：生命只是一出虚伪的野台戏。命运已为我们做好安排，连选择自己的角色、性别、种族和起码的肉体，往往都没有机会。

从小，我们就要面对充满压抑的社会，想要逃脱被人支配的生活模式，往往都失败了。如今追忆起来，压抑感最轻微的日子，竟是支配性色彩最浓厚的童年时光。被大人支配摆布的童年，压迫感在我们对他们紧紧依赖的关系中得到了化解。人近中年，才发觉压抑的可怕竟是来自内心：压抑他人以求自己不被他人压抑。

相对于压抑文明，你的世界应是纯洁无瑕的一种秩序，远离一切的压抑和语言。虽然如此，你还是备受压抑和失语的痛苦。一直以来，语言就是文明的主体，也正是语言把我们贬为一种贡品，去祭祀我们的人生。换句话说，失去思维和言说的能力，也就丧失一生的繁华。然而，你却借此回到单纯原始的世界，远离世俗的人间。这样的生活也足够珍惜的，就算拒绝了语言的反思，你也能活得真实透彻。

偶尔我打越洋电话回家，会请母亲唤你来听电话，我们的交谈不守语言文法，叽叽聒聒，你显得格外的兴奋。从某种心灵感应的角度来说，我们的对话就是一种心灵的交流。你知道我的心意，而我却没有十分的把握捉拿你的心情和梦想。在家里，你的生活还好吗？还常一个人在炎热无风的午后，在街上无聊的闲逛吗？阿狮，我很想你，你知道吗？

再华美的生命寓言，对你而言都是借来的；活着，你只有独自活着。人们的冷漠和歧视，大概已不再引起你的忧伤，而你也看惯了窃窃私语的人从你身边走过，毫不在乎世人的猥亵。或许，你比谁都更早看透了人生。群山花开在你残缺的童话里，人间的繁华化作满园飞絮，构成你生命的图腾：破碎或圆满，是好是坏，都是你一生的贡品。

（选自《马华当代散文选（1990—1995）》，台北文史哲出版社1996年3月版）

垂钓睡眠

［马来西亚］钟怡雯

钟怡雯（1969— ），女，祖籍广东梅县，生于马来西亚霹雳州。1988年赴台湾师范大学国文系就读，先后取得学士、硕士和博士学位。现任台湾元智大学中国语文系副教授。著有散文集《河宴》、《垂钓睡眠》、《听说》、《我和我豢养的宇宙》、《飘浮书房》、《野半岛》，主编《天下散文选》、《马华当代散文选》、《马华散文史读本》等。

一定是谁下的咒语，拐跑了我从未出走的睡眠。闹钟的声音被静夜显微数十倍，清清脆脆地鞭挞着我的听觉。凌晨三点十分了，六点半得起床，我开始着急，精神反而更亢奋，五彩缤纷的意念不停地在脑海走马灯。我不耐烦地把枕头又掐又捏。陪伴我快五年的枕头，以往都很尽责地把我送抵梦乡，今晚它似乎不太对劲，柔软度不够？凹陷的弧度异常？它把那个叫睡眠的家伙藏起来还是赶走了？

我要起性子狠狠地挤压它。枕头依旧柔软而丰满，任搓任槌，雍容大度地容忍我的鲁莽和欺凌。此时无数野游的睡眠都该已带着疲惫的身子各就其位，独有我的不知落脚何处。它大概迷路了，或者误入别人的梦土，在那里生根发芽而不知归途。静夜的狗嗥在巷子里远远静静地此起彼落，那声音隐藏着焦躁不安，夹杂几许兴奋，像遇见猫儿蓬毛挑衅，我突发奇想，它们遇见我那跷家的坏小孩了吧！

我便这样迷迷糊糊地半睡半醒，间中偶尔闪现浅薄的梦境，像一湖涟漪被一阵轻风吹开，慢慢地扩散开来。然而风过水无痕，睡意只让我浅尝即止，就像舐了一下糖果，还没尝出滋味就无端消失。然后，天亮了。闹钟催命似的鬼嚎。

我从此开始与失眠打起交道，一如以往与睡眠为伍。莫名所以地就突然失去了它，好像突然丢掉了重要零件的机器。事先没有任何预兆，它又不是病，不痛不痒，严重了可以吃药打针；既不是伤口，抹点软膏耐心等一等，总有新皮长出完好如初的时候。它不知为何而来，从何处降。压力、病变、环境太亮太吵、杂念太多，在医学资料上，这些列举为失眠的诸多可能性都被我否定了。然而不知缘起，就不知如何缘灭。可惜不清楚睡眠爱吃什么，否则就像钓鱼那样用饵诱它上钩，再把它哄回意识的牢笼关起来。失眠让我错觉身体的重心改变，头部加重，而脚下踩的却是海绵。感觉也变得迟钝，常常以血肉之躯去顶撞家具玻璃，以及一切有形之物。不过两三天的时间，我的身体变成了小麦町——大大小小的瘀伤深情而脆弱，一碰就呼痛，一如我极度敏感的神经。那些伤痛是出走的睡眠留给我的纪念，同时提醒我它的重要性。它用这种磨人脾性损人体肤的方式给我“颜色”好看，多像情人乐此不疲的伤害。然而情人分手有因，而我则莫名地被遗弃了。

每当夜色翻转进入最黑最浓的核心，灯光逐窗灭去，声音也愈来愈单纯、只剩婴啼和狗吠的时候，我总能感受到萎缩的精神在夜色中发酵，情绪也逐渐高昂，于是感官便更敏锐起来。远处细微的猫叫，在听觉里放大成高分贝的厮杀；机车的引擎特别容易发动不安的情绪；甚至迁怒风动的窗帘，它惊吓了刚要莅临的胆小睡意。一只该死的蚊子，发出丝毫没有美感和品味的鼓翅声，引爆我积累的敌意，于是干脆起床追杀它。蚊子被我的掌心夹成了肉饼，榨出无辜的鲜血。我对着那美丽的血色发呆，习惯性地又去瞄一瞄闹钟。失眠的人对时间总是特别在意，哎！三点半了！时间行走的声音让我反应过度，对分分秒秒无情的流失尤其小心眼。我想阅读，然而书本也充满睡意，每一粒文字都是蠕动的睡虫，开启我哈欠和泪腺的闸门。难怪我掀开被子，脚跟着地的刹那，恍惚听见一个似曾相识的声音在冷笑："认输了吧！"原来失眠并不意味着拥有多余的时间，它要人安静而专心地陪伴它一如陪伴专横的情人。

我趿上拖鞋，故意拖出吧嗒吧嗒的响声，不是打地板的耳光，而是拍打暗夜的心脏。心有不甘地旋亮桌灯，温暖的灯光下两只猫儿在桌底下的篮子里相拥酣眠。多幸福啊！能够这样拥抱对方也拥抱睡眠。我不由十分羡慕此刻正安眠的众生、脚下的猫儿以及那个一碰枕头就能接通梦境的"以前的我"。眼皮挂了十斤五花肉般快提不起来了，四天以来它们合眼的时间不超过十二个小时，工作量确实太重了。黄色的桌灯令春夜分外安静而温暖。这样的夜晚适宜窝在床上，和众生同在睡海里载浮载沉。

或许粗心的我弄丢了开启睡门的钥匙吧！又或者我突然失去了泅泳于深邃睡海的能力；还是我的梦呓干犯众怒，被逐出梦乡。总而言之，睡眠成了生活的主题，无时无刻都纠缠着我，因为失去它，日子像塌陷的蛋糕疲弱无力。此刻我是猎犬，而睡眠是兔子，它不知去向，我则四处搜寻它的气味和踪迹，于是不免草木皆兵，声色俱疑。众人皆睡我独醒本就是痛苦，更何况睡意都已悉数凝聚在前额，它沉重得让我的脖子无法负荷。当然那睡意极可能是假象，尽管如此，我仍乖乖地躺回床上。模糊中感到钝重的意识不断压在身上，甜美的春夜吻遍我每一寸肌肤，然而我不肯定那是不是"睡觉"，因为心里明白身心处在昏迷状态，但同时又听到隐隐的穿巷风声游走，不知是心动还是风动，或是二者皆非，只是被睡眠制造的假象蒙骗了。那浓稠的睡意蒸发成丝丝缕缕从身上的孔窍游离，融入众多沉睡者煮成的无边浓汤里。

就这样意志模糊地过了六天，每天像拖个重壳的蜗牛在爬行。那天对镜梳头时，赫然发现一具近似吸血僵尸的惨白面容，立时恍然大悟，原来别人说我是熊猫只是善意的谎言。此时刚洗过的头发纠结成条，额上垂下的刘海悬一排晶亮的水珠，面目只有"狰狞"二字可形容。头发嫌长了，短些是否较易入眠？太长太密或许睡意不易渗透，也不易把过多的睡意排放出去，所以这才失眠的吧！

到第七天，我暗忖这命定的数字或会赐我好眠，连上帝都只工作六天，第七天可怜的脑袋也该休息了。我听到每一个细胞都在喊困，便决定用诱饵把兔子引回来。那是四颗粉红色、每颗直径不超过零点五公分的梦幻之丸，散发着甜美的睡香，只要吃下一粒，即能享有美妙的好梦。

然而我有些犹豫，原是自然本能的睡眠竟然可以廉价购得。小小的一颗化学药物变成高明的锁匠，既然睡眠之钥可以打造，以后是否连梦境也能够一并复制，譬如想要回味初恋酸酸甜甜的滋味，就可以买一瓶青苹果口味的梦幻之水；那瓶红艳如火的液体可以让梦飞到非洲大草原看日落；淡黄色的是月光下的约会；蓝色的呢，是重回少年那段岁月，尝尝早已遗忘的忧郁少年那种浪漫情怀吧！

我对那几颗小小的东西注视良久。连自己的睡眠都要仰仗外力，那我还残存多少自主，这样活着凭的是什么？然而我极想念那只柔顺可爱的兔子，多想再度感受梦的花朵开放在黑夜的沃土。睡眠是个舒服的茧，躲进去可以暂时离开黏身的现实，在梦工场修复被现实利刃划开的伤口。我疲弱的神经再也无法承受时间行走在暗夜的声音。醒在暗夜如死刑犯坐困牢房，尤其月光令人发狂地恐慌。阳光升起时除了一丝凉淡淡的希望，伴随而来是身心俱累的悲观，仿佛刑期更近了，而我要努力撑起钝重的脑袋去和永无止境的日子打战。

我掀开窗帘，从没看过那么刺眼的阳光，狠狠刺痛我充血的眼睛，便刷的一声又把帘子拉上。习惯了苍白的月光和温润微凉的夜露，阳光显得太直接明亮。黑夜来临，我站在阳台眺望灯火灭尽的巷子，仿佛一粒泄气的气球，精神却不正常地亢奋起来，如服食过兴奋剂，甚至可以感觉到充血的眼球发光，像嗜血的兽。

我想起大二时那位仙风道骨的书法老师。上课第一节照例是讲理论，第二节习作。正当同学把浓黑的注意力化作墨汁流淌到纸上，笔尖和宣纸作无声的讨论时，突然听到老师低沉的声音说："唉！我足足失眠两个星期了。"我讶然抬头，还撇坏了一笔。老师厚重镜片后的眼神闪现异光，那是一头极度渴睡的兽。我正好和他四目相接，立刻深深为那燃烧着强烈睡欲的眼神所慑，那是被睡意腌渍浸透、形神都沦陷的空洞，或许是吸收了太多太多的夜气，以致充满阴冷的寒意。然而他上起课来仍是有条有理，风格流变讲得井然有序，而我现在终于明白他不时用力敲打自己的脑部、揉太阳穴，一副巴不得戳出个洞来的狠劲，其实是一种极度无奈的沮丧。他是在叩一扇生理本能的门，那道门的钥匙因为芸芸众生各持一把，丢掉了借来别人的也无济于事，便那么自责地又敲又戳起来。

然则如今我终于能体会他的无奈了。可怕的是我从自己日趋空洞的眼神，看到当年那瞬间的一瞥复又出现。昼伏夜出的朋友对夜色这妖魅迷恋不已，而愿此生永为夜的奴仆。他们该试一试永续不眠的夜色，一如被绑在高加索山上，日日夜夜被鹫鹰啄食内脏的普罗米修斯，承受不断被撕裂且永无结局的痛苦。然而那是偷火种的代价和惩罚，若是为不知名的命运所诅咒，这永无止境的折难就成了不甘的怨怼而非救赎，如此，普罗米修斯的怨魂将会永生永世盘桓。

失眠就是不知缘由的惩罚。那四颗梦幻之丸足以终止它吗？我听上瘾的人说它是吗啡，让人既爱又恨，明知伤身，却又拒绝不了，因为无它不成眠。这样听来委实令人心寒，就像自家的钥匙落入贼子手里，每晚还要他来给自己开门。于是我便一直犹豫，害怕自己软弱的意志一旦首肯，便坠入深渊永劫不复了。

睡眠的欲望化成气味充斥整个房间，和经过一冬未晒的床垫、棉被浓稠地混合，在久闭的室内滞留不去，形成房间特有的气息。我以为是自己因失眠而嗅觉失灵的缘故。一日朋友来访，我关上房门后问："你有没有闻到睡眠的味道?"他露出不可思议、似被惊吓的眼神，我才意识到自己言重了。

就像我没有想到会失眠一样，睡眠突然倦鸟知返。事先也没有任何预示，我回避镜子许久了，一如忘了究竟有多少日子是与夜为伴，以免吓着自己，也害怕一直叼念这一点也不稀罕的文明病，终将为人所唾弃。何况失眠不能称为"病"吧！如此身旁的人会厌恶我一如睡眠突然离去。而朋友一旦离开就像逝去的时间永不回头，他们不是身体的一部分，亦非血浓于水的亲密关系，更不会像丢失的狗儿会认路回家。

那天清晨，自深沉香醇的梦海泅回现实，急忙把那四颗粉红色的梦幻之丸埋入昙花的泥土里。也许，它们会变成香喷喷的钓饵，有朝一日再度诱回迷路的睡眠；也可能长出嫩芽，抽叶绽放黑色的夜之花，像昙花一样，以它短暂的美丽温暖暗夜的心脏。

（选自《赤道形声》，台北万卷楼图书有限公司2000年5月版）

忆竹

[日本] 陈舜臣

陈舜臣（1924— ），台湾台北人。1943年毕业于日本大阪外国语大学印语系，同年留校任教。著有《鸦片战争》、《鸦片战争实录》、《中国的历史》、《枯草根》、《桃花流水》、《敦煌之旅》等。

我家门庭旁植有几株竹子，岁时八载，已经繁衍到二十余株。之所以在门前植竹，是因为看到郑板桥在题画中有这样的句子：余家有茅屋两间，南面种竹。其意境正合我心。于是，效仿板桥植下青竹。拿郑板桥的话来说，竹之褒扬处，在于它不开花，不招蜂引蝶。

南方台风颇多的地方，常见人家藏于竹丛之中，以竹防风。由之可以发现，竹子实是一种实用植物。珍贵的品种，自然价格不凡，但一般竹子，并不昂贵，可说与我家庭院恰如其分。

日本名作《竹取物语》，说的是一位伐竹老翁，从竹中得到女孩——辉夜姬的故事。老人精心抚养孩子，遂成了百万富翁。民间传说大抵假设成为富翁者，最初一贫如洗，这样故事就显得曲折生动了。《竹取物语》中的伐竹老翁正是位赤贫之辈。因为贫穷，所以伐竹为生。长在山野里的竹子，一般是没有固定占有者的，即便是有，砍伐几棵，也不至于招来大的是非。总之，似乎可以说，竹子是穷人维持最低生活水准的天赐良物。

汉高祖年轻的时候，戴过竹皮做的冠，这也是穷人的一个标志。后来，他做了皇帝，竹冠被称为"刘氏冠"，身价倍增，奉为贵重品，一般人也就无从问津了。《三国志》中的刘备，生在穷人家里，据说他的生计是卖履编席。席和帘的原材料想必是竹子。公元五世纪后半叶，有位叫沈麟士的学者，人称织竹先生，当然也是因为家境拮据才织帘。据载，他织帘时，为竹披刺伤手，可见使用的材料也是竹。凡此种种，令我对竹子有了亲切美好的记忆。

中国文人爱竹，当然并不一定都是由于竹子与贫穷有关联的缘故。有人像郑板桥那样，是爱它不招蜂惹蝶，清高自赏；有人爱它笔直向上，腾挪云霄的气势；有人则爱它刚正不阿，骨节实直；也有人是爱它那四季常青，绝无附势趋炎的节操。

晋代《竹谱》中说竹子是：不刚、不柔、非草、非木……认为竹子的特点在于超越了既成的规范，即并非珍奇，亦非凡俗，但密切地存在于人们生活之中。竹子的这种特有的品格，深深地打动了世俗人间的心，因此，也有人认为近竹可以脱俗。

王羲之的儿子王徽之爱竹。一次，他指着竹子说："不可一日无此君也。"此后，

"此君"二字便成了竹的别名。宋代苏东坡道："人无肉则瘦，人无竹则俗。"他又说："人瘦可以延医，人俗则无药可治。"

兰、菊、梅、竹，人称"四君子"。唐以来，"四君子"一直是画师墨客绘画的对象，自然是因其品格高尚。比如，可以洗人身心，清人豪骨，陶冶情致。兰、菊馨香高雅，梅于寒彻时节昂首开放，竹则虽负雪怀霜，亦不失其青葱挺拔的气度。

四君子中，最易描画的大概算是竹子了。其余三位君子都有花儿，自然不大好描绘。竹子以"个"字相叠，形象很好，易于下笔。也许正是如此，文人之画多见以竹。苏东坡本人就是位嗜好画竹的文人，他总结画竹的方法说——画竹，须先胸有成竹。他认为，竹子遍地皆生，但是，现场临摹是不行的，只有胸中蕴有竹子的神韵，然后再把它画到纸和绢上，才能呼之欲出。

平素，人们常把苏东坡的这句话，片面地理解为只尊重精神，不承认写实。殊不知要达到胸中育有神韵的地步，需要何等的集中精神、何等的严肃细致的观察啊！同培养这种神韵相比，写生则轻松得多了。

东坡画竹，从来是由下向上直行运笔。米芾画竹则是细细地画出每个竹节。米芾问东坡："为什么不画竹节？"东坡答道："竹子生长时，可是长完一节再长下一节呢？"东坡回答的意思是：难道一个竹节长成后，再在上面加另一个竹节吗？他是把着眼点放在竹子挺拔向上的情理之中，并以这种精神来画竹的。当然，要使画出来的竹子感人，一定要像竹子。由此说来，苏东坡也还是很注意深入观察大自然的。

石涛是最强调画竹要画竹节的。他认为竹子之所以耐风霜，挺直向上，都是因为有竹节坚强支撑的缘故。石涛把着眼点放在竹节的"节"上，认为这才不失竹的真髓。

认为事物该是这样，或该是那样都无可非议。但是，如果断言除此之外再无第二者，就不是了。画无节之竹感人，画有节之竹也同样能打动人心的。

日本把松、竹、梅统称在一起，把竹子看做是正月里喜庆的信物之一，因为它总是颜色青青。由此看来，也有人把重点放在颜色上，颜色在这里成了最重要的了。但如因此就说画竹时不用艳丽的青葱色，就不称其为画竹的杰作，则不对了。

苏东坡做监考官时，一次突然心血来潮，想画竹子。但身边并没有墨，只有批卷用的朱笔，于是，东坡就用朱笔画起来。世人以此称为"朱竹"，风靡一时。也许有人会说，红颜色竹子是不是悖于常理，可有人会反驳：依此推论，黑色竹子不是也有悖常理吗？其实，墨色也好，朱色也好，皆非竹子的本色，都不过是借来表达其精神罢了。

就艺术的真实来讲，色和节的有无等等，都不是绝对的。在今天人世间，常可听到这样声嘶力竭的喊声："绝无仅有，只此一家。"每每这时，我就不由得忆起画竹来……

（选自《海天·岁月·人生》，中国文联出版公司1986年10月版）

日本闲话三题

［日本］李长声

李长声（1949— ），吉林长春人。曾任吉林人民出版社日本文学编辑部副主编。1988年自费出国，定居日本，现为出版教育研究所研究员、武藏野大学兼任教师。著有散文集《四帖半闲话》、《居酒屋闲话》、《浮世物语》、《日边瞻日本》等，译有《大海獠牙》、《隐剑孤影抄》等。

天狗

话说大唐贞观年间，秋七月，京城里谣言四起，说官家要祭祀天狗，放出一种叫枨枨的鬼怪，暗中用铁爪掏人心肝。市井惶惶，唐太宗派人四下里宣谕，过了一个多月才消停。

这天狗大概不是郭沫若讴歌的“我是一条天狗呀”，查诸桥辄次编《大汉和辞典》，解释有数条。居前的两条，一是流星名，形状似狗，此说见于《史记·天官书》；二是怪兽名，《山海经》上记载：阴山有兽焉，其状如狸而白首，名曰天狗。大概唐朝谣传的是后者，它可以御凶。陈寅恪批注《旧唐书》，有这样一条：“天狗，日本所传，当由唐代输入。”大唐天狗漂洋过海，在列岛上成了气候，如今也到处可见。大众酒馆“天狗”的招牌上就画着尊容：鬼脸红红的，似乎“我的我要爆了”（郭沫若诗句），大鼻子橛然翘立，不妨联想一下生殖器崇拜什么的。

“天狗”二字首见于《日本书纪》：公元637年，有巨星西驰，轰轰作响。日文法师说，那不是流星，是天狗，吠声似雷。这个日文法师可不一般，隋炀帝大业四年（608年）作为学僧随正使小野妹子去中国，唐太宗贞观六年（632年）才返回日本，满肚子隋唐文化。和他同时遣隋的还有留学生高向玄理，在中国留学三十三年。大化革新，二人被聘为国博士，制定政策。日文法师说这话时刚从中国回来五年，可能就是他把天狗输入日本的。但此后好长年月里再不见有关天狗的记载，如822年前后成书的佛教说话集《日本灵异记》，记朝野异闻、因果报应，其中无只字提及天狗。到了平安时代中期的十一世纪初，天狗才活跃起来，《源氏物语》等文学作品里屡有记述，那时大唐之域中已经是别家之天下。

《山海经》说怪兽天狗“其音如榴榴”，《史记·天官书》说流星天狗“有声”，而《源氏物语》的天狗也与声音有关，是“木灵”（山林回声）一类的东西，但那时形象还模糊。平安时代末年成书的《今昔物语集》里天狗作为怪物趋于定型，正体是有翼能飞的鸢，后来天狗就被画成鹰嘴，再后来演化为大鼻子。这样天狗有两副模样，鸟头人身插双翅的，有一根木橛子似的鼻子的。前者像天龙八部护法神中的一天吃一个龙王和五百个小龙的金翅鸟迦楼罗，后者据说是出自室町时代后期的画家狩野元信（1476—1559）之笔。

天狗是深山老林中的鬼怪。大鼻子天狗又叫大天狗，它的装束是山伏模样，脚踏高齿木屐，手执羽毛团扇，飞翔自如。所谓山伏，是修验道的修行者——伏在山里修炼超自然的能力。中国人信仰三山五岳，印度人信仰喜马拉雅山，日本人古来也敬畏山岳。八世纪的奈良时代，受佛教、道教的影响，很多人入山修行，至平安时代末形成修验道，尊七世纪后半的山岳修行者役小角（役行者）为开山祖。修验者得道，念咒作法，像民俗传说的天狗一样神通广大，而山伏的“伏”字不正是“人”和“犬”的结合吗？于是天狗和半僧半俗的修验者在山的背景下合为一体。修验道在十二世纪末至十六世纪末的中世盛行，天狗也随之大增，有一部《天狗经》列举了四十八种大天狗，遍布诸山。民俗学家柳田国男研究过天狗的特色，是“正直、洁癖、刚气、顽固、执著、不服输、复仇心”，这也是山伏的气质吧。修验道在明治时代被明令禁止，战后复活。

1975年出版的《天狗之研究》一书中说，天狗是日本人创造、培育的醇乎日本种的妖魔。一些神社寺院里甚至保存着天狗的遗物，竟然有天狗骷髅，而且北方海边时而能拾到天狗爪。但问题是，天狗乃山鬼，住在深山里，爪子怎么会落在海边呢？十八世纪初印行的百科全书《和汉三才图会》说，那可能是螃蟹爪。

犊鼻裈

有一些词语，如“予生也晚”、“未能免俗”之类，作文的人很爱用，似乎笔下就带了调侃。“未能免俗”，语出《世说新语·任诞》。说的是竹林七贤之一的阮咸好酒，不务正业，把家喝得四壁萧然。到了曝晒衣裳的日子，同姓们拿出纱罗锦绮，一片烂然，他也竖一根长竿把“大布犊鼻裈”挂在院子里。有人见了奇怪，他说，未能免俗，也做做样子。予生也晚，晚了千百年，未得见犊鼻裈，时而想它是怎样的东西呢。

谋生度世，涂鸦也用过未能免俗，却不再记起犊鼻裈。后来就来到日本，某日，驱车奔驰在乡间，忽见田舍小院里挂了块白布，像一幅中堂。每事问，原来那就是相扑比赛时赤身裸体的力士系在腰间胯下的，写作“裈”。艳阳下顿有所悟，阮先生高挑在杆子上的大布正是这东西吧。倘若按辞典的解释，“犊鼻裈”是短裤或围裙，招摇起来就不那么“任诞”。文君当垆，司马相如只系了兜裆布，全棉的，洗碗刷碟子，这情形放在今天的日本也不足为怪。

“裈”的日语发音听起来好像“粪兜子”，与朝鲜语相近，说不定是从那里传来的。译成现代中国语，“兜裆布”庶几近之。穿法不同，形状各异，兜裆布大致分三类，曰“六尺裈”、“越中裈”、“畚裈”。“六尺”大约合二百三十厘米，估计比阮式犊鼻裈长得多。这种兜裆布年代最古老，通常是劳动者穿用。力士的兜裆布（特别称之为“回”）要经得住搏斗，在腰间缠两三圈，扯不掉，拽不开，那就更长宽厚重。相扑的最下级力士叫“裈担”，就是给上级力士搬运兜裆布的。“越中裈”短一半，当年“皇军”穿上这种兜裆布，像酒馆的门帘，四出侵略，据说就兜住“大和魂”。悬想八路军夜袭炮楼，鬼子兵从铺上跳将起来，下身当郎着白布，群魔乱舞，倒也要吓人一跳。“畚裈”尺寸比较短，其形如畚，过去用作游泳裤。

日本打不少胜仗的年月，兜裆布被赋予民族精神，有人曾写道：俗话说情义与兜裆布不可少，穿上了洋服的今天也系着红兜裆布、黑兜裆布、白兜裆布，这才真是保存国粹。国家到了最危险的时候，要系紧兜裆布（这是一句谚语，意思是下定决心），没有兜裆布的话，那可就起不到作用。兜裆布是什么？过去是“戎装”，现今是“军服”，也许因此才写作“衣”补加一个“军”字。后来崇拜中国的汉学家之流开始穿“吴服”，日本国曾遭遇一大危机。如今崇拜西洋的人又大穿“洋服”，其实穿“吴服”或者穿“洋服”也无所谓，底下总要系着兜裆布。有时换成裤衩也无妨，但心里要牢牢系紧兜裆布。兜裆布本来是热带民族特有的东西，地球上居温带系兜裆布的，唯我大和民族。用兜裆布把太平洋的大小岛屿连起来，变太平洋为一湖日本水。兜裆布的使命可真叫伟大，社会主义、无政府主义、欧美物质主义打扮得漂漂亮亮，但徒有其表，紧要关头不能像兜裆布那样发挥作用。吾人切不可忘掉兜裆布。云云。

兜裆布加三八大盖到底不顶用，美军在冲绳登陆。一个七岁的女孩跟家人失散，躲进洞穴，里面已藏着一对老人。听见美军在外面喊“战争结束了，出来吧”，老奶奶把老爷爷的兜裆布撕成三角形，系在树枝上，让少女求生：出去吧，举得高高的，让人能看见。她举着“白旗”走出来，美军的随军记者拍下历史性照片，题作“白旗少女”。那之后不久，兜裆布系得最紧的关东军被苏军打垮，给掳到西伯利亚做苦力。饥寒交迫，俘虏兵拆掉兜裆布的带子，冒充手巾跟苏联人换一片黑面包。

列岛上出土的土俑已塑有兜裆布，足证使用之久远。明治政府搞开放，金发碧眼上岛来，看见男人露出两瓣屁股走路，瞠目结舌，当权者不好意思起来，发告示禁止陋习，可能像北京近年的不许赤膊。生物学家、民俗学家南方熊楠（1867—1941）是日本代表性人物，最早搞自然保护运动，传说他不穿兜裆布，理由是“放牧比圈养有益于卫生”。二战后日本被美军占领，男女一齐丢掉兜裆布，以至“裈”都不好说出口。那位不安于久事笔砚的三岛由纪夫扬厉国粹，就系上兜裆布，手持大洋刀拍照。如今只有七老八十的人可能还使用兜裆布，但时逢盛夏，大街小巷办庙会，为神抬轿子，男人两股间用“六尺裈”一兜，“形如犊鼻矣”——这就是“犊鼻裈”之称的由来吧。

鱼鲊

北京小吃街，摊床栉比，货色几乎都一样，其一是炸臭豆腐，满街飘臭，从未起过尝试的念头。偶到长沙，关于那里的吃，除了伟大领袖毛泽东爱吃的红烧肉，听说油炸臭豆腐也有名，便动了念头动指头。旅游指南上介绍的去处是火宫殿，走进去时太阳才升到九、十点钟，顾客寥寥。店里有戏台，想来晚间落座，吃着各色小吃看演出，一定湖南味十足。店堂空旷而昏暗，一面是低矮的柜台，店家正炸着臭豆腐。黑乎乎一寸见方，像是从墨汁里捞出来的，凑过去闻闻，其臭扑鼻，但下油锅炸过就不那么臭了。佐料当然少不了辣，趁热吃着实可口，却也不至于拍案叫绝。

日本小说家宫本辉到台湾取材，夜逛市街，飘来一股子臭味，颇有点另类，一路嗅过去，油炸臭豆腐也。他的小说《约定的冬天》早已出版，并获得2003年度艺术选奖文部科学大臣赏，尚未读过，不知写到了油炸臭豆腐一景没有。想起在东北上中学时，每天带午饭；那时还时见两层的饭盒，菜与饭分装，可能是日本人带到满洲的生活习惯。早上值日生把全班的饭盒装在大网兜里拿去蒸，某日，锅炉房贴出一纸告示：严禁带臭豆腐。理由是热气蒸腾，臭豆腐更臭得邪乎，三伏天蹲茅房一般。

台湾臭豆腐也好，东北臭豆腐也好，臭是发酵的结果。用发酵保存食物，这法子再原始不过了，大概没有哪个民族不会。相比之下，臭豆腐也不免小巫见大巫，如瑞典用沙丁鱼做罐头，不加热杀菌，鱼肉发酵，开启时有如炸弹，臭气冲天。新西兰、法国有臭不可闻的干酪，东京附近有一种臭鱼干，想来就是周作人爱吃的鲞，据说烤了来吃，气味绕梁半个月不散。关西人闻了皱眉头，但那里也不乏逐臭之徒，逐另一种臭，最出名的是滋贺县名产腌鲫鱼，已遗臭千年，就不为一般东京人所好。

鲫鱼，日本用汉字写作“鲋”，庄子在车辙中见过有鲋鱼焉，但后来我们只叫它鲫。鲫似鲤，但没有触须，就不如鲤鱼神气，一到端午节，鲤帜在日本列岛上飘扬。鲤鱼跳过龙门，须子就变成龙须，所以日本人拿鲤鱼表示猛将，而鲫鱼代表孬种，武士被骂作鲫鱼就可能拔刀雪耻。春暮，捕来满肚子鱼子的鲫鱼，刮鳞去腮，清除内脏，填满咸盐，然后在桶里码一层鱼撒一层盐。上面压上大石头。两年后出桶，把盐清洗掉，再和米饭一起腌，一层米饭一层鱼，上面压上大石头。腌上一年才熟成，急得俳人芜村想在那石头上面题诗。吃的时候去掉臭不可闻的米饭，切成一片片，鱼子部分呈橘黄色，煞是好看，元禄年间（1688—1704）甚至有天下第一珍味之说。做法演变，只熟成一两日，米饭略微发酵而带有酸味，可以和鱼一起吃，这就是寿司的原型。如今寿司的酸味是米饭中掺了醋，鱼也不用盐，越新鲜越好。滋贺县在琵琶湖畔，湖中盛产鲫鱼，腌鲫鱼主要用源五郎鲋、似五郎鲋。据说，室町时代（约在14至16世纪之间）有一个叫锦织源五郎的人职司琵琶湖渔猎，每天早上给京都皇宫献上一尾大鲫鱼，被称作“源五郎鲋”。由于向湖水要地，此类鲫鱼产卵场消失殆尽，只好拿别的鱼腌制，听说吃起来大不如前，味道总是记忆中的好。

汉代刘熙解释饮食，说“鲊”是以盐米酿鱼，熟而食之，日本正是把腌鲫鱼的做法叫“熟鲊”。《齐民要术》中记载了具体的做法，云贵一带现在也如法炮制，可能这做法跟着种植水稻一起传到了日本。侗族有一种习俗，生孩子的时候把鲤鱼腌上，等到结婚时拿出来吃祝筵，有的竟贮藏四五十年，形状整然不散。

一时不能去琵琶湖，只好邮购来尝尝。没带上腐败的米饭，倒也不算太臭。像俄国人喝酒闻洋葱一样，闻闻那臭气很可以下酒，这就是酒徒好之的奥秘吧。臭中有香，嚼起来果然味美。不觉醺醺然，竟以为恰似白居易所云（七律《桥亭卯饮》之后半）：就荷叶上包鱼鲊，当石渠中浸酒瓶，生计悠悠身兀兀，甘从妻唤作刘伶。

（选自《香港文学》2005 年第 8 期）

四月雪飞秘汤

［日本］林　祁

林祁（1952—　），女，祖籍江西南昌，生于福建厦门。福建师范大学文学士，日本立命馆大学文学硕士，北京大学文学博士。现为日本名古屋商科大学外国语学部副教授。著有散文集《心灵的回声》、《归来的陌生人》，诗集《唇边》、《情结》等。

其实，樱花的花期并不短，你说。

那么，让我们追樱花去。

四月中旬的鬼怒川，樱花正沸沸扬扬将笑声沿江洒去。也许越是“鬼”怒之处，花笑得越美吧。

但是任我怎么也想象不到的是，溯江而去，樱花深处是飞雪！只不过坐了两个小时的汽车，惊险地转了几个弯，就换了一番天地：山清水秀天湛蓝，还居然飘起雪花！我伸出舌头去接那点点晶莹，然后惊呼：真的是雪！（像个孩童）把同行的东北汉子给逗笑了。

为我们安排这趟温泉之旅的日本友人说，四月间还能碰上雪是够幸运的了。果然，冰莹的雪使温泉胜地愈加热气腾腾。几乎所有的旅客都在赞叹此景之“绮丽”。这世上出乎意料的美，总是格外令人激动。

同车的日本姑娘告诉我们，她们每个月都要从东京跑深山里来泡温泉，解除在公司干活时积压的“斯多累死”。

如果说，不知樱无以知日本人的审美意识，那么，可以说，不入温泉无以感知日本文化。

我们所到之处是女夫渊（渕）温泉胜地。中文里没有“渕”字，我是因日本有了小渕首相才认得它的，而认识不久，这位政界大人物竟突然病倒成了植物人。电视新闻热闹了几天就把他给淡忘了。世态炎凉，谁能左右？比起他，今天能享用这方山光水色的我们该知幸运吧。

女夫渊露天温泉被称为“秘汤”，依然保持大和民族男女混浴的传统。似乎越是走向文明的日本，越珍视传统。尽管当代女子把各式名牌往脸上抹，妆越化越讲究，但还是愿意到这儿来“解放”一下（所谓“气氛转换”）。当然比不上男人的彻底，女人们总要用大浴巾把自己裹好才“囫囵”下水。女人躲不开“被看”的命运。社会的视线有时像铁丝网，岂是研究研究“女性学”说摆脱就能摆脱的？

不过，这露天温泉毕竟是“露天”的，尤其当夜幕降临时。此刻，黑色的天幕飘下朵朵雪白的精灵，晶莹剔透。我躲开视线，让肌肤直接沐着天上的雪，擦着地上的雪，让满腔的体热沸腾着向周身的毛孔迸发。突然发觉，这肌体是何等地渴望温热，渴望还我一个性情中人。当肉体抵达所能接受的冰冷的临界点，再猛地扎进温泉，所有的感受只剩下最简单的词语：真舒服！一琢磨，这种舒服的感觉竟然和古代的陶渊明相通：久在樊笼里，复得返自然。是一种对自然界和生命本体自由的渴望啊！

有时，静静地享用夜晚，可以听到雪花轻插水间，冷热交锋时发出的嘶喊声，甚至可以嗅出其味——一种犹如热锅炒菜时乍然烹出的香味。静享是一种美。

有时，青衣红袖，密语谈私，思旧忆往，谈天说地，或关乎国家民族，或只是一家一人之悲欢，江山丘豁，曲径逢源。

这一夜晚，有这雪花，有这温泉，有这性情中人，足矣。

“此中有真意，欲辩已忘言。”比起大自然和生命感受，文字又是何等的苍白无力。

（选自《香港文学》2007 年第 12 期）

樱花情

［日本］刘黎儿

刘黎儿（1956—　），女，台湾基隆人。台湾大学历史系毕业后进入《工商时报》，1979 年任台湾《中国时报》记者。1983 年赴日，现为《中国时报》驻日特派员。著有散文集《东京·风情·男女》、《东京·爱情·物语》等。

三月底春寒料峭时，走过千鸟渊边的堤岸路，头上已有些许粉白，我才惊觉在这一阵子忙乱杂沓中，樱花已经开了五分。四月上旬，再走过同一樱花径道，花下已是成群饮酒作乐的赏樱客。连着两天的暖意，樱花开了八分，我又再次感叹七八天一晃就过去了。是樱花的表情在为我计时，笑我日子如此无奈、身不由己地过。中旬，我在关西时，樱花将会盛开，樱花开了，才会觉得春天确实来了。

樱花是我来日本之后才邂逅的花，但是已经成了我最爱的花。樱花只要一开，便是成千上万朵地开，千棵樱、万棵樱上的花都一起怒放，像是红云或粉的瀑布，太过华丽，华丽得让枝干支撑不住。而每朵樱花均自觉地像是舞台上的大牌女星，将日本的春天集于一身，很骄傲地展示自己；同时又仿佛较量不过自己的华丽、丰裕过度的美，瞬间便要散落，像是将戏演到最高潮而即将落幕般。樱花盛开的巅峰只有两三天，尤其樱花季节时春雨多，好不容易盛开的樱花，往往一夜之间便遭风雨摧残无遗。或许是春雨嫉妒樱花之美吧！樱花如此奢华，遭嫉妒也是理所当然，遭春雨吹打而散乱粘在路上的樱花，令人感伤兴叹。

日本人总觉得樱花是很特别的，瞬间盛开，瞬间散落，象征自然的无常；也觉得樱花像是爱情，只要盛开过，即令只是短暂的瞬间也心满意足，只要有那凝缩永远的爱的一瞬，则死而无憾。也因为有这样的樱花情，日本人在日常而近乎天伦爱的夫妇爱之外，总是承认还有激烈、缭乱而奢华的男欢女爱的存在。

我的朋友澄子说："爱情有狂乱、有歪斜、有腐坏，才是爱情的魅力所在。"年轻的时候不知道"爱情的开始便是痛苦的开始"，现在知道花开便是花谢的时分，是樱花教我的。但是只要有过绚烂就好，闭着眼睛，残像仍在。

樱花最怕是要开不开，令人坐立不安，有的年头，樱花一直只开三分到五分，而有事离开东京一两晚，突然樱花便已散落了。樱花要开要有温度，虽然樱花最后总会开，但是如果春寒逗留不去，会令人怀疑是否不开便谢呢。十分不安，浑身不对劲，日本男人说这好像是在追求似乎愿意许身但又久久不肯就范的女人，捉摸不定，令男人焦躁起来，结果反而非等到开花才死心。樱花是不会因为寒气而不开的，但女人最后不一定首肯。盛开的樱花令人发狂，而要开不开的樱花，也一样捉弄人。

花与人相同，邂逅的时点非常重要。我的朋友寺田说："最近邂逅了有魅力的女人，总觉得更年轻时邂逅的话多好！虽然对方的年龄没有什么关系，不论几岁都有具魅力的人存在；是我觉得已经缺乏背负那魅力奔驰的力量，似乎有一种具决定性的年轻已经消失了，惆怅无比。对方的魅力反而形成一种压力，每次都要反问自己是否消受得了。"

不伦之爱的台词常常是"如果能更早与你邂逅"，或是"我们的邂逅来得太迟了"。此类相见恨晚的台词版本有很多种，台词之中弥漫了一种傲慢的思想，仿佛如果自己早点与对方邂逅，则对方是不可能与先遇到的配偶结婚的。但是事实如果不是对方或彼此已有配偶，或许两人只是擦肩而过，不会彼此吸引一番呢。现在自己所爱的人的魅力，是对方的年龄乃至婚姻经验所塑造出来的，因此而有社会责任感，反而有一种忧郁的气氛令人疼惜。或许人生重来一次，两人有轻易结合的可能性，但是却完全对对方兴趣缺缺呢！或许两人一天就吵翻了，而不会像现在因为是没有未来、明天的爱情，所以珍惜一瞬一瞬的火焰。

邂逅或许没有早晚的问题，而是心力的问题。邂逅的花若已褪色谢落，则令人心境亦觉寂寥。但是如果过于绚烂，也会有不敢正视的无奈。寺田说自己刚满50岁，虽然比过去懂得赏樱，但是只要商店街上几棵平凡的樱树，便能让自己满足，而如果早几年或许还会踏破铁鞋，去寻找自己在图片集中看到的名樱。寺田对自己的怯弱、退缩也有些焦虑，也会说："有时觉得体力大不如前时，便会担心自己的将来是否只是人生的余日而已！"

或许寺田只是还没有邂逅到他想奋发来承受的女人吧？或许哪天盛开的樱花，也会将他微白的头发一起染成粉色的。

日本古今不知有几千首歌咏樱花的诗。谷崎润一郎《细雪》中的幸子若被问起最爱什么花，一定毫不踌躇地说是樱花。少女时代毫无感动地读了咏樱花花开花谢的诗，而随着年龄增加，才觉古人待花惜花之心，绝非只是言语上的风流，因此幸子每年一定邀妹妹们到京都赏樱。幸子除惜花谢外，也更惜妹妹的青春，暗想今年或许是和大妹雪子最后一次赏樱吧——樱花明年还会盛开，而雪子的盛开期或许今年已是最后了。每年都这么想，可是现在又在花荫里眺望雪子，总觉得雪子惨不忍睹。

最会描写樱花的作家是濑户内寂听，她的"妻子们"中有一景是男女在花吹雪（花飘落如飞雪）之中，口中含着一瓣花片而接吻，令我觉得像是自己吞下了这片花瓣，至今都觉得自己的身体也娇媚起来。

樱花是色、香都很淡的花，但是一旦盛开则较桃花更艳，较梅花更芳醇，是一种梦幻的、丰穰的色香，蓄含着魔性，令人担心自己的生命也全遭吸取掉，是一种极端激烈的风情。

哪一天，或许在吉野或伊豆的旅馆，一开窗便有樱花花瓣飘进来，飘落在枕边。从都市逃遁出来的男女在此幽会，花瓣粘在微微发汗的额头及裸裎的身上，香艳有加——这是我的小说的主角，还是我要去尝试呢？

（选自《东京·爱情·物语》，中国青年出版社2002年10月版）

尺　八

［日本］黑　孩

黑孩（1963—　），女，原名耿仁秋，辽宁大连人。1984 年毕业于东北师范大学中文系。1984 年至 1992 年在中国青年出版社任编辑。1992 年赴日。著有散文集《夕阳又在西逝》、《女人最后的华丽》，小说集《父亲和他的情人》、《秋下一心愁》等。

学生时代，我曾十分迷恋诗人苏曼殊的诗。流传至今的“春雨楼头尺八箫”一类的名句，其纤细的神经质的感觉，在我心中绘画般地留下了神秘、孤独、苦恼、忧郁，甚至病体与腐败的印象，人在留恋、爱恋中活下来。

却不知在诗的理解之外，无意得知了一个知识上的错误。原以为“尺八箫”就是八尺长的箫的意思。不期然，在一次日本餐的聚会上，在饭后，同来的几位日本老者从随身携来的包里取出一个木制的东西吹奏起来。只知道是一种乐器，但因为是初见，又因为当时已近黄昏，如今回忆起来，已经难以详述乐器的特征了。

是一首威严、肃穆、哀沉的曲子，仿佛从古老和遥远中逼来，身处的世界开始向冰冷的冬天靠近。

然而，正所谓不懂音乐也不可能理解音乐一样，继不得要领的疑惑之后，渐渐，一种巨大的悲怆渗透了我的灵魂、我的心。再看那几位正吹奏着的老者，或许因为夕阳映照的原因，涨红的脸上溢出几分抒情的意味。

不禁感到自己的心开始被什么东西撕扯起来，有了一种心痛的感觉。一位诗人朋友对我说过：心痛的时候就是灵魂在痉挛。几位老者通过乐器吹奏出来的曲子，以一种魔幻般的哀伤令在场的每一个人无不惊叹。初见的乐器在我心中俨然成为不可思议的某种圣物。虽然全场一片静寂，但每一个人的心分明混沌着一种无与伦比的起伏。

一曲终了，我讨教年已七十的远藤，要知道这乐器的名字。远藤告诉我，这个乐器的名字叫“尺八”，是一种箫的名字。

方才知道苏曼殊诗句中的“尺八箫”，并非八尺长的箫的意思。至此，方才有了一种更具体真实的“春雨楼头尺八箫”的意境。

只是，这一次内心所呈现的意境与往日单纯文字上理解的意境完全不同。特殊意义的曲子由特定的乐器奏出，且以灵性的心去感受，我想可以用心心相印四个字来形容。

……的确是一种惊骇的事实。由尺八奏出的乐曲，与苍茫的暮色相融，阴沉地笼罩着我内心的悲哀和寂寞。笼罩其实是无力抵抗的压迫与诱惑，是剥夺了一切之后的另一次更沉重的堆积。物极而反。压迫至此，反而逼出一丝兴奋，仿佛内心被乐曲撕扯开的碎块正随乐曲流逝而去，无处不在，超出极限超出时空。

我发现，无处不在之处，有一种迷蒙的虚幻，而这虚幻与我的心灵有着许多十分接近的地方，甚至我的心就与这虚幻的巨大齿轮紧紧地咬合着。相类似的感受很多，具体地举几个例子。譬如我赴日时，一踏上飞机，就好像永远离开故土再也无法返还似的。再如我每次去大连看望母亲，离去时从不敢回头留恋地张望，好像一回头，看到白发苍苍的母亲满眼噙着的泪水，便担心失了勇气去面对不可预知的风雨飘摇的未来似的。由尺八所吹奏的乐曲，其流溢出来的不可把握的综合性的感受，正是将一种生命犹疑的灰暗施与人类的心灵。难怪苏曼殊在春雨楼头之上不要小提琴，不要钢琴，而只要尺八箫了。

然而，否定意味着对生命肯定的相对的另一个极端，不能因否定而影响了对人生的思考。即使在否定的时候，生命一样存在。有一首诗：葡萄美酒夜光杯，欲饮琵琶马上催。醉卧沙场君莫笑，古来征战几人回？战士在踏上战场的时候，再也不想生还的事情了。那一刻萌发出的洒脱，正是神秘、孤独、忧郁、死亡与流连的综合体。

吹尺八的几位老者，我想告诉他们，我虽然不懂音乐，但深深感动了我的尺八，却使我一次性地体会了心灵深处不安而动荡的由忧郁和流连所交织着的神秘，其带着颓废或是死的诱惑的旋律，给我内心深处隐匿着的灰暗施与一种亲近的慰藉。

对了，就在我初见尺八并被其牵系而思绪迷乱的时候，诗人顾城却在新西兰的一个荒岛上与妻子同归于尽了。看到日本电视台报道的这个消息后，我去买了一朵小白花插在窗前的花瓶里。顾城的诗，也曾经梦幻曲般地诱惑过我。然而，就是这个告诉我“黑夜给了我黑色的眼睛，我却用它来寻找光明”的诗人，却将自己投身于黑暗中了，且一无诗意的死。一大堆活人的众说纷纭我一个都不信，我自己也不愿意去想、去判断。我不曾去过新西兰，但在我的想象中，在新西兰，在顾城所留恋的地方，有一个古老的钟挂在一根黑油油的柱子上，顾城曾坐在下面，将自己沉浸在幻影里。

这样一种幻影还会一直跟着其他的人，比如我。听到顾城自杀的消息，我想到尺八。尺八施与我的综合感受令我想到苏曼殊的诗。对我来说，“春雨楼头尺八箫”是一种曾沉浸过的幻影。

（选自《女人最后的华丽》，上海文汇出版社2003年3月版）

明月水中来

［泰国］司马攻

司马攻（1933— ），原名马君楚，另有笔名剑曹、田茵等，祖籍广东潮阳。出生于泰国，少年时曾返回故乡接受中学教育，17岁时再回泰国投身商界。20世纪60年代开始文学创作。主要著作有散文集《明月水中来》、《司马攻散文选》，小说散文集《人妖·古船》，微型小说集《独醒》、《演员》，杂文集《冷热集》、《挽节集》、《蹄影集》，特写集《泰国琐谈》、《湄江消夏录》，诗集《挥手》，文学评论集《泰华文学漫谈》等。

我有一把小茶壶，宜兴出品的朱砂小壶。壶底刻着“明月水中来”五个行书，署名孟臣。书法古朴，笔势灵劲锋利，似是用竹刀刻割而成的。壶把后面镌有“昌记”的小印。

我不想去考证这小茶壶是什么时代的“孟臣”。孟臣姓惠，明朝天启时代的人，是一位制造小茶壶的名家，他已经死去好几百年了！但是现在新制出来的宜兴砂壶，还有镌着“孟臣”二字的。孟臣壶在潮州是最普遍，也最为人赏识的小茶壶。

至于我这把小茶壶，无论是精品还是赝品，我对它很是珍惜。因为这小茶壶现在是属于我的，而数十年前是属于我祖父的。

小时在故乡，我每天都见到祖父用这把小茶壶，冲出比小壶更小的四杯浓浓的茶来。有客人到来，他同客人喝着，没有客人他就自己独自一个人喝。有时祖父也要我喝茶，我也照喝了。茶是浓浓苦苦的，我闭着眼睛一饮而尽，皱着眉头，张个苦脸跑开了。祖父摇摇头，笑着说：“这孩子就是不会喝茶！”

祖父去世后，不久我离开了家乡，不知当时我是怎样想的。便将这把小茶壶带在身旁。它跟着我徙转过很多地方。

在那段时间，我有时也曾经用这把小茶壶，冲几杯潮州工夫茶喝，不过这是很少有的事。这把小茶壶大部分时间都是寂寞地待在小木箱里。

三十多年前我到泰国来，这把小茶壶又被我带着同来。这里喝潮州茶的人很多，就同故乡一样的普遍，我也开始喝起茶来。这把小茶壶十多年的寂寞被解除了。

浓浓的茶从壶嘴流出，盈在洁白的小杯里，吸进了我的口中，香滑滑的，没有半点儿苦涩的味道。“这个不会喝茶的孩子”现在也学会喝茶了。我一面喝茶，一面看着挂在壁上的祖父遗像，默默地这样想着。

我尚未结婚，就已习惯喝潮州工夫茶了。现在我的大儿子已十多岁了，我的茶瘾似乎越来越大，我这把心爱的小茶壶也跟着越来越忙碌起来。有时我也要我的孩子喝喝茶，可是他只喝了小半杯，就把杯子放下，“哎呀！这样热，这样苦！我不要啦！”做个鬼脸跑开了。

我有一个感觉：这把小茶壶，算是传了三代的小茶壶，将来又要寂寞了！当我死去之后，它可能会永远地寂寞下去。我的儿子是不会喝茶的！这小茶壶将来的“命运”如何？被打碎呢，还是被冷藏起来？唉！我倒后悔把它带到泰国来了。

有一天，那是一个假日，我出外访友回来，当我踏进客厅里时，我大大地吃了一惊，我那个十多岁的儿子，坐在我经常坐在那儿喝茶的地方，用他那生硬的手法，拿着这把小茶壶，正在冲他的工夫茶喝。

他一见到我，笑了一笑，就走开去。我也什么话都没有说，只是笑了一笑。我这时心中的笑意比脸上的笑容还要强烈得多。

这把小茶壶将不会寂寞，它又将有新的主人了。它前时是我祖父的，现在是我的，将来是我的儿子的。

“明月水中来”这个明月，我看得分明，她是故乡的那轮明月。这明月我将留给我的儿子，以及他的儿子。

（选自《明月水中来》，泰国八音出版社1989年9月版）

烟湖更添一段愁

［泰国］梦　莉

梦莉（1939—　），女，原名徐爱珍，祖籍广东澄海，生于泰国曼谷。三岁时因父亲参加抗日活动全家被迫迁返原籍。抗战胜利后，随母重返曼谷，曾就读于一家华侨办的中学。现任泰国多家公司副董事长。业余从事创作，以散文为主。著有散文集《烟湖更添一段愁》、《人在天涯》、《在月光下砌座小塔》等。

我偏爱西湖的静美，无论晨曦或暮霭，它总带有一种淡雅深邃的意境。

当春暖花开的时候，湖边桃红柳绿，一派旖旎的湖光，映衬着天际层层叠叠起伏蜿蜒的山峦。

夏暑雨霁，湖上淡妆浓抹，变幻多姿的湖光霞影。薄雾轻云，隐约朦胧的翠岛长堤，以及那柳风梅月，无不给我留下深深的印象，而使我对它产生一份特别的感情。

在此，我不知度过多少个春夏和秋冬，无论是晴天或雨天，不管我心情舒畅或愁闷，同样的，我都会情不自禁地联想到西湖，而移步到西湖。

尤其，当我情绪低落，或心里像被石头压得难以呼吸的时候，我更会风雨无阻地徘徊、流连于湖边！

似乎想通过西湖的风，拂去胸中的烦闷，借助西湖的水，涤荡心中的忧郁。

今年的气候有点反常，本来应是桃花盛开的季节，可是，现在那残冬的寒气，却还依依不肯离去。

今天，又是一个下雨天！连日来，下着霏霏的细雨，湖边桃花只稀稀落落地开了几株，有些含苞待放的花蕊，竟被风雨抖落了不少。

由于心情消沉，我又独自踯躅于湖边的花丛之间。特别是在这样的景色里，淅淅沥沥的雨声如泣如诉，不免更增添了无限的感触。这些日子里，我把整个身心全部投入无休止的繁忙工作中，满以为忙碌可以忘我，可以把精神压力超脱一些，可是，工作上的劳累和挫折，使我的情绪更伤感，心力更加交瘁！

蒙蒙的细雨忆当年！诚然，这一切似已过去，然而触景生情，又使我由悠悠的怀思，而掀起了难以压抑的狂潮，那毕竟是一段难忘的历史啊！

人是感情的动物，尤其是我，这些年来，为了减轻精神上那段烟尘往事痛苦的煎熬，我竭力克制自己，在心理上也作过多次的考验和斗争。可是，不知为何，心里仍苦苦地眷恋着你！你那种专注、诚挚、坚贞的爱，使我难以忘却。

我深信，在我们的生命史上，谁都会永远镌刻着对方的名字！

犹忆当年，也正是桃花盛开的季节，你抄送我的那首诗：“沾衣欲湿杏花雨，吹面不寒杨柳风……”然而，宇宙间的一切变幻和人生的命运，谁能掌握得了！谁又能预测得到呢？

“吹面不寒杨柳风”，譬如现在的气温，仍在摄氏两度以下，寒风凛冽，仍令人感到残冬的余威未尽！

我瘫坐在湖边的木椅上，在潮湿的衣服下，感到彻骨的寒冷。我凝视着湖面一片蒙蒙的雨景发呆，让阵阵的细雨、寒风，从我的头上、脸上、身上撒下、乱扑和侵袭……我神思飞驰着，想得很多很多，也想得很远很远……往事和不幸的遭遇，它曾使我丧失了生的勇气、信念，几至精神崩溃，以致抱憾终生。理想破灭的痛苦，留在心里的阴影，有如深深的伤痕，永远无法复原。我曾告诫自己：“红颜自古多薄命。婷，你就认命吧！”

记得有一次，我们同赏桃花，你，端详着我说：“婷，今天你的脸色多好看，正如诗里写的：人面桃花相映红……”念到这里，你便突然中断了。当时，我有意作弄你，故意逼你继续往下念，可是，不管怎么样，你再也念不下去。你说：“以下两句不能再接续，再念，也的确太伤感啦！”不意后来我俩的遭遇，不也正好应了这最后的两句吗？“人面不知何处去，桃花依旧笑春风。”

在一个月色朦胧的秋夜里，我们漫步长堤，从树梢上透过黯淡的月光。望着天河无数的星星，你指着那天上的银河，跟我讲那牛郎织女的故事，这虽是一个神话传说，而它却寓意着人间的现实，是多么令人黯然神伤啊！

我们一时心情凝重，沉思良久，感慨至深，默默地走在那静静的长堤。

当年，我们曾以茶代酒，向天发誓，请天地作证，跪对倾诉心声和爱意，互许心愿：“我俩誓愿终身厮守，永不分离。”这份决心，这种情意，当时你喜悦、激动得搂紧我哭了起来……我更为你那份真挚、热切所感动，像一对傻小孩一样，相互抱头对哭。眼里充溢着幸福的眼泪、满足的眼泪和欢乐的眼泪。

现在，这一切已成为激人情怀的历史和回忆！纵只空余沉痛和遗憾，无法实践我们的愿望和诺言。可是，那份爱的真谛，还是固定不变的。

你曾说过：“只要爱得真诚，他或她将会永远尽种种的努力用行动来表达，把真爱奉献给自己所爱的人。”

其实，直到如今，我们谁也不曾辜负谁，也断然不会改变那颗固定不变的心！唯有这份爱的情怀，依然像影子一样地伴随着我们。

我们不幸空有盟誓和默契，终因战争的残酷、时代的逆流，而造成了人间的银河。终于破灭了我们美好的理想，把所有的一切都化为乌有。你我也亲自体验到这种生活的经历，也受尽了生离的折磨，而带着终生的痛苦，踯躅在这人生的道路上！

正如《长相思》诗里的那一句：“君泪盈，妾泪盈，罗结同心结未成……”这也许是天命，还是我们有爱无缘？让这迢迢的银河无情地把我们隔开！

（选自《心祭》，陕西人民出版社 1996 年 3 月版）

当洛矶山和我相遇在大冰原上

[新加坡] 王润华

王润华（1941— ），祖籍广东从化，生于马来西亚吡叻州。1962 年至 1966 年就读于台湾政治大学。1967 年赴美国威斯康辛大学留学，1972 年获博士学位。1973 年任美国爱荷华大学研究员。1978 年任新加坡南洋大学人文与社会科学研究所所长。现为台湾元智大学人文社会学院院长。著有散文集《夜夜在墓影下》、《南洋乡土集》、《秋叶行》、《把黑夜带回家》，诗集《患病的太阳》、《高潮》、《橡胶树》等。

1. 山的面貌

画家梵·高在法国西南部，发现每一朵向日葵都有自己的独特面貌，它就像人。没有两朵花的面貌完全相似，即使同样开在一株母亲的树上。向日葵不但有自己的面目，梵·高也画出了它的语言、个性、感受、各种内心和外在的经验。他留传于世的十二幅向日葵油画，由于这种发现，震惊了人类，构成了一个神话。向日葵怎么会有极严重的焦虑感？又怎会有感激的象征？

我最近由卡城（Calyary）进入加拿大境内的洛矶山，然后再由冰府国家公园（Banff National Park）北上佳碧国家公园（Jasper National Park），一路上，我不再用照相机去捕捉山的形象，而用我自己有思想的眼睛去看，有感受的耳朵去聆听，用心去了解。我最后也肯定，洛矶山的每一座山峰，都有自己的面貌，而且拥有自己的个性、语言和宗教信仰。

在冰府和佳碧之间，只要我走出旅店的大厅，山便以不同的脸孔望着我，我感觉到我的行踪，都有人在密切监视或注意着。尤其冰府小镇上，北边的客诗开（Cascade）山充满智慧和信心，像一个仁者；东南边的伦多（Rundle）山，脸上银灰色的石灰层，使它看起来像一个思想太多、脸上早生皱纹的青年人，它的皱纹和脸形有时也叫人想起三文治；硫磺山的脸像一个常笑的导游，它的工作，是眺望象山的形象。

冰府附近的山，由于天天俯视着小镇里来自世界各国的客人，容貌愈来愈像人。那些远离镇上的山就不一样了。爱森豪威山和多罗密山，其严肃的神色，像一座中世纪古堡。不过住在湖畔的山，如露意湖边的伊丽莎白山和莫琳湖滨的十峰山，也许由于太接近游客，也像秀丽的少女。艾狄湖反映着的艾狄卡威尔山像一个充满爱心的护士。

初游洛矶山的人们，一瞥群山超尘绝俗的面貌，心灵都被慑住了，每走一小段路，就忍不住停下车，细心地眺望，怪不得在远古时代，每一座山都被膜拜成一个神。

2. 山的个性

群山跟洛矶山其他野生动物一样，它们对人类好奇，喜欢站在远处张望，但像麋鹿、野牛一样，如果你想靠近它们拍照，山也感到不自在。所以导游重复一句话：要保持一段安全的、美学的距离，才能欣赏到大自然的奥秘。

每座山都有一个绿色的、孤独的个性。它们要求一个属于自然的山谷、安静的生活，不过它们还要一个美丽的湖泊。维多利亚山在夏天的时候，多数时间，游客看见她在露意湖中沐浴，十峰山则喜欢把脚泡在冰凉的莫琳湖水里，伦多山爱把头发倒垂到朱红湖里。

不过那些山谷都依照各自的个性，生长着不同的树木，喜欢万籁之音的，鼓励白桦树繁殖；喜欢寂静的，则要求冷杉生长。当然湖水之深浅、颜色，都反映各自内心思想之不同。维多利亚山脸上雪白，自然要求湖水也带粉白的色调。

我在冰府小镇意外地发现，山有时候也喜欢凑凑热闹。在那里，很多山突然在清晨或黄昏靠拢起来，好奇地在看街景，在数算不同的种族、不同的语言。白天，它们又退回安静的山谷。

因此在冰府我喜欢晚上逛街，而且要求自己早点起床去晨跑，只有此时此刻，山才会跟你一道逛街和晨跑，和你打成一片。

3. 山的时间

进入洛矶山的群峰之中，时间不再根据我手腕上的表一分一秒来决定。任何时钟上的数目字，都不能判断早晚和日夜，因为阳光的前进，受到高山峻岭的阻挡和遮蔽，已不能正常地按照时钟的秩序而走过这地带。时间和阳光在夏天，不是很擅长爬山，冬天也不太敢做越野滑雪运动。

从冰府到佳碧公园，尤其沿着一号、九十三号和十六号高速公路北行，时间完全操纵在群山的手中；一天之中，我不会感到黎明、艳阳满天地、上午、中午、下午、日落黄昏、夜幕降临这样的秩序。我一天的经验，都是混乱的。黄昏的时光，随时降临，黎明的情调也常常出现。一天之内，我有很多个夜晚、黄昏、黎明和阳光灿烂的中午。而且这个小时是夏天，下一个小时是冬天，春天和秋天也可以同一天降临几次。

时间原来由山的情绪变化、身上所穿衣裳的颜色来决定。譬如车过古堡山时，它心情沉重，大概在发思古之幽情；穿了一身暗绿的衣服，时间便是黎明时分。当车子到了露意湖，上头维多利亚山穿了一身白纱，闪闪发亮，时间突然变成明媚的午后，众人在罂粟花丛间的茶座喝下午茶。不过这种时间，可能车子刚驶出露意湖新村，因为另一座的脸色而进入夜幕低垂的时间。

在弓谷公园大道和冰原大道上行驶，最能感受到时间错乱的变化，因为每一座山的一动一静、情绪之起落，都严重地影响了地球上传统的时间。

在洛矶山旅行，我是不看手表上的时间的，一切晨昏、迟早的问题都由山来决定。

4. 山的文化

在洛矶山，我常常听到群山异口同声的论调，它们主张每座山拥有自己不同的泥土和岩石。每座山上，气候都不相同，土壤上生长着不同的树林，山谷里住着不同族的印第安人和野兽。

它的主张实在很多。我又听说，每一座山要求拥有一条冰河，结果像阿沙巴斯卡、维多利亚等八座山，各自有一条独立运行的、永恒的冰河。这些山在不同的海拔高度上，让不同的野兽居住。

就因为洛矶山群保存各自独立的文化传统，各座山还保留自己浓厚的地方色彩和风格，我们才会对每一座都感兴趣。

洛矶山始终反对各族文化熔为一炉的理论。

5. 山的宗教

每年有二百多万人前来冰府和佳碧国家公园仰望洛矶山群，尤其那些在树林里，千千万万个露营的帐篷，以及在野外烧烤的篝火，使人想起，现代人比远古时代的印第安人，更迷信、更虔诚地把每一座山膜拜成一位崇高神圣的神。

因为岩层和土质的结构，这里的山尖拔峭陡，多数不适合攀爬，因此更促成它神圣不可侵犯的神话之成长。山顶大概海拔太高，树林只能生长到半山以下，远远望去，那些针叶松好像拼命努力攀越上最高峰——山顶就是天堂。

不过，山顶不管春夏秋冬，永远是冰雪的家乡。

山的宗教，是宣扬绿色和自然。我相信来看山的人，都像我一样，目的是让自己重新认识与自然的关系。人类来自山野，人与自然是平等的，而且具有亲戚关系。

这也就是山所要宣传的信仰。

6. 山的语言

我很注意地观察和聆听，沉默、安静的山，就像印第安人的部落，没有书写的文字，只有彼此不相通的方言。

山的方言，有些是淙淙的溪流，有些是哀号的狼嗥，有些是松涛，有些是白杨树叶的哭泣，有些是风……

不过多数时候，山喜欢沉默不言。

7. 山的恋爱

从爱狄卡尔山、罗斯顿山、维多利亚山到伦多山，不管它们的名字像男还是女，山都是喜欢孤独的生活，立志做一个单身贵族。

但是山的感情一点也不平静。从每一座山的心灵深处流出来的泉水，都是湍急的，在乱石上冲激成一条白水。这就是山的感情之浪花。

在山谷间发现山的感情的秘密后，我又发现山永恒地望着另一座山，细语绵绵。

白天，山与山之间隔着一个大冰原，或者一个热闹的小镇，如冰府和佳碧，或者一个湖泊和山谷，到了夜晚，山与山就靠拢接近一些。

不过洛矶山的群山，七千五百万年以来，一直坚守一个只恋爱不结婚的哲学。它们了解到太接近对方，会暴露出自己的所有缺点。

因为山与山之间，相隔着清澈的湖泊、荒凉的山谷、热闹的小镇，因为山保留着彼此的一份神秘感，山便永恒地恋爱着另一座山。

8. 山的忧虑

虽然洛矶山每年有二百多万游客，它还是缺少归属感，天天在仰首眺望它的故乡。

洛矶山原来属于海洋，不是陆地上的山脉。七千五百万年以前北美是一个内海，海底的地壳破裂，自然的暴力把海底的沉淀物推举上来，成为一座山脉。

在北美大草原之中，它是孤独的，因为它拒绝与大草原平坦辽阔的思想认同，也不接受草原绿色的经验：它的左边是哥伦比亚大森林，右边是阿尔伯达的草原。

大森林和草原都是绿色的，天天都想控制住拥有大冰原的洛矶山脉的命运，把它崇高独立的理想，推倒成为绿色的森林或草原。

（选自《把黑夜带回家》，台湾尔雅出版社1994年1月版）

自绘人生图案的女人
——记老挝风情

［新加坡］尤　今

尤今（1950—　），女，原名谭幼今，祖籍广东台山，生于马来西亚吡叻州怡保，八岁时举家南迁定居新加坡。1972年毕业于新加坡南洋大学中文系，次年进入国家图书馆工作。1976年转入《南洋商报》，担任外勤记者与副刊编辑。1981年进入新加坡教育学院培训一年，后执教于华义中学。著有散文集《沙漠里的小白屋》、《玲珑人生》、《太阳不肯回家去》、《一壶清茶喜相逢》等。

那天，坐在湄公河畔，我好似置身于一幅淡雅隽丽的水墨画中。

天色未曙，雾气氤氲，那条不动声色的河，若隐若现的，显得非真似幻，扑朔迷离。河的对岸，是山，那一列妩媚如绿玉的远山，被虚无缥缈的雾染成了一片模糊的温柔。

渐渐、渐渐的，雾气褪去，阳光露出。这里那里，像被慢慢地拭去尘埃的水晶一样，一点一点地亮了起来，亮了起来。那河、那山，欢天喜地地醒了，澄蓝的水色，嫩绿的山色，把大地映照得像童话一般璀璨。

銮巴拉邦（Luang Prabang）这个建在湄公河与南康河汇合处的古老城市，是老挝的第二大城，也是以前的旧王都。它位于老挝中北部，目前有人口六万余人。

过去，当老挝许多大小城市惨遭战火无情地蹂躏而被炸得七零八落时，銮巴拉邦却奇迹般地保持了完整的全貌：金碧辉煌的旧皇宫，富于法国风味的古雅建筑，庄严宏大的寺庙，全都丝毫无损地屹立着，使銮巴拉邦成了老挝一个具有强大旅游魅力的地方。

1994年，联合国的教科文组织（UNESCO）把銮巴拉邦评为东南亚诸国当中原貌保持得最好的城市；到了1995年，更进一步地将銮巴拉邦列入“世界遗产保护”名单（World Herritage List）之内。

銮巴拉邦这城市，的确漂亮。

它的美，不是跋扈的张扬的，而是丰实的内敛的；最最难得的是它人口不多、游客不多、车辆不多，因此，它的市容就和它的建筑一样，完好地保持了原貌：古朴、空旷、闲适、幽雅，即连生活步奏，也是慢慢的，好似一个与世隔绝的世外桃源。来到了这样的一个城市，整个人都大大地松懈了，不焦不躁，不慌不忙，只觉得什么都不做、什么都不想，只是随心所欲地到处看看、走走、听听、逛逛，也就是生活的大享受了。

在老挝，有百分之九十的人口以务农为生，由于农耕技术落后，许多农耕地并没有得到充分的利用，年产量不高，许多人目前仍苦苦地挣扎于贫穷线上。除此以外，老挝地处内陆，交通不便，人民的思想与生活，都处于高度闭塞的情况中。然而，令人感动的是，自小便与贫穷为伍的老挝小孩，见到游客，不乞不讨，不偷不抢，自有一种无声的尊严；而大多数不谙英语的老挝人，看见游客，也总是笑脸相迎，自有一种无言的和谐。有趣的是，缺乏娱乐的孩子和青少年，物尽其用地把家里养来糊口的牲畜当作寸步不离的宠物。在大街小巷里，常常会看到可爱的小女孩态度亲昵地把鸡儿抱在怀里，一边走，一边吱吱咕咕地说着无人能懂的“鸡言鸡语”；有些少年呢，则以细细的线系在猪儿肥肥的脚上，以遛狗的方式来遛猪。

大部分老挝人笃信佛教，城里处处都是设计独特而雕工精美的庙宇，其中有三十多所还是法国殖民地时代所建造的呢！山峰淡泊，河流恬静，一所所肃穆的庙宇在远山近水的掩映下，别有一股飘逸的韵味。

我们在城里一幅幅活色生香的“水墨画”中兜来转去，逛累了，便坐在湄公河畔简陋朴实的小摊子上啜饮椰子水。这时，湄公河对岸的山峦面貌清晰可见，艳艳的绿色使原本壮丽开阔的群山看起来婀娜多姿，像一群豆蔻年华的绿衫女子聚集在一起窃窃私语。云块肥而大，满满地散在天空中，夕阳夺魂的艳色，宛若无数无数根尖尖的针，挑破了厚厚的云层，以墨染宣纸的方式，一丝一丝地渗入白云里，原本含羞答答的白云，春色难掩地绯红着脸。正看得入神时，夕阳却猝不及防地破云而出，一霎间，彩霞满天，山与水，全染上了胭脂似的醉意，人呢，在满天满地烧得炽炽热热的艳色里，醉得难以自抑。过不多久，浓而黑的夜色，便兜头兜脸地落了下来，毫不识趣地将湄公河以及周遭的景色全部涂成了沉悒的墨色。

我们雇了一辆人力车，到当地一家提供民族舞蹈表演的餐馆去用晚餐。路上那稀稀落落而亮度极弱的路灯，徒劳无功地投射出一圈一圈软弱无力的晕黄；在浓得化不开的那一片夜色当中，只听到车轮在颠簸不平的马路上滚动的那种单调的声音，嘿，十分原始的一种感觉。这晚，天气寒冷，湄公河畔有人生起一堆一堆的柴火取暖，围在柴火旁边的，多是无处可去而又无话不谈的年轻人，细细碎碎的话语连同清清脆脆的笑声，一串一串地散在地上，落入河中。

灯火辉煌的餐馆，在黑漆漆的大环境当中，犹如一颗奇特的“发光体”，瑰丽得虚幻而近于荒谬。在一般人每个月平均收入只有寥寥十元美金的情况下，这间餐馆对于他们来说，永远是可望而不可即的。

观赏民族舞蹈，觉得挺有意思，老挝少女跳起舞来，光光滑滑的手臂柔若无骨，而十根细细长长的手指却有着一种让人惊叹的生命力。一弯一屈、一伸一缩，仿佛都在向人倾诉她心中无尽的感觉和故事。老挝舞的另一个特色是动作极缓慢、极优雅，含蓄地反映了老挝人安贫乐道、与世无争的内涵和个性。

夜阑人静，回返下榻处，刚掏出钥匙，大门便被拉开了。大门之内，立着气质娴雅的女房东文姮茹。看到她那张笑盈盈的脸，我竟有一种回返了家门的错觉。

这个地方，是我们在万象的一位朋友大力推荐的，他说：

“住在文姮茹的家，你们能充分地领略到銮巴拉邦独特的风情，再说，文姮茹本身就是一个独特的老挝人，你们一定得结识结识她。”

就凭着这几句令人动心的话，我们一到了銮巴拉邦，便雇了车子上她的家去。由于朋友事先与她打了招呼，她早已将租给我们的那个房间准备好了。一接触，便发现她与其他的老挝人的确是截然不同的——大部分的老挝人连一个英文单字也听不懂，但是，文妲茹居然说得一口极为流畅的英语！

在满屋缭绕着的咖啡香味里，她娓娓地畅述她人生的奋斗史：

“大学毕业后，我当教师，教物理化学，月薪折合美金，就只有少少的五块钱，捉襟见肘，生活着实清苦，要什么，没什么，想做什么，却又什么都做不成。几年前，当我知道銮巴拉邦被联合国列入世界遗产保护名单之后，我便立定主意，为自己另外开辟一条人生道路。我一方面发了疯似的苦读英文；另一方面，将自己所住的屋子转变为一间小旅舍，出租给游客。现在，我的经济情况已经大大地改善了，最让我觉得宽心的是，我能有余钱送我的孩子出国深造——我个人觉得，教育是立国齐家修身的首要条件！现在，我一个孩子在澳洲，另一个在美国。”说着，她举起了围在颈间的那条漂亮围巾，微笑地说：“瞧，这就是我的女儿刚从墨尔本寄回来给我的。”

这妇人，的确不同凡响。我坦白地告诉她，大部分老挝人给予我的印象是知足常乐的，尽管现状有许多不尽如人意的地方，可是，许多老挝人却安之若素，得过且过，不思改变，更不谋进取。

文妲茹一边仔细聆听，一边颔首笑道：

“一点儿也没错，我们这儿，有几句大家耳熟能详的谚语：水涨的时候，鱼儿吃虫蚁；水落的时候，虫蚁吃鱼儿。这谚语，要表达的，正是一般老挝人那种随遇而安、听其自然的人生哲学。往好处看，这样的民族特性能使人人和睦共处，然而，它却也同时是国家取得快速进展的绊脚石呀，你说是么？”

我们点头称是，然而，在一个务农而又长期封闭的国度里，要为广大的国民培养起一套全新的生命观与价值观，又谈何容易啊！

次日六时许起身，当在桌上看到准备齐就的早餐时，我们大大地吓了一跳。哟，那么丰盛！

雪白而冒着烟气的糯米饭满满地盛在小竹篓里，多个圆圆的小碟子，一丝不苟地放着美味的食物：洋葱煎蛋、油煎腊肠、干煎茄子、芝麻海苔，最具异乡风味的是酸肠和銮巴拉邦辣酱。酸肠是将切丁的上好猪肉灌入薄薄的肠衣之内，密封在坛里，两天后取出，味道变酸，在油里煎香，吃进口里，既有浓郁的香，又有醒胃的酸，一吃难舍，再吃难忘。所谓“銮巴拉邦辣酱”呢，是以辣椒混合多种香料，再掺入切成小块的牛皮而制成的——这是一道制作难度极高的酱料，香料的配搭不对，便前功尽弃，更重要的，要使原本味道与木料无异的牛皮变得软而不韧，有咬劲而又不糜烂，功夫十分考究。万象那位朋友便说：“除了文妲茹亲手做的辣酱之外，其他人做的，我一概不沾唇。”以这道百味齐集的辣酱沾着脆脆薄薄的海苔片吃，当真能使人忘却自己姓啥名何。桌上的黄梨果酱，也是文妲茹自个儿动手做的，我指着盘里的木瓜笑着说道：“这水果，是不是你自种的呀?”没有想到，她居然点头应道:“是呀，在后园种的。”

最绝的是，文妲茹还自制纸张!

她将产于銮巴拉邦高山区一种树的内层树皮剥出，加入化学药品，煮成浓浆，再曝晒成纸，然后，再将这些吸纳了阳光精华的纸张装订成一册册小巧玲珑的本子，出售给游客。现在，我坐在大厅的一头吃早餐，大厅的另一头，便不绝地飘来树皮清新的香味儿。

文妲茹的生财之道还不止于此呢，她到附近的农村去，收集那些年代久远，但却不被村民重视的大小陶钵，放在屋子里待售。她自豪地说:“这些陶钵，每一只都装着我们老挝七八百年的历史呢!”每只陶钵的售价十元，看似便宜，可是，那却是一般老挝人辛勤劳动一整个月的收入了!

文妲茹还搞蜡染艺术呢，屋子里的墙壁上都挂满了她的得意杰作，每一幅蜡染布都有着截然不同的设计与色调，倘若有人看中了，她便卖掉，没人要买，她便挂着自娱，态度潇洒得让人妒忌。

早餐过后，我们坐了车子沙飞尘扬地赶了25公里的路程，再颠颠簸簸地转搭渡轮，去看那闻名遐迩的百欧洞（Pak Ou Caves）。百欧洞是由上下两个天然石钟乳洞穴所构成的。使它名闻四方的，不是洞里那千奇百怪的石钟乳，而是搁置于上下两层洞穴里那无数无数个大小不一、姿态各异的佛像。这些佛像，都是信男善女默默地捐出的。一进入洞穴，我便不禁惊呼一声:“啊!这么多!”佛像多如繁星，密密麻麻地摆着、排着、站着，千姿百态，看之不尽。根据统计，上层洞穴总共有1 500尊佛像，下层洞穴呢，佛像多达2 500尊!老挝人对佛教的虔诚心态，在这两个洞穴里，具体地呈现了。

之后，我们到附近的村庄，看村民酿制糯米酒;黄昏，在湄公河畔一家餐馆吃了一顿道道地地的老挝餐，回返下榻处，又是万籁俱寂的深夜了。

文妲茹还在灯下忙着，只见她以灵巧的手势将五彩的鲜花用针和线一朵朵地绣进丝绸布面里，神情专注得好似在绣她自己多彩的人生。我们入屋后，她抬起头来朝我们微笑，长长的眼睫毛在昏黄的灯下微微地颤动着，像两只快乐的小蝴蝶。

啊，这女人!

她把生活的每一个格子都密密密密地填满而乐在其中，别的人都在生活轮子辗出的痕迹里生活，她呢，却是高高兴兴地骑在生活的轮子上，随心所欲地让轮子在人生的道路上辗出一道道让她顺心而叫别人醉心的花纹图案。

回返家门之后，我发现我的记忆已化成了一株榕树，这棵榕树，深深地植于銮巴拉邦这块土地上面;记忆里，有宁静的山，有恬静的水，当然，还有一个快快乐乐地自绘人生图案的女人……

（选自《人间天堂》，东方出版中心2000年1月版）

街边树与国际机场

［新加坡］许福吉

许福吉（1960—　），祖籍福建诏安，生于新加坡。台湾大学文学士、南洋理工大学教育硕士、文学硕士和哲学博士。现任新加坡南洋理工大学孔子学院院长、国立教育学院副教授。著有散文集《心情叠在青青的日记》、《雨过声喧》、《试上高峰》、《推开隔离门》等。

每一棵街边树，与深海的鱼儿一样，都是活泼泼的生命；它们都有自己寂寞的故事，从根、叶、枝干、树冠到开花结果，树的部位，树的气质，其实比人还传奇。你听过樟宜吗？是的，樟宜，新加坡樟宜机场，一个享誉国际的机场。

樟宜原是一种南洋街边树的名称，已故植物学家雷德利（H. N. Ridley）在百多年前，曾收集了许多南洋热带雨林的植物，如古柯属（Beruas）、刺叶苏铁（Paku Raja）和 Membatu 等，它们现在还在樟宜生长着，见证樟宜区的本地植物文献。

今天的樟宜尾，坐拥热带雨林景观，对许多人来说，是一个充满自然色彩的地方，也是一个假日休闲的好去处。

我在六十年代出生于樟宜十条石的一个乡村，和许多在东部成长的朋友一样，童年岁月，都是在樟宜大树下度过。樟宜尾的码头，雕刻着不少时光烙印。樟宜尾的海滩，遗留不少喜悦的足迹，各种各样的蚌类、海星、鱼虾、螃蟹，都曾经是我们踩着夕阳，在沙滩上拾掇的生物。

樟宜尾的海浪、树涛和欢笑声，潮起潮落，岁月无痕，留下的是美好的青少年记忆与无限的怀念。

念中学时我们常到樟宜尾的海滩烤肉、上奎笼夜垂，那是难忘和美好的记忆。国民服役时期到德光岛受训，樟宜尾是我们集合的地方。行吟在樟宜尾之旅，有许多殖民地的故事。在烽火连天的日据时期，樟宜尾有许多感人肺腑的故事，令人浮想联翩，从英国军官、传教士、俘虏到惨无人道的日本军人……神秘、阴暗、痛楚、战争的恐怖、人性的脆弱与坚强、生命的喜悦等，樟宜散文的热带意象静待书写。

不知从什么时候开始，和樟宜尾的距离愈来愈远。

也许和所有的电影、小说和散文所描述的一样：成长后出国念书，成家立业，日换星移，忙于生活，樟宜尾的一草一木，在梦中竟然从没出现过。记得有一次国外的朋友问起：为什么新加坡国际机场取名为樟宜国际机场？我答：因为机场坐落在樟宜。朋友紧追着问：樟宜是什么意思？我一时愣在那里，一句也答不出来，感到十分的惭愧。尤其自己出生在樟宜，长大在樟宜，竟然连“樟宜”的意思也没弄清楚。

这里树木繁茂，巨大的树木孕育浓郁的乡村色彩。经过多年的考证，不少学者证明樟宜其实是树名，称良芭兰卡朴·黑米（Neobalanocarpus heimii），又称樟宜（chengal）。据说四十年代新加坡东部的樟宜，原来种植大量的樟宜树，其中有几棵大树，还曾经是日本空军在1942年侵略新加坡时的坐标。新加坡樟宜贺敦路（Halton Road）附近，2002年12月前，还仅存这样的一棵一百五十年的老树，而且经过植物学家勘查，发现这棵树正在结果，被证实为一种龙脑香科（Dipterocarpaceae）树木。对在樟宜出生、在樟宜树下长大的我来说，这次的发现是兴奋的，它不但解开童年对树的思念与神秘，还期待它开花结果，种子撒满大地。

那日清晨，起了个绝早，独自到樟宜尾拜访古树。多年不见，樟宜尾参天的古木，似乎愈见风采，在晨曦与微风中，散发着诗一般的清新气息，令人心旷神怡。每一棵古树，都有它独特的气质和神韵。它们可以自由自在地拥抱东部广阔的天空，享受夹杂着海味的空气。从它们身上，可以感觉到它们从不羡慕悠闲的白云，也不妒忌自由翱翔的飞鸟，日子虽然寂寞，和着天籁和沙沙的树叶声，仍自得其乐。

从远处眺望，古树的枝丫不断延伸扩展，婆娑起舞，我们仿佛可以听见叶子与树轮，正在发出季节转换的声音。白先勇有一篇脍炙人口的散文《树犹如此》，把树与人的悲欢离合，写得极为传神，与杜甫的名句"感时花溅泪"共收异曲同工之妙。

这次的古树之旅，让我从树开始，重新认识樟宜尾。樟宜（Changi），原来是一种树名，原文为Sindora Wallichii，据说早期在印尼，常有人把它当成轮船和建筑的重要材料。目前在兰卫路别墅附近，有一棵高二十五米，树龄六十多岁，就是新加坡目前最老、最高的樟宜树。在幽静清雅的樟宜尾，它像一个容光焕发、涵养丰厚的壮年精英，神气凝重地耸立云霄。听说在烽火连天的好多年前，樟宜尾其实还有另一棵更加高大的樟宜树。那棵樟宜树的高度估计超过一百米，曾经是樟宜尾的地标，二战时期，它成了日军瞄准枪炮的坐标，结果在1942年被英军砍掉。

遥想这样庞大的一棵大树，在兵荒马乱的战争时期，当知道自己将被摧毁的时候，会是一种怎样悲恸的心情？空气中，是否散发着战火的焦味？那将是一件令人悲伤的往事。

樟宜让人怀念的东西很多，除了国际闻名的机场，树木、海滩、沙滩、阳光、海浪和风里的记忆，还有美味可口的食物。樟宜具有其独特的鬼魅、殖民风味、边缘效应，到处是一片神秘色彩，从英军撤退后留下来的建筑和隐藏在建筑内的鬼故事。

那次拜访古树之后，我决定让孩子们明天也和我一起早起，到樟宜尾拜访古树，重新认识樟宜，我还做了有关樟宜的功课，准备第二天派上用场。

第二天清晨，当我和孩子们兴奋地抵达现场时，一把电锯和几个外国劳工，在某发展商的指示下，把在我心目中根深蒂固、树龄一百五十多岁的樟宜树，在短短的三十分钟内锯断，只残留一轮树头。

我不知如何向年幼的孩子们解释，沮丧、无奈、愤怒、沉默、控诉……许多关心自然环保、古迹的人，内心和我一样隐隐作痛，只是我们如何向后代子孙交代？

那夜，我梦见自己变成了樟宜树，不断地呼唤、低吟妈妈教我唱的诗篇：

夜里我们拥有满天的星群
在赤道边缘走索
梦境中有大海、浪花和夜鹰
熟悉的声音来了又去
天快亮前，我们兴奋地伸展双臂
渴望晨曦以清晰的歌声唤醒大地……

（选自《香港文学》2005年第4期）

班芝兰之夜

［印度尼西亚］黄东平

黄东平（1923— ），祖籍福建金门，生于印度尼西亚加里曼丹岛。幼年曾随父母返国定居，1937年抗日战争爆发，家乡沦陷，逃难香港，就读于英文书院育才书馆。两年后因母逝随父去印尼爪哇岛侨居，历任各华商会计。著有长篇小说《侨歌》三部曲，散文集《短稿一集》、《短稿二集》等。

这儿，是雅加达“华侨社会”的中心点：“班芝兰”。

雅加达的唐人区是在旧城区，而班芝兰则是这区较热闹的市集。华人（华侨和当地籍的华裔）的大店铺，并不在班芝兰，昔日是集中在“小南门”一带，而今则分散在各街道。班芝兰不过是一处日用百货荟萃的市场，尤其是黄昏后，食物摊、杂货摊林立，游人如鲫，形成一片带有热带和海外华人特殊情调的去处而已。

朋友，你到过班芝兰吗？要是没到过，趁这夜晚时分，我带你去逛一逛。

可我想带你去玩的，是20多年前的班芝兰，而不是今天的班芝兰。今天的班芝兰虽然也还保留着海外华人的情调，只是近年来多了不少新式大建筑物，已渐渐趋向一般大城市的景色，而西风东渐的结果，更影响了那固有情调的浓度，就不容易让人亲切感受那浓郁的海外唐人区的气氛了。

在这一区，你可以看到古老的“唐山”式宅第，犹留存着黑漆大门。门扇门框上是翰林之类所书写的“龙舞”“凤翔”等等对联，画梁上则还绘着古说部故事，“献桃”“封相”等等什么都有。只是年代久远，好些已经剥落；而屋前一经照洋式改建成店面之后，从外观已看不到多少当年的遗迹了。这一带，几乎清一色是华人的店铺，从百货商店直到中药铺齐全。当年，汉字招牌还可以存在，则你可以从香港、新加坡等地华人区街道，来窥见这班芝兰的景象和气氛；近年来的情况自然不同。至于这里的住户，有只穿纱衫、黑布裤，着拖鞋的胖“头家”；有喜欢穿洋式条纹睡衣的“侨生”；有缠过足的唐山老妈子；有穿校服的华侨学生；青壮年则大都只着夏威夷衬衣、西装裤，跟南洋各地的华人没有多大差异。这儿，普通话是通行的，除了侨生界，一般华侨都多少能够听和讲。老年人没有受过学校教育的，就用家乡方言交谈；方言不同的，则只好讲当地话了。可在这儿，当地人买卖论价，价目数字却都使用华语（闽南语），是别地所没有的。

这时，才是午后三四点钟。雅加达头上的热带骄阳的烈焰虽然已开始消退，但街道上各种车辆，以至路旁的小贩、行人连同货箱、商品，依然穿织、挤迫、喧嚷，直至塞成一团，在汽车喇叭的狂揿声中卡住了。而滚滚的灰尘，在这阳光斜照里，更清楚地看见它掩盖在人们和车辆的上空，较远处的景物都模糊了。而经过一天的奔波，司机、搭客，以至路人，尽浑身臭汗粘贴，疲乏不堪，心情就格外烦躁，拼命地往前挤，甚至叫嚣咒骂起来了。待到各洋行银行的办事员一下工，整条街道更是挤塞得水泄不通了……

须挨到眼看着夕阳一寸寸地往下沉，挤塞得筋疲力尽的车辆和行人才渐渐荡散，班芝兰的街道也才渐渐露出地面来，待到车辆、小贩、行人大半散尽，街旁便只余下一堆堆十分触目的垃圾了。这里头，有各店铺塞货箱的废纸和禾草，也有小贩丢弃的果皮、包食物的香蕉叶……

而班芝兰之夜，便从这时开始了。夜，是热带居民的“白天”，他们从白天的闷热中“醒”过来了，开始各种称心适意的活动，以消散一天的疲劳。

此时，到班芝兰摆夜摊的人们——几乎全是华人——尽推着带轮子的框形货档，或者带同家什，挑着锅儿盘碗什么的到来了。他们的第一着，就是动手打扫场地，各自用椰叶梗帚给自己扫出一块空地来。于是，带来的竹竿便照原先留下的地上窟窿一插，绳索一扎，盖上帆布，帐篷——临时食摊，顷刻搭成。木板旧桌椅搬运不便，就找一处巷角寄放，以小铁链锁住。这时便搬过来摆好，再盖上带来的印花塑胶桌布，待再摆上叉匙筷子以至五味架牙签盒，也颇见得雅观安适了。而在摊的一角，汽油炉、锅碗、佐料，直到在家里早弄好的菜、肉等等，也在一边忙碌地排置起来了。就这样，许多食摊便先先后后突然绽开在街旁，有似雨后的菌类，只等待着黄昏的降临。

而黄昏也一步暗似一步地到来了。先是炎阳从屋脊、从树梢收尽了它最后一抹金黄；接着天边便呈现道道晚霞，晚霞并且由红变紫，由紫转蓝。此际，天空也同时撒下了昏暗来，这昏暗像无质的灰色粉末，在人人的周围，一层层加浓加厚；待到晚霞尽熬成墨黑，跟天空融成一片之后，夜，已经合拢了。

首先用欢乐的光辉来迎接夜的到来的是汽灯。无数盏汽灯先先后后高高低低从各食摊、从各货档“撑”起来了！那么晶莹明亮，那么热旺融和，连四近的电灯都黯然褪了一层光辉。于是，那片亮堂堂、热烘烘的境域便对人们充满着诱惑力。

热带之夜又给人另一番感受。大白天的热气从柏油路面一腾上来，随即像从空气中给“抽”走了；凉风则自四周隐隐地灌进来。它触动人们的衣袖，触动人们的背项，触动人们的脊梁，教人们心头也充满凉意。于是，白天淤积的烦躁和沉闷，便渐渐从心头被荡散了，取代的是轻松和欣。因此，人们更情不自禁地趋往那片辉煌的“殿堂”。

热带之夜更带来了另一番幻景。夜色把空气中的灰尘“滤”掉了，人们再也看不到白天滚滚的灰尘；夜色把马路上的破洞“填”平了，让马路宛如铺着黑绒的地毯；夜色并且把路旁一堆堆的垃圾从人们眼中“清”掉了，让这儿顿时化为一片纯净安适的处所……

于是，受尽白天的闷热煎迫的人们，便从四处涌到这班芝兰来了。这白天的停车场和堆积木箱货包的街旁，入夜后逐渐变成这一带两族居民的“夜市”。

食摊开始热闹了，各四方小桌坐满了食客。那么，你就叫一碗“鸡丝面”吧！一小团面条放在沸水里一煮，随笊篱捞起来，加上一勺食用油跟酱油搅匀，上面铺一汤匙鸡肉碎就成了；改为米粉、粿条也可以。这是雅加达华人区最普遍和大众化的食物。若想吃饭，可以改叫“炖鸡饭”，米跟鸡肉碎放在小锌碗里炖熟，热腾腾倒在盘里，加上一勺食用油和一撮芫荽，再配上一小碟酸腌的黄瓜和辣椒酱。这也是华人区最普遍的饭食。至于当日此间一般常菜“炒杂菜”“芙蓉蟹”“红烧鱼”，得多花费，一般只求果腹的平民就不敢问津了。喝的么，一杯冰茶——冷后的茶水加进冰块——就行了。这样，你就嗜过这雅加达华人区有特色的平民化吃食了。

若是你已用过饭，喝一杯加糖的咖啡或者苦咖啡也行。班芝兰有好些咖啡店。你叫过咖啡就坐下来聊天，坐下来谈生意，还可以从街旁食摊叫食物进来食用，咖啡店只收饮料的钱。因而咖啡店是南洋最普遍的碰面和用餐地点，遂至座客常满，不相识的人也可以共桌，各享用自己的饮料。就这样，你也坐下来观赏一番眼前这热带之夜的街景吧。那些出来购物和散心的人群当中，有胖嘟嘟穿“加耶”上衣和花裙的侨生妇，有披着唐装上衣、剪平头的中年华人小商人，有戴回教徒帽子、穿西装的当地人，也有裸肩露背的摩登女郎……各式人物、各种颜色在你面前晃，混合着这南洋的景色、情调和气氛，教你仿佛置身在幻境中，只觉得眼前奇异的彩色在晃动……

突然，蓬蓬的乐音破空响起，你被引开去的情思登时惊醒转来。啊，是一对当地流浪者夫妇，男的破衣赤脚站在门口弹吉他，女的涂脂抹粉走进咖啡店，在你桌前唱着一曲古老的情歌。唱过后，便捧着四角打结的手帕，微微佝偻着向座客讨钱；一得到钱，就转到别处弹唱去了。那蓬蓬的吉他声，这异国情歌，对着面前一杯浓咖啡，再嗅到那好似带着果香的热带之夜的空气，你或许会不自觉微微陶醉了。

若是你只想喝冰或者尝尝水果，则请到那类摊子去吧。已切成块的各种热带生果，还有刮成一梳梳的椰肉、蒸过后发酵的木薯、“亚答子”什么的，各放在一个玻璃缸里。你要配什么果料，任选，舀进你的杯子之后，加上冰花和香糖浆，有的还给绕上几圈甜炼乳，就是“杂锦冰”了；否则，用柔椰肉加糖浆调成的冰水，也够你清凉透心的。水果另有水果摊，木瓜切成条，凤梨切成块，还有芒果、洋蒲、杨桃什么的，都藏在玻璃柜里，上面镇着冰块，要吃什么，卖者给你切成小块，放在盘子里，用小叉子叉着吃。如果你想每样都尝尝，他也可以每样给你切一些，合成一盘，那就是“杂拌生果”了。不过，你可别忘了辣椒酱，除了盐和糖，南洋吃水果也要蘸辣椒酱的。你就照这习惯尝尝吧……

若是你想尝一尝闽南家乡风味，缠过小脚的唐山阿姆在路旁摆着番薯汤档，黄澄澄、热腾腾的番薯，让你一筷子夹开来放进嘴里。若想尝尝特殊食物，则广府人喜欢的有“鱼生粥”，侨生喜欢的有“鳖窝”……

干这些营生的，都是我们华人。他们当中，有的是找不到其他生活路的男汉；有的是把它当副业的小职员；有的是为了贴补家用的主妇——她们当场煎油条，卖佐着酸腌黄瓜的油炒面，卖掺上佐料、包在蕉叶里烘焦的鱼肉；有的是年老力衰的老妈子——她们卖花生、卖糕果；有的是学龄孩童——他们卖香烟、卖彩票（有的还一边在温课哩!）。另外还有一些年老的华侨，他们在小桌上摆一个玻璃框架，替人修钟表，有的则摆张桌子卜课测字，又有的安笔墨替不识字的人写唐山信……从中，你或许能想象出他们的家庭生活景况的吧？

摆货档的更尽是华人。这时，两旁店铺前已“绕”了好几排的货档了。做一个木档子，像大木箱，也像柜台，台上有框架，摆出各种当销的货色，备用的货则装在柜里；柜下装轮子，出档收档可以推动。这种有特色的货档，售卖各种中西药品、成衣鞋袜、家庭什物、日用百货，直到电力用具以至各种工具。他们热情地招徕顾客，货价较店铺便宜多了。另外还有固定的摊子，摆卖饼干糖果、外国水果等等。

此外，你或许还有兴致逛百货公司，不过这里只有一些小百货商店。这时，你或许会突然想到买一件华人常用的齐裾短袖夏威夷衬衣，或者一双叉带的侨生拖鞋，把自己打扮成华侨，或者留作此行的纪念的吧。如果你更喜欢钻书店，则这里有好几家华文书店；此外还有文具店、照相馆、理发室、裁缝店（兼做寿屏轴）、钟表行……最后，你还可以看一场电影。在这里，放映华语片和西片的戏院都有。你看，看戏的人尽在排长龙哩……

不过，待你看完戏走出戏院，商店多已打烊了；人潮已退了不少；连摆档的也开始收拾货物，推着档子回去了。这时，唯独食摊还热闹，许多人在吃宵夜，砧声不绝于耳。待到食客走尽，摊贩们叮叮当当收拾盘碗、拆开帐篷，互询这一夜的生意如何的时候，已快到子夜。而班芝兰之夜，也已临近阑珊了。

此际，当你游罢这班芝兰之夜，当你深切体会到这海外“华侨社会”的生活景象之时，朋友，你可会想到，在春节、元宵、中秋等佳节，这班芝兰的盛况，犹似一个小“唐山”哩！

游兴至此，你也一定已有倦意，但我深信，你心头一定也充满兴奋，充满各种感想，有待于细细咀嚼，于是，你跨步走进已呈一片昏暗的街道，将作归计。当你走到那空阔的街上，你会不觉深深吸进一口夜气，仿佛想借此调和一下心头腾热的感想。至此，你又会深深感到热带的夜气是那么清新凉快，不由抒胸伸腰，顿时倦意全消。若是你抬头望望天，或许你会看见半轮明月正浮在夜空中，夜空蓝得像深海，透底千丈，你有似在这深海底潜行，顿觉浑身清凉舒泰，举步也分外轻快。

在阔步前行之际，你会嗅到夜气里的清香越来越浓郁，不觉回头四顾，这才看清路旁几株电石灯，犹在黑夜中发出金镫镫的光辉，闪动的火光在当地人果贩棕色的脸孔和臂膀镶上块块赤金。啊，一担担的果子犹未收市！芒果刚刚收季，而今榴莲又上市了！浓烈的气味洋溢在夜气里，这醇醪的异味立即使你醺醺然了。看到你一走来，果贩远远就竞相招呼，并且抽出腰刀，准备给你当场剖开一颗尝尝。在街旁电石光下，蹲在地上剥榴莲，用手指挖着吃，而且把指头放进嘴里舔。这一番情景，或许会留给你日后无穷的回味……

但才刚举步，当地人花贩又把你拦住了。刚绽放的夜来香，连同阵阵清香一直递到你脸前来，希望你买下一束带回家去……

一旦你走到班芝兰尽头，就看见几十辆三轮车正挤在那儿待客；当地人车夫尽推动着车子，老远已举臂争着邀你搭车。当你跳上三轮车，往回家的路上疾驰时，这一夜的感受，混合着四周清凉的夜气，连同手里的花香，则这班芝兰之夜，或许将长留在你的脑海里……

那么，朋友，我不远送了，再见！

（选自《短稿一集》，新加坡教育出版社 1984 年版）

北　美　洲

雪楼小品（三题）

［加拿大］洛　夫

洛夫（1928—　），原名莫洛夫，生于湖南衡阳。1949 年移居台湾，1996 年移居加拿大温哥华。淡江大学英文系毕业。著有诗集《灵河》、《石室之死亡》、《魔歌》、《时间之伤》、《因为风的缘故》、《诗魔之歌》、《月光房子》、《洛夫精品》、《洛夫·世纪诗选》、长诗《漂木》等 31 部，散文集《一朵午荷》等 6 部，评论集《诗人之镜》等 5 部，译著《雨果传》等 8 部。

窗的美学

当暮色装饰着雨后的窗子
我便从这里探测出远山的深度

在玻璃上呵一口气
再用手指画一条长长的小路
以及小路尽头
一个背影
有人从雨中而去

这是我早年写的一首小诗，如就我的整体风格而论，这只是我所有作品中的一件手工艺品，但却被许多诗选所采用，且颇获读者喜爱。这首诗有情节，有呼之欲出的人物，以及一种令人感到扑朔迷离、疑真似幻的气氛。在这首诗中，我把窗子当作一个探测外在世界的心灵触角，让想象在一个有限的框子里作无限的飞翔、幻化、停格、扩展。

我的窗子永远是一幅画，其内容随四季的嬗递而变换，春夏多是彩色的油画，而秋冬则日渐渗开为一幅沉郁的水墨。在北美，十二月至三月之间多雨，画面大多变得朦胧而阴暗，有如张大千的泼墨，可探测出这山的深度，但也不免令人窒息。如遇大雪，情况又自不同。在窗下看雪，实为一绝美的经验。去年十二月初某日清晨，隔着窗玻璃只见飞舞的白雪夹着黄色的落叶，冉冉地飘落在绿色的草地上，这顷刻间呈现眼中的色彩缤纷的景象，美极了！只看得我心旷神怡，如醉如痴，不知身在何处。我家后窗正对着温哥华的北山，山顶终年积雪，当晴天万里无云时，远远望去，总会把那皑皑的绝峰想象为一个纤尘不染的神话世界。

明末张潮在《幽梦影》中说："窗内人于窗子上作字，吾于窗外观之，极佳。"如果他看到我在窗玻璃上呵一口气，然后画一个人向雨中的远方姗姗而去，不知他有何感想？

雪落无声

去年的雪下得较晚，我卜居的低陆平原温暖如春，过了一个绿色圣诞。为了营造一点佳节气氛，当天特别去柏树（Cypress）山顶看雪。列治文区到今年元月十二日才见到第一场大雪。晨起掀开窗帘，顿觉室内四壁皎然，探首窗外，只见宇宙一片光明。雪落无声，万物都在鹅毛大雪的覆盖下失去了颜色，失去了距离，也失去了个性，天地间只充塞着无边际的寂静，其实也不是寂静，而是空无。后院白杨萧疏的枯枝无风自动，在难以觉察的颤抖中，积雪沙沙而下，仿佛落在我的胸中，竟然不起一丝涟漪。这时我手捧着一杯热咖啡，站在落地玻璃窗前看雪，屋顶上是一片消失了时空的白，其间蹲着一只黑鸦，不叫不啼，两只小眼睛在做全方位的转动。这使我想起美国诗人史蒂文斯的那首《十三种看山鸟的方法》的诗来。我也有我看乌鸦的方法：它的存在使我更加孤寂。

前年初来温市即遇一场六十年来最大的雪，也是我平生所见最美最令人兴奋的一场，由于来得猝不及防，整个人被一种茫然的感觉所攫住，初有惊艳的紧张，却不感到任何压力。我突然兴起了挥毫写狂草的豪情，于是脱去外衣，卷起袖子，取来一支大号的羊毫醮着浓墨，展开宣纸，面前好像铺展一望无垠的雪原，这时笔走龙蛇，室内黑色的激动和窗外白雪恣意的飞舞，形成了一种绝妙的心灵节奏，一种极度喜悦的，正如庄子所说"独与天地精神往来而不傲倪于万物"的那种孤傲与狂放，那种满不在乎。

元月上旬这场大雪仍使我兴奋不已。但突然从电视新闻中得知河北张家口遭到大地震，死伤惨重；西藏青海高原遭受严重雪灾，已有一千五百余人冻死；而不幸无独有偶，近日加拿大魁北克等省也受到冰风暴侵袭，灾情亦相当严重。真是一种无奈的煞风景，尼采说："苦难可使生命更加丰富"，但他人的苦难，只会使我感到一无所有，而这时窗外的雪，再也不觉得纯白可爱了。

又想起了雪

每次进入书房，负手独立窗口外望，便不由得想起大雪纷飞的情景。

去年那场大雪下得好不叫人兴奋。晚上，雪已停，万籁俱寂，只见半轮月亮从堆满雪片的白杨枯枝间映照而下，构成一幅"明月照积雪"的奇景。次日上午，圣地亚哥的老友叶维廉从电视中得知温哥华正在下着生猛的大雪，特来电话询问有无灾情，老妻则以惊喜多于惊悚的语气答曰："白色恐怖！"这时，我正在后院挥汗铲雪，堆起一个比我自己还高还胖的雪人。没有嘴脸怎么办？老妻灵感骤发，递给我三只圆圆的褐色茶杯，我拿来往那死板板的脸上一按，顿时长出两眼和嘴巴，雪人竟然活了起来。

离开大陆数十年，还来不及返乡探亲，母亲已告去世，哀痛之余便写了一首悼亡母的长诗：《血的再版》，其中一节即写到梦里在大雪中回家探母的情形。记得当时我一面写，一面热泪盈眶，其中有这么几句："母亲，我不曾哭泣/只痴痴地望着一面镜子/望着镜面上一滴泪/三十年后才流到唇边……"

《世说新语》中有一则关于雪的故事，读来令人莞尔。

"王子猷居山阴，夜大雪……忽忆戴安道，时戴在剡，即夜乘小船就之，经宿方至，造门不前而返。人问其故，王曰：吾本乘兴而来，兴尽而返，何必见戴？"

王子猷这种无所谓的心境，实为一种无心无欲、旷绝千古的禅境，自然不是今天工商社会中一般凡夫俗子所能体味的。

多年前，我也有过遇到"夜大雪"的奇想。那年寒冬，台湾合欢山飘雪，我准备携带几斤狗肉、两瓶高粱酒，邀几位朋友上山赏雪。想象中，我们围炉饮酒，佐以香气四溢的狗肉，这时恍惚中突见一个和尚，身披破衲，从山门外冒雪跌跌撞撞向我们奔来。

抬起醉眼一看，这不是鲁智深吗？

（选自《洛夫小品选》，台湾小报文化有限公司 1998 年 11 月版）

莎河与我

[加拿大] 东方白

东方白（1938— ），原名林文德，台湾台北人。1959年考入台湾大学农业工程系水利组。毕业后于1965年去加拿大，进萨斯卡其湾大学研究院，获水文工程博士学位。曾任教于萨大水文系，退休后专事写作。著有散文集《盘古的脚印》、《神农的脚印》、《父子情》、《真与美》等。

伴着树下的情人与我，
　是一箪食，一壶酒，一卷诗。
她在原野里歌唱，
　这是天上；何曾是人间？

——欧马卡雅《鲁拜集》

一提起加拿大，人便联想西伯利亚的凛冽与酷寒，没想到来了加拿大之后，才发现这里不但有春天，而且还有夏天。这里不比四季不变的台湾，加拿大四季分明：春天雪融，夏天花开，秋天落叶，冬天冰封。来到这里，才懂得对自然的喜爱与对季节的盼望。八年来，不分寒暑，我总在清晨或黄昏到莎河两岸的草坪或树林散步。我看过春天的第一棵嫩芽，夏天的第一朵玫瑰，秋天的第一片落叶，冬天的第一片雪花。我像欧马卡雅一样，徜徉在这人间的天堂；只是我没有情人，伴着我的永远是那脉脉北流的莎河。

我不曾有意要把莎河的妩媚与冥想写下来，但自去年的夏天，我突然有了离别莎城（Saskatown）的预感。就像情人离别时总想珍藏对方的照片一样，我开始随身带了一本小笔记，随时记下莎河的一颦一笑以及因她而逗起的冥想，算做对这八年的情人留作他日回忆所作的画像。但我不曾完成这画像，我才记了莎河的夏天与秋天，我就不得不离开莎城。我不知哪一天才能再回到莎河的怀抱诉说我的别思与离情？我更不知道哪一天才能画完她的画像，写完莎河的冬天与春天？

一

夏天的莎河像是一位阿拉伯的舞女，大学桥上游的河岸便是她那迷人的腰身。我喜欢坐在桥头青翠的草坪，凝望对岸那一列玲珑雕塑的建筑。我最爱圣约翰（St. John）那红色尖塔的天主堂，皇后似的临河顾盼。我也爱贝丝波罗（Bessborogh）那古堡似的巨厦，它那黑色的大烟囱，像是老渔夫的烟斗，不分昼夜地吐着袅袅的白烟。

莎河的河水清澈而碧绿，河上沙渚片片，沙上白石点点，但那不是白石，而是午间打盹的白鸥。柳细的扁舟，打着翼似的双桨，轻烟似的从白鸥身边溜过，仿佛怕惊醒它们的梦。

莎河的下游是拦河的水坝，坝底奔腾的白波是她织不完的花边。白鸥在波上迎风招展，有的在写诗，有的在作画。

坝底的两岸有裸背的男人与小孩，赤足在急流中抛杆钓鱼，他们的妻子或母亲则坐在岸上的树荫下，或沉思，或是微笑。

坝上是一排拦船的浮标，被水弯成美丽的弧线，像是莎河的项链。水上那几只装饰用的巨鲸与天鹅是她胸上的链坠。

坝下游是一座高架铁桥，火车蚕似的驶近，突然山崩地裂，惊飞了桥下孵卵的粉鸽，惊散了水底成双的鳟鱼。

二

你爱不爱图画？你可以站在大学这岸的滑雪梯下，溯河西望。看那重叠的拱桥迤逦斜向对面苍翠的河岸，看那灰色的古堡在桥洞里掩映弄影，看那葱绿的杨柳凭岸戏水，看那红色的尖塔直入云霄。但这虽美却还不够神奇，选个阴天来这河岸伫立，等待那阴云破裂泻下的金光突然临照大地，那像不像是上帝的画笔给这淡泊的素描抹上绚烂的色彩？

你爱不爱音乐？夏天的傍晚，贝丝波罗左边的白色八角亭有的是业余乐师的摇滚与圣乐，贝丝波罗右边的几间教堂更是莎河天然的音乐台，礼拜天的早晨，你可以斜卧在这高岸的绿茵草地，倾听对岸教堂的钟声，有时独唱，有时对唱，有时齐唱，谁说它会输过贝多芬的交响曲？

你爱不爱鸟兽？你可以在薄雾朦胧的早晨，走进那露湿的树林，小心惊醒松枝上的知更或草莓下的白兔。看！那里是一只彩羽的雉鸡，这里是一对依偎的野雁。你一定会喜欢在枞枝间跳舞的松鼠，它会轻匀地从树顶跳到草地上，不怕羞地爬到你身上去啃你手里的花生！

你爱不爱花草？看那高脚的蒲公英迎着朝阳在柔风里款摆弄姿，那矮脚的紫苜蓿也不甘落后蹑起足来争看阳光。那骄傲的紫蓟悄冷冷地不动声色，那满头宝石的荆棘站得远远的怕刺伤寻芳人的腿，凤尾草在幽径上铺了地毯，金雀花在高地迎风扫拂，却扫不落野玫瑰头上的蜜蜂与蝴蝶。

三

告诉我，莎河，到底是东方文明胜过西方文明，还是西方文明胜过东方文明？我听过多少人说："中国文明乃世界之冠"，可是他们却用西方的影印机翻印东方的古书，用西方的钢筋水泥盖东方的佛寺。他们上班不坐东方的轿而坐西方的汽车，他们来外国不坐东方的帆船而坐西方的飞机。其实世界的文明本来就像天边的彩虹，正因为它的多种色彩，才使人惊奇它的雄浑与壮丽。谁能说红色比绿色高贵？谁能说黄色比蓝色纯洁？它们许有定性的不同，我们何必加以定量的比较？

对岸的教堂我都进去过，我不知听过多少牧师与神父说："只有我们的神才是真神，只有我们的宗教才是真正的宗教"，难道众神都如尼采说的"笑死了"吗？我宁可相信百合一（Bahaism）说的："神只有一位，只因人殊而异相。"听那对岸的钟声！它们声调虽不同，却不都在向世人诉说同一个爱字？看那教堂的尖塔！它们颜色虽不同，却不都指向同一个天空？你可以叫祂"耶和华"，他可以叫祂"阿拉"，而我宁愿叫祂"道"。

告诉我，莎河，人为什么对"此时此地"——这糟糠之妻那么薄情不忠？他们睡在这妻子的怀里却梦着"他时他地"那虚幻的女人。有几个人能擒住"现在"，享受他的"周遭"？多少人活在现在却去感伤逝去的岁月？多少人来到异乡却去感伤离去的故土？我们永远用"此时此地"去感伤"他时他地"，明天又轮到明天的"此时此地"来感伤今天的"他时他地"，我们这样日夜感伤，不是要感伤终老直到步入坟墓？

四

秋天到了，才开始有一点凉意，草木已变了颜色。先是那不耐寒的白杨，脱了绿衣，穿上黄衫。然后是多愁善感的枫木，哭红了眼睛，撒了一地泪。树上的果实快掉尽了，但没有怨言的翠菊仍幽幽地开花。坝上的母鸥仍翩翩地飞翔，它的叫声变得哀怨而细长了，仿佛在感叹春天已逝，夏天不再来。

秋风起时，麻雀绝迹了，粉鸽也只能沿着河岸低飞，夏天刚出生的雏鸥正努力不懈地跟住母鸥学习飞行，而爱波涛的雄鸥，愈是大风愈飞得高，挺直插天的双翼，迎风傲岸，想与天上的急云争雄长。

已经是深秋，树叶都掉尽了，树林显得格外光亮。几天前铺满人径的落叶，枯枯碎碎的，已不知被风扫到哪里去了，幽径又显出原来光洁的模样，自行车辙的痕迹又明晰可辨了。人走在幽径上，见不到一丝绿意，只是一片褐色的世界，扑鼻是一股枯叶败草的芬芳，虽不比夏天浓烈的花香，却别有一番宁静与素朴的滋味。树林终归是自然的儿子，不管春秋寒暑，它依旧有它的那一份天真与可爱，谁也偷它不得……

（选自《海外华人作家散文选》，三联书店1983年版）

爱蒙顿散记

［加拿大］梁丽芳

梁丽芳（1948— ），女，广东台山人。香港长大，十多岁时移居加拿大。先后获加拿大卡加利大学文学士，不列颠哥伦比亚大学文学硕士和哲学博士。现任加拿大阿尔伯达大学东亚系教授。著有《柳永及其词之研究》、《从红卫兵到作家》、《开花结果在海外：爱蒙顿散记》等。

1. 寒 流

秋冬时节，在温哥华，早上起来，会下意识地看看窗外有没有下雨。在爱蒙顿，早上起来，第一件事，就是看看挂在露台上的温度计有多少度。

爱蒙顿的冬天多半阳光普照，坐在室内向高空望，蓝天白云，开朗得令人舒畅。可是，这种艳阳灿烂的景象，不能尽兴，只要目光向下移，一看地上的积雪，便知道冬天还要逗留一段日子。

长期住在爱蒙顿的人，或多或少都有个温度情意结，而这个情意结在漫长的冬天尤为显著。

如果不知道当天的温度，就心有戚戚焉，知道了温度，就觉得踏实。原因很简单，温度的高低，关系到当天要穿什么衣服。比如，要穿普通的大衣，还是穿有帽子的鹅毛大衣，要不要戴围巾和手套，要不要穿厚一点的雪靴，等等。

记得有一天早上起来，我一看温度计，是零下三十二度，收音机说加上冷风，是零下四十六度！看看窗外，白烟四起，对岸高楼顶上的寒气冉冉飘升，一团团凝固在空中，连太阳也躲起来了。

一进入教学楼，眼镜就模糊一片。到了系里，秘书第一句话就埋怨说，今天大学为什么不关门呢？谁来上课呢？

是的，谁来上课呢？我跑上去教室一看，出乎意料，学生都来了。忽然记起我上个星期说今天有测验，怪不得都来了。

此后几天，温度都在零下三十几度，学生出奇的都没有缺席。看来，是我错看他们了。

2. 黑的雪

已经五月了。可是，当人们盼望着夏天来临的时候，却忽然下了一场大雪。雪花乱飞，只一天一夜，就把整座城市笼罩在银色的世界里。早上醒来，向窗外一看，白蒙蒙的，简直不相信自己的眼睛。

一出公寓大门，迎面走来两个金发的小伙子，穿着夹克，竖起两根手指，笑着对我说："圣诞快乐！哈哈哈，五月的圣诞，今年有两个圣诞节，我们真幸运。"说完，踏着雪走了。这座城市的人，对于天气的变化，自有他们的一套幽默。

路边一个上午就有了小山一样的雪堆。可几天之后，太平洋的暖风一来，就把雪消融了。原来的小雪山，变成灰黑，有点像煤炭堆。融了的黑雪，脏兮兮的，往低洼的地方，流成一条条弯曲的水纹。

白雪变黑雪，仿佛转瞬之间。忽然想起刘恒的小说《黑的雪》。当初看见这个书名，第一个反应是雪怎么是黑的，名字起得有点怪。跟着一想，觉得刘恒不是随便起小说名字的，其中一定有他的寓意。及至看了他的小说和根据小说改编的电影《本命年》，才恍然大悟。书中的男主角本来像白雪般的单纯，因为一次打架伤人被关进监狱，出狱之后，他靠自己的本事生活，努力重新做人。可是，在世俗的社会环境下，他不知不觉，又堕入黑社会，无法摆脱黑道的魔掌。

无论多白，如果四周不洁，雪始终是会变黑的。黑雪这个意象，亏刘恒想得出来。这个突出的意象，隐喻了一个边缘人无法逃避的悲剧。

3. 散步偶记

散步，是我最近才养成的习惯。

我散步的路线，是没有固定的。有时，我沿着沙河的河边大道向西走，这样可以看见地平线上的日落和日落前后的彩霞。有时，我朝相反的方向，踏着自己的影子，人行道伸延到哪儿，我就走到哪儿。累了，才转身回走。有时，我忘了往回走。经过古老的士达孔拿区，便进入二手书店看看，或者在露天咖啡馆，慢慢地喝杯咖啡。

一个星期天的下午，秋天的太阳还很暖和，满河谷飘着灿烂缤纷的枫叶，心中不禁涌现了看河的冲动，于是提起背包，沿着高架桥，向北边城里走。越近桥的中心点，河水越深，放眼望去，河水在尽头处弯了一道半月，便不见了踪影。回头看见屹立在河边的公寓，在阳光中掩映，一副不在乎的样子。

那是我住的地方吗？

一阵秋风吹来，不知道为什么，想到这些河边公寓若干年以后，可能仍然屹立着，那时，人事已非，我算什么呢？曾经住过这儿又怎样？不知怎的，又想起了张爱玲小说中的一个意象，这个意象，是念中学的时候就记住了的。她也写到河，她的河风却不温和，是十万八千里来的悲风，好不苍凉！

爱蒙顿是个双子城。这座连接南北区的桥，两端斜拉着许多钢条。从我临河的公寓上看，好像两部等待弹奏的竖琴。如今，我穿行在这些钢条的影子之间，仿佛正在弹奏桥上的弦。

4. 西爱蒙顿商场

到爱蒙顿的人，都会到西爱蒙顿商场一游，才算来过爱蒙顿。

这家世界最大的商场，集中满足了人们吃喝玩乐的生活需要。可是，它又不仅仅是商场。里面的设备，除了一般商场共有的各类店铺之外，比较特出的，有激浪的人造海滩、小型高尔夫球场、主题酒店、溜冰场、游乐场和戏院，还有补习社、画廊、书店等。人们可以在这儿轻轻松松、自由自在地逛游、买物、游乐，做自己喜欢做的事情。走累了，坐下来，听听水柱跳跃出的古典乐章。坐够了，起来走走，喝点什么，再继续走。要不，可以挨着栏杆，看溜冰场上人们潇洒的姿势和小孩跌倒了又爬起来的可爱傻劲儿。如果早上来，还可以做快步运动，从一头走到另一头。

有人说这是个商业化的虚假繁华，人工雕琢堆砌成的物质横流世界，资本主义消费的极致。

不妨从另一个角度来看。我觉得这也是个可以令人暂时忘却烦恼，找回人的活力的地方。

不是吗，在冬天如此漫长，多见雪地，少见人流的城市，如果没有兴趣滑雪或是其他冬季户外活动，不能经常走动走动，舒展筋骨，难免会产生莫名的难耐和落寞。

对于爱蒙顿人来说，商场是必然的发展，是一个需要。它既是经济的，也是社会的。它给人一个可以自由走动的空间，一种人流的气息，一种生命的活力。

5. 缘

早上，我照常坐升降机下楼，如果里面有人，便打个招呼，然后谈谈天气之类，一分钟后，便到楼下，大家说声拜拜，分道扬镳。如果把这个简短的过程天天录像下来，那种重复又重复的影像，肯定是真实而荒诞。

某天早上，我一进入升降机，出乎意外地看见一个中等身材的华裔女士，向我友善地微笑。她问我是不是华人，哪儿来的，在这儿住了多久，我一一回答了。到了楼下，出了升降机，她拉着我说，为什么我在这儿住了这么久，没有碰见你？认识一个华人多好，可以互相照顾。我也说，不知道为什么我也没有碰见你。她热情地告诉我她的名字，并说，什么时候,我们再见面。

我一直记着这件事。可是，因为太忙，没有跟她联系。两个星期后一天下午，我在楼下的健身室做完运动，心血来潮，走到通传板，根据她的名字，按了信号，应铃的果然是她。

半个小时之后，她来到我的公寓。

我们一边喝茶，一边聊。原来她的专业是医药科技研究，对于我来说，真是一门高深的技术。她解释说疯牛症也是她的研究范围，顿时令我十分折服。谈到她来加之前的生活，才知道她念的中学，竟然与我念的小学属于同一个教会，真是巧合。由此谈到宗教信仰，她是基督徒，她现在去的教会，竟然是我以前去的，只是我已经很久没有去了。

这是缘分呢，还是神的意旨呢？

6. 小城餐馆

如果驾车从亚尔伯达省加美边境的高速公路向北走，沿途除了卡技利和爱蒙顿有八九十多万人口和中部的红鹿镇有十万人口之外，其他的都是小城镇，人口从几千到一万不等，分布在高速公路的两侧和两侧一两百里外的地方。这些小城镇，像是荷叶上的点点露珠，只要荷叶一抖动，就会凝聚起来，晶莹荡漾。

如果好奇，从高速公路一侧驶出，只消几分钟，便进入一座小城。几乎毫无例外地，在小城的中心地带，会发现一家或者两家华人餐馆。如果推门进入餐馆，会发现两种经营方式。一种是家庭式经营，丈夫或者妻子，在餐房打点，另一半在厨房忙着；或是夫妇在厨房分工，年青的儿女负责侍应。另一种是合伙经营，多半是中年男子，一个戴着白帽子守着厨房，另一个服务顾客，兼顾收款。

如果仔细一看，会发现餐馆尽处有道楼梯。这是个两层楼房，餐馆的主人一家，就住在楼上。问一问这家餐馆的历史，主人会告诉你，餐馆是从另一个华人那儿买来的。这之前，也是华人经营。再之前呢？也是华人经营无疑，因为在楼上发黄的墙上，贴着孙中山先生的像，阁楼上，曾经发现二三十年代的月份牌，以及土改时期侨乡寄来的杂志。

斜阳冷照，喝着倾注了主人热情的香茶，坐着，坐着，仿佛进入了历史。在百年岁月中，有多少侨乡父老兄弟的青春，在此消磨净尽？有多少侨乡妻子，望穿秋水？

忽然记得，广州黄花岗七十二烈士公墓，有华侨捐赠的砖块，砖块上用金字刻上了这座小城的名字。

而那些捐赠砖块的人，早已与荒草长眠，不知所踪。

7. 墓 地

进了小城，穿过绿阴的小路，转了两个弯，便到墓地了。

一排一排的石碑，在如茵的绿草中迎风竖立，寂寞而恬静。

祖父和伯公的墓地，应该就在这儿附近了。只知道祖父和伯公的足迹，曾遍及渥太华、里展拿、沙士格屯等地，最后落脚在亚省这个地方，日出日落，直到晚年。他们兄弟二人互相照顾扶持，轮流回乡娶妻生子，买田建屋，然后，再赴重洋，忍受另一次的孤独和期待。

他们的妻子，在乡间遥望，每当谈及远在金山的丈夫，乡人的羡慕目光，似乎可以弥补深闺的寂寥。

二次大战期间，音信隔断，他们的妻子带着孩子奔波逃难。好不容易等到抗战胜利，他们兄弟想打点回国，决定不再来这个地方了。

岂料，金山的光环变成了杀身的恶诅，连妻儿的生命，都不可保，还能回去吗？于是，几经转折，妻子孙儿，也沿着他们走过的路，来到此地。

这是祖父辈和他们妻子儿孙的故事，大同小异的情节，陆续上演了大半个世纪，现在，还在上演着。

拜祭了祖父和伯公，顺着墓地走了一圈，发现好几块残破的墓碑，刻记着类似的文字：中国广东省台山县某乡某村某公之墓。

他们的儿孙呢？可否来过？

（选自《开花结果在海外：爱蒙顿散记》，加拿大华裔作家协会2006年版）

晚年的况味

［美国］钱歌川

钱歌川（1903—1990），原名钱慕祖，湖南湘潭人。1926年日本东京高等师范学校英文科毕业后，任中学教员。1936—1939年留学英国伦敦大学，归国后任武汉大学教授。1947年受聘赴台，历任台湾大学等校教授。1964年前往新加坡，担任义安学院教授。1972年退休移居美国纽约。著有散文集《竹头木屑集》、《狂瞽集》、《客边琐话》、《偷闲絮语》等。

一、退休以后

古今事物考引用书经上伊尹告老的故事，作为最早退休的例子，说是“自周乃有大夫七十致仕之礼”。左传襄七年，也说到“晋韩献子告老”，但没有说出年龄来，大概也不会少于七十岁，因为在三代的时候，一般人的寿命似乎都是很长的。今日我们公教人员一般退休的年龄，是六十岁或六十五岁，至高也不能超过七十岁。只有新加坡一带由殖民地变成的新兴国家，才是规定五十五岁退休，因为欧洲人以前在东方殖民地尽量搜刮，到五十五岁退休，好带着在海外发的横财，回到欧洲本国去，还可以好好地再做二十年的事，甚至从头来开始一种事业也都来得及的。

在台湾，一般人退休以后，即令可以拿到一笔钱，也不见得能保证老来的生活。因为退休金也好，公积金也好，都不够给人去购置一幢养老的住宅，不要说什么菟裘了，在物价飞涨的情形下，每天的生活费用，就大有可观，所以大家都不愿放弃现职，当局只好强迫退休，以让出地位给后进的人。即令生活没有问题，对于怎样去打发漫漫的永日，也还是有问题的。

一个人做了一辈子的事情，突然退休下来，终日无所事事，如有所失，一定会感到难过的。所以住在台湾一些白领阶层，都主张退而不休。教书的先生们专任教职退休了，仍可要求兼课，照旧可以常往学校里去。公务员退休了，有人仍挂上一个空头的名义，顾、参、咨之外，还有所谓专员之类，照旧可以去那机关找老同事聊天。有的人不能与服务机关保持藕断丝连的关系，就得自己另想办法解除寂寞。我有一位朋友，就邀集几个退休的棋友，组织一个棋会，轮流到各家去下围棋并聚餐，以作为日常的事务。我想爱打麻将的朋友，也是可采用这种办法的吧。就我个人而论，我不打牌，也不下棋，不能参加集体活动，退休后只好仍维持我过去几十年来的副业，以写作来消遣。我们是百无一用的书生，素来服膺三书主义——教书、读书、著书。现在教书不成，还可坚守读书和著书两个基地。这是谁也剥夺不了的个人的权利，也是晚年的安慰。这又是古今中外，四海皆准的可行的办法，上述的兼课、挂名，或组织棋、牌局一类的事，只有在中国可行，到美国来就行不通了。不久以前在联合报副刊上，读到夏元瑜先生献给年高读者的一篇大作《寂寞中找快乐》，知道他主张排遣退休日子的办法，是饲养小动物，养猪、养狗、养鸟，什么都行，但不可养得太多。他说动物比植物好，可以有感情的交流，他不赞成养花，说是费尽心机，而它毫不知情。其实，照我看来，花如解语还多事，能供我们欣赏便佳，正如英诗人基茨（John Keats）说的，“一件美丽的东西，是一种永远的快乐”。（A thing of beauty is a joy forever.）所以一般不求回报的人，也常以养花为退休后的事业。我记得以前读过一个美国发生的小故事。有位年轻的姑娘，看到她邻居的老头儿，每天拿着一个穿了底的水壶去浇花，忍不住径去告诉他说：“老先生，你浇花的水壶是底破了的，装不上水呀！”没想到那老头儿却回答说：“谢谢你，我知道。那不要紧，因为我的花也是假的，不用真的浇水。”可见老年人要找事做，连养假花都可以做样子去浇水的。

退休了的老人们，决不可以一天到晚坐着不动，一定要起来多多活动，找些事做，因为不常动就会变成不能动，即令无病，也将成了坐以待毙（euthanasia）的了。一个体力健全，头脑清晰，而有相当才智的人，应该自求多福，创造出一个美好的晚年。

二、居家与老伴

易经上说，“无攸遂，在中馈，贞吉”。解释说，妇人的职责，就在做家中的三餐饭。因此后来称妇女的本职，就说“主持中馈”，没有结婚的男子，就说“中馈犹虚”。家中的事是以妇人为主，所以从古以来，都是男主外，女主内，家以外的事妻子不去过问，家以内的事也不用丈夫来管。我们把妻子叫做主妇，大概就是这样来的。

丈夫退休以后，已经没有外边的事情可管了，撤退到家中来，无异是侵入了妻子的地盘。原来这个家，几乎整天都是属于她个人的天下，丈夫出外工作，早出晚归，到了周末，又要相偕出游，多半不在家中。现在丈夫退休了，不再外出办公，整天呆在家里，也要来争取这个家内的主权，把她原有的女天下攻破了。这样一来，主妇原有的生活习惯，也被破坏无遗，而老夫老妻之间也就不免要发生某种形式的冲突。

人心不同，各如其面，虽称结为同心的夫妇，在意见上仍然有不少的分歧。原来主妇一人在家，一切独自做主，照自己的意思办事，现在丈夫在家，免不了有他的意见，而且那又是主妇不能无视的。在美国的情形尤其如此。丈夫在外工作，素来不管家里的事，一般家庭因无力雇请佣人，一切轻重的家务，都得由主妇亲自料理，丈夫整天不在家，什么忙都不能帮，礼拜天外界都在安息，丈夫在家也派不了用场。

不过主妇虽则辛苦，也有她们的享受，电视与电话，便是享受中最主要的两宗。这些几乎成了她们生活的一部分，不可分割开来。美国主妇喜欢随时把电视机扭开，一面看电视，一面做家事，习以为常，自得其乐，现在丈夫在家，电视的声音不停地吵闹，耳根得不到清净，不能专心做他想做的事，不免感到烦躁，而要对妻子提出抗议了。

主妇终日守在家中，生活单调，未免感到无聊，既不能跑出去找邻居聊天，唯一的解救办法，就是利用电话的联系，来和别的主妇朋友共话家常，诉说她们不满的生活，尤其是丈夫退休后的家庭生活，她们的妙句有："丈夫多了一倍，收入少了一半。"以前丈夫只有晚上在家，现在白天也在家，所以多了一倍，而他退休后的恩俸，至多只有原薪的一半。人在家的时间增多，对她只有障碍，并无好处，钱的来路减少，当然家用就要紧缩起来，实际蒙受了害处。

她们跟那些同病相怜的人在电话中聊起来，就没有止境，一聊动辄就是一两个钟头。她们年轻时交谈的事情，不外是孩子和丈夫，现到老年，孩子飞走了，丈夫回来了，所谈的就只限于丈夫，尤其是她和丈夫间不能相契的地方，例如在冬天，家里的温度，她素来是保持华氏六十八度的，而丈夫一来，就把那自动温度调节器（thermostat）转在七十二度上，使她热得难耐。

有的丈夫喜欢歌剧，自从他退休以后，每天都要躺在沙发上听歌剧的唱片，而且百听不厌，一听就是好几个钟头，合唱起来，声音大得可怕，主妇只好躲避到顶楼上去，把门底的缝用布塞住，但声音还是照样钻进她的耳朵里来，逃也逃避不了。

家中的电视机白天一向是主妇专用的，现在不得不让给丈夫看了。他要看的是球赛，妻子对球不感兴趣，只得走开，但感到宁静的生活被破坏了。老伴经常在家，反而使她不乐。虽则他们夫妇的感情还是很好的。

有些丈夫受不了妻子在电话里的唠叨，可能要横加干涉，而剥夺了她的一种享受。丈夫没有事做的时候，也可能踱进厨房里来，但并不是要来帮忙做点什么，而是来看看吃什么东西。他不免要批评一下妻子买的贵了，或是牌子不好。厨政是属于中馈的专职，不容外人置喙的。哪怕丈夫，都最好不要来管她的事。

以上种种，都是主妇在电话中谈不完的家事，发不完的牢骚。

三、健忘的毛病

健忘确是老年人的通病，就说读书吧，读到第二页，就把第一页中所说的全忘了。全书读完了一遍，除大意外一切细节都不复记忆，有时说话，说完上句，忘了下句，甚至说到口边的话，转瞬即忘，一点线索也追寻不到，那句话只在他脑海中一闪即逝，永远消失了。

英国的加力克俱乐部（The Garrick Club，是为纪念十八世纪的剧作家兼演莎剧特别有名的 David Garrick 而成立的）为毛姆（Somerset Maugham）举行的八十岁庆生会（以前只有 Diekens，Thackeray，Trollope 三位作家得到那种荣誉），主席加以介绍之后，寿星免不了要站起来致答辞。他首先说了几句客套话表示感谢，接着便说："年老是有许多好处的。"他原想好了几点意见，要在这场合说来应景的，可是说完上面这句话之后，脑中竟成一片空白，他愈着急愈是一点也想不起来了。他只得低下头去，会众鸦雀无声，都替他捏把冷汗，最后他只好放弃而敷衍过去了。

有人住在乡下，写好一封信去投邮，至少要走上三里路；他专为发信走去，可是走到那里，在身上到处找，也找不出那封待发的信来，原来他忘记带去了。有时分明是为发信而去的，去走了一趟回来，那封信还留在口袋里，忘记发出了。

有人日常在楼下书桌前做事，有时要上楼去找一本书查阅一下，可是上得楼来，经过洗手间便进去小解一下，洗手出来便一直下楼去了。再回到书桌上，才想起上楼去的主要任务，竟然忘了。

你说健忘是衰老的明证吗？也不见得吧，老年人可以引以自慰的，是一些正当壮年的人，也同样有健忘的毛病，司各脱（Sir Walter Scott）在他的日记中就记有下面这样的事：他老是要寻找印刷所送来的校样，他虽已校对好了，但未送出，不知放到什么地方去了，他有时接到朋友的信，已经把回信写好，可是找不到那人的地址。到了第二天，他把那地址找到了，但写好的回信又不见了。他总是找到这样，丢了那样，从来不会在同时都到手的。司各脱在日记上写道：难道是我的头脑不行了吗？司各脱死时才六十一岁，不能算老，以他留下的《劫后英雄传》等小说，《湖上美人》等诗篇，都足以证明他的头脑不坏，而且很有才华，但仍不免有健忘的毛病。

有人说这不是健忘，而是粗心的缘故，这是一种似是而非的说法，应当说是太专心致志去做某一件事的缘故。如司各脱便是太专心于写作，而把其他的事都不放在心上，所以才有健忘的现象。

从前牛顿（Isqac Newton）约好了朋友来家吃饭，到约定的时间客人到来，他却仍在实验室里没有出来。大家都知道他的习性，谁也不去打扰他。客人独自用餐，吃完自个儿走了。等到下午三时，牛顿才从实验室中出来吃饭，发现碟中只剩下一些骨头，他抬头看看时钟，然后自言自语地说："啊！原来我已吃过午餐了。"便又回到实验室去。这正说明一个人专心致志在做一件事时，连肚皮饿都忘了。

四、缄默的美德

造物者使人生有两耳一口，就是要人多听少说的，可是人偏偏爱饶舌而不肯听话，造成人间无止境的烦恼。孔子家语上说："孔子观周，遂入太祖后稷之庙，庙堂右阶之前有金人焉，三缄其口，而铭其背曰，古之慎言人也。"英文成语也说，"沉默胜于多言"（Speech is silver，but silence is gold），以黄金比方沉默，可见是最宝贵的了，说一个人能言善辩（He has a silver tongue）至多只能用白银来比喻，其价值远不如黄金了。

凡事一说出口，便已表露无遗，如果能保持沉默，则一切尽在不言中，所以你不开口，别人对你莫测高深，你如说话，马上把你的底细揭穿，你的社会地位，你的学识修养，都暴露出来了。普通爱说话的人，多半是不懂得的，懂得的人是不肯随便说话的。听话的人可以获得各种知识，说话的人不免孤陋寡闻了。

我有一个最亲密的老朋友，他被两个女儿和外孙女们一致恭维是标准丈夫，她们不知道他赢得这种荣誉，全在能够守口如瓶，保持沉默。不说话原是使天下太平的基本因素，争吵必须有对手，一个人无论怎样来势汹汹，也吵不起架来。对方不回嘴，就可使一场争吵消灭于无形。联合报副刊上登的夏元瑜先生的话，是值得引用的："老伴回来，照例的一顿训示，我闭嘴不辩。她孤掌难鸣，吵不起来。关于这点涵养功夫，不论老少读者——限男性——不可不知。不是示弱，而是和气为齐家之本。此乃美德，老婆何足以怕之哉!"

我平日也早训练成为一个不说话的人，有时有话也不说出口来，到口边又吞下去。现在来到美国和青年人住在一块儿，也正好可以运用夏先生另外几句金言："老人千万不要唠叨子女，时代不同，见解各异，说不定谁对谁错"。我们年纪老了，在下一辈看来，是已经落伍了，尤其来到这超级强国之一的美国，许多新的事物，都是生平未见过的，许多他们的办法，都和我们的格格不入。我们的主张，更不合他们的胃口。我们认为发烧的人不可着凉，而他们却要用凉水去洗澡；我们认为香蕉是凉性，腹泻时不可吃，他们却说香蕉可以止泻。诸如此类，都和我们的想法不同，所以他们要怎样办，就让他们怎么办好了，我们老人最好不去参加意见。意见再好，他们也不会接受的，所以不说话是最好的办法。说话多了，就会闹意见来，大家都不愉快，何必贪图一时的冲动，去多管闲事呢?

好多嘴的人不外是播是非，管闲事，或评头品足，批评别人这里不对，那里不好，而极少作谀辞的。恭维的话别人听了笑笑而已，斥责的话别人听了总是不高兴的。在五世同堂时代，老辈当面训上几句，后生小子为着衣食是赖的关系，也只好忍受不加辩解，但现代的青年自食其力，自然不愿再听长辈的唠叨了。做长辈的人一定要知趣，不可去对他们多说闲话，记得美国杂志上劝导老太婆对儿媳要"打开你的钱包，闭上你的嘴巴"（Open your purse，shut your mouth.），真是至理名言。

五、老来事业

一般退休的人常埋怨的不外三件事：金钱不够，地方不够，时间不够。其实这都是托辞，事在人为，决心要做，总有办法做的。

如果能够像陶渊明一样，"守拙归田园"的话，更不怕没有事可做了。农场上处处都有等待你去做的工作。你既可东篱种菊，也可以南亩种瓜，既可以畦径种豆，也可以山坡种茶。还可以种花、种菜，又可以养鸡、养鸭、养蜂。

你退休后仍然住在城市时，也会找到事情做的。你可以学烧瓷器，学做木工或金工，学装收音机、电视机。文雅一点的，可以学画、学字、学雕刻、做研究、写文章。可以找老年的同伴聊天、下棋、散步。如白乐天以"晚来天欲雪，能饮一杯无"的诗代柬，邀友来家共饮，花生豆干，都能上酒，纵谈今古，乐在其中。

退休了的人一定要自己找事情来做，不可太闲，闲着无聊，更易衰老。但须注意，健康第一。有了良好的身体，便可培养各种趣味，有了趣味就有事业，有了事业就可以获得人生的乐趣，而感到晚景并不凄凉，也能过得和壮年时期同等的愉快呢。

（选自1975年1月17日台湾《联合报》）

美国人的谈情说爱

［美国］乔志高

乔志高（1912—2008），原名高克毅，祖籍江苏江宁，生于美国密歇根州安阿伯市。1933 年毕业于北平燕京大学，后赴美留学，1934 年获密苏里大学新闻学院硕士学位，1937 年获哥伦比亚大学国际关系硕士学位。历任旧金山《华美周报》主笔、华盛顿“美国之音”中文部副主任、香港中文大学翻译中心客座高级研究员。著有散文集《纽约客谈》、《谋杀英文》、《金山夜话》、《美语新诠》、《听其言也》等。

19 世纪英国桂冠诗人丁尼逊有一名句：

In the spring a young man's fancy lightyly turns to thoughts of love.
到了春天，青年人脑子里的遐想轻轻地转向爱。

维多利亚女皇时代的英国是号称崇尚礼教的社会，近年来已有几本书将那个时代一些道学先生私底下的畸形生活揭穿，但是像丁尼逊这种高尚文艺作品里所表现的爱，仍然是很纯洁、很罗曼蒂克的。它们虽然谈的是两性之间的爱，其实是在歌颂青年人怎样“爱上了爱”（in love with love）。多情的爱尔兰作曲家汤玛士·摩尔也有词：there's nothing half so sweet in life as love's young dream（人生再也没有能比得上青春恋爱的梦那样甜蜜）。“遐想”、“梦想”——可见这种爱多半只是浸沉在青年人的脑海中。像中国传统社会中“窈窕淑女，君子好逑”一样，往往停留在单相思的阶段。即使有机会与异性接触，在“追求”的过程中，少男少女也是规规矩矩，最多并肩散步或耳边私语，所谓 whispering sweet nothing（甜言蜜语，不知所云）。

丁尼逊和摩尔这班诗人的想法，在今天的英美社会完全不切实际了。第一，男女之间就毫无神秘可言，罗曼蒂克的气氛早已化为乌有，所谓纯情更是迂腐之谈。第二，男人不一定是主动。妇女解放运动影响所及，即使谈恋爱也要伸张女权，不但打破了以前道德上的“双重标准”，甚至人类的天性也会阴阳颠倒。在追求的过程中女方可以扮演“侵略者”的角色。同居（注意：不一定是结婚）以后，往往女的外出就业，男的在家洗碗、换尿布。

不久以前，有两位青年影评家在电视上讨论电影的新潮流。他们一致赞美几部新片中相当“写实”的开端：

一部片子演少男、少女萍水相逢——这原是爱情故事中的公式，所不同者，在此片中女的对男的说：You turn me on.（意谓：你引起我的性欲。）

一部片子更为大胆。女主角和男主角邂逅，交谈不数语，女主角很自然地说：I want to go to bed with you.（我要跟你睡觉。）

一部片子描写一位青年男士跟女朋友在外边约会，见面之后两人商议不知做什么消遣好。男的又想去酒吧，又想看电影，犹疑不决。最后女的很爽快地说：Let's go to my apartment and go to bed.（还是到我的公寓去上床睡觉吧。）

奇怪的是两位影评家举这些例子，为的是要证明美国制片者没有胆量，只会作惊人之笔，欺骗观众，到头来还是“妥协”，墨守成规，以男女真心相爱、终成眷属为结束。

美国民俗早年被新英格兰清教徒的礼教观念束缚，对男女之爱也是尽量抑压，不主张形诸言词的。朗法罗有一首叙事诗，讲一个军人史丹迪士（Miles Standish）喜欢美女普莉西拉（Priscilla），但自己非常害羞，没有胆量亲自出马去求婚，而请了当地的牧师约翰·奥登（John Alden）前往替他说项。可是人家女孩子偏偏看中了这位年少英俊的代言人。当牧师慷慨陈词，热心替朋友做媒时，普莉西拉打断了他的话，含情脉脉地回道：Why don't you speak for yourself，John?（你为什么不替你自己说话呢，约翰?）从此以后此语成为美国民间相传的佳话，朗法罗将它编入诗篇，更是家喻户晓争相传诵。碰到腼腆少年在意中人面前拉拉扯扯木讷于词的情形，旁边的人会引用这句话来怂恿他：“喂，约翰，为什么不替自己说话呢?”

我22岁那年加入留学生组织的一个兄弟会，不久从纽约跑到波士顿去参加麻省理工和哈佛同学的一个舞会。他们请了不少位当地华埠的小姐来做舞伴，燕瘦环肥，挤满一堂。我因人地生疏，加以有点矜持，没有派到对，乐声一起，只好伺机而动，打打游击。不多时，我居然请到一位面貌姣好、举止端庄的小姐共舞一曲。那是一支循规蹈矩的华尔兹，我们两人之间保持相当距离，既未经人介绍，只好一边跳舞一边作礼貌上的攀谈。我问小姐叫什么名字。

“你猜猜看。”她用略带新英格兰口音的美国话叫我猜。可是叫我从哪里猜起?她于是含颦带笑，仰起头来鼓励我：

“让我给你一个暗示。你知道朗法罗的那首诗? The Courtship of Miles Standish.”我把头摇摇，跟着音乐拍子往右闪了一步。她随即又提我一句：“你没有听说过那句话——Why don't you speak for yourself，John?”我若合符节地向左旋转了三步，仍然目瞪口呆，茫无所知。小姐看我这样冥顽不灵，也无可奈何，不再“卖关子”了。原来她的芳名就叫Priscilla。我们身处波士顿这个到处名胜古迹的文化城，又是朗法罗诗篇故事的发源地，这位土生土长的小姐拿我当美国中学堂出身的小仔，来考考我教科书上妇孺皆知的典故，原是顺理成章的事，可惜用在我这位初来乍到的老憨身上，等于对牛弹琴。在那以后，我没有机会再见到普莉西拉，连她的中文姓氏也不记得了，可是从她那里倒上了一课美国历史，学到一句美国俗语。

在美国社交，无论吃馆子、看电影、打网球和跳舞，照例要成双成对；这里面并不意味着两人一定要彼此熟识、钟情，更谈不到相爱，不像从前在国内念大学时，男女同学多来往几次就会被人认为有订婚的形迹。在美国青年男女的词汇中，date 一词关系匪轻，当然所指不是“日期”而是“约会”，即“月上柳梢头，人约黄昏后”的“约”。用做动词：I often dated my roommate’s sister.（我常常“约会”我同屋子的妹妹），换中国话来说，就是“我常常带我同屋子的妹妹出去玩”。做为名词，date 不一定是男女之间的约会，普通商业或公事场合亦可应用，等于一本正经的 engagement 或 appointment，不过说起来简便而顺口一点。一位推销员打电话来约你午餐，你说：“Sorry，I’ve already made a date to see my dentist.”（“对不起，我已经约好了去看牙医。”）一位同事约你某一天去打高尔夫，你很高兴地答应下来：Next Saturday—it’s date！（下星期六——准到！）Vise President Bush had five speaking dates last week.（副总统布希上星期有五处演讲的约会。）

比较令人诧异的是，date 之为名词，指“事”也可以指“人”，那就是用来代表男女约会的“对象”了。比方有人问你：Have you got a date for tonight? 可以解做：“你今晚有约会吗?”亦可解为：“你今晚（出去）找到伴儿了吗?”有人喜欢搜集中英字词音义巧合的例子（虽然在翻译方面不足为训）。此处的 date，亦可以游戏出之，直译为“对”。如 reguler date（经常的“对”）；steady date（固定的“对”，即真有结婚可能的“老相好”）；heavy date（吃重的“对”，如非常出风头的交际明星或校花居然被你请到了）；movie date（电影“对”，请女朋友看电影）；ice cream date（冰淇淋“对”，比较寒酸，约人出去只请她吃一盘冰淇淋）。有时念中学的女儿要跟男同学出去玩通宵，父母不放心坚持要她再找一对同去，叫做 double date（双“对”）。也可能你没有女伴，你的朋友硬要拉你一块儿出去玩，替你找一个从未谋面的女孩来配“对”——可能是他女朋友的妹妹或同学——这就叫做 blind date（盲“对”）。多半的时候，这种盲人瞎马的配“对”，结果发现对方面目可憎，语言无味，不免乘兴而来败兴而返；偶尔也会有天造之缘，从“盲”对晋升为“常对”，而终成眷属的。

我初来美国时，有一回一位朋友，前燕京米苏里交换生葛罗甫请我到他南意里诺州的家乡去过节。我听他和兄嫂闲话家常，问起他的侄辈来。他嫂嫂说：Oh，they have left their dates at the drugstore. 一会儿又说：The boys will pick their dates up after dinner and go to a movie.“约会”竟然可以存放在药房里，晚饭后再去接了“约会”一同去看电影。乍听之下，这种以事拟人的语法，颇觉新颖有趣。其实如用“女朋友”三字来替代“约会”一词，就不难懂了——想来他们的“约会”只是泛泛之交，还没有到“女朋友”的程度。

记得在燕大的时候，曾经听到一首洋文的打油诗：

Freshmen know everything,
Sophomores know something,
Juniors ate love - makers,
Seniors know nothing.

一年级生知道一切，
二年级生知道一些，
三年级生谈情说爱，
四年级生一无所知。

这几句不无真理的歪诗，不知是当年好事的同学胡诌出来的，还是在美国大学幽默中有所本。燕京是个洋味十足的教会学校，开男女同学自由恋爱的先河。（上海的沪江虽是最早男女同学的大学，但校规较严。）校园里一对对情侣在未名湖上溜冰、姊妹楼里幽会。但当年所谓的 love-making，最多只能说成 falling in love（跌入爱河），并不是今天那种名副其实的“做爱”。

即连在美国，所谓“放任的性行为”（Permissive sex），所谓“明目张胆的色情描写”（explicit sex）也是近 20 几年来的现象。在 30 年代至 50 年代期间，尤其是在金赛博士发表人类性行为调查报告之前，美国社会对两性的观念，纵然不像 19 世纪维多利亚时代那样视为洪水猛兽，却也相当保守。由来已久，美国男女爱慕的背景和氛围是“月光与玫瑰”（Moonlight and roses），相当于我们的“风花雪月”。不过中国往昔只许男婚女嫁，不谈什么自由恋爱，所以与异性交往，比较可以“自由”、“浪漫”的场所，竟要靠秦楼楚馆，所谓风月场中，这样一来“风花雪月”那么雅致的成语也染上了狎邪的气氛。“月光与玫瑰”则不同，完全憧憬着纯洁和罗曼蒂克的爱。通俗文艺、流行歌曲、杂志、电影等等，无不帮忙造成这种脱离现实的幻想。本来食色性也，美国人一般不讲究吃，对于色也不如文化比较古老的民族，似乎始终隔膜：要么完全理想化，把女人当偶像般崇拜；要么就大惊小怪，显出顽童偷窥的好奇心理，经不起 60 年代各种反传统运动的冲击，就如洪水泛滥，一发而不可收拾。有人批评目前性解放的过分，指出中等学校所开设的“性教育”课程，往往偏重生理方面，而忽略男女结合中“爱”的因素，将来会遗患无穷。

男女相悦，传统上要从“一见倾心”、“一见钟情”讲起。英文叫做 Love at first sight，虽然也有愤世嫉俗的人说：The trouble with love at first sight is the second sight（一见钟情的毛病就在二见）。中国才子佳人小说中，一见钟情几乎是个公式，但正如莎翁所说：The course of true love never did run smooth（好事多磨），不是薄幸郎负心，就是有其他阻挠。元人杂剧里有一出爱情剧《墙头马上》，写裴少俊出差洛阳去采购奇花异卉，骑马经过侯门后花园围墙，果真遇见一位如花似玉的小姐李千金。诗云：

偶然间两相窥望，
引逗的春心狂荡。
今夜里早赴佳期，
成就了墙头马上。

像这样两厢情愿，一拍即合，大家闺秀和陌生汉子在相逢的第一晚就同衾共枕，在古时的礼教观念之下，可谓相当大胆，比起时下美国青年男女婚前同居的惯例，毫无逊色。（按：这样的纯情结合，隐藏了七年，生了儿女，依旧要经过一番折磨，等到男的成就了功名，女的维持了贞操并且表白了家世，方才破镜重圆。）

两年前钱钟书先生周游欧美，所到之处才华风度令人倾倒。他能在谈笑间随意引用拉丁文和德、法、意语，英文更不必说。在纽约某一集会，不知是什么关连，据报他也冒出一句美语道：

Men seldom make passes
At girls who wear glasses
女人戴上眼镜子，
男人就不跟她吊膀子。

（按：南京镇江一带从前管“眼镜”叫“眼镜子”。“吊膀子”沪语，调情之谓。）

此语是1920年代美国出名说话刻薄的女作家桃乐赛·派克所作。钱氏与美式文化睽别数十年，居然还记得这句俏皮话，可见印象之深。可是时过境迁，派克此语也早就不合时宜了。今天的典型美女（不一定指美国女郎），不但不怕人家讨厌她戴眼镜，而且还拿它来做增加妩媚的装饰品，比如镜框向上吊的魔鬼型眼镜、金丝边的老太婆眼镜，以至最近时髦又圆又大的染色猫头鹰眼镜等，形形色色，都是吸引男性的配件。闲话少说，“to make passes at”此一片语，倒是恋爱过程中一个道地的美语，译之为“吊膀子”稍嫌过火，其实比较接近中文的“眉来眼去”、“眉目传情”。在这以前（约自1890年代起），男女调情（正宗英语叫 flirt），美国人就直截了当地称为 make eyes at（做眉眼），更俚俗化一点就说 make goo—goo eyes（做鼓鼓眼）。更早从17、18世纪英语承继过来而一直沿用的有 to bill and coo（鸟嘴相触、咕咕作声），拟小两口子的喁喁细语；还有叠韵的形容词 lovey-dovey 都是以一对鸽子来象征情侣，同中国抒情文字诗词里的鸳鸯和比翼鸟一样。标准英语中的 woo（追求、求爱），在美国人口中也生动起来，叫 to pitch a little woo。pass 是“传球”，pitch 是“投球”；“眉目传情”和“频送秋波”也可以说是“身体中文”里的一种动作了！

“接吻”kiss 是西方人家常便饭的礼节。姻亲中有所谓 kissin' cousin（亦系双声叠韵），见面时相吻，多半在面颊上。亲热的友朋，行将远别，或久别重逢，也作兴互相拥吻。男女做爱，嘴对嘴的 kiss，译成文言“接吻”似乎不够味，不如白话的“亲嘴”。关于接吻有句妙语叫 kiss and tell（亲了嘴还要透露），原指某一类男性，喜欢夸大宣扬自己玩女人的本领。近年来美国国会议员时有犯桃色案件的，事发后金发女郎著书问世或在报章杂志上亮相，论者也目之为 kiss and tell。

早在第一次世界大战后，所谓“怒吼的1920年代”，西方男女对性和爱的观念已一度调整。加以汽车的普遍化，替一对对情侣大开方便之门，差不多每一个大学校园都有“曲径通幽”（Lover's Lane），为男女同学“泊车”之需。于是 petting 和 necking 两词应运而生。前者源出宠爱亲昵的小动物（pet），用来形容爱抚动作（据说多半限于上身和衣外），最多拥抱亲吻；后者，necking，所呈现的宛如一幅鸳鸯交颈图，或是旧小说里描写的像“捏股糖一样”扭在一起，那是进一步的“上下其手”了。

时至今日，以上所述各种“求爱”的美语词汇，多半已成为过去。正如一位美语专家 Stuart Berg Flexner 所说，自从 30 年代以来，并没有出现什么新的名词取而代之。原因是：从前品行端正的女孩子不肯随随便便跟男朋友“交颈”；自从 1950 年以来，唯有品行好的青年男女才肯止于“爱抚”和“交颈”，其他多半的情侣早已去做床上戏了。

1981 年 4 月 1 日

（选自香港《明报月刊》1981 年第 5 期）

数字人生

［美国］吴鲁芹

吴鲁芹（1918—1983），原名吴鸿藻，上海人。武汉大学外文系毕业，1949 年去台湾，先后任教于台湾师范大学、台湾大学等。1962 年以客座教授身份赴美，在纽约州立大学、密苏里大学等校讲授比较文学，并任美国新闻总署撰述。著有散文集《美国去来》、《鸡尾酒会及其他》、《师友·文章》、《余年集》等。

人生已经沦落到仅剩几个数字。几个数字就可以道尽人生。

这一结论或者感慨是六七年前由一些琐事麻烦所引起的。当时觉得孔老夫子若是生活在所谓20 世纪工业先进国家，恐怕会修正“小子何莫学夫诗”的理论的；至少会略微让步让小子先学会数一到九，学会运用这些数字，体认这些数字的变化无穷，光芒四射。

我对一些数字肃然起敬，已是中年以后，可以说成熟得相当晚。这是客观条件的使然，因为我到海外栖迟，早已年逾不惑，也许正因为如此，对几个数字能有如此之大的威力，尊敬之外还带几分惊恐。上段说起感慨或者结论是琐事麻烦所引起，琐事是指两次微不足道的车祸。一次是大小女从寒舍驾车下山，转弯时略微偷工减料，使左边来车在角度上无法不碰，车身当然受了一点微伤。可是祸不分大小，报起账来手续同等麻烦，尤其令我自尊心略有不安的是向保险公司报案时，报完姓什名谁之后，对方说：“更重要的是阁下保险单号码。”好像贱名无足轻重，可以等闲视之，接着就问当事人驾驶执照号码、对方驾驶执照号码、保险单号码，以及判断是非责任警察的号码，总之在抄号码、报号码的忙乱中，我忽然体悟到几个数字居然能有那么多的变化，那么多的代表作用，那么大的支配力量。

另一次不但是“祸不单行”的成语显灵，而且是“祸从天外飞来”。就在前祸未平之后两天，大小女携二小女去森林俱乐部游泳，第二辆车在停车场被人把尾灯撞坏了。回家带来一张闯祸的人留字，文曰：“亲爱的会员同道，对不起，我倒车不慎把你的尾灯撞破了。我曾经请俱乐部管事的用扩音器报出你的牌照号码，等你出来当面说明，可是等了一刻钟还等不到你，我得回家晚餐了，我的电话号码（一堆数字）、我的保险单号码（一堆数字）、我的驾驶执照号码（又是一堆数字）。这是我的错。我的保险公司会负责赔偿的。请与我联络。”这次我有经验了，立刻用各种数字把自己武装起来，而且不再用“来将通名”的方式，不再等对方问有关数字，径行把各种号码像唱山歌一样报出去，效率比得上电话接线生，伶俐有如洋机关中的女书记，自己也要哑然失笑了。

这一晚我似乎是意犹未尽，竟然起了历史考据癖，把皮夹中支配我生活的各种数字，分类排开，看看我是如何沦落到仅剩一堆数字的。呜呼，冰冻三尺，非一日之寒。数字亦如病菌，侵蚀的过程也是渐进的，渗透之后，就呼朋引类，扩张势力，日子一久，范围愈广，泥淖也就愈深了。回忆我初到异域定居，和我有关的数字并不多，而且都是必要的，如护照号码、社会安全保险号码之类。那时我还十分遵从量入为出的好习惯，凡事都是银货两讫，相信欠债总不是好事。我当然亦知入国问俗，而且二十多年前就来游历过，并非初履斯土，但是不欠债是美德已经先入为主，不容易改弦易辙，我一位美国老朋友说："迟早你会发现你的美德是行不通的。"他的理论是：长安居，大不易，不赶快建立信用就更不易，而建立信用不能靠美德，美德是抽象的东西，不易捉摸。可以捉摸的是银钱往来。直言之："欠债能还始有信。"

朋友预卜我的美德行不通，很快就灵验了。因为不出一两月，我进出加油站，付现钱等找钱，感觉到的确不便，这一转念之间，就等于尼姑动了凡心，大势不好，抵挡不住诱惑了。于是自言自语"申请一张购油信用卡吧"，焉知道教训跟着来了，因为表上有一栏叫做"信用资料"，本人只有从缺。某日油公司大约是管欠账的部门来电话查询了，我们的对话，回想起来，是颇足令人莞尔的。对方问我何以这一栏是空的，我说就是没有资料，但并不是没有信用。"那么阁下买车也是全部付清的?"我说岂单是汽车而已，所有的购买都是银货两讫。我想她一定以为我是从火星上降下来的怪物。但是生意上门，万不得已总不能拒人于千里之外。"冒一下险吧!"过几天信用卡就寄来了。

从此水闸一开，一泻千里，不可收拾了。有时是动了"方便"的凡心，自投罗网，有时是不请自来，多少表示阁下信用卓著，自愿来笼络投效了。不出两三年，我就有了三种不同牌子的加油站信用卡，两家大百货公司的信用卡，三家"放诸四海皆准"的信用卡。所谓"放诸四海皆准"者是指全球各地通行，无论是飞机公司、观光旅馆、百货商店以及盛宴小酌，一律可用，"方便"的结果是身无分文，身外有债。被一堆数字支配到俯首称臣，旧时常说忙来忙去就是为了开门七件事，现在是为了维持这一堆数字屹然无恙。而且日子一久，就成了习惯，几乎是相依为命了。

当然这些数字除去帮助建立了信用卓著，亦确有其实际功用。某次在法国南部一小镇朵颐称快之后，发觉囊空如洗，问侍者接受某种信用卡否。答曰"唯"（Oui）。这时就难免不感谢信用之无远弗届了。可是欠账不难，还账只要心底里还尊重量入为出的大原则也不难。难的是数字泛滥，尤其错不得。差之毫厘，谬以千里，还是古代的观念推理。今天一切所谓"电脑"化了，记账亦然，据说电脑出错的机会不多，可是不错则已，一错就难追究。我曾写过若干封信给"亲爱的电脑计算机"，有时亦庄亦谐，有时语中带刺，有时是苦苦哀求，可是电脑无情，不为所动，一笔错账往往经过几个月的纠缠，方能水落石出，最后恐怕还是靠了一点人的因素。然而当今之世，不进入"电脑化"是不行的，这是大势所趋。记得若干年前有一位老作家一向住在新英格兰某小镇，小镇上有一小银行，彼此相识有年，老作家不惯随身带支票，需款孔亟时，就用银行中的空白支票提款，但是某一天这小银行也开始电脑化了，老作家还想依惯例提款，抱歉得很，办不通了。因为他不记得账户号码，而电脑没有那一堆数字，就自然挡驾。老作家真是所谓“拖着沉重的脚步”走回去的，他说就像失掉了老伴，觉得天下大变了。

事实上，支配我们生活的还不仅仅是一堆与欠账有关数字，证明我们身份的有驾驶执照号码（一堆数字），管我们病痛的有医药保险号码（一堆数字），还有一种保险是深恐我们身后过于萧条家属衣食不济的，当然又另是一个号码，又是一堆数字。此外你可能是某些团体的会员，免不了另有一堆号码。日常你必须记得的数字，可也不少哩，如电话号码，因为随时会有人殷殷垂询的；如汽车牌照号码，否则扩音器中传出停车场中某个号码的车忘记关灯，你就得每次自作多情，移步去看个究竟。我们读古人传略，常觉得古人名字真多，某公讳什么，号什么，字什么，又亦字什么，再加上斋名、笔名等等，写上一两行，不足为奇，百年后若有人考证，今人默默无名，而号码独多，一堆数字紧接着一堆数字，漪欤盛哉，无义无情。比不上字与号，斋名、笔名能约略传出一个人的神采。可是一堆数字的魔力实在未可小觑，拿本人来说，代表我的各种数字，除去形容不出吴某人“语言无味面目可憎”以外，其他比较具体的事，如岁入若干，旅行次数多寡，买哪一类的衣服，吃哪一等的馆子，都可以有案可稽，一目了然。

我有时偶发奇想，觉得人类不大安分，小焉者如女人，上帝已经给她一张脸了，她硬要不惜工本另造一张；大焉者如男人（多半是男人），他相信人定胜天，于是把大地糟蹋得体无完肤，而且自鸣得意，说是进步，劝落后的地区赶快跟着工业起飞，飞起了之后再去担心空气污染吧，河流污染吧。凡是在大工业城市住过的人遇到风平浪静之日，污染的空气，特别浓得化不开，呼吸自然短促，很有点此恨难平的模样。东坡居士若是生在今朝，有幸住在工业先进地区，恐怕会把那首“临江仙”的下半阕改为：

长恨此身非我有，一堆数字为凭，夜阑风静气难平，湖海污染尽，何处寄余生。

1974 年 7 月 27 日维吉尼亚州阿灵顿山居台北老友羽檄到之三日

（选自《师友·文章》，台北传记文学出版社 1975 年 12 月版）

小和少

［美国］思　果

思果（1918—2004），原名蔡濯堂，江苏镇江人。初中一年级时辍学，自学成才，在中国银行任职十六年。后去香港，历任进出口公司和出版社会计、《读者文摘》中文版编辑、香港中文大学教授等。1971 年赴美，旅居辛辛那提。著有散文集《私念》、《艺术家肖像》、《林居笔话》、《橡溪杂拾》等。

法国散文家蒙丹纳说："既然我们大不了，就嘲笑大来报复吧。"据引他这句话的英国诗人考立（Abraham Cowley，1618—1667）说，蒙丹纳是富贵中人，那有什么大不了的，想必是笑话。考立曾写《大》一文，说他"差不多凡事喜欢小，有小小的舒适的产业，小而令人愉快的房屋，人数不多的伙伴，气派很小的筵席；如果再坠入情网（这是大动感情的事，所以我希望这件事已经没我的份了），我希望所爱是个俊俏的女子，而不是国色天香"。他的话说得太美了，正是我想说的。

我从小就怕大。先母喜欢说，如果我不乖，大袖子和尚就要把我带去，也许她把我胆吓小了。中国有个笑话，恐怕人人都知道了。据说有个大官怕老婆，他想知道手下的人是否也有这个弱点，有一天叫他们怕的站一边，不怕的站一边，结果发现不怕的一边只有一个人。问这个人怎么这样大胆，他说出门的时候，他老婆叫他"人多的地方不可去"。我几十年当中，看到人多的地方总不安全。波兰的工人示威游行，警察用水龙头冲击他们，冬天更不忌惮，用棍子捶打，把他们在地上横拖倒曳。前些天印度人示威，给警察打死 9 个人。就是这次美国奥运金牌得主受纽约市民欢迎，游行的时候，街道两旁有两百万人等着看他们一眼，是再太平也没有的事了。谁知一座鹰架倒塌，伤了 101 人，3 个人伤势严重。我说这些事只是想表示，我怕大、怕多是真情，不是嘲讽。

今年年初在加州马林洛重去亨廷腾图书馆，再看里面的藏书。这个图书馆的气派真大，所有的书都重新用颜色一律的皮面精装烫金，放在尺寸相符的架子上，参观的人不能随便乱翻——不过我也不敢去翻。说实话，装订得那样讲究，我早已吓坏了，我以前的书总是在车上、船上读的，看到哪里脏到哪里，不必折书角，用书签。我书架上的书很多破损、残缺、污染、卷了角，书上更画得、批注得一塌糊涂。这种图书馆的藏书怎么能够让我这种人读呢。我家也没有一张橱柜有那么讲究的；有个架子放上去，已经算了不起了。我还参观过纽约凡得毕尔大厦、北卡罗来纳碧尔摩大厦的图书馆，同样有气派。这些人都是铁路大王，换个别人，就算是美国总统，也没有这个排场。

我上次赴纽约，也看了向阳居文学家欧文的住宅和书房。虽然我没有那个财力购置，倒觉得那里挺可爱。室内布置算得讲究、高雅，却并不华贵，叫我生畏。我在那里很舒服，十分神往。我希望能翻翻他的书，在那里做他的客人。甚至有一天——这也算是贪念了——我也能在著名的赫森河旁，有一座他那样的宅院。说到作客，我就想到碧尔摩大厦，那里的客房都叫我害怕，布置得那样富丽堂皇，用具那样讲究，件件都会看我不起。

玻璃器和瓷器我怕失手打破。地毯和壁画我怕弄脏。床单那样洁白，叫我不敢睡在上面。我睡觉有时会在枕头上流口水。第二天早上起来发现那块唾液的痕迹会把我急疯。

不，这种大厦不是我做客人的地方，虽然我没有这样的阔朋友请我去小住。欧文家里也有客房，小小两三间，布置得也不错，却没有这样怖人。我确也给好友邀请过，做过他们家客人，每次都很适意。有一位朋友的家里灰尘也不掸，他说掸了又怎样？这可就便宜了我。因为我更觉得自在了。

我不免想到这种大厦里的佣人。他们见的阔人多了，各君主国的皇帝、宰相、部院大臣；民主国家的总统、总理或行政院长、各部长；各业领袖、大法官、大学校长等等显赫人物。我不知道有什么穿了叫他们看了顺眼的衣服。末了是小费。这真是最可怕的事情。我想我拿一生所拿最高的一个月薪水给他们，也不足叫他们从心底里喜欢片刻。可想而知，沙特阿拉伯的国王会送那男管家一大条黄金，另外拿一串珠宝给洗陛下衬衫的妇女。这种阔事罗斯福总统也没有财力去做。所以假使有个什么偶然机会——铁道大王招待过当时的名作家——我也被豪富邀请作客，那几乎是大祸临头。我想当年到碧尔摩作客的名作家只有穿了最平常的衣服去，去了把客房糟蹋得一塌糊涂，末后分文小费不给，说声“谢谢你”就走了。这是最上策。当年李白见玄宗皇帝就是非常吊儿郎当的，成为千古佳话。

这种巨厦，要多少人维持它的清洁，我想也不敢想。那种高达几百尺的窗抹一次灰有多困难，我也不知道。最可怕的是雕花的栏杆、扶手、家具、饰物，最能嵌灰，清洁起来不知道要费多少时刻。我家只有几件儿子买的雕花的红木椅子，就已经要了我的命。还有大厦如果什么地方损坏，恐怕那笔修理费就足够买一所不太寒伧的房子了，所以除非亿万巨富，谁也维持不了这样大的房产。怪不得单单是大厦收的参观费就够一家人上一次餐馆饱吃一顿了。纽约的自由女神像最近修理所费要市政府闹亏空。

除了大自然——海洋的浩瀚，江河的辽阔，湖的平远，飞瀑的泱漭——我总有点怕大。有人见了伟人会发抖，我见得极少，也许我见到的都受了心理学的训练，知道怎样不叫别人怕他，免掉了我震栗。不过我多喜欢跟社会上不算得意的人在一起啊！他们总对我十分优厚，叫我觉得欠他们的情。原来不用说我这样平凡的人，就连陶渊明那样的高人，也喜欢跟乡下人来往。清晨敲他门的是“有好怀”的田父。他要交的素心人，不一定都是学者，“父老杂乱言，觞酌失行次”，还有什么不敢亲近的呢？回想过去几十年当中，忍心剥削我血汗的，都是有点地位、十分富裕的人。世人眼中卑微的，没有一个不给我很多好处；如果我替他们当点小差，他们无不牢记在心，一有机会就要加倍回报。不过我也不能不提好些有地位也富有的人是爱人甚于爱己的，我认识过几位，是这一辈子的大幸。

再谈书。我天生喜欢小书，最怕大书。不去提几百万言的世界文化史的巨著了，就连托尔斯泰的《战争与和平》我也三番五次没有看完。最近看到一位文学界巨人，忘记是谁了，说他没有看完这部伟大的小说，我真欢喜若狂，引为知己。据已故徐诚斌主教说，这部书要看过一半才晓得它的好处。可恨我总没有看到一半就丢下了。托尔斯泰的《复活》和一些短篇故事我都看完了，很喜欢。丹麦文法学叶斯勃生（Otto Jesperson，1860—1943）的七本英文文法，我始终没有看完——真应该看的；我只看了他的《英文的成长和结构》，是本好书。《牛津大字典》的编者之一布辣雷（Henry Bradley，1845—1923）写过一本小书《英文的形成》是我极爱读的。他在序里说："我相信小书比大书谅必更有用。"这句话我总记在心里。大书并不是没有用，也不能少，不过供查阅的作用大，可以供阅读的少。我觉得可以读的大书怕只有《资治通鉴》吧。

小书的另一样好处是捧在手上，带在身边轻。我想没有一部书有权利印三大本的，我已经抱定宗旨不读几十万言的哲学大纲、经济学大纲了。我会弄本讲哲学、讲经济学的小书看看。没有学问就没有学问吧。梁启超、胡适之先生他们都开过国学必修的书目，好怕人啊！以往我的确有必要把这些书找来，一一研读。后来我碰到两位史学极深的人，都说好些甲部书、丙部书都没有好好读，我就更加自暴自弃了。

说到小书，可爱的就太多了。第一次世界大战中得病而死的英国青年诗人布鲁克（Rupert Brooke，1887—1915）自选的诗集连目录只有75页，袖珍本皮面，一共选诗三十几首，首首是佳作。《漱玉词》也只薄薄一本，连《金石录后序》在内只有27页，收词14首。《孟浩然集》只有43页（商务国学丛书本），字印得小一点，他毕生的心血都在里面了。《散原精舍诗集》（老人手写）也只有118页。这些小书是雅伴良朋，可以随身携带，早些时候我写过《选本》一文，有些选本也不太厚，是可爱的小书之一种。

书还有多的问题。只有哈佛燕京那样的大学才能谈藏书的完备。个人的书斋只能少收。要求完备，日子就不能过了。连邮票那样小的东西，也集不齐。我家除了廿四史，没有别的大部书。碰到什么买一点。好些书只有上册或下册，我也不打算补齐。还有好些全集，只有其中的一两本，补得齐也看不完。我喜欢写字，而碑帖收藏极少。上海丢过一点，在香港本可买很多，正赶上儿女要吃饭上学，一本原拓也没有买。但是我看孙过庭的《书谱》已在50年以上，也临摹过一些日子，再上去看二王的字，知道他们是一路，也就算了。小时写过一点柳公权、篆隶、魏碑，现在也不想再写，近年喜欢颜鲁公的祭侄文和争座位帖，不想多学别人。喜欢看的还有李北海和米南宫。这是我的极限。如果照米南宫说他学书的经过，我就不能练字了。帖临到了家，也只是"奴书"。把各家都临遍再创自己的一体，我办不到。我的是小规模。别方面也是如此，如京剧、胡琴，我爱学而不能另辟蹊径。对于能自成一派的，我衷心钦仰。

任何小镇的人进了大城市都会吓坏。人那么多，都很不客气，都匆匆忙忙，好像天塌下来一样。车那么多，那么快，简直要撞死人。声音那么吵。你要去找个朋友，根本办不到；又远，又得换车，又难找到他的家。在香港我去看一位长辈，到了他的大厦门口都找不到他家，原来同名的大厦有几座。结果我借了电话打给他，请他下来接我。我住过许多小城，所有的店铺，卖吃的、用的，全在一条街上。可是在美国几千人口的城镇上，看一场电影，开车也要半小时上下，两条腿走不到卖牛奶的超级市场。

至于道路，像芝加哥、洛杉矶那种来去八线的高速公路，连别地方开了一辈子汽车的人看了也心惊。很多人坦白承认，他不敢出城。晚上来车的灯光更射得你眼痛心慌。东京的火车太挤，铁路局雇了力士，把搭客往车里塞，真是古人要吓昏的举动。香港也够挤的了，走在街上，给人推撞，连踢带踩。大城市的大和多恐怕是最使人吃不消的了。陶公“草庐寄穷巷，甘以辞华轩”是有道理的。

即使赴宴，我也喜欢小宴而怕盛筵。我没有参加过千人以上的大聚会，不过有几次作客，被编上一桌，座上全是生人。客客气气，大家都窘；既不能畅所欲言，又不能吃个痛快。勉强等到散场，才如释重负。这种场合几乎是行礼如仪，虽然不至于凄凄惨惨戚戚，也毫无欢乐之情。倘使分出一半菜来，由三五好友坐下来共享，一定非常有味。怪不得上面提到的考文也有同感。

不管什么东西，一小就可爱了。这次美国选手参加奥运，得了很多面金牌，飞毛腿卢易司一人取得四面，人人该对他刮目相看。但是电视镜头上得最多的是小女孩玛利·卢·锐腾。她大约是最年轻的了。雷根总统在白宫招待他们，她就站在总统面前，总统的手放在她肩膀上，十足是祖父的慈爱表现。纽约市为他们举行游行庆祝，她代表发表谈话。这全轮不到重量级的摔跤、拳击金牌得主。他们块头太大了。

（选自台北《联合文学》1985年2月号）

脚　印

［美国］王鼎钧

王鼎钧（1925—　），山东临沂人。抗战后期就读于国立第二十二中学，后辍学从军。1949 年 5 月自上海去台湾，退伍后从事新闻工作，历任广播公司编审、《征信新闻》副刊主编、幼狮文化公司期刊部总编辑等。1978 年任美国新泽西州西东大学高级研究员，从事编写双语教育中文教材。著有散文集《情人眼》、《开放的人生》、《碎琉璃》、《左心房漩涡》等。

乡愁是美学，不是经济学。思乡不需要奖赏，也用不着和别人竞赛。我的乡愁是浪漫而略近颓废的，带着像感冒一样的温柔。

你该还记得那个传说，人死了，他的鬼魂要把生前留下的脚印一个一个都捡起来。为了做这件事，他的鬼魂要把生平经过的路再走一遍。车中船中，桥上路上，街头巷尾，脚印永远不灭。纵然桥已坍了，船已沉了，路已翻修铺上柏油，河岸已变成水坝，一旦鬼魂重到，他的脚印自会一个一个浮上来。

想想看，有朝一日，我们要在密密的树林里，在黄叶底下，拾起自己的脚印，如同当年捡拾坚果。花市灯如昼，长街万头攒动，我们去分开密密的人腿捡起脚印，一如当年拾起挤掉的鞋子。想想那个湖！有一天，我们得砸破镜面，撕裂天光云影，到水底去收拾脚印，一如当年采集鹅卵石。在那个供人歌舞跳跃的广场上，你的脚印并不完整，大半只有脚尖或只有脚跟。在你家门外窗外后院的墙外，你的灯影所及，你家梧桐的阴影所及，我的脚印是一层铺上一层，春夏秋冬千层万层，一旦全部涌出，恐怕高过你家的房顶。

有时候，我一想起这个传说就激动。有时候，我也一想起这个传说就怀疑。我固然不必担心我的一肩一背能负载多少脚印，一如无须追问一根针尖上能站多少天使，可是这个传说跟别的传说怎样调和呢？末日大限将到的时候，牛头马面不是拿着令牌和锁链在旁等候出窍的灵魂吗？以后是审判，是刑罚，他哪有时间去捡脚印？以后是喝孟婆汤，是投胎转世，他哪有能力去捡脚印？鬼魂怎能如此潇洒、如此淡泊、如此个人主义？好，古圣先贤创设神话，今圣后贤修正神话，我们只有拆开那个森严的故事结构，容纳新的传奇。

我想，捡脚印的情节恐怕很复杂，超出众所周知。像我，如果可能，我要连你的脚印一并收拾妥当。如果捡脚印只是一个人最末一次余兴，或有许多人自动放弃，如果事属必要，或将出现一种行业，一家代捡脚印的公司。至于我，我要捡回来的不止是脚印。那些歌，在我们唱歌的地方，四处有抛掷的音符，歌声冻在原处，等我去吹一口气，再响起来。那些泪，在我流过泪的地方，热泪化为铁浆，倒流入腔，凝成铁心钢肠，旧地重临，钢铁还原成浆还原成泪，老泪如陈年旧酿。人散落，泪散落，歌声散落，脚印散落，我一一仔细收拾，如同向夜光杯中仔细斟满葡萄美酒。

也许，重要的事情应该在生前办理，死后太无凭，太渺茫难期。也许捡脚印的故事只是提醒游子在垂暮之年作一次回顾式的旅行，镜花水月，回首都有真在。若把平生行程再走一遍，这旅程的终站，当然就是故乡。

人老了，能再年轻一次吗？似乎不能，所有的方士都试验过，失败了。但是我想有个秘方可以再试，就是这名为捡脚印的旅行。这种旅行和当年逆向，可以在程序上倒过来实施，所以年光也仿佛倒流。以我而论，我若站在江头江尾想当年名士过江成鲫，我觉得我20岁。我若坐在水穷处、云起时看虹，看上帝在秦岭为中国人立的约，看虹怎样照着皇宫的颜色给山化妆，我15岁。如果我赤足站在当初看蚂蚁打架看鸡上树的地方让泥地由脚心到头顶感动我，我只有6岁。

当然，这只是感觉，并非事实。事实在海关关员的眼中，在护照上。事实是访旧半为鬼，笑问客从何处来。但是人有时追求感觉，忘记事实，感觉误我，衣带渐宽终不悔。我感觉我是一个字，被批判家删掉，被修辞学家又放回去。我觉得紧身马甲扯成碎片，舒服，也冷。我觉得香肠切到最后一刀，希望是一盘好菜。我有脚印留下吗？我怎么觉得少年十五二十时腾云驾雾，从未脚踏实地？古人说，读书要有被一棒打昏的感觉，我觉得“还乡”也是，40年万籁无声，忽然满耳都是还乡，还乡，还乡——你还记得吗？乡间父老讲故事，说是两个旅行的人住在旅店里，认识了，闲谈中互相夸耀自己的家乡有高楼。一个说，我们家乡有座楼，楼顶上有个麻雀窝，窝里有几个麻雀蛋。有一天，不知怎么，窝破了，这些蛋在半空中孵化，幼雀破壳而出，还没等落到地上，新生的麻雀就翅膀硬了，可以飞了。所以那些麻雀一个也没摔死，都贴地飞行，然后一飞冲天。你想那座高楼有多高？愿你还记得这个故事。你已经遗忘了太多的东西。忘了故事，忘了歌，忘了许多人名地名。怎么可能呢？那些故事，那些歌，那些人名地名，应该与我们的灵魂同在，与我们的人格同在。你究竟是怎样使用你的记忆呢？

……那旅客说：你想我家乡的楼有多高？另一个旅客笑一笑。不愠不火，我们家乡也有一座高楼，有一次，有个小女孩从楼顶上掉下来了，到了地面上，她已长成一个老太太。我们这座楼比你们那一座，怎么样？

当年悠然神往，一心想奔过去看那样高的楼，千山万水不辞远。现在呢，我想高楼不在远方，它就是故乡，我一旦回到故乡，会恍然觉得当年从楼顶跳下来，落地变成了老翁。真快，真简单，真干净！种种成长的痛苦，萎缩的痛苦，种种期许种种幻灭，生命中那些长跑长考长歌长年煎熬长夜痛哭，根本没有时间也没有机会发生，“昨日今我一瞬间”，间不容庸人自扰。这岂不是大解脱，大轻松，这是大割大舍大离大弃，也是大结束大开始。我想躺在地上打个滚儿恐怕也不能够，空气会把我浮起来。

（选自《左心房漩涡》，台湾尔雅出版社1988年版）

失根的兰花

［美国］陈之藩

陈之藩（1925—　），河北霸县人。天津北洋大学毕业。去台湾后留学美国，获费城宾夕法尼亚大学科学硕士学位，又赴英国深造，获剑桥大学哲学博士学位。历任台湾碱业公司实习工程师、美国休斯顿大学教授、香港中文大学教授、美国波士顿大学研究教授等。著有散文集《旅美小简》、《在春风里》、《剑河倒影》、《一星如月》等。

顾先生一家约我去费城郊区一个小的大学里看花，汽车走了一个钟头的样子，到了校园，校园美得像首诗，也像幅画。依山起伏，古树成荫，绿藤爬满了一幢一幢的小楼，绿草爬满了一片一片的坡地，除了鸟语，没有声音。像一个梦，一个安静的梦。

花圃有两片，一片是白色的牡丹，一片是白色的雪球；在如海的树丛里，还有闪烁着如星光的丁香，这些花全是从中国来的吧。

由于这些花，我自然而然地想起北平公园里的花花朵朵，与这些简直没有两样，然而，我怎样也不能把童年时的情感再回忆起来。不知为什么，我总觉得这些花不该出现在这里。它们的背景应该是来今雨轩，应该是谐趣园，应该是殿宫阶台，或亭阁栅栏。因为背景变了，花的颜色也褪了，人的感情也落了。泪，不知为什么流下来。

十几岁，就在外面漂流，泪从来也未这样不知不觉地流过。在异乡见过与家乡完全相异的事物，也见过完全相同的事物，同也好，不同也好，我从未因异乡事物不同想过家。到渭水滨，那水，是我从来没有看见过的。我只感到新奇，并不感觉陌生；到咸阳城，那城，是我从来没有看见过的，我只感觉它古老，并不感觉伤感。我曾在秦岭中捡过与香山上同样红的枫叶；我也曾在蜀中看到与太庙中同样老的古松，我并未因而想起过家，虽然那些时候，我穷苦得像个乞丐，但胸中却总是有嚼菜根用以自励的精神，我曾骄傲地说过自己：“我，到处可以为家。”

然而，自至美国，情感突然变了。在夜里的梦中，常常是家里的小屋在风雨中坍塌了，或是母亲的头发一根一根地白了。在白天的生活中，常常是不爱看与故乡不同的东西，而又不敢看与故乡相同的东西。我这时才恍然悟到，我所谓的到处可以为家，是因为蚕未离开那片桑叶，等到离开国土一步，即到处均不可以为家了。

美国有本很著名的小说，里面穿插着一个中国人，这个中国人是生在美国的，然而长大之后，他却留着辫子，说不通的英语，其实他英语说得非常好。有一次，一不小心，将英文很流利地说出来，美国人自然因此知道他是生在美国的，问他，为什么偏要装成中国人呢。

他说：“我曾经剪过辫子，穿起西装，说着流利的英语，然而，我依然不能与你们混合，你们拿另一种眼光看我，我感觉痛苦……”

花搬到美国来，我们看着不顺眼；人搬到美国来，也是同样不安心。这时候才忆起，家乡土地之芬芳与故土花草的艳丽。我曾记得，八岁时肩起小镰刀跟着叔父下地去割金黄的麦穗，而今这童年的彩色版画，成了我一生中不朽的绘图。

在沁凉如水的夏夜中，有牛郎织女的故事，才显得星光晶亮；在群山万壑中，有竹篱茅舍，才显得诗意盎然。在晨曦的原野中，有拙重的老牛，才显得纯朴可爱。祖国的山河，不仅是花木，还有可感可泣的故事，可吟可咏的诗歌，是儿童的喧哗笑语与祖宗的静肃墓庐，把它点缀得美丽了。

古人说，人生如萍，在水上乱流，那是因为古人未出国门，没有感觉到离国之苦，萍总还有水流可借。以我看，人生如絮，飘零在此万紫千红的春天。

宋朝画家郑思肖，画兰，连根带叶均飘于空中，人问其故，他说：“国土沦亡，根着何处？”国，就是土，没有国的人，是没有根的草，不待风雨折磨，即形枯萎了。

我十几岁即无家可归，并未觉其苦，十几年后，祖国已破，却深觉出个中滋味了。不是有人说“头可断，血可流，身不可辱”吗？我觉得应该是：“身可辱，家可破，国不可亡。”

（选自《陈之藩散文集》，台北远东图书公司 1986 年 4 月版）

午后冬阳

［美国］庄　因

庄因（1933—　），原名庄家庆，北京人。1948 年去台湾，1953 年考入台湾大学。1964 年赴澳洲，在墨尔本大学讲授中国语文。次年任教美国斯坦福大学亚洲语文系至今。著有散文集《杏庄小品》、《八千里路云和月》、《山路风来草木香》、《午后冬阳》等。

一

今天下午的阳光的确十分美好。我静坐窗前，觉得一种实然完整的亲切。静静曝晒了多久我未曾注意，至今却仍存留着透背穿胸爽洁怡畅的喜悦。背窗而坐，由于背部面积最大，所承受的热力自是满盈得快速容易，就很收敛地向头肩四肢爬散开了去。其感觉就如同投丢一页旧信于火堆，中央先被火舌舐穿而后焚及四周，最后留下一片完整亮丽剔透的烬骸，可望而不可即闪蕴着无限温情。其实，这样如今天下午的曝日时光并不鲜有，只是往常总少专诚的感注罢了。仿佛吃酒，自不乏陶然兴酣时刻，多了便不易记取，但如果是隔了相当的一段无酒时日之后浅斟一杯独酌的话，就会引生醇似香醪旧醅的心情来，遽尔有十分美妙的物我通灵之感了，我今天下午的感觉正复如此。

我坐在新换过套面的沙发上，松松软软的。心也是松松软软的，跟刚弹好的旧棉絮一样。阳光宽厚地脱卸了黄袍披加在我身上，让我有了坐登金銮的痴狂意足。垂眼看去，掺红的墨竹图案都自垫上浮凸起来，枝叶抖擞展动，一派承欢气氛。残冬午后的阳光如许和暖富泰，肃穆中有熙祥之意，恐怕也只有真命天子的龙心才能消受纳福了。这大约就是春阳开泰了吧，一种孕发生机似泛江春水柔情万钧的力量自窗外排浪而来，顷刻之间室内就膨胀着萌枯朽引活泉的不息跃动的生气了。寓春于冬，正是造化旨意，岂因月落星沉而黯淡，花残川冻而止绝！于是我惬然环视室中，一切都在跃动：墙上那幅《赤壁赋》乃化作千仞巨石，苏子扣舷而歌、临风举觞的形象宛然壁间；柜端妻所搜罗列陈的那些鸡饰，忽然绕室行走，喔啾吭啼；而弟妹编结持赠的金色法轮，便也回转光生，霎时仿佛日色如水，大海接天，紫气充符。那法轮中央的一条卧龙也就腾云翻浪舞游逍遥，行健俯仰。我心挟飞，凌万顷之茫然。

二

白马湖居的主人说，在白马湖“太阳好的时候，只要不刮风，那真和暖得不像冬天。一家人都坐在庭间曝日……”今天下午便是这样，无风得不像冬天的和暖，只是我并没有在庭间曝日，家人也尚未回来，我是临窗而坐，整大片的玻璃不会真将内外隔绝，何况那整个的太阳也不分内外有无的。我唯一感到缺欠的，只是寄身天涯一己的孤寞罢了。白马湖居的主人在上海僦居忆恋湖上冬天的风声，风声有时会捎来故乡的讯息，而今天下午竟是无有一丝风影。我于是有着被隔绝的气痛了。虽没有捎来故乡讯息的风声，我对故乡的回忆及思情却渐然被阳光点燃起来。小时候在贵州的寒冬，湿冷并不仅止于贴在肌肤，离乱的苦悲总是弥漫在对岁月敏锐弛张的心眼上，寒意遂透骨入心。烧炭盆是祛寒最直接的法子，比用热水烫泡有冻疮的脚好，暖意不但不会冷却得快，反是向寒意张弓放射，复仇的箭矢如乱雨，一种胜利的快欣滋味就和着屋里的气温节节上升，而击退敌寇的信念也随之高涨起来，洋洋的暖流最后如排山倒海的大军镇驻四方，固若金汤，置于屋中央的炭盆火焰炽盛，那也就是展飘的大营帅旗了。当盆中炭薪逐渐化为星火余烬的时候，加上新炭，就得用吹火筒奋力吹助，使其复燃。今天下午的和暖阳光，是入冬后首度在一连串的寒天中的突破乍现，于是我对40年前贵州冬日的回忆，也仿佛在整盆灰烬中拨寻出星星余火的闪亮一样，有着火种一般的喜悦和骄傲。也许正是经历了苦难艰辛以后，才感觉目前生活的分外美好吧，我现在屋内装有中央自动控制暖气系统，无须烧炭盆，更无须借助于吹火筒了。

今天下午临窗曝日是全然的无惊无患，无求无失。浩荡的暖和使我的存在溶进了如泛江春水的冬阳里。

三

那么，我现在是奢侈得有闲情来意会隐遁自然的修道生活了。在这样嚣烦险巇复杂的生活环境中求自我解放并不易为，真正的优游林下寄身山水也只是说说想想而已。但是，在日常生活中抽出一点闲情，只要在室中暂时弃俗去私，忘言自适，养神清思近雅，似乎也并非苛求的超越。就拿今天下午和暖的阳光来说，除了尽情坐享之外，仍可让神思驰骋云空，于是我就想到了曝书。夏目漱石有一首汉诗这样写道：

拟将蝶梦诱吟魂，
且隔人生在画村。
花影半帘来着静，
风纵满地去无痕。
小楼烹茗轻烟熟，
午院曝书黄雀喧。
一榻清机闲日月，
诗成默默对清暄。

这样的“忘”境，岂不甚好！美国人紧紧张张忙忙碌碌工作，终年时总要匀出一段假期“远走高飞”，或就近到海边弄潮曝日，人山人海的地方对忘怀清神究竟有多大实惠，我也不十分清楚，只觉得午院曝书“且隔人生”易为许多。于是我又想起幼时有关曝书的记忆了，只是不如夏目漱石的潇洒。那还是在抗战时期贵州安顺城里。当时曝书跟晒棉被一样，都是穷困生活里需要维持的手段。天雨屋漏，一夕可接雨水数盆桶，真有老杜“床头屋漏无干处”的狼狈。于是趁天好时候，帮大人搬书抱被曝于庭院，恐怕不会有“一榻清机闲日月，诗成默默对清暄”的雅兴。夏目漱石这首诗是他大病住寺养疴时所作，其实他一生强烈的入世情怀与他亟欲超脱现实的矛盾痛苦，并不像诗中写的这么清丽，是跟五柳先生陶公一样，有“冰炭满怀抱”的挣扎，陶公到了“纵浪大化中，不喜亦不惧”已是后来的事了，而夏目并未达到。

我们家其实也有如五柳先生长住乡间的生活经验。在安顺时，城南十里的华严洞是故宫古物栖身之所，我们固因上学住在城里，每到寒暑假大人就带我们下乡。五年以后入川，在川东巴县一品场山居约两载，最后又在台湾台中乡下住了15年。可是，在所谓山居清闲的日子，我并没有什么“曝书”的记忆。原因是父亲自七七战起由北平带出的几箱书，一路逃难下来，散失遗弃大半，到了黔川已所余无多了。在台时期陆续添置的书，印刷方面大有精进，而且台中天气干燥，便无须曝晒了。在美国，这里空气也极干爽，四时雨水虽然汇集在冬天，暖气整日开放，潮湿纵有也被逼退，屋漏现象也更不存在了。再说，书不论中西，全都体面焕颜，仿佛穿戴整洁的绅士淑女，和丽从容，一排排端雅地列在上好的书架上，比神龛都要精靓许多。抗战时期书册印刷装订之陋，纸张之粗糙，不要说受潮后难以揭掀，就是新书页篇心心相连至死不渝的情形，令你在翻阅时都油然生敬，不忍相强打散。这样想来，可见曝书小事，亦每因生活环境逆顺困发而予人不同感受，其作用的存废也就因以决定。也许世间事大抵都是如此，历史总给人缅恋情怀，像今天下午的冬日和暖阳光，只不过其一端罢。

父亲的晚年生活，也恰似今天的阳光一般。可惜这段日子我一直栖迟海外，无由知悉他有否曝书的时候。即使没有，我知道他一定对贵州安顺因屋漏曝书的回忆有着深厚的怀念。在他外双溪洞天山堂的书房里，有两册当年用茅竹纸印了水红细线的簿子，依旧摆在靠窗的书架上，那是他抗战日记的一部分。1977年我首度回台时曾见，1979年又见，1980年仍见，那年，就在他过世的当晚，我坐在父亲的书桌前写挽联及祭文，还清楚地看见，我的心情仿佛见了失去主人的老仆一样。好几次我冲动着伸出手，想取来翻找那一段在我生命中也同样难忘的岁月，但是我没有。不管父亲当年是否因屋受潮曝晒过它们，我却不愿也不忍把密紧夹帖册页中父亲曾经储存的阳光放走。

四

今天下午舒闲地静坐在冬日和暖的阳光里，阳光如新弹的棉絮，给我柔匀完整的感觉。这样的感觉一直到邮差浊滞的脚步带起邻居数声小犬吠狺时，才被撕裂。好似午后春眠一觉醒来，仍带了依稀几分奢侈与羞赧，懒洋洋亦暖洋洋，感到无奈的慵乏。我意识到，对街的小虎子（他的本名是David，那阔肩虎背熊腰的爱尔兰碧眼小子）就要放学回来，当他的尖嗓门抽断一根柔匀如絮的阳光时，就意味着一天终将过去。今天的存在亦将过去，明天仍在天涯的存在仍在。明天仍是冬天，明天是否仍有恰似今天下午的和暖阳光，我不知道。

今天下午的阳光的确十分美好。

（选自1984年2月19日台北《中国时报》）

幽自己一默

［美国］周腓力

周腓力（1936—2003），四川资中人，生于上海。台湾大学外文系毕业。曾任美商公司业务副理、冲绳美军翻译官。1976年移民美国洛杉矶，经营服饰生意。著有散文集《幽自己一默》、《万事莫如睡觉急》、《婚姻考验青年》等。

我在台北当导游的几年当中，常听见外国游客们说起，在他们的印象当中，我们中国人是难得一笑的。后来我在洛杉矶唐人街经商，又常听见老外们埋怨，说中国餐馆里的男女招待们个个面罩寒霜，令人望而生畏，即使是在收到大额小费赏赐之时也表现出“大恩不言谢”的凛然之气。这些评论使我注意到，我们中国人可能是一个严肃的民族。

依我个人的想法，我们中国人“不苟言笑”的习气是受了传统礼教的影响。传统礼教的要求是：男孩子举止要稳重，女孩子行为要端庄，一律不得嬉笑。

犹记得我在四川家乡读小学的时候，自然课老师有一次讲到寄生虫的问题。他说人体内的寄生虫计有蛔虫、血吸虫、有钩条虫、无钩条虫等不同种类。我一时兴起，忘记取得老师许可就站起来自鸣得意地宣布：“报告老师，这些虫在我肚子里全有也！”在那个年代，每个小孩肚子里都装满了形形色色、长长短短的寄生虫，所以经我这样登高一呼，班上过半的同学都忍不住笑出声来了，可惜的是，老师并不认为这是一件有趣的事情。他怒不可遏地跨下讲台来重赏我两记耳光，并且在每个笑出声音的同学头上也各搥一拳，以示惩戒。这桩小事就足以证明，我们的传统教育是以培养严肃的下一代为宗旨的。经历了这次事件以后，我的确不敢再在课堂上开玩笑了。若不是后来我有特殊造化的话，我大概就会这样道貌岸然地度过一生的。

据我所知，这种教育方式到了我女儿一代还在普遍实施。记得15年前我携眷抵达冲绳岛，开始为驻守当地的美军部队充当少尉翻译官（这是我一生中第二度荣任少尉官职）的时候，大女儿均柔也顺理成章地进了当地美国学校当插班生。上学第一天，她一本正经的脸，恰好跟班上其他儿童的笑脸形成了鲜明的对比。她的级任老师是个20多岁的美国姑娘，见过的世面不多，尤其没见过中国儿童的苦瓜脸，所以那天中午就大惊小怪地打电话给我：“是周先生吗？你的女儿周均柔真叫我担心！”“是不是她在学校捣蛋？”我关心地问。“不，不，”她回答，“就是她太不捣蛋了才让我担心的。早上4节课中，我没见她说过一句话，也没有笑过一次。我从来没见过9岁的小孩像她那样老成的。不，她根本不像小孩——她像40岁的小妇人。对了，周先生，她该不会是真的40岁的吧？哈哈。”

我无意在此批评这种教育方式。事实上一个国家有太多的嬉皮笑脸的儿童也未必是件好事。我在此主要想说明的是：严肃的教育方式影响到我们的民族性，而我们的民族性又进一步影响到我们的文学——使我们的文学偏重在正经、严肃的一面，忽略了轻松、幽默的一面（这也不一定是坏事）。

中国文学并非完全缺乏幽默。古典小说《西游记》就是一部幽默巨献。其他古典小说，如《红楼梦》、《镜花缘》、《儒林外史》、《二十年目睹之怪现状》等，它们也有或多或少的风趣片段。

在近代作家当中，像鲁迅、老舍、丰子恺、徐讦之辈，他们也偶有诙谐之词。不过真正称得上是幽默巨匠的，在我心目中，应该推林语堂和梁实秋两公才对（恕我偏心）。林语堂先生已经被公推为“幽默大师”了，可见英雄所见略同。他一生著作等身，用幽默的笔法将中国文化介绍给西方人。有一段时间，他在上海兴办《论语》和《人间世》杂志，大力提倡幽默文学。“幽默”这个词也是由他引进，后来经过了“大家告诉大家”的程序才变成通用语的，同时他也为“幽默”规定了两项原则，即“谑而不虐，乐而不淫”的原则。他有鉴于中国民间流传的谚语笑话当中，骂人的幽默和黄色笑话占了很大的成分，所以特别揭櫫这八字箴言来作为幽默作家的座右铭。此外，他的某些妙话，如“文章是自己的好，太太是人家的好”，“演讲要像女人的裙子一样，越短越好”等等，也都已成了日常用语。有这样多的贡献，他被誉为“幽默大师”是不为过的。

我最早接触到幽默文学，时间是在读高中的时代，接触到的作品正是在《论语》和《人间世》杂志上发表的文章。那时的台北牯岭街上旧书摊林立，经常在那里东翻翻西摸摸的人当中就有我一份。我搜罗的对象就是《论语》和《人间世》残本，因为我已经迷恋上了这两份杂志。后来听父亲说起，原来这两份杂志的创办人林语堂，就是他在清华学堂读书时代的英文老师，而梁实秋就是他当时的同班同学。由于这个渊源，我对这两位大师，一位是我的师爷，一位是我的师伯，就更加敬重了，再读到他们的文章之时，就更感到心有戚戚焉了。我在这阶段所表现的阅读兴趣，与我后来不知不觉地追随他们的步履——先学习英文，后献身幽默文学，可能有相当程度的关联。

林师爷在英文上面的造诣，据我看是独步中国文坛的。他的著作多是用英文写成，然后由他人译成中文。这样一来，他的幽默就不免在迻译过程中流失了，这真可惜。幸好他还有个嫡传弟子，梁师伯，继承了他的衣钵，奉行着他的八字箴言，一生孜孜不倦地用中文撰写成一篇又一篇的精致而幽默的小品，使他所提倡的幽默文学得以发扬光大，使幽默文学能在整个中国文学中占一席之地。

梁师伯不但是幽默文学的中流砥柱，而且也是“文如其人”的典范——文也风趣，人也风趣。他与韩菁清女士第一次见面的趣事想是大家所熟知的。据报道，他们经朋友介绍以后，韩女士就取笑梁师伯：“你想不想续弦呀？我可以当红娘，帮你穿针引线。”不料梁师伯却说：“我喜欢上红娘了，怎么办?”结果一句幽默话促成了良缘，使佳人配才子的韵事又再度重演。

最近我有幸与梁师伯两度重逢，也发生了一段趣事，值得一叙。第一度重逢是在痖弦先生主持的宴会上，我被安排坐在梁公右侧。我和梁公久违了，那么在久别重逢之际，我应该向这位名满天下的长辈说些什么才算是得体呢？左思右想，我总算想出一句得体的话。我问梁公："梁伯伯，我爸爸说你小时候怕鬼，对不对？"他不假思索地回答："对，我当时怕，现在还怕。"他以85岁的高龄还能有如此敏锐的反应，真是令人佩服无比！

在高中的头一两年，我从阅读中学到一些"制造"幽默的根本大法。在高三的那一年，一个学以致用的机会果然降临了。那年的校庆日将届，同学在加紧布置教室，准备在那天邀请家长们参观。我们班上又正巧刚从狮头山旅行归来，所以有一批在狮头山上拍摄到的生活照片，也准备在那天展出。我们的班导师徐为王老师，委派我把照片贴在一张大纸板上，并且要在每张照片下面写一行说明。我贴第一张，那是徐老师在水帘洞里抬头望天的特写，于是我在下面写上"坐井观天"。我贴第二张，那是徐老师和另外两位男同学在庙中坐着喝茶的照片，我在下面写上"三个和尚有水吃"。我贴第三张，那是班上女生以山上一片黄色野菊花为背景的合照，我在下面写上"人比黄花胖"。我写得正高兴，徐老师也正好踱过来查看我的进度。他不看还好，一看不但没有发笑，而且简直像要哭出来的样子。他气急败坏地斥责道："周腓力，谁教你写这种不伦不类的幽默的？""是林语堂教我的！"我若无其事地回答。这件事虽然没有造成什么风波，但是留给我的印象倒是很深。20多年以后我向徐老师再提到这段往事，我们师生两人都忍不住笑得前仰后合了。

第一次试制幽默失败，大约两年之后，另一次机会又来临了。那时我已做完了一年的台大"新鲜人"，于是报名参加了暑期军中服务队。出乎我意料的是，台大学生除了会死读书之外，居然还懂得其他才艺。跟我同时报名去军中的同学中就有会唱歌的，唱戏的，弹奏乐器的，跳山地舞的，演话剧的。有位女生甚至会学公鸡叫，有位男生会学母猪叫。剩下来只有我和另外一位姓黄的同学是无才无艺，什么也不会。负责编队的是训导长张研田教授，他向我们两人说："你们两个什么都不会，我看你们干脆表演说相声吧！"这样一来，那年夏天的艺坛上就冒出来两个台大肄业、国语说得不标准的相声艺人了，而且他们的表演还颇受各部队的欢迎呢。至于当时张研田教授如何能够判断两个什么都不会的人一定可以把相声说好，这是我至今还无法解开的一个谜。

到了社会上做事，我又另有发现——幽默不只是玩笑一句，它也是很有效的表达工具。

有一段时间我在台北一家进出口贸易公司兼差。一家国外客户写信来要求工厂改变一下作业方式，以求改进品质。原来的作业方式是把一大片钢片镀铜，然后再把钢片切成小块。这个方式的缺点是在切割过程中，镀铜层会受到损伤，所以客户的要求是先切片，后镀铜。我几次通知工厂，但是工人仍然照原来的方式作业，大概是老习惯一时难以纠正的缘故吧。那时电视剧《包青天》正在上演，所以大家都熟悉"先斩后奏"这句成语。我看屡次正正经经通知工厂无效，不如干脆跟工人们开个玩笑试试吧。我在一张纸板上写上“先斩后镀”四个大字，然后拿去挂在厂房壁上。工人看了以后个个都笑了。奇妙的是从那天开始，工人们就把作业程序改正过来了。

另一次是我们向美国一家纸浆公司要求报价。每天一份电报共打了两个礼拜，对方一直置之不理。最后我也只好施出幽默这道杀手锏了。我拍出一份电报，是如此说的：“如果再收不到你们的报价，我的上司就准备把我打成纸浆了。”果然报价第二天就到达了。原来无巧不成书，英文里面正好有句现成的俚语——把某人打成纸浆，它相当于中文的俚语“把某人打成肉酱”。把这句俚语适时地放在纸浆询价的电报中就发挥了博得一乐和引起注意的双重效果。

后来我们全家到洛杉矶的唐人街开店，我又发现幽默也是有效的招徕方法。有年冬天，我们新进一大批女用棉袄，这种中国式的棉袄也有一部分洋妇人爱穿。货到的当天，妻子命令我写一张海报贴在窗上以事招徕。我的第一张海报是规规矩矩写的：“新到大批女用棉袄，尺码齐全，欢迎入内试穿。”结果效果不彰——很少人进到店里来选购棉袄。第二星期我换上另一张海报，上面写着：“女士们：你们有多大的胸脯，我们就有多大的棉袄，不信就请进来试穿。”果然这张海报贴出去不到两小时，我们店里就已挤满了胸部肥大的妇女了，而且个个要看棉袄。

此外，幽默还是对付美国政府官员的绝招之一。大家都知道，洋官员是不讲情面的，办起事来是硬碰硬的，但是他们一碰到幽默就招架不住了，就软化了，这是我的经验之谈。

第一次去移民局办事，我就碰到一位精明的移民官，他是我用幽默征服的第一位洋官。那天我本应呈上两张近照（最近三个月内照的照片）才合乎规定，可是为了省钱省事，我只带了两张现成的旧照片，以为可以蒙混过关，却不料移民官一眼就看出破绽。“这是旧照片，不行！”他说。“何以见得？”我问。“很简单，你在这两张照片里穿的衬衫和你用在护照上的照片里的衬衫是同一件。你的护照是5年前核发的，可见这两张照片是跟护照照片同时拍的。”他解释。“可是5年来我只拥有这一件像样的衬衫呀，所以每次照相都穿嘛！”我强辩。“但是照片里的发型和5年前也相同呀！”他锲而不舍。“那是相同的太太替我梳的嘛！”我使出幽默怪招。他听了之后，果然举起双手，表示投降。

有了这次经验，我以后每次上洋衙门办事，一定预先想好几句幽默语，以应付不时之需。奇妙的是，我每次一拿出幽默，都能达成“不战而屈人之兵”的目的。在美国快11年了，这样的实战经验很多，但多已淡忘。唯最近有两桩事情，至今记忆犹新，不妨在此一提。

第一桩发生在去年。那时我须回台领取一项文学奖，有些旅行证件要赶办。在洋衙门里，我向窗口的承办小姐央求道：“我好不容易得到一个文学奖，颁奖典礼就定在下星期，我必须赶回台北出席，所以拜托你帮帮忙，快点办好，行吗？”她不为所动，反而严厉地申诉我：“每个人到了这里都会预先编好一个故事，说他有多大的急事，非得马上起程不可。譬如今天一天当中，就有80多个人对我说，他们的祖母昨夜去世了，他们要赶去奔丧。这样叫我相信谁才好呢？这使我想起在我做学生的时候，每位同学都喜欢用祖母去世这个理由请假，有的请假单还是由去世的祖母亲自签的呢！如果学校把所有请假纪录公开的话，就不难发现，每个学生的祖母在她一生之中一定会去世30次以上的。不过我要称赞你一句，至少你在编故事的时候，还用了一点想象力。”这时我知道我的机会到了，我涎皮赖脸地凑合道：“就是咯，就是因为我编故事用上了想象力，所以我才得到文学奖嘛！”她忍不住笑了，严厉的声音也变了柔声：“我相信你了，你明天来取！”

另外一桩发生在今年我从台湾回到洛杉矶之后。我在台湾待了三个多月，回到洛杉矶之后，才发现我的大女儿忘记处理一些我在临走时交代给她的工作。最严重的是美国国税局写来的一封警告信，信上说：“你们所欠之十五元零二角之所得税扣缴额，屡经催缴，你们一直置之不理。在忍无可忍之情况下，我们已向法院提出申请，要求法院查封你们营业场所，特此通知。”第二天我亲自到国税局去向承办人解释这件事，使用的就是我的浑身幽默解数：“不是我故意不理睬你们写来提醒我的信件，而是这类信件太多了。譬如说上星期我收到玫瑰岗墓园的来信，说我的死期即将来临，如果我继续拖拖拉拉，再不趁现在预置一块墓地的话，我就有死无葬身之地的危险。另一封信来自一家保险公司，责备我是‘狼心狗肺’的主人，居然忘记为我的爱犬购买‘狗寿保险’。信上最后一段还语重心长地问我：难道你忍心看到你心爱的家犬身后萧条吗？其他还有十几封类似的信，而你们的催缴信只是其中的一封而已。你替我想想看，我连自己的葬身之地和爱犬的身后荣辱的问题都还来不及解决，我怎么会有闲情逸致来料理十五元零二角的欠税呢？”结果欠税的事也就这样滑稽地解决了。

当我年满48岁那年，我自己也弄不清是为了什么，突然自说自话地动笔写起小说来了。很自然地，由于我早年的阅读兴趣和倾向，求学时代的一些特殊际遇，以及后来在工作上和生活上的种种体验，我选择了我自认为可以得心应手的幽默文学，虽然当时我也知道，幽默文学仍是我国文学中的一个冷门，而走冷门很可能使我就像多年前我第一天说相声时用的陈腔滥调一样，感到“十二万分的感冒”。

既然决定走冷门，我干脆一不做，二不休——走一个冷门中的冷门：自嘲式的幽默。没想到一年多之后，我就真的“爆出冷门”了！

自嘲式幽默当然不是我的发明，有人说是爱尔兰人发明的，不过它在西洋文化和文学中由来有自，这倒是事实。奇怪的是，我们古典文学里面就独缺这个东西。这个东西是民国初年由早期留学生带回国的。

据说胡适先生在北大任教之时，就经常运用自嘲幽默来增加“课堂情趣”。据说有次他把孔子学说称作“孔说”，孟子学说称作“孟说”，他自己的学说称作“胡说”，这就是自嘲式幽默在中国出现的早期实例之一了。

不过在当时，胡适、林语堂、梁实秋诸公也只有在私底下偶尔用一用自嘲幽默而已，却极少以之入文。据我猜想，他们身为名教授和大学者，所以在运用自嘲幽默时便有所顾忌——生怕自嘲会损伤到教授和学者的尊严，因而引起其他教授和学者的非议。

事实上我自己就有这样的经验：在我发表了《为傻大姐拉黄包车》一文之后，有几位读者就向我抗议，说我在文章中自嘲太过火了，损害了我的文人形象。可见自嘲自贬也须守住分寸，不可胡乱为之。

这两年我在台湾的时间很长，有缘结交了很多文艺界的朋友，也有幸认识了很多爱护我的读者。他们一见我都表示很失望，因为在他们心目，幽默作家应该是一个富有机智的、谈笑风生的才子，绝不是像我这样的言语无味、面目可憎的市侩。在这里我想趁机说明一下，对于我和大多数幽默作家来说，幽默绝不是先天的禀赋，而是后天的训练。俗话所谓“熟读唐诗三百首，不会作诗也会吟”也适用于幽默感的培养方面。一个人只要多看多听幽默，就能学会如何幽他人一默和幽自己一默了，所以幽默是一个方法问题。

此外，幽默也是一个态度问题。懂得了幽默的方法，但是态度是拘泥的，认真的，不肯吃亏的，锱铢必较的，有仇必报的，那么方法和态度就会发生抵触而两败俱伤的。

所以只要懂得了方法，具备了吊儿郎当的态度，任何人都可以做幽默作家了，虽然做上了幽默作家也未见得是好事。

（选自 1986 年 12 月 12 日台湾《联合报》）

母亲，你是中国最根深的力量

——寄给母亲在天之灵

［美国］叶维廉

叶维廉（1937— ），广东中山人。台湾大学外文系毕业，美国普林斯顿大学比较文学博士，加州大学圣地亚哥分校教授。著有诗集《赋格》、《愁渡》、《醒之边缘》、《野花的故事》、《花开的声音》、《松鸟的传说》、《三十年诗》、《叶维廉诗选》、《移向成熟的年龄》，评论集《秩序的生长》、《中国现代小说的风貌》、《饮之太和》、《比较诗学》等。

妈妈：

我几乎无法相信，你离开这个沉重的世界，已经五年多了。常常在深夜里，或因备课而熬夜，或因事务而写报告，突然会掷笔思怀，忧伤处不能自已。但从来没有像近日或今夜那样，满胸话语的潮涌，欲夺胸而出。

不瞒你说，连我自己都感到微微的惊异，惊异于自己今夜之欲言，因为啊，自从那些不堪追忆的苦难的童年开始，我们之间便很少谈心。你，你自从由大城香港小康的家庭到了偏僻的乡下，在战火中夜半翻山越岭去为农妇们接生，在草寇凶横的日子里，穿越荒野到澳门买杂货做小生意……你便默默地承受着一切的艰苦和灾难，饥饿与忧愁，不怨不艾，担负着种种的劳累来为我们兄妹四人和爸爸赚取生命的条件。或许是这种含孕着生命的深度的沉默，这种不需要语言去矫饰去说明，我们便完全深感地充满着爱的沉默，这三四十年来，你几乎没有一次用悲伤或愤怒的语调向我们倾诉你心中的愁伤。你一年一年地为生活而奔劳，吞含着种种奚落，忍受着种种的病痛和烦心、伤心的事。或许是这种含着爱和生命的深度的沉默和忍耐影响着我们的思想，我们多年来也沉默寡言，也懂得了忍耐，每遇不遂心的事，也像你一样，把它吞含在心的底层里。我们又何忍在你那伤神密结的层网里，投入另一团乱麻呢？也许，这便是为什么这么多年来，我们都没有互诉心中的块垒。

我说，我微微惊异于我今夜执笔倾诉的欲望，事实上，我这倾诉的欲望是带着深深的内疚的。我为什么没有在你离开人世之前，把我目前的思念和话语全然倾出呢？这些话语，虽然平淡无奇，但在你长久的孤寂里，或许可以激起一丝快乐。你是知道我平日极其思念你的，但在你那四壁沉静的心室里，如果偶然回响一些儿子的慰语，那会有多快乐啊。而你的儿子，却长年流徙在外，在纷乱的世界中自私地追求生命的意义，而竟然不知道，生命最伟大的榜样就在眼前，就在我的血脉里，那便是你啊，妈妈。请原谅我多年的沉默。你的沉默，我的沉默，像深深的祠堂里的两口钟，竟要等待狂风暴起才微微颤响相同的信息。

我忽然在近一年来及至今夜里，汹涌欲言，或许是因为，有一天，当我在沥沥的雨中，萧索的树的拍动里，站在你现在寄身的沉寂的庙堂前，看着无可奈何地升起的烧香的袅烟时，忽然地成长了，像你当年一样，进入了你那不堪记忆的层层穿织密结不通的烦忧的网中，初次感到生命最深的认识，初次感到中国最根深的一种力量自你伟大的沉默和忍耐中跃起。

可是，假如当我那年，第一次接触到由于内战，由于流徙，由于空间的切断而产生的文化的焦虑和心理的游离不定的时候，我曾向你细诉（虽然当时弱小的心灵未必有足够的表达能力）。

你必然一度惊讶于我之走上了文学这一条路，一个曾经尝过日本的炮火的碎片，忍受过饥饿、贫困和几临绝境的恐慌，吃尽了香港那种复杂社会里中国人之间的冷漠、仇视和疑惧的少年，竟然会选择了文学，而且选择了已经被科学实用主义影响下的国人所逐渐鄙视逐渐遗弃的诗，你必然很震惊。那时的你啊，很可以像许多父母一样，劝我，训我，责我，促我放弃这种被世人视为空中楼阁属于幻梦的东西，很可以像许多求实用的父母一样，迫我选择实学实用的学系。但，你没有说什么，你只借着你作为护士的实际经验，说了一句："也可以考虑读医?"便也没有追问下去。你默默地让我追寻我自己能够完全体验、实证的生命的意义。如果当时的我已经具有我今日的经历，我或许会用鲁迅来说明：中国人需要治疗的是心，不是身。这并不表示说我有鲁迅一样伟大的抱负。当时的我只是模模糊糊地直觉到由于民族流离、思想切断、思想错乱所引起的中国文化脱臼以后的危机，我感到而不了解，我甚至没有鲁迅那时弃医从文的觉悟，我冥冥中觉得现代中国人的忧患必须要通过我自己对这忧患所进行的历史的认识、哲学的思索和艺术的体验去掌握，掌握了这个忧患的实质，或许我们可以在传统和现实切断的生活间重建文化的和谐感，而我在日记里写诗，在给友人的信札里写诗，全是这些问题的探索。

我这些试探，默默的，不计岁月。我没有对很多人说，更没有对你说，不是由于故作诗人的骄傲，而是在纷乱未成秩序之前，我能说些什么呢。我甚至不知道，我的追索是否会落空，我不知道我的努力是不是一种理想主义的活动。但我确实知道一件事，那便是，生命的意义必须由自己艺术的经验和思索去印证，即使是有错误，也必须用经验来改正，我们不能随便生活在别人的座右铭里，生命的意义必须在我们艺术和生活的融汇调合中生长出来。

我当时也无法在我凌乱的思维中理出一个头绪来，事实上，现在可以证明，这并不容易，因为如果我可以在那时在此刻可以理出一个头绪，那便是为现代中国脱臼的精神找到了方向。因为，我虽然从我自己出发，我追索的不是我自己个人的问题，因为我了解到，如果没有了中国的完整意义，便没有了我自己。

由是，我觉得，我很早便有一种固执，那便是对中国的信任和爱。现代中国，在空间被切断，历史被模糊，实体被气化以后，一直在她的子民的怀疑中颤抖推前。我无法像许多中国人一样，把中国的落后和部分的弱点，看做一种羞耻来背负。为着肯定中国特有的文化形式，美感的风范，她和太初的和谐无间地呼应变化，我曾用种种的方式，做种种的追寻，用“五·四”给我的开放性的批判精神，用西方各种发明性的表达形式，用传统哲学的透视，企图重现一套完整的活泼的生活艺术的情态。而在这个过程中，曾经兴奋若狂，曾经忧郁欲绝，曾经伤痛如焚，也曾经怅然若失，而终究因为那早年的固执而持之不坠。尤其是，当我再一度被迫离开我熟识的空间和文化的中心而流徙到外国的时候，这份对中国的固执的爱，忽然升华为一种无比的力量，把我推向新的领域，使我更清澈地认识到中国深层文化的美学形态和这形态所能在现代中国复活的民族风范，是这种固执的爱使我逐渐剔除了试验过程中所带来的累赘与错误，逐渐可以重返一种真率与质朴，把华丽脱为一种力量。是因为对传统信任，传统才给我一分光，使我明白和谐、默契原是来自我们自己，来自最纯朴无私的自己，这些无私的自己便是传统亲密社群的基础，是由乡土中国直贯高层知识体系的光辉。

就是在这个追寻、失落、复得的突然清澈的了悟里，如深夜里突然擦起的一根洋火，这个光辉，这个体系，这个我二十年来追索的生存文化的意义，便是具体的你啊。你更是中国根深的力量的实质！我竟要环追曲索如此多年！

不是儿子为了弥补自己的内疚才说这句话的。让我冒着激起你心中的愁伤来重叙你给我近乎禅悟的启示。你记得，是你婚后八年吧，爸爸便突然双足无力而瘫痪在床，一个曾经叱咤风云一时的英雄，突然因为一种外来的病患而任岁月一刀一刀地慢慢折磨，他心中是如何的难堪，他对命运哪能不怨艾！是的，爸爸时常暴躁，有时无理，但你啊，你担负着一切的艰苦、灾难、饥饿、忧愁，默默地，用那深得无法量度的耐心，一年、两年、十年、二十年、三十年、四十年，没有一次用悲伤或愤怒的语调怪责爸爸。深不可测的同情心，深不可测的爱，我们无法比拟的了解。爸爸的残废，是一种外来的命运的伤害，你完全了解，由这完全的了解，你发挥了无条件的爱心；由这完全的了解，你发挥了比天长比地久的耐心耐力，敌住一切的逆境，为我们创造了美丽丰富的将来。中国的土地，好比我们的父亲，受尽了外来的侵害而变得伤残，你的信任和爱使爸爸忍受了四十年的无助而存在，你的信任和爱，也就是我后来对中国的爱和信任的固执。而你忍受一切逆境的耐力，也便是一千年来、两千年来，中国人民的耐力，忍受着无尽的饥荒、战争、水灾、旱灾……像艾青诗中那用着一顶破的斗笠，披着一件烂的棉袄的农民，顶着北方隆冬的风雪，向永恒推进……

妈妈，我今夜满胸话语，说也说不尽，不管我如何说啊，都会把你的形象减少。我的文字无法表达你伟大的沉默中所含孕的生命的深度和中国的满溢着我胸膛的历史。

儿　维廉

1979 年 8 月

（选自《万里风烟》，台北时报文化公司 1980 年 1 月版）

蓦然回首

［美国］白先勇

白先勇（1937—　），广西桂林人。1950年随父母播迁台湾，1956年建国中学毕业后，考取台湾省立成功大学水利工程学系，翌年发现兴趣不合，转至台湾大学外国文学系，改读英国文学。1958年在《文学杂志》发表第一篇短篇小说《金大奶奶》。两年后，与台湾大学同学欧阳子、陈若曦、王文兴等人共同创办《现代文学》杂志，并相继在该刊发表了《月梦》、《玉卿嫂》、《毕业》等小说多篇。1962年赴美国爱荷华大学爱荷华作家工作室（Iowa Writer's Workshop）学习文学理论和创作研究，1965年取得爱荷华大学硕士学位后，到加州大学圣塔芭芭拉分校教授中国语文及文学，直到1994年退休。主要代表作品有短篇小说集《寂寞的十七岁》、《游园惊梦》、《台北人》、《纽约客》，长篇小说《孽子》，散文集《蓦然回首》等。白先勇喜爱中国地方戏曲昆曲如《牡丹亭》，对于其保存及传承，亦不遗余力。

许多年了，没有再看自己的旧作。这次我的早期短篇小说由远景出版社结集出版，又有机会重读一遍十几年前的那些作品，一面读，心中不禁纳罕：原来自己也曾那般幼稚过，而且在那种年纪，不知哪里来的那许多奇奇怪怪的想法。讲到我的小说启蒙老师，第一个恐怕要算我们从前家里的厨子老央了。老央是我们桂林人，桂林人能说惯道的口才，鼓儿词奇多。因为他曾为火头军，见闻广博，三言两语，把个极平凡的故事说得鲜蹦活跳。冬天夜里，我的房中架上了一个炭火盆，灰烬里煨着几枚红薯，火盆上搁着一碗水，去火气。于是老央便问我道："昨天讲到哪里了，五少？""薛仁贵救驾——"我说。老央正在跟我讲《薛仁贵征东》。那是我开宗明义第一本小说，而那银牙大耳，身高一丈，手执方天画戟，身着银盔白袍，替唐太宗征高丽的薛仁贵，便成为我心中牢不可破的英雄形象，甚至亚历山大、拿破仑，都不能跟我们这位大唐壮士相比拟的。老央一径裹着他那件油渍斑斑、煤灰扑扑的军棉袍，两只手指甲里乌乌黑尽是油腻，一进来，一身的厨房味。可是我一见着他便如获至宝，一把抓住，不到睡觉，不放他走。那时正在抗日期间愁云惨雾的重庆，才七八岁我便染上了二期肺病，躺在床上，跟死神搏斗。医生在灯下举着我的爱克斯光片指给父亲看，父亲脸色一沉，因为我的右边肺尖上照出一个大洞来。那个时候没有肺病特效药，大家谈痨变色，提到肺病两个字便乱使眼色，好像是件极不吉祥的事。家里的亲戚佣人，一走过我房间的窗子便倏地矮了半截弯下身去，不让我看见，一溜烟逃掉，因为怕被我抓进房子讲"故仔"。我得的是"童子痨"，染上了还了得。一病四年多，我的童年就那样与世隔绝虚度过去，然而我很着急，因为我知道外面世界有许许多多好玩的事情发生，我没份参加。嘉陵江涨大水，我擎着望远镜从窗外看下去，江中浊浪冲天，许多房屋人畜被洪流吞没，我看见一些竹筏上男男女女披头散发，仓皇失措，手脚乱舞，竹筏被漩涡卷得直转，我捶着床叫："嗳！嗳！"然而家人不准我下来，因为我在发烧。于是躺在床上，眼看着外面许多生命一一消逝，心中只有干急。得病以前，我受父母宠爱，在家中横行霸道，一旦隔离，拘禁在花园山坡上一幢小房子里。我顿感打入冷宫，十分郁郁不得志起来。一个春天的傍晚，园中百花怒放，父母在园中设宴，一时宾客云集，笑语四溢。我在山坡的小屋里，悄悄掀开窗帘，窥见园中大千世界，一片繁华，自己的哥姊，堂表弟兄，也穿插其间，个个喜气洋洋。霎时，一阵被人摒弃、为世所遗的悲愤兜上心头，禁不住痛哭起来。那段期间，火头军老央的《说唐》，便成为我生活中最大的安慰。我向往瓦岗寨的英雄世界，秦叔宝的英武，程咬金的诙谐，尉迟敬德的鲁莽，对于我都是刻骨铭心的。当然，《征西》中的樊梨花，亦为我深深喜爱。后来看京戏《樊江关》，樊梨花一出台，头插雉尾，身穿锁子黄金甲，足蹬粉底小蛮靴，一声娇叱盼顾生姿，端的是一员俊俏女将，然而我看来很眼熟，因为我从小心目中便认定樊梨花原该那般威风。

病愈后，重回到人间世，完全不能适应。如同囚禁多年的鸟，一旦出笼，惊慌失措，竟感到有翅难飞。小学中学的生涯，对我来说，是一片紧张。我变得不合群起来，然而又因生性好强，不肯落人后，便拼命用功读书，国英数理，不分昼夜，专想考第一，不喜欢的科目也背得滚瓜烂熟，不知浪费了多少宝贵光阴。然而除了学校，我还有另外一个世界，我的小说世界。一到了寒暑假，我便去街口的租书铺，抱回来一堆一堆牛皮纸包装的小说，发愤忘食，埋头苦读。还珠楼主五十多本《蜀山剑侠传》，从头到尾，我看过数遍。这真是一本了不得的巨著，其设想之奇，气魄之大，文字之美，功力之高，冠绝武林，没有一本小说曾经使我那样着迷过。当然，我也看张恨水的《啼笑因缘》、《斯人记》、徐讦的《风萧萧》不忍释手，看巴金的《家》、《春》、《秋》也很起劲。《三国》、《水浒》、《西游记》，似懂非懂地看了过去，小学五年级便开始看《红楼梦》，以至于今，床头摆的仍是这部小说。

在建国中学初三的那一年，我遇见了我的第二位启蒙先生，李雅韵老师。雅韵老师生长于北平，一口纯正的京片子，念起李后主的《虞美人》，抑扬顿挫。雅韵老师替我启开了中国古典文学之门，使我首次窥见古中国之伟大庄严。雅韵老师文采甚丰，经常在报章杂志发表小说。在北平大学时代，她曾参加地下抗日工作，掩护我方同志。战后当选国大代表，那时她才不过二十多岁。在我心目中，雅韵老师是一个文武双全的巾帼英雄。在她身上，我体认到儒家安贫乐道、诲人不倦、知其不可为而为之的执著精神。她是我们的国文导师，她看了我的作文，鼓励我写作投稿。她替我投了一篇文章到《野风》杂志，居然登了出来，师生皆大欢喜。她笑着对我说："你这样写下去，二十五六岁，不也成为作家了？"她那句话，对我影响之深，恐怕她当初没有料及，从那时起，我便梦想以后要当"作家"。中学毕业，我跟雅韵老师一直保持联系，出国后，也有信件往来，一九六九年我寄一封圣诞卡去，却得到她先生张文华老师的回信，说雅韵老师于九月间，心脏病发，不治身亡，享年才五十。雅韵老师身经抗日，邦灾国难，体验深刻，难怪她偏好后主词，“恰似一江春水向东流”，她念来余哀未尽，我想她当时自己一定也是感慨良多的吧。

高中毕业，本来我保送台大，那时却一下子起了一种浪漫念头。我在地理书上念到长江三峡水利灌溉计划，Y. V. A. 如果筑成可媲美美国的 T. V. A.，中国中部农田水利一举而成，造福亿万生民。我那时雄心万丈。我要去长江三峡替中国建一个 Y. V. A.。一面建设国家，一面游名川大山，然后又可以写自己的文章。小时游过长江，山川雄伟，印象极深。当时台大没有水利系，我便要求保送成功大学。读了一年水利工程，发觉自己原来对工程完全没有兴趣，亦无才能，Y. V. A. 大概还轮不到我去建设。同学们做物理实验，非常认真在量球径，我却带了一本《琥珀》去，看得津津有味。一个人的志趣，是勉强不来的，我的“作家梦”却愈来愈强烈了。有一天，在台南一家小书店里，我发觉了两本封面褪色、灰尘满布的杂志《文学杂志》第一、二期，买回去一看，顿时如纶音贯耳，我记得看到王镇国译华顿夫人的《伊丹傅罗姆》，浪漫兼写实，美不胜收。虽然我那时看过一些翻译小说：《简·爱》、《飘》、《傲慢与偏见》、《咆哮山庄》，等等，但是信手拈来，并不认真。夏济安先生编的《文学杂志》实是引导我对西洋文学热爱的桥梁。我作了一项我生命中异常重大的决定，重考大学，转攻文学。事先我没有跟父母商量，先斩后奏。我的“作家梦”恐怕那时候父母很难了解。我征求雅韵老师的意见，本来我想考中文系。雅韵老师极力劝阻，她说学西洋文学对小说创作的启发要大得多。她本人出身国文系，却能作如此客观的忠告，我对她非常感佩。台大放榜，父母亲免不得埋怨惋惜了一番。台湾学校的风气，男孩子以理工为上，法商次之，文史则属下乘。我在水利系的功课很好，是系里的第一名，但那只是分数高，我对数理的领悟力，并不算强。我解说了半天，父亲看见大势已定，并不坚持，只搬出了古训说：“行有余力，则以学文。”我含糊应道：“人各有志。”母亲笑叹道：“随他吧，‘行行出状元’。”她心里倒是高兴的，因为我又回到台北家中来了。

进入台大外文系后，最大的奢望便是在《文学杂志》上登文章，因为那时《文学杂志》也常常登载同学的小说。我们的国文老师经常给文学杂志拉稿。有一次作文，老师要我们写一篇小说，我想这下展才的机会来了，一下子交上去三篇。发下来厚厚一叠，我翻了半天，一句评语也没找到，开头还以为老师看漏了，后来一想不对，三篇总会看到一篇，一定是老师不赏识，懒得下评。顿时脸上热辣辣，赶快把那一大叠稿子塞进书包里，生怕别人看见。“作家梦”惊醒了一半，心却没有死，反而觉得有点怀才不遇，没有碰到知音。于是自己贸贸然便去找夏济安先生，开始还不好意思把自己的作品拿出来，借口去请他修改英文作文。一两次后，才不尴不尬地把自己一篇小说递到他书桌上去。我记得他那天只穿了一件汗衫，一面在翻我的稿子，烟斗吸得呼呼响。那一刻，我的心直在跳，好像在等待法官判刑似的。如果夏先生当时宣判我的文章“死刑”，恐怕我的写作生涯要多许多波折，因为那时我对夏先生十分敬仰，而且自己又毫无信心，他的话，对于一个初学写作的人，一褒一贬，天壤之别。夏先生却抬起头对我笑道：“你的文字很老辣，这篇小说我们要用，登到《文学杂志》上去。”那便是《金大奶奶》，我第一篇正式发表的小说。

后来又在文学杂志上继续发表《我们看菊花去》（原名《入院》），《闷雷》本来也打算投到《文学杂志》，还没写完，夏先生只看了一半，便到美国去了。虽然夏先生只教了我一个学期，但他直接间接对我写作的影响是大的。当然最重要的是他对我初"登台"时的鼓励，但他对文字风格的分析也使我受益不少。他觉得中国作家最大的毛病是滥用浪漫热情、感伤的文字。他问我看些什么作家，我说了一些，他没有出声，后来我提到毛姆和莫泊桑，他却说："这两个人的文字对你会有好影响，他们用字很冷酷。"我那时看了许多浪漫主义的作品，文字有时也染上感伤色彩，夏先生特别提到两位作家，大概是要我学习他们冷静分析的风格。夏先生对于文学作品的欣赏非常理智客观，而他为人看起来又那样开朗，我便错以为他早已超脱，不为世俗所扰了，后来看了《夏济安日记》，才知道原来他的心路历程竟是那般崎岖。他自己曾是一个浪漫主义者，所以他才能对浪漫主义的弊端有那样深刻的认识。

大三的时候，我与几位同班同学创办《现代文学》，有了自己的地盘，发表文章当然就容易多了，好的坏的一齐上场，第一期我还用两个笔名发表了两篇：《月梦》和《玉卿嫂》。黎烈文教授问我："《玉卿嫂》是什么人写的？很圆熟，怕不是你们写的吧？"我一得意，赶快应道："是我写的。"他微感惊讶，打量了我一下，大概他觉得我那时有点人小鬼大。现在看看，出国前我写的那些小说大部分都嫩得很，形式不完整，情感太露，不懂得控制，还在尝试习作阶段。不过主题大致已经定形，也不过是生老病死，一些人生基本永恒的现象。倒是有几篇当时怎么会写成的，事隔多年，现在回忆起来，颇有意思。有一年，智姐回国，我们谈家中旧事，她讲起她从前一个保姆，人长得很俏，喜欢带白耳环，后来出去跟她一个干弟弟同居。我没有见过那位保姆，可是那对白耳环，在我脑子里却变成了一种蛊惑，我想带白耳环的那样一个女人，爱起人来，一定死去活来的——那便是玉卿嫂。在宪兵学校，有一天我上地图阅读，我从来没有方向观，不辨东西南北，听了白听，我便把一张地图盖在稿纸上，写起《寂寞的十七岁》来。我有一个亲戚，学校功课不好，家庭没有地位，非常孤独，自己跟自己打假电话，我想那个男孩子一定寂寞得发了昏，才会那样自言自语。有一次我看见一位画家画的一张裸体少年油画，背景是半抽象的，上面是白得熔化了的太阳，下面是亮得燃烧的沙滩，少年跃跃欲飞，充满了生命力，那幅画我觉得简直是"青春"的象征，于是我想人的青春不能永葆，大概只有化成艺术才能长存。

一九六二年，出国前后，是我一生也是我写作生涯的分水岭，那年冬天，家中巨变，母亲逝世了。母亲出身官宦，是外祖父的掌上明珠，自小锦衣玉食，然而胆识过人，不让须眉。一九二七年北伐，母亲刚跟父亲结婚，随军北上。父亲在龙潭与孙传芳激战，母亲在上海误闻父亲阵亡，连夜冲封锁线，爬战壕，冒枪林弹雨，奔到前方，与父亲会合，那时她才刚冒二十。抗日期间，湘桂大撤退，母亲一人率领白、马两家八十余口，祖母九十，小弟月余，千山万水，备尝艰辛，终于安抵重庆。我们手足十人，母亲一生操劳，晚年在台，患高血压症常常就医。然而母亲胸怀豁达，热爱生命，环境无论如何艰险，她仍乐观，勇于求存，因为她个性坚强，从不服输。但是最后她卧病在床，与死神交战，却节节败退，无法抗拒。她在医院里住了六个月，有一天，我们一位亲戚嫁女，母亲很喜爱那个女孩，那天她精神较好，便挣扎起来，特意打扮一番，坚持跟我们一同去赴喜宴。她自己照镜，很得意，跟父亲笑道："换珠衫依然是富贵模样。"虽然她在席间只坐了片刻，然而她却是笑得最开心的一个。人世间的一切，她热烈拥抱。死亡，她是极不甘愿，并且十分不屑的。然而那次不久，她终于病故。母亲下葬后，按回教仪式我守了四十天的坟，第四十一天，便出国飞美了。父亲送别机场，步步相依，竟破例送到飞机梯下。父亲曾领百万雄师，出生入死，又因秉性刚毅，喜怒轻易不形于色。可是暮年丧偶，儿子远行，那天在寒风中，竟也老泪纵横起来，那是我们父子最后一次相聚，等我学成归来，父亲先已归真。月余间，生离死别，一时尝尽，人生忧患，自此开始。

别人出国留学，大概不免满怀兴奋，我却没有，我只感到心慌意乱，四顾茫然。头一年在美国，心境是苍凉的，因为母亲的死亡，使我心灵受到巨大无比的震撼。像母亲那样一个曾经散发过如许光与热的生命，转瞬间，竟也烟消云散，至于寂灭。因为母亲一向为白、马两家支柱，遽然长逝，两家人同感天崩地裂，栋毁梁摧。出殡那天，入土一刻，我觉得埋葬的不仅是母亲的遗体，也是我自己生命的一部分，那是我第一次真正接触到死亡，而深深感到其无可拒抗的威力。由此，我遂逐渐领悟到人生之大限，天命之不可强求。丧母的哀痛，随着时间与了悟，毕竟也慢慢冲淡了。因为国外没有旧历，有时母亲的忌日，也会忽略过去。但有时候，不提防，却突然在梦中会见到母亲，而看到的，总是她那一副临终前忧愁无告的面容，与她平日欢颜大不相类。我知道，下意识里，我对母亲的死亡，深感内疚，因为我没能从死神手里，将她抢救过来。在死神面前，我竟是那般无能为力。

初来美国，完全不能写作，因为环境遽变，方寸大乱，无从下笔。年底圣诞节，学校宿舍关门，我到芝加哥去过圣诞，一个人住在密西根湖边一家小旅馆里。有一天黄昏，我走到湖边，天上飘着雪，上下苍茫，湖上一片浩瀚，沿岸摩天大楼万家灯火，四周响着圣诞福音，到处都是残年急景。我立在堤岸上，心里突然起了一阵奇异的感动，那种感觉，似悲似喜，是一种天地悠悠之念，顷刻间，混沌的心景，竟澄明清澈起来，蓦然回首，二十五岁的那个自己，变成了一团模糊逐渐消隐。我感到脱胎换骨，骤然间，心里增添了许多岁月。黄庭坚的词："去国十年，老尽少年心。"不必十年，一年已足，尤其是在芝加哥那种地方。回到爱荷华，我又开始写作了，第一篇就是《芝加哥之死》。

在爱荷华作家工作室，我学到了不少东西：我了解到小说叙事观点的重要性。Percy Lubbock 那本经典之作《小说技巧》对我启发是大的，他提出了小说两种基本写作技巧：叙述法与戏剧法。他讨论了几位大小说家，有的擅长前者，如萨克雷（Thackeray），有的擅长后者，如狄更斯。他觉得，何时叙述，何时戏剧化，这就是写小说的要诀。所谓戏剧化，就是制造场景，运用对话。我自己也发觉，一篇小说中，叙述与对话的比例安排是十分重要的。我又发觉中国小说家大多擅长戏剧法，《红楼》、《水浒》、《金瓶》、《儒林》，莫不以场景对话取胜，连篇累牍的描述及分析，并不多见。我研读过的伟大小说家，没有一个不是技巧高超的，小说技巧不是“雕虫小技”，而是表现伟大思想主题的基本工具。在那段期间，对我写作更重要的影响，便是自我的发现与追寻。像许多留学生，一出国外，受到外来文化的冲击，产生了所谓认同危机，对本身的价值观与信仰都得重新估计。虽然在课堂里念的是西洋文学，可是从图书馆借的，却是一大叠一大叠有关中国历史、政治、哲学、艺术的书，还有许多五四时代的小说。我患了文化饥饿症，捧起这些中国历史文学，便狼吞虎咽起来。看了许多中国近代史的书，看到抗日台儿庄之役，还打算回国的时候，去向父亲请教，问他当时战争实际的情形。

暑假，有一天在纽约，我在 Little Carnegie Hall 看到一个外国人摄辑的中国历史片，从慈禧驾崩、辛亥革命、北伐、抗日到战乱，大半个世纪的中国，一时呈现眼前。南京屠杀、重庆轰炸，不再是历史名词，而是一具具中国人被蹂躏、被凌辱、被分割、被焚烧的肉体，横陈在那片给苦难的血泪灌溉得发了黑的中国土地上。我坐在电影院内黑暗的一角，一阵阵毛骨悚然的激动不能自已。走出外面，时代广场仍然车水马龙，红尘万丈，霓虹灯刺得人的眼睛直发疼，我蹭蹬纽约街头，一时不知身在何方。那是我到美国后，第一次深深感到国破家亡的彷徨。

去国日久，对自己国家的文化乡愁日深，于是便开始了《纽约客》，以及稍后的《台北人》。

1976 年于美加州

（选自《蓦然回首》，台北尔雅出版社 1978 年 9 月版）

流光逝川

［美国］夏祖焯

夏祖焯（1941— ），祖籍江苏南京，生于北京。台湾成功大学工学院毕业，美国密西根州立大学工程博士。任职美国工程界多年，现为台湾清华大学文学教授。著有《最后的一只红头乌鸦》、《夏猎》、《近代外国文学思潮》等。

许多年前，有个老人告诉我他阅读川端康成的小说《山之音》，看了前数页即停止。小说中的主角老人尾形信吾听到山的鸣声，陷入恐惧，信吾曾想那是风声、涛声，还是耳鸣。然而他确实听到如魔鬼鸣山而过的山音，从而惊恐时间已到，死期将至。告诉我这话的老人也在南华的奇莱山区听到山鸣声，所以无法把《山之音》看下去。

失聪的人想听下雪的声音，想听日出或日落的声音，想看到音乐的颜色，甚至想听到山水自然的天籁。实际上这些对有敏锐听觉的人都是奢望。由山音到天籁，究竟那是什么？就和时间一样令人费解。然而在文学的河流中，显然，时间比声音要重要得多。

朱熹有“未觉池塘春草梦，阶前梧叶已秋声”之句；李白的《将进酒》，言及“君不见高堂明镜悲白发，朝如青丝暮成雪”，描述了时光的惊人之旅。我先举两个西方小说中有关时间的例子。

最常想到的是马奎斯《百年孤寂》开场的那一句：“许多年后，当邦迪亚上校面对行刑队时，他将想起他父亲带他去找冰块那个遥远的下午。”短短一句涵盖了未来、过去及正在叙述的现在。文法上用过去式全知观点，叙述一件多年后（却又是多年前）发生的事——那就是面对行刑队被执行枪决。而此时他会回想到很久以前“他父亲带他去看冰块”的下午。看这小说英文译本时想到英文的文法中有六个时态来表达时间的位置，如果没有，这个句子会那么动人吗？

另一个例子，是属于后现代小说冯内果的《第五号屠宰场》，有一个被关在二战德军战俘营中的美军能在时间中旅行，穿梭过去及未来的每一时刻，更能“同时”住在地球及另一个遥远的外星。而在外星他可预见未来一切，甚至包括全宇宙不可避免的毁灭。

我们生活在线性的物理时间中，每一分一秒自古以来循序机械进行。在自然科学上是理性，有秩序，不会紊乱，但是在文学上却有枯燥乏味之感。到了19世纪末期，佛洛伊德忽然变成影响20世纪文学最重要的人物，除了《梦的解析》之外，潜意识的观念导引“意识流”（Stream of Consciousness）写作笔法的出现，于是小说在布局上突破了惯用先后顺序的“物理时间”，而是以“心理时间”概念，不依时序，用片断、重叠、交错渗透的形式浮现。因此时间、空间常在小说中呈现跳跃、变幻状况。这种唯心的时间概念，不可能取代我们习以为常唯物的物理时间，但绝对有助于意识流小说中时间及空间的布局处理。意识流小说最重要的四个作家是乔哀思、佛克纳、普鲁斯特及吴尔芙。他们的小说有些几乎没有起伏及完整的情节。即使是爱情，也非回肠荡气。就如普鲁斯特的《追忆似水年华》，小说的重点应是时间重于回忆。我们也可说贝克特的名剧《等待果陀》的主题并非果陀，而是等待。处于等待的被动状态时，时光流逝根本无法阻止。以我个人推测高行健的《车站》一剧显然受到《等待果陀》的影响。

时间在现代物理的观念中循严格的线性，历程清楚分割为过去—现在—未来。然而，在古印度的文明中，时间是循环的，所以事情的发生没有开始及终结。在循环的宇宙中，出现过的事将在未来再度重现，所以也不需借“时光旅行”这种尖端科技来重访过去。实际上，时间循环的观念和近代物理学上因重力作用被扭曲的时空相同。因为时间被扭曲，所以可能有循环现象发生。如果我们体内的生物钟慢于外部世界的时钟，超前时间旅行即有可行性。这可经由两条途径达成：那就是以接近光速的速度旅行，或是借减缓人体的新陈代谢达成。

除了物理时间和法国哲学家柏格森（他得到1927年的诺贝尔文学奖）所提出的“心理时间”外，还有生物时间及经济时间。生物时间以有时间规律的活动周期为体现。比如女子的经期是以月为周期；大型哺乳类动物的繁殖以年为周期；有些害虫出现的周期是六七年；越洋飞行或值大夜班工人经历的时差局限在24小时之内；果蝇的求偶鸣声有60秒的周期循环……这些周期说明了第四维的生物时间是由三维的DNA分子产生的，所以可编码在有机体的遗传潜力中，这也是制药工业研究消减人体生物钟失调药剂的方向。经济时间常出现在近代小说中。它的短暂性和生物时间一样导致人们一般经验时间的无意义感。小说中常见的裁员、不稳定的暂时工作（如代用教师）、被迫改换工作技能……资本主义里的经济时间破坏了生活时间的连贯性，记忆在面对现实时产生痛苦。基本上，经济时间不似生物时间有固定周期性，而是受市场波动及人为因素的影响。

这些不同的时间，全部可以包括在一个作家写作的“文学时间”之内。

人类早知时光流连恒定不变，否则钟表及日历根本没有存在必要。然而一天是24小时，下去是60分、60秒，都不是手指的十进单位。这当然成为科学家考据的谜。有一种说法是古巴比伦及埃及用60进位制历法及时间，沿袭至今。无论如何，时间本身是唯物的刻分，但时间的感觉却是唯心的。面对死刑的犯人时光似箭，饱受癌症或爱情折磨的人度日如年。有一阵子，我工作的工程单位两年接不到几项工程计划，每天八小时枯坐也是度日如年，最后终于大家都被裁员或调职。如果工作多，一天很快就过去，一早进办公室，拼命做，拼命想，拼命接电话吵架、协调、求情。一抬头，壁上钟已走到下午六点了。

我在美国北部多雪的密西根州念的研究生，指导教授是北欧后裔，满头银丝。有一天他告诉我：“今天早上起床望窗外，忽见大地一片雪白，我意识到老年已至。”我望着他，并无共鸣或感触，因为那时有整个世界在等着二十多岁的我去厮杀。老年是冬天，我是春天。如今已轮到我向课堂上的大学生说这句话，台湾窗外无雪景，我会过得慢些。

先严沉默内向，生前很少与我谈话。有一次，我犹记得，他对我说："时间不可能都站在你那边。"我一直没想通那是什么。说不定直到挂点那天，还是想不通。现在我已不去想这句话。如果生命是浪费时间，则时间也是浪费生命。

西方文学有两大根源：希腊文化及圣经。旧约《创世纪》一开章就言明："地是空虚混沌，渊面黑暗。"伴随着天地的创造，时间与空间得以形成。于是时间流逝，宇宙出现。这个时间也就是牛顿所谓的"绝对时间"。牛顿和达尔文、爱因斯坦一样，都是笃信的基督教徒，认为上帝在有限的过去中创造了时间，所以上帝不可能在时间之中，因为祂先于时间存在。但是祂也并没有在时间之外。空间是三维的（三度空间即是上下、左右、深浅），时间是一维的，只能由过去流向未来。不论时间和空间，都和宇宙有关。《淮南子·齐俗训》曰："往古来今谓之宙，四方上下谓之宇。"庄子亦有相同论述。所以宇是空间，宙是时间。牛顿所说的绝对时间及绝对空间不受外在环境影响，自行存在。17 世纪由他创立的这个理论维持了 200 多年，直至 20 世纪初才被爱因斯坦的狭义相对论所推翻。据此论，爱因斯坦创造出由三个空间坐标与一个时间坐标所构成的四维数学时空。他更进一步以公式证明长度、质量及时间都不是绝对的常数，而是随着物理运动的速度而变化。唯一永恒不变的是光的速度。徐志摩、胡适及梁实秋等在 1928 年成立的"新月派"发刊词引用英文旧约起段"And God said, Let there be light; and there was light."（上帝说"要有光，便有了光"）之句。此句有美学上的艺术性，基督教的创造论也阐明了昼夜时间的形成雏形。

因为影像的传递也就是光的传递，所以人上了比光速快的太空船行到宇宙的另一端，就可能看到自己出生的情况，甚至可看到出生前父母恋爱的情形。狭义相对论的三个公式证明光速是不可能被超越的。超越光速就有虚数的时间出现。虚数在数学上有意义，在物理上无意义，在文学上是不可思议。请问，什么是虚数的时间？近年来有物理学家分析光速可能被超越。如是，我们可以看到以前，看到现在，但还是不能看到未来，比如死亡。因为自己必须存在于未来那一刻，才能坐比光速快过千万倍的太空船镖出去等待未来。但是如果存在于未来那一刻（比如自己的死亡），那一刻就已不是未来，而是现在或过去了，这是个逻辑的问题。

然而文学或电影超越了这一切，逻辑被美学取代，理性流于不尽的想象。所以庄周与蝴蝶互梦，卡夫卡写出《变形虫》，英格玛·褒曼的《野草莓》一片，有老教授看到棺材中自己的躯体……这一切似是幻觉与梦境，又似真实的存在，只鉴于读者或观影者内心的感触了，并没有理性及科学上的考虑。

诗的文学以艾略特的《焚毁的诺顿》开始那一段最能表达时间的观念，此诗是他的《四个四重奏》中的第一首：

"时间的现在以及时间的过去

可能都存在于时间的未来，
而时间的未来也包含在时间的过去中。
如果所有的时间都是永恒的存在，
所有的时间也是不能赎回的。”

这些诗句衬托出时间、哲理及永恒（eternity）或永续（everlastingness）的理性概念。然而接下去的诗句是：记忆中的足音、打开从未开过的门、进入玫瑰园；追寻着回音，进入第一个世界。引导及唆怂人们的却是一只鸟儿。于是由此，诗句转入感性的领域。在《四个四重奏》的第二首诗《东库克》及第三首《海滩岩》中，艾略特又导入“开始即结束”及时间河流的观念。全诗固然晦涩费解，但文字节奏之美，典故巧妙的运用，对人生及时间流程深刻的探索，令全诗充满了复杂性、典故性、哲学性及美学上的浪漫性。

时间是否是一种客观的存在？是否有永恒性？还是一种抽象的概念？时间是否可以逆向而行（量子力学及或然率都无法证明时间的“不可逆流性”）……这些哲学及物理学上的迷惑，不断在被探索及修正。然而文学的世界也从未放弃对时间的憧憬及诠释。二十世纪中叶，存在主义文学忽然以秋风扫落叶之姿出现，强调人的“存在先于本质”。人非存在于现在，而是存在于未来。因为人非上帝所创造，他要在孤独、无助、肩负重任、与上帝疏离的境遇中选择自己的本质及未来。这种论调牵涉到时间，也不牵涉到时间——那倒是要看时间是站在哪一边了。

许多年前，我在美国做工程博士论文时，将一个简单的工程现象及物质导入五度空间的复杂数学领域——就是四维的时空及一维的温度，是个黏弹性力学的问题。三位指导教授问我为何如此由简入繁，意义及意图何在，一致要我放弃这个方向，另走一条实际的研究路线。我差点儿没告诉他们，中国人是诗与浪漫的民族。我想那时充满了玄想，欲将工程、数学、哲学及文学糅合在一起，多么虚幻及美丽！那个时代存在主义正逐渐衰退，后现代主义文学开始登场。最重要的作家应是阿根廷的波赫士，他的后设小说《曲径分岔的花园》描述了梦境及迷宫意象。没有出路的迷宫不只是小说结构的迷宫，也是时间的迷宫。其中多种时间并存，认同“无时间”或“非时间”，就等于无限的永恒。因为不论物理时间、心理时间或共存时间都不能取代“无限”或永恒。波赫士实际上融合了艾略特的诗，牛顿的绝对时间及爱因斯坦的相对论，创造出这座文学上复杂的时间迷宫。科学影响了文学，然而文学也影响了科学——所以我会有那种想法，最后还是走了实际的道路。只是，谁知道，如果当初进入五度空间论文的领域，是否又是人文与科技融合的突破呢？几十年过去了，我由工程转入文学，那可曾是我失去最美丽的一部分，我想。

生命如此短暂，白驹过隙应是瞬时，能化为永恒吗？绝大部分的过去在出生前已发生，绝大部分的未来在死后才到来。时间即是悲剧，我们悲叹它的流逝，也追求它的未竟。那悲剧却不是希腊神话或戏剧中的悲剧，而是生命的黄昏与落幕，如此接近与遥远。死亡如不是敌人，也不会是朋友。

于是我站在河边，望着微风下的溪流，从未知道那块衬景是如此动人与亮丽。许多往事，许多面孔，许多声音，许多混乱，许多的愤怒，残梦中的爱情，无言的感伤……静静流逝。生命的美就是忘记过去那些不堪回首的，它们会由流水再带回来吗？时间会像我梦中雨后的树林一样翠绿透澈吗？

"自是人生长恨水长东！"

（选自2008年1月23、24日台湾《自由时报》）

独语自注

［美国］刘再复

刘再复（1941— ），福建南安人。1963 年厦门大学中文系毕业，任北京《新建设》杂志编辑。1977 年转入中国社会科学院文学研究所鲁迅研究室，1985 年至 1989 年任文学所所长、《文学评论》主编。1989 年赴美，先后在芝加哥大学、斯德哥尔摩大学、香港城市大学等担任客座教授和访问学者。著有散文集《深海的追寻》、《太阳·土地·人》、《读沧海》、《漂流手记》等。

一

早就喜欢何其芳年轻时的诗文，尤其是他的《画梦录》。出国之后，我常望着高远的天空和低回的云彩，想起其中的名篇《独语》和它的画梦般的句子：昏黄的灯光下，放在你面前的是一册杰出的书，你将听见各个人物的独语。温柔的独语，悲哀的独语，或者狂暴的独语。每一个灵魂是一个世界，没有窗户，而可爱的灵魂都是倔强的独语者。借用老诗人“独语”的概念和它的如梦如画的诗意，我穿过历史耀目的长廊，又一次展开心灵之旅。

二

漂流之夜。没有圆月，没有星斗，于幽暗中什么也看不见。然而，因为独语，我感到肉眼看不见的兄弟姐妹就在身边，百草千花万卉就在身边，远古与今天的思想者就在身边。黑暗企图淹没一切，但我却听到暗影深处和我共鸣的轻歌与微语。我的故乡就在母亲语言与兄弟语言中，就在苍老而年轻的方块字当中。于是，我在虚无中感到实有，在乌黑中看到薄明与亮色。

三

漂泊者用双脚生活，更是用双眼生活。他用一对永远好奇的童孩眼睛到处吸收美和光明。哲人问：小溪流向江河，江河流向大海，大海又流向何方？我回答：大海流向漂泊者的眼里。歌德在《浮士德》中说：人生下来，就是为了观看。真的，人生下来就是为了观赏大千世界与人性世界的无穷景色。所以，在我的远游岁月与独语天涯中，一直跳动着乔伊斯的这句话：漂流就是我的美学。

四

英国思想家卡莱尔说：未曾哭过长夜的人，不足以语人生。日本文学批评家鹤见祐辅在他著写的《拜伦传》序言中引述了这句话。

我曾经在最爱我的祖母逝世时哭过长夜，曾经在故乡的大森林被砍成碎片时哭过长夜，曾经在看到慈祥而善良的老师像牲畜一样被赶进牛棚时哭过长夜，曾经在殷红的鲜血飘向乡村与大街时哭过长夜，曾经在被抛入异邦之后面对无底的时间深渊哭过长夜。我还经历过一轮又一轮的炼狱，胸中拥有许多炼狱的灰烬。我应当拥有独语人生的资格了。

五

像那些在荒漠沙野中身陷孤独的求道者，我常对自己提出的问题是："我还能做什么?"寻找答案时，想起了尼采的话：真理开始于两个人共同拥有的那一刻。可是我只有一个人。然而，我立即想到：主体多重，我不仅是一个现在的自己，而且还有一个过去的自己和未来的自己。分明是三个人。我可以和他们对话，可以和他们共同拥有真理起程的时刻。

六

"在大浪滔滔的既往与未来的合流之中/在永恒与现在之中/我总看到一个'我'像奇迹似的/孤苦伶仃四下巡行"——这是泰戈尔的诗句。

我看到的自己也是孤单的身影，踽踽独行在宏观的历史大道与微观的现实羊肠小路上，独语在过去、现在、未来三个时间向度上。我拥有多次人生与数度童年。出国前的第一人生是我的前世之维。今天我虽然侧身天涯，无依无傍，无着无落，却与滔滔大浪共赴新的生命之旅，在莽莽苍苍的大宇宙中，与神秘的永恒之声遥遥呼应。于是，尽管独行独语，却拥有四面八方，古往今来，身内身外。

七

心灵之窗敞开着，面对着共存的一切：太阳与墓地，存在与时间，洪荒与文明，星斗与小草，婴儿宇宙与孩提王国，罗马古战场与阿芙乐尔号炮舰，柏拉图的理想国与奥斯维辛集中营，荷马的七弦琴和乔尹斯的意识流，卡夫卡的城堡与博尔赫斯的迷宫。在思想的漫游中，我时而与堂·吉诃德相逢，时而与哈姆雷特相逢，时而与贾宝玉、林黛玉相逢，时而与达吉雅娜与洛丽塔相逢。冲锋、犹豫、迷惘、忧伤，不同颜色的独语，我都能倾听，而对于我的独白，他们难道就只有沉默吗？

八

丹麦哲学家、存在主义先驱克尔凯郭尔在《非此即彼》书中写道："你知道，我很喜欢自言自语。我发现，在我的相识者中间，最有意思的就是我自己。"我相信北欧这位大哲人的话，因为他拥有自己的语言，那是他存在的第一明证。可是，二十年前，我绝不敢承认这句话，因为那时候我丢失了自己的语言。丧失个体经验语言，就不是有活力的灵魂，而是一只鹦鹉，一个木偶，一副面具，一堆稻草，一颗螺丝钉，一台复印机，一种数字，一个概念。

九

对着天尽头那灰濛濛的落日，我突然产生一种"惊觉"，这也许就叫做"顿悟"。我想到：头一轮的生命终结了。过去，我曾经向故国索取过，故国也曾给予过，而我也努力偿还。我能给予的都给予了，不再欠债。我已从沉重的阶级债务和民族债务中解脱。这是生命的大解脱。一阵大轻松如海风袭来。轻松中我悟到：此后我还会有关怀，然而，我已还原为我自己，我的生命内核，将从此只放射个人真实而自由的声音。

十

惊觉之后，在镜子前看到的自己是完整的，不是碎片，也没有装饰。这是生命的原版。母亲赋予的生命原版，不再被外部概念所剪裁、所截肢、所遮蔽的生命原版。美极了，葳蕤生辉的生命原版。这是神奇童年的心和手，这是自由歌哭的咽喉，这是丛林般的还带着嫩叶清香的头发，这是亲吻过故乡大旷野并播放着泥土潮味的嘴唇，这是能看穿皇帝新衣和戏子老套的眼睛，这是瞳仁，闪闪亮亮地正在映射着每日常新的太阳。

我要在生命的原版上写下属于自己的文字。我的仁厚无边的天父与地母，我爱你，我要献给你最美丽的礼物：心灵的孤本，生命的原版和天涯的独语。

一一

拒绝合唱。埋头在山西高原上写了《厚土》、《旧址》、《无风之树》的李锐，突然抬起头来说：拒绝合唱！这是一个写作者在黄土高坡上的独语，然而，它该也是，该也是一代惊觉者的独立宣言。我要在宣言书上签字，我要在签字后发出更响亮的生命的歌哭，我要独立咀嚼天地的精英然后独自吐出我的蚕丝我的独唱和可能的绝唱。合唱已吞没了我的青年时代，我不能再把整个人生送到合唱里，我已看清合唱的媚俗与空洞，我已给合唱的舞台发出拒绝的通知。

一二

没有拒绝，便没有生活。没有良知拒绝，不可能有良知关怀。面对黑暗与不公平，左拉发出的声音是：“我抗议”；冰心发出的声音是：“我请求”！请求是妥协性抗议，也不容易。我无法再面向庞大的客体，但可以要求主体发出声音：“我拒绝”！至少必须拒绝谎言。失去拒绝能力，就意味把自己交给撒谎的世界。

一三

此刻，康德从他的林间小道散步到我的心间小道。依依稀稀，我听到了他的独语：“人之可贵，是他只遵从自己所发出的法则。这些法则不是他人提供的，而是自己生产出来的。”这是康德对我的第一百次提醒。不错，我的主体黑暗主体懦弱主体混乱主体匮乏都是因为我太崇尚他人提供的原则。遵从的结果只有一个：只能说他人的话，无法履行内心的绝对命令，包括天真天籁的命令。于是，正如天空失去星辰，我失去了地上的道德律。

一四

窗外是穆穆的秋山，山中是娓娓的秋湖，窗内是雪白的书桌，桌上是素洁的稿子。没有人干预我、骚扰我。太阳只给我温暖与光明，没有叫嚷；思想大师与文学大师们只给我智慧、思想和美，没有喧嚣。伟大的存在，无须自售。活着真有意思，活着可以和太阳、山川及人类的大师们交谈。紧紧抓住活着的一刹那，一片刻，一瞬间。死了之后，太阳对于我没有意义，大师的精深与精彩也不再属于我。

一五

层峦起伏的远山，在缭绕的薄雾中屹立。夕阳还在，黑夜尚未完成它的大一统。我又沉浸于寂静中。我不仅看到寂静，而且听见了寂静。易卜生在《当我们这些死者苏醒的时候》一剧中，让一个人物轻轻地问另一个人物：“玛亚，你听见寂静了吗？”如果这是问我，我要回答：听见了，我听见了群山孤岭的寂静，听见了星河银汉的寂静，听见了高原上大森林颤动的寂静和云天中兀鹰翱翔的寂静，听见了太阳与小草在相依相托中爱恋的寂静。寂静不是死灭。寂静是孕育。死亡是轰动，孕育是沉默。

一六

不仅是易卜生听到了寂静。所有天才的诗人与作家都能听到寂静。他们具有第二视力也具有第二听力。这种听力是伟大的造物主赐予他们的内听觉。贝多芬耳朵聋了的时候却创造了人间最美的音乐，他显然听见了大寂静中的大韵律。第二听觉使大艺术家们从“无”中听到“有”，从虚空与沉默中听到潜在的大音，这是万物万有从“无”中远远走来的足音，这是正在孕育、正在诞生的足音。不论是从母亲腹中走来的孩子还是从宇宙深处走来的星光，他们都能听见其天乐般的情韵。唯有这些无声中的有声，具有永恒之美。

一七

薇拉·妃格念尔，我心目中最高贵、最美丽的俄罗斯女性。你出身贵族家庭，才貌非凡，本可享受人世奢华，却偏偏同情穷人、投身革命而坐牢二十年。你在自传《俄罗斯的暗夜》中说：“孤独与宁静使人心神专注，更能倾听过去的诉说。”人类精神宝库中最丰富的部分，不是今天的诉说，而是过去的诉说，是从苏格拉底、荷马开始的伟大死者们的诉说，这些精神战士的诉说镌刻在书本上。书本没有声响。书海是一片大寂静。

一八

此刻，我听到了“过去的声音”，听到了柏拉图与亚里士多德的诉说；听到了康德与陀思妥耶夫斯基的诉说；听到了乔尹斯的《尤里西斯》和普鲁斯特的《追忆似水流年》。他们的诉说是那样冗长而深奥，我常常站在他们的门外。这回，孤独与宁静把我带进门里，我终于领略了他们的诉说。《尤里西斯》的门坎，连福克纳都觉得难以踏进，但他踏进了。他说：“看乔尹斯的《尤里西斯》，应当像识字不多的浸礼会传教士看《旧约》一样：要心怀一片至诚。”孤独、宁静，至诚，这三者把我的心扉打开了，过去一切最深邃的独白与对语汩汩地流入我的血脉，多么美妙多么迷人的过去的诉说呵，可惜我倾听得太晚了。

一九

妃格念尔，当沙皇的皇冠落地，当你所献身的目标像东方日出，当人们都沉醉于革命的狂欢节之中，你还喜欢孤独与宁静吗？宁静与孤独是逍遥之罪吗？你会为狂欢节中的孤独者与独语者辩护和请命吗？记得帕斯捷尔纳克在《日瓦戈医生》里对着狂欢的人群说：个人的生活在这里停止了。真的停止了吗？应当停止吗？革命注定要抹掉个人生活与独自行吟的权利吗？能回答我吗？诗一样美丽的革命家与悲剧创造者。

二十

夜半时分，我推开了窗户。窗外除了远空中的几颗疏星闪烁之外，全是无。无声、无息、无歌、无曲，千山无语，万籁无音，连长堤那边的公路也没有喧嚣，没有笛鸣。宁静压倒一切。此刻，我意识到大寂静的浓度。浓得像蜜，像酒。我闻到蜜和酒清冽的香味，并渴望吮啜。于是，我朝向空中伸出双手，然后深深呼吸。我的思想除了需要盐的泡浸之外，还需要蜜和酒的滋润。伟大的、辽阔的北美大地，对于别人来说，也许意味着黄金，意味着白银，而对于我则意味着这蜜和酒。

二一

天底下有谁会像我这样迷恋蜜和酒？天底下又有谁在痛饮一片虚无的液汁后又如此迷恋自己的独存独在独思独想独歌独诉独言独语？如果不是被群体的喧嚣所愚弄，如果不是看够了用一千副面具一万副面具表演的历史悲剧与闹剧，如果不是连自己也说烦说腻了从一个模式里印出来的话语，我怎能从睡梦中醒来，怎能知道夜半的蜜夜半的酒夜半的大寂静如此清醇，一滴一滴都会激发我生命的自由创造与自由运动。

二二

终于远离噪音。我的故家就在深山老林中。小时候，我害怕猛兽，但喜欢听到山谷里的虎啸，那一声声雄伟，启蒙了我的孩提时代的豪情。然而，我始终讨厌蚊子的嗡嗡，这种噪音真会伤害人的灵魂。我少年时的浮躁，显然是蚊子挑动的。叔本华认为思想者最好是个聋子。他厌恶噪音，以至埋怨造物主造出人的耳朵必须始终竖着始终开放着是个极大的缺陷。如果耳朵可以自由开翕，随时可以关闭，生活一定会美满得多。

二三

都说上帝担心人们沉醉于寂静安宁的生活，会不思进取，才制造出撒旦来激活人的热情。可是，我明明看到太阳是孤独的，月亮是孤独的，它们无须魔鬼的刺激也天天放射光明。上帝何尝不是孤独的。只有魔鬼才喜欢吵吵闹闹。

二四

一直在构筑一个属于自己的精神故乡，但是我的故乡与周作人的那种“自己的园地”不同。我并未筑起一道与世隔绝的篱笆，然后躲在篱笆里谈龙说虎，饮茶自醉，顾影自怜。我只是在家园里独自沉思，而思索的根须却伸向大地的底层与心脏，每一根须都连着时代的大欢乐与大苦闷，也连着乡村、城市、大道、监狱和广场。我的园地封闭着又敞开着，孤立着又漂泊着，躲藏着又屹立着。这不是风雪可以吹倒的茅棚草舍。

二五

世界很大，人群熙熙攘攘，但无处可以倾诉。正如四周都是海，但没有水喝。处于人群中的思想者就是处于沧海中的孤岛。思想者的人生状态注定是孤岛状态，能在孤岛上翘首相望，作歌相和，便是幸福。人间最深刻的对话，是孤独者和孤独者的对话。

二六

我喜欢独自耕耘，远离人群的目光。

美国作家爱默生说：“我爱人类，但不爱人群。”我的心与爱默生相通。人类整体是真实的，每一个体也是真实的，但一团一团人群的真实却值得怀疑。

人群是什么？人群就是“戏剧的看客”（鲁迅语），天才的刺客，人血馒头的食客，寡妇门前挤眉弄眼的论客；就是今天需要你时把你捧为偶像的喧嚣，明天不需要你时把你踩在脚下的骚动。

二七

人群不认识梵·高。此时他的画价创下世界纪录，可是生前只卖出过一幅画：《红色的葡萄园》。售出的场合是布鲁塞尔的“二十人画展”上。他创作了八百幅油画和七百件素描，可是个人画展是他死后两年才举办的。

人群把活着的梵·高视为疯子，把死后的梵·高视为神。真的梵·高活着时只能对着天空与画布倾吐，死后只能在向日葵绰约的花影下沉默。

二八

阳光如火的中午，一群黑鸟自远处飞来，遮住了天空与太阳，然后飞进梵·高的眼里。这之后，他完成了最后一幅画：《麦田上空的乌鸦》。第二天，他仰望无底的苍穹，用手枪顶住自己的太阳穴，扣动扳机，死在金黄色的麦田里，离开了苍白、冷漠、与美隔绝的人间。

给天才送行的只有烈日、云影和麦地上轻拂的风，之后还有他的七个亲人和友人。梵·高的死与群众无关，正如他的存在以及不朽不灭的图画与群众无关。

二九

苏格拉底死于人群的愚昧。在三十人少数专政时期，他被禁止讲学；在民主时期，他被判处死刑。当时的审判官有意释放他，可是情绪激愤的群众，却要利用选举权把他处死。人群乃是情绪的傀儡。寡头专政是可怕的，民主名义下的群众专政也是可怕的。群众常常践踏天才与处死天才。

苏格拉底不属于任何组织和集团，只坚信雅典城传统的法律概念。他只和个人交谈，视个人为绝对的、批判任何事物的生命存在。苏格拉底是人类早期最卓越的独语者。他的语言不是集团的语言，他从来不是集团的代言人，也不是大众的代言人。可见，世界的哲学从一开始就是个人的声音。

三〇

真理活在事物深处。它不是闹哄哄的集体眼睛可发现得了的。它需要个人的眼睛去体察、去发觉，所以真理常常在少数人手中。群众虽然占有多数，但未必占有真理。雨果曾经大声地叫道："站在多数一边随大流？宁肯违背良心受人操纵？决不！"这是天才的拒绝。知识分子拒绝群众比拒绝政权还难，所以许多知识分子都是民粹主义者。

三一

生活在矮人群里而要求得安全，就必须自己也是矮人。或者屈膝跪下，显得比矮人还低；或者低下头去，眼睛只看自己的脚趾，这才平安。身上高于矮人的部分都是祸根，如果高出整整一个头颅，脖子可能会被砍断。然而，必须有敢于不怕削去头颅的大汉在社会中站立着，社会才有活力和境界。有人批评过日本，说它是一个没有柏拉图与亚里士多德的希腊，但是，近代的日本出现了福泽渝吉、伊藤博文、川端康成、三岛由纪夫，日本人应当可以反驳批评了。

三二

普希金的诗吟：我的无法收买的声音，是俄罗斯人民的回声。普希金爱俄罗斯人民，但不爱一团一团的人群，也不奢望人群会听懂他的声音，于是，他又说："在冷漠的人群面前/我说着/一种自由的真理的语言。/但是对凡庸愚昧的人群来说/可贵的心声却可笑到极点。”

人群的评语并不重要，重要的是散发着血脉蒸气的心声。

如果死亡不能把我从宇宙中赶走，那么，唯一的原因就是因为我留下了未曾背叛自己的真实的个人的声音，和统一的声音不同的声音，从强大的集体声浪中跳出并存活下来的声音。

三三

十几年前，我写作《爱因斯坦礼赞》时，笔下情思汹涌，仿佛有神灵在摇撼我的身体与灵魂。爱因斯坦就是神灵的使者，他到地球上告诉人类许多真理，还告诉我一个真理：人，只是宇宙中的一粒尘埃。人到世上，是尘埃的偶然落定。生命终结，尘埃飘走。

爱因斯坦给我一种眼光：从宇宙深处看人的极境眼光，从无穷远方观察自身的庄子式的“齐物”眼光。这是伟大的人文相对论。这种眼光使我知道自己在宇宙中的位置，使我心志昂扬但又摆脱人间自大自负的疯人院。

（选自《独语天涯——1001夜不连贯的思索》，上海文艺出版社2001年3月版）

蝴蝶树

［美国］喻丽清

喻丽清（1945— ），女，浙江杭州人。三岁随家人到台湾。1967 年台北医学院药学系毕业，赴美国夏威夷深造。1969 年返台。1972 年再度赴美，旅居纽约州水牛城。1974 年起在纽约州立大学教授中文。1978 年迁居加州，任职于柏克莱加州大学脊椎动物学博物馆。1988 年离职，专事写作。著有散文集《千山之外》、《牛城随笔》、《阑干拍遍》、《蝴蝶树》等。

两年前，我曾经到过蒙特瑞半岛。

蒙特瑞，那里有一条路，叫做“七十里路风景线”。路左是高大挺拔的苍苍古松，路右是浪涛如雪的海岸。沿海的岩石上铺长着一层开小紫花的青苔，那样美的紫和那样美的绿，那样乖乖地贴在粗砾的石头上，教人真喜欢得“半死”。

最喜欢还是那里的静。附近仿佛无人，那些深宅大院人家皆隐蔽在松林当中。张大千先生的故居“环华庵”，亦在其内。我就是想去看看“环华庵”的，然而没有找到。我拿着地图，背着照相机，有点儿故意地在松林里头迷了路。

后来，我在一家礼品店里看见一张明信片，是一株蒙特瑞松，树干上“悬”满了蝴蝶——Monarch Batterfly，我叫它“玛瑙蝶”。它纸一样薄的翅膀，像教堂窗上精细的拼花玻璃。中间拼的是橘黄与嫩黄，边缘则是黑白两色，用一种墨黑的筋脉镶焊起来。

一朵朵飞来寻访自己的花的鬼魂呢！（张爱玲《炎樱语录》：每一只蝴蝶都是从前一朵花的鬼魂，回来寻访它自己。）

我问店主：

“哪里可以看到蝴蝶树呢？”

他说：

“夏天是没有的。每年入冬以后，十月底至三月初吧，才能看到。至于在哪棵树上得自己去找。”

那一年夏天，我满脑子里都飞着玛瑙蝶。然而到十月以至于去年三月，我都没有机会再去。我住的地方仿佛是千丈红尘的俗世，而那里是武陵外的桃源。其间一隔，竟是两年之遥。

感恩节的时候，我终于又到蒙特瑞去。这一次，我舍了七十里路风景线，径直去找蝴蝶树。我在松林边缘打着转，按铃、避狗，询问着：

“蝴蝶树，它在哪里？”

“蝴蝶树？没听说过嘛。”

很多人都这么说。我老想到“拿破仑，在为他量身制衣的裁缝眼中，不过是个矮子而已”的故事。

那弱不禁风的玛瑙蝶，由阿拉斯加飞来，要飞越三千多里的迢遥路，飞来寻它生生世世不能相忘的那一株“古老的情人”。难道不是一则震撼心魄的传奇故事吗？怎么能不知道呢？

还好，总算有一位在院中修剪花木的老先生，他说他愿意带我去。

“你是生物系的学生吗？为什么会有兴趣？”他进屋去拿了件厚夹克出来，一位老妇——想是他的太太——出现在窗口朝我们挥了挥手。

“从前我退休之前在学校教书的时候，总想办法带学生来看蝴蝶树。现在，世上懂得爱惜蝴蝶与树的人，大概不多了，不多了。”

他一面走，一面给我“上课”。

“你知道，蝴蝶通常由生到死都是不大离开它出生的地方，飞也不飞开太远，跟我一样。我生在蒙特瑞，念大学成家立业却都在旧金山，可是一退休，我马上想到的地方还是蒙特瑞。”

我还来不及告诉他，并不是每个人都有这样“安土”、这样“归根”的福气，他又接下去说：

“只有这玛瑙蝶，不知道为什么世世代代都要飞这么一次。由阿拉斯加到蒙特瑞，总有三四千英里路。候鸟飞一次，我不替它们难过。可是，蝴蝶的生命就只有一年，短短一生千辛万苦在路上飞掉，你能想象吗？我有个在船上当水手的朋友，有一次送给了我一只极美的玛瑙蝶，说是停在他们的船帆上跟了他们好长的一程路。我的朋友每天一早起来，第一件事就是看那帆上的蝶。到了第五天，那只蝶不见了，它掉在甲板上，死了。我的朋友说想是因为筋疲力尽的缘故。”

我不自觉地停了脚步：

“啊，我从没有听过比这更动人的故事。”

他笑了。这时候，我们走到一家叫“蝴蝶树旅舍”的门口。我说：

“我刚刚在这里已经绕了好几圈了。”

他说：

“不知内情的人是找不到的。这家旅馆的后院是一片树林，蝴蝶树就在树林里面。当初盖旅馆的时候，我们很不以为然，怕招引游人。没想到，现在它倒成了蝴蝶树最好的监护人了。游客来了，因为不愿意太招惹旅馆经理先生的厌烦，无不远远地就停了车。静悄悄溜过旅舍到后院去。有意住下来的，反而是真正清高的人了。”

我们静悄悄“溜”过旅馆的停车场，老先生跟门房招了招手。来到后院，只见一条小路蜿蜒进入松林里去。

路上立着许多“请肃静”的牌子，好像就要走入“爱丽思仙境”的感觉。还有一块政府的公告牌，牌子上写道：

任何对蝴蝶“不礼貌”
的行为，均将依法追究，
最低罚款五百元。

忽然看见一棵松树的树干上钉着一块白底黑字的小木板写着“蝴蝶树”。老先生默默地用手指着树梢。我抬起头来张望：看见松枝、松叶以及枝叶间挂着些像藤条一样灰灰的“植物”。我有点失望。原以为会看到苍绿的松针辉映着金黄灿烂的翅膀那样“豪华”的景观。没有，但是……

忽然一根藤状“植物”动起来，轻轻一扑，闪出来一只蝶，玛瑙一样漂亮。它飞到高处有阳光的地方才打开了翅膀来晒。是美丽的玛瑙蝶，是那美丽的蝶。连阳光也仿佛忽然地动了起来。因为晒开翅膀的玛瑙蝶一下子是这里有，一下子又是那里有。那些灰蒙蒙的藤条，原来竟是几十只互相拥挤着取暖，合拢着双翅的蝴蝶。

穿着隐身衣似的玛瑙蝶，成千成万地簇拥在同一棵松树上，我终于看清楚了。它们在微微地动着。是的，“不知情的人是看不到它们的”。

谁能看见三千里外莫名的招引呢？谁能明白飞在太平洋上水天一蓝之外的那种“寻树”的心情呢？

只有蝶儿自己知道。它们生就的美丽仿佛只为飞越重洋来献给这一株蝴蝶树。如今，它们确确实实飞到了，心满意足。它们于是默默地收藏起自己的美丽。在这里，它们将要怀胎，然后飞回故乡——阿拉斯加——产卵，下一代却又将再飞回来。寻访是一生的工作，不是吗？然而，寻访的仿佛并不是自己，是前世未了的“半生缘”吧！

蝴蝶与树，站在一片寂静当中，那样沉凝那样安详。在雍容大度的大自然里，树底下那个仰首的我，我的这一点点渺小的感动不知道要呈献在哪里才好。哪里又是我们的蝴蝶树呢？

由树林子里走出来。老先生问我：

“失望吗？”

我说：

“一点儿也不，反而更觉得神秘、吃惊呢。科学家难道一点也猜不透这些玛瑙蝶的心路历程吗？”

“啊！它们的神秘，世上也许只有蝴蝶树懂。”他说，“所以，那松，我们已不叫它蒙特瑞松，我们管它叫‘蝴蝶树’！”

补记：《蝴蝶树》才寄出去不到一个礼拜，在旧金山的二十号电视上看到一则有关“玛瑙蝶”的专题报道，说到美国加州与墨西哥的边界上最近成立了一个“玛瑙蝶生态中心”。因为每年由阿拉斯加飞出来避寒的玛瑙蝶，通常总有几百万之众，可是，飞回去的却往往半数不到。其中有许多当然是飞行途中“累”死的（自然淘汰），最可惋惜的是那些因为树林砍伐殆尽，无枝可栖而“伤心”致死的。所以为了保护玛瑙蝶，此一生态中心将要划出一片蝴蝶树的林区来“严禁”砍伐。

玛瑙蝶，看起来是那样的脆弱，却能坚毅卓绝地飞越千里，不能不叫人感动。但是，科学家现在却发现，它们最大的敌人不是鸟，而是人类。玛瑙蝶小的时候（毛毛虫），长得异常丑怪，鸟儿见了就倒胃口。毛毛虫专吃一种叫 milkweed（因叶汁如牛奶一般得名）的植物，这种植物有毒，毛毛虫吃了，毒素积存体内。等长成美丽“可口”的蝴蝶，鸟儿一吃就会呕吐不止，所以除了饿极了不知死活的鸟，其他生物是不大敢惹这种蝶的。自然界的奇妙处，亦即在此，一物克一物，再脆弱无能的生物都自能发展出一套独一无二的生存方式。然而，对抗人，或许在它们灭种之前是少有希望的。

（选自《象脚花瓶》，河北教育出版社 2003 年 1 月版）

悲怀四简

［美国］李　黎

李黎（1948—　），女，原名鲍利黎，祖籍安徽和县，生于南京。一岁时随舅父母去台湾。1969年毕业于台湾大学历史系。次年赴美留学，在印第安那州普度大学政治研究所就读。1976年定居美国加州。1985年辞去出版社工作，专事创作和翻译。著有散文集《大江流日夜》、《别后》、《悲怀书简》、《世界的回声》等。

第一简

致弗瑞德·雪曼医师，儿童心脏专科。匹兹堡。

亲爱的弗瑞德：

谢谢你和莎拉送我们的美丽的花束和长信。

当我们得知我们儿子薛天死亡的确实原因时，我们不得不首先想到你。一年多前有一天，他在家附近的小公园跟朋友玩得正高兴，忽然昏倒。虽然几分钟之后他便恢复知觉，我们却为他在失知状态中竟然发生遗尿现象而感到不安，便在次日带他去他的小儿科医生处检查。那位已经看了他将近十二年的医生，在检查不出任何表面症状之后，建议我们找一位小儿心脏科专家。

“我推荐圣地亚哥加大医院的弗瑞德·雪曼医师。”他说。

“啊，弗瑞德！”我高兴地说，“他是我们的朋友。他的妻子莎拉也是加大医学院的医生，跟我先生同系。我们还曾经是邻居呢。”

于是你为我们的孩子做了检查。你的结论是：他是个健康、活泼、聪明、漂亮的十二岁的小男孩。他的心脏没有毛病。

去年秋天你们全家离开圣地亚哥迁到匹兹堡。在离开之前，你还见过他几次，看他游泳、听他弹琴；相信你从来不曾怀疑过你对他的诊断。

然而，在你检查他一年零七个星期之后的一个晚上，你接到一通来自圣地亚哥的电话——我们的一位脑神经外科医生朋友，告诉了你我们的儿子猝死的消息；说初步鉴定问题是心脏，但他不排除脑方面的可能性，因此需要从你这里得到更详尽的资料……

弗瑞德，我们可以想象你当时的心情。作为一个医生，以及我们的好友，你的自责和悔憾一定强烈无比。正如莎拉在信中说的：“我们想过——相信你们也是——若是早能测知出来，也许还可以补救。这个念头缠绕着我们挥之不去……”

然而一切都已经太迟了。而且，这里我要说的是最重要的话：我们并不责怪你，绝对没有。我们现在都已经相当明白他的情况，我们也读了类似的病例的医学报告。我们了解他的案例是如此稀有（一万多人中才可能有一宗）——心脏冠状动脉有个先天性的不正常急转弯，随着他渐渐开始发育，在激烈运动时这条血管的弯曲处正被两旁扩张的心血管和肺血管夹住而窒塞，血液进不了左心房，立即昏倒无救。可是若要查出这种异常构造，只有做导管注入染色来照 X 光的复杂手术才能发现。在去年那样的情况下，你——或者任何一位医生——是绝对不会想到要动那个手术来测知这么一个稀有的可能性的。同时，我们也明白：即使当时测知出来了，要做这样的冠状动脉矫正手术，成功率极低。我们亦不忍心让任何一个医生觉得这个孩子是死在他的手术台上——他的手里。

那么我们做父母的还剩下什么可做呢？相信我们从此便会限制他的行动，不准他做任何运动，甚至活动量大些的游戏，不准他这样不准他那样；像有一颗定时炸弹藏在他小小的胸膛里，不知哪一刻就爆发将他以及我们的世界炸得粉碎……这对孩子将会是太残忍太不公平了。即使他在这样可怕的牢狱生活中再活些年头，他终究还是要去的——这种病例能活到二十几岁便是奇迹。那时他若已娶妻生子，更是让这世上平白多添几个与我们一样深深伤心的人，那更是情何以堪！

让我再说一次：我们——你和我们——都已尽了我们所该做的以及所能做的。在我们中间，没有责备和追悔，有的只是惋惜与无奈。当我在后院拔除水泥缝隙中冒出来的蒲公英时，我曾一再惊叹如此强韧的生命力。然而同时，我们——我想尤其是你，一位一直在医治最复杂奇妙的人心的医生，又该是如何感叹于生命的脆弱啊！一条细小的血管，一个细微的错误弯曲，便是一个美丽生命的猝然终止，以及因这而带给其他几个活着的人无与伦比的失落。

弗瑞德和莎拉，我要对你们说的都已说了，请你们相信我们的意思，不必再被那“缠绕着我们挥之不去的念头”所苦恼。我们的儿子是个好心的小孩（“好心的”，唉，多么大的反讽啊），他不会愿意别人因他而苦恼的。我们都已尽了力，然而我们都只是凡人，我们都有作为凡人的极限；只有他，已经遨游在一个没有极限的时空以外了。

第二简

给黎明，天天的小朋友

亲爱的黎明：

我一直很喜欢你的名字，请为你取这美丽名字的爸爸妈妈把这封信译成英文念给你听吧。

你和我的儿子天天，多年来一直保持着一份非常纯真可爱的友谊，美好得简直令我们这些大人羡慕。其实你俩相聚的日子并不长，顶多三年吧——从他两岁半到五岁半左右而已，而你只比他大半岁。然后你便和爸爸妈妈妹妹搬到纽约去了。我曾带天天两度去纽约探访你们，一次是他七岁时，一次是十岁半。而那两次你们相聚的时间也很短。可是你俩一直保持着通信、通电话、互寄明信片和卡片、交换照片；在鱼雁往返中无所不谈：学校、家事、个人的喜好、刚读的书、比较着东西两岸孩子们的服饰和品味，开些不伤感情的玩笑，甚至推心置腹地陈述自己生活中小小的问题和烦恼，或者并不讨嫌地炫耀自己的得意事……我相信他也曾跟你提过他的女朋友们。

总之，几年来他最喜欢收到的信件就是你的信，他会一边读一边咯咯笑个不停。在他开始用电脑文字处理机之后，他给你的信就跟他的作文草稿和一些零碎记事归档贮存在一处。为了准备在他的丧礼中念几段他写的文章，我和他爸爸找出他的“资讯档案”，读到他写给你的那些有趣的信，越发觉得你们这两个十年“老”友的情谊真不寻常，“情同手足”、“两小无猜”这些话都只能形容一部分。所以，我也更能体会到你的悲伤——你爸爸在信和电话中告诉我们：当你得知天天突然去世的消息，当晚不能吃也不能睡，只是把自己关在房里蒙头痛哭。

我知道你俩本做了些非常快乐的计划。自从去年你们家从纽约搬到缅因州之后，天天就常对我说：“我现在最想去玩的地方就是缅因。”而你呢，我也知道你最想到的地方是加州，圣地亚哥。你们在信中计划好了：今年暑假他到缅因州看你，在你的大房子里打橡皮网球（他听说你的新家有室内橡皮网球场简直乐坏了），或者出去露营、捉龙虾（虽然他对吃龙虾不感兴趣）……最重要的，还正好赶上你十四岁生日。然后，等到寒假，你就来这四季如春的圣地亚哥与我们共度一个绿色的耶诞节。

这就是你俩永远不能实现的梦想了。

前两天整理天天的书桌时，我看到去年你寄给他的耶诞卡，上面照例写了一大堆好玩的话（好玩中却有着鲜活动人的友爱和关怀），然后我注意到卡片上印着的现成字是：“祝你有快乐的时光、快乐的记忆、快乐的节日”，你把“快乐的记忆”几个字特别圈起来，还打个注脚星，在卡片的底端加了个注脚：

“永远记得”

看到这里，我的心疼得厉害，一时便想写封长信给你。可爱的小姑娘，是什么使你觉得记忆是那样美好、那样可贵？又是什么使得你在下笔的当时，要写那样充满感情，而现在看来却又不无伤感的话？

亲爱的黎明：我很抱歉你在这样快乐的少年时光，便要过早地感觉到人世间生离死别的无常与残酷。然而这是多么、多么无可奈何的事。你的爸爸和天天的爸爸都是研究生命奥秘的科学家，可是在面对这种最巨大的，而且极其残酷的奥秘时，他们竟也没有答案了——而且几乎连着手找寻的方法也没有。

我们希望你绝不要因为这样的无奈而沮丧，相信你也不会的。你是个乐观聪明的女孩子，有着丰富的幽默感。你仍然会坚信：这世上绝大多数的事还是可以照你的意思去做成的，只要你具有足够的智慧和勇气。失去一个好友，可能会使你学会更珍惜周遭你爱和爱你的人，更珍惜与他们共度的时光；更懂得“等待”、“宽容”、“坚强”这些字眼所代表的更深沉的意义。

你读过《小王子》那本书吧？如果还没有，请别忘了找来读一读。那是一本非常美丽的书，我自己二十年前才第一次读到，天天十岁时我买给他一本。昨天我把这本书从他的书架上取出来重读，觉得心被泪水洗过一般的悲伤却干净。你也许能在那本书里看到一些天天的影子。

你将会很快地长大成为一个健康快乐的女郎，但我相信你会遵守你自己的诺言："永远记得"……也许在一个夏夜，当你仰望星空时，你听到一串琤琮的琴音，你要想到那是他爱弹的巴哈与莫扎特。或者当你看见一片蓝天碧海，你会想起美丽的圣地亚哥，那里曾有一个可爱的小男孩，在忠诚地期待着与他的"老朋友"共度一个快乐的假期……

如果他永远活在我们的记忆中，他就是永远活着。"快乐的时光、快乐的记忆……"

最后，让我告诉你一些我们为他做的事。我和他的爸爸都想着使他留给人们的美好记忆能够更长远、更有意义一点，因此我们决定以他的名义捐赠一笔图书经费给他母校图书馆、一笔奖学金给此地的音乐教师协会。你的爸爸妈妈以及许多好朋友，都寄来了他们对这个想法的支持。书和音乐——当然还有我们给他的爱——是他十三年生命得以如此丰盛美丽的主要泉源。用他的名字设立这两项捐款基金，相信他一定赞成的。另外，他储蓄下来的零用钱以及一些零碎的款项，我将陆续捐赠给此地的"儿童虐待防治中心"；因为记得有一次当我向他说起我们平素捐款支持哪些机构时，他说他最想要帮助的是受虐待儿童的慈善机构："因为虐待儿童的罪行会代代相传，虐待儿童的人多半是小时候被虐待的孩子。"他说。所以，我这样做，相信他也会很高兴的。

还有，在医院里，当医生向我宣告他死亡之后，便问我是否愿意捐赠他的眼角膜——在那时刻问我这样的话是有点残忍的，可是我立刻想到王尔德的"快乐王子"是如何高高兴兴地捐出他的蓝宝石眼珠给他要帮助的人……于是我便答应了。想到现在世界上有一个人（或者两个）正在用他美丽的眼睛看着这个世界，一向心地善良的他，必然会跟"快乐王子"一样的感到安慰吧。

亲爱的黎明，谢谢你给他的友情，谢谢你爸爸妈妈给他的关爱。祝你永远快乐。

第三简

给三毛

ECHO：

那天你从台北打电话来时这里是凌晨三点半。你说你刚进家门，听到这个消息，顾不得是什么时间也要跟我们讲话。与你谈完挂上电话之后，服下半粒 Valium 才慢慢睡着。平素我是完全不吃那些药的，事情发生后我吃了三晚，然后便停了。

仿佛总是听到电话里你的声音在重复地说："你怎么不哭？为什么不哭？"你怕我

是在压抑着自己。当然我常常是，不过那一刻并不是，只是昏昏然茫茫然的怔忡。请放心，我还是哭的，一天至少总要有两三次。只是有时候场合不对便很尴尬，像前天在市场买菜时忽然忍不住要大哭，吓得飞奔出门躲进车里，简直是歇斯底里——只因看见一个心形小气球，上面画着百合花写着“我爱你”，想到可以买下插在孩子的坟头……那样的激动连自己也给吓着了，因为不但是心痛得受不了，同时也感到一种惊怖：这还要持续多久？难道我这辈子都要受这种煎熬吗？这是与悲哀并行的一份不知深渊有多深的恐惧。

孩子走了十七天才让我梦见他。他好端端地躺在地上，絮絮不停地柔声说着话——就像平素晚上睡前他喜欢我伴他一阵，听他躺着告诉我一天里发生的有趣的事——可是我根本听不进他在说些什么，只是狂喜地亲吻抚摸他的小脸蛋，一边吻他一边心想：“天哪，好长好可怕的梦总算过去了，他还是活着的——可别讲给他听，免得吓着了孩子。”你看，人在梦里以为自己是醒的，而醒时——那晚在医院里确知他已无救时，却以为在做梦，拼命掐自己好让自己快点醒来，甚至希望赶快上床睡觉，好一觉醒来一切都没有发生过。

随后又梦到他穿着那件他喜欢的红衬衫，若无其事地走到我面前，指指自己的心脏说：“妈咪，既然我的冠状动脉有个大弯曲，那血是怎么流过去的呢?”我正想说：“傻孩子，就是因为血流不过去了，你才……”立时昏天黑地断了片。第二天指尖唇上抚他亲他的感觉好像还在，他那伸着手指聪明好奇的模样也仍似在眼前，一整天想到那熟悉可爱的模样就心口胀得发疼。

这几天我把一些从前读过的书拿出来再读，发现了全新的意义。我重读《小王子》，最后小王子要被毒蛇咬死之前说的一些话，简直像是孩子在对我说话：

“你不必来看我，你会痛苦的。我将会看起来像是死了，可是那并不是真的……（我来自的那个星球）太遥远了，我没法带着这个身子而去。它太沉重了。……它只会像个陈旧废弃的空壳子罢了，一个旧壳子是没什么好为它悲伤的……”

我重读圣经旧约《约伯记》。读到最后草草的一小段“光明的尾巴”时，我几乎怒极大笑。是的，神杀死了约伯的七个儿子三个女儿，后来又赐给他七个儿子三个女儿（当然不是原先的那十个子女死而复活），而且强调“新”女儿们美貌无比。天哪，原来在造物主的眼中，孩子只像花瓶、台灯，打破了再换个新的，还可以比原先的那个更漂亮……然而即使只是花瓶、台灯，如果那花瓶曾插过我爱的人送我的花、那台灯曾伴我度过许多夜读的时光，也就不是任何别的看似相同的物件可以取代了；何况是活生生的人！难道怀胎十月、痛苦的分娩、从小到大的照料抚养、病时的彻夜难眠、成长阶段中无限的喜悦、数不清说不尽的辛苦与甘美……都不算吗？便是再给我一个一模一样的孩子，我与他再共度的日子，每一分一秒都将会不一样，我已不一样，世界也不一样，我们共享的记忆无法重复——一旦有了爱与记忆，没有一个人可以取代另外一个人，没有一段时光可以取代另一段时光。

我无法否认苦难，因为苦难是时时刻刻在发生的；我断然否认的是“苦难可以补偿”的观念。

你告诉我：“我是基督徒，我先生死的时候，我大骂我的上帝。”我那一刻便想到约伯。约伯之所以有“记”，正是记他与神的理论这篇“天问”。最后的光明尾巴一点也不重要，我们都明白。然而你可以向你的神大声讨个公道（虽然它似乎一直没有给还予你），我却不属于任何一个宗教，我只信这宇宙间缔造安排从星球到细胞一切和谐与美的这一个力量与秩序。我没有一个名字或一个偶像可以去理论、去对骂。我甚至连一个机会也没有被给予。当我赶到孩子倒下的地方时，他已没有脉搏，我心里清楚他已去了，只是不能承认罢了；但至少他的身体还是温热的，在医院看他最后一眼时，我还可以嗅嗅他的发香（虽然我也嗅到干血的死亡气息）……然而他远在巴黎开会的爸爸赶回来见到他时，他已是躺在棺中被化妆得面目全非的蜡像了。我们这两个做父母亲的人，连抢救一下、抗争一下的机会也没有；死亡将他带走的方式竟是这样偷袭式的，横蛮、冷酷而无理，这对作为父母的我们又是怎样的一种不公平？可是我们要向谁质问、抗议？

Echo，我再取出你的书其中几篇来读。我这才明白人的大痛苦是怎样难以让其他的人了解，更别说什么“感同身受”之类的话了。当有人说：“我懂你的感觉”，那不会是真的。不可能的。除非你曾经历过一模一样的经验——然而每个人的反应都还会有不同。我这才算稍稍读“懂”了你。人们在你的文字中找他们要找的东西——罗曼蒂克化了的痛苦、美丽的哀愁、“他人之血”……这也包括从前的我自己在内。然而这岂不正是文字的功能吗？希腊人为什么从来就要演那些惨绝人寰的大悲剧？正是要观众在“千红一哭，万艳同悲”中清洗自己的灵魂。写作者或演出者在命运的舞台上演着自己悲剧角色的人，是需要怎样的勇气，才能一边撕揭自己血淋淋的伤口，一边优美合度地表演着呢？然而话又说回来：却正是在这写着自己悲剧的同时，一种自我疗伤的过程在缓缓展开，写作正是受伤者温柔地舔舐自己灵魂伤口的姿势。

事发之后的头几天，家中电话响个不停，我一遍又一遍耐心地回答同样的问题：怎么回事？怎么可能？怎么发生的？到底是什么病？……我平静地复述，我告诉自己我必须一遍遍地讲，才能接受面对这是一个事实。然而有一回我放下电话忽然想到：我是不是有点像鲁迅笔下的祥林嫂了？一遍又一遍地向人叙述自己孩子死亡的事实……我把《祝福》拿出来重读，那段话令我心惊：“她未必知道她的悲哀经过大家咀嚼赏鉴了许多天，早已成为渣滓，只值得烦厌和唾弃。”我当然还不至于此，我周围的人自然更不至于此。然而我还是清楚明白：一个人的悲哀是他自己的事。当我感到身在世界末日时，这世界正在好端端地转动着；当我和已无呼吸脉搏的孩子乘着救护车在凄厉的警笛声中穿过这美丽的城市街道时，人们正在吃晚饭、看电视、散步、交谈……这不是荒谬，这是正常。

丁尼生的悼亡诗中有一句大意是这样的话：“文字是内在灵魂的半隐半现。”你知道我发表的文字多半是小说，“我”只躲在幕后。你在你的文字中则好像是无所不在的。但我到现在才恍然大悟：那也顶多是一半，更可能远远少于一半。然而便只是那冰山的一角，我也至今才真看出那大痛大悲。我的至爱去时至少他还温热，虽然小脸血污但看在我眼中还是俊美无比；而你的至爱去后直到那么久才让你见到他，而他那时的模样……我不敢想象。我不能想象。我谈到你看另一妇人五年后去拣骨的一段简直浑身发抖：为什么要有这样的习俗规矩？酷刑一次还不够吗？天哪，你五年后真的回去拣骨了吗？你怎么承受的？有几个自己以为读懂了你的人知道你是怎么承受的？

孩子葬在离家开车只需十来分钟的一个墓园里，非常幽静美丽的地方，墓碑都嵌在地上，所以远远望去只见一片碧草如茵，像个公园。我第一趟去洽谈他的丧葬事宜，看到草地上两个小孩在追逐嬉戏，我心想："就是这里了。很好。"他的墓地前方有株常青桃树，初春开花后会飘洒粉雨般的花瓣在他的碑上；听说那里夜间还有小鹿、野兔之类的友善的小动物出没……可是 Echo，我告诉你这些不是很残忍吗，你的爱在那么远……你还尽问我为什么不哭，在你面前，我难道更有资格哭吗？

你说你一直在追悔，荷西在世时为了俭省，你总不让他买他想要的东西，好不容易日子才宽裕起来，他就去了……我想到孩子向我们要什么大部分是会满足他的，但也有故意不给的时候，为的是给他教育：在这个速食消费的丰足社会里，要学会忍耐、等待、惜物。我对他说："爸爸妈妈是如此爱你，我们愿意给你这世上的一切，只要有可能。可是我们先要给你一些最宝贵的东西：耐性，和珍惜的能力。"他总是那么懂事得令人心疼地说："我懂了，妈咪，你别担心。"有一次我给他买了个好些的"随身听"，知道他偷偷想要了好久的，他高兴极了，可是竟说："妈咪，你会宠坏我的。"我搂住他说："不要紧，你是宠不坏的。"

你看，我决意不给自己负罪感，我不要追悔，我与他在一起共度的时光只要是我记得的全都美好；像前年夏天他小学毕业，我送他的礼物是母子两人同游大陆、香港、台湾，一路朝夕不离。路上我一直问他："天天，你将来长大了，会记得这些日子的，对不对？对不对？"不知为什么，我总觉得我该特别努力为他留些美好的记忆……所以，Echo，你追悔什么呢？你也有许许多多美好的记忆，那样的自责和自我折磨是完全没有必要的。当然，失去至爱的第一个反应往往是自罪自责，这是很自然的事。可是我学会了摆脱这种情绪，我不能在自己已经太沉重的痛苦天平上再加砝码！

我实在不应该把你我的伤痛相比。只有快乐能比较，痛苦是不能比的。那对你是不公平的。

你书中也写到你俩最后一段时光是极度的亲密快乐，以致使你产生隐隐的疑惧与不安……真的，最近这段日子我也是太快乐了，我心中亦有潜沉的恐慌：月太圆了，下一步是什么？出事前三个钟头，他钢琴表演刚完，老师宣布他入围将参加两周后洛杉矶的比赛；一个小朋友的妈妈过来向我道贺，又说："你现在的日子真是没得抱怨的。"我笑道："我是没在抱怨呀！"然后孩子和我回到家，他乖乖地替我把车洗干净了，跑进来向正在沙发上读报的我说："妈咪，我现在可以出去玩了吗？"我说："好的。"那便是他对我说的最后一句话。一个多小时之后，他倒在家附近公园旁的人行道上。那时是黄昏七点一刻左右，正是十三年三个月零十一天前他出生的时刻。我每天出门都得经过那处地方，快三个星期了，也下过雨，然而一块半圆形的血迹总也不褪，外围颜色稍深些，像一弯新月的形状。

他去后第二天一早，我到那处地方去痴痴地看着，一位邻居太太开车经过，下车来抱住我泣不成声说：“多好的孩子，那么懂事、有礼貌……我总对我先生说：我们的孩子要是有他一半好就好了……”接着她就说了一句我再也忘不掉的话：“这孩子算是来世上骗了你这么些年——”我顿时如雷轰顶，怎么就没想到《红楼梦》里贾政那一段相似的话呢？“岂知宝玉是下凡历劫的，竟哄了老太太十九年！如今叫我才明白！”

四月初离台前夕曾留了本书给你，其中《孩子的眼睛》那一篇是五年前写他的，我在丧礼上朗读了几段。那其实不是个丧礼，我们用鲜花和音乐把它安排成一个很美的告别会：爱旅行的孩子远行了，永不回来。孩子下葬时，我向他说：“旅途愉快！”心里加了一句：“爸爸妈妈以后会来同你一起的。”我试着去相信有一个死后的世界，在有生之年我将自己磨炼成为一个更好的人和更好的母亲，待有一日死亡来临，我便会快乐地去那儿与他重聚——细心体贴的孩子一定早已将一切都准备好了。

第四简

致东妮，一个犹太小孩的妈妈

东妮，我亲爱的朋友：

我又一次拒绝你从东部飞来看我。我并不是不想见你，有些时刻我恨不得你在我身边，譬如我最沮丧的清晨醒来的时刻，或者当悲哀像突袭般如大浪轰然罩下，觉得自己就要灭顶的时刻……然而那都是无法预料的，我不能把你像变魔术一般在那样的时刻马上出现在我面前，半小时以后当我想独处时又把你变走。我只好叫你别来。你打电话来时我往往不想讲话或不能讲话，可是我渴望与你说话时却多半是你那儿的深夜或凌晨……我想到人与人的沟通是多么难啊。你还会给我写长长的信，把那几天为我受着煎熬的日记抄下寄给我，而许多其他的朋友，我知道他们其实是关心的，却不知如何表达自己，以致连信也不会写，电话也不会打，见到面只能装作没有事发生一般；我常在心里对他们愤怒地喊：“你明知道我时时刻刻在想他，为什么要做出好像他从来没有存在过的样子？为什么不对我提他、告诉我你也想他？为什么？”我再也没有想到大多数的人们竟是如此羞怯于表达他们自己，在面对别人的悲哀时，竟是如此手足无措！

我答应你会到你那儿去散散心，但是我实在没有勇气去。我会在你的儿子朱达身上看到天天的影子——他俩同年，一般高一般瘦，一般弹一手好钢琴，一般的有着一张俊秀、慧黠、深思、温柔的小脸，不约而同地在十一岁时戴起眼镜来……我俩常会笑说怎么一个中国小孩和一个犹太小孩会如此相像。

我会在你家的每处想到我带他到巴尔的摩时的快乐情景：他和朱达在房间里嬉闹、在音乐中入睡、在钢琴上抢着弹克里曼提和贝多芬的小奏鸣曲、在妈妈们温柔的喝责声中做各种小男孩的顽皮事……这些情景是我用世间任何代价也换不回来的。每当有人劝慰我说将来会在天堂里再见他，我便想我怎能等那么久，我要的是现在、此刻的他。那些快乐时光现在想来岂不就是天堂吗？然而当时却并不知道自己活在天堂里。

你是个神经质的妈妈，总是不放心朱达一个人出门，见我让天天独乘飞机出国大不以为然；天天便老气横秋地劝你对朱达不必那么紧张。你笑称天天为“我的小心理医师”，这个头衔使他非常得意。而我之所以会毫不担心让孩子单独出门旅行，是基于自己一向的乐观性格：没有任何坏事会发生在我们身上的！现在回头看从前的自己竟可以有如此盲目的信心，真是既惊诧又羡慕。

那么独立、有自信的男孩，就在几秒钟里被死神捕攫、带走。也就在这同时，我完全变成另一个人，永远失去了我的乐观自信；我唯一能肯定的事就是：任何时候、任何地方，任何悲剧都可以降临到任何人身上。

我曾苦苦思索这种悲剧可有个解释或者道理，结论是完全没有道理可讲；如果这一切都有个安排的力量的话，那是随意的、偶然的，绝对没有什么“善有善报、恶有恶报”的因果规律存在。我曾读过巴西作家德・安最德的一篇小说《花・电话・姑娘》，讲一个姑娘在墓园散步时，偶然从一个坟头摘下一朵小花，不经意地玩玩嗅嗅就随手揉碎抛弃了。回家之后她便不断接到电话，一个遥远的、冰冷的、悲伤的声音固执地重复他苦苦的哀求：“我的花儿呢？把我的花儿还给我！那是我唯一拥有的，为什么你偏要拿走我的花？我只要我的那一朵小花……”

当我们永远失去最心爱宝贵的东西时，不就是像这“声音”这样的绝望悲苦吗？但我能说什么呢？我该向谁打电话？而那个漫不经心的姑娘，正是象征着那不可知的、不讲理的横逆。正如莎士比亚在《李尔王》中假剧中人之口写的：“我们在神们的掌中有如苍蝇在顽童手里；他们作为游戏就把我们杀了。”中国的哲学家老子也有类似的话：“天地不仁，以万物为刍狗。”

我的悲愤没有对象、没有出口。我又试着想另外一种解释。我想到天天死在满十三岁之后不久。十三岁，在每个不同的文化中都是个重要的年纪，因为那是标志着童年的结束。天天走时尚未发育、尚未变音，但我相信这一切都将会在半年内发生。到那时——到那之后，很多事情会不再一样了，他不再会像以前那般天真烂漫，他不再会在爸爸出门时来央求在我房中打地铺“陪伴”妈妈，他不会允许我亲吻他……他跟我那么亲密的母子关系会不一样，至少会以不一样的方式存在了。我甚至于想到“失乐园”这个象征——他再长大，一步之外便跨出一个天真无邪的乐园，永远不能回头了。于是他“有意”拒绝以成长的方式离开他的伊甸园。

我说“有意”，因为一位好友在天天死后才告诉我：孩子还不满十岁大时，有一天对他说（他忘了为什么事才有感而发的）：“大人的世界充满麻烦和烦恼，我将来不要长大。”朋友当时很震惊，他是看着天天从小长大的，这个生长在爱与丰足的环境中健康快乐如天使的孩子，怎会说出这样的话？孩子在成长之前遽然而去，不能不令我产生一些从前绝不会有的超自然、非理性的想法。

记得刚生下他时，在医院里读着一些有关新生儿的书籍，忽然看到一段话："你的孩子并不属于你，他属于一个未来的世界，是你既不能想象也无法走进去的世界……"我当时竟感触得流下泪来。我知道孩子不属于我，我和他的爸爸从未要求他为我们去实现什么梦想或走上什么道路，我们只是尽着做父母的能力，把他在将来的世界中生存上进的配备准备得充足齐全而已。然而眼看着他下葬的时刻，仍然不免刻骨铭心地觉得是自己的一部分——自己一部分的生命、希望和未来，随着他死去埋葬了。

很多美国人在这种时候会去找心理医师帮助疗伤，我还是不习惯这个文化方式；然而久居异国，也不能再有中国文化的疗伤方式——家族的"团体治疗"；于是只有"自疗"，自己到书店去找这方面的书来看。这些书至少教给我一则"求生"的方法，就是要有信心自己不会灭顶，神奇的时间终将愈合我的伤口。我愿意相信，虽然我必须很辛苦地挣扎着慢慢泅回岸上，而且时时刻刻感到极度疲倦，有时不免怀疑自己究竟到不到得了彼岸。

我失去的那一部分自己在以极慢极慢的速度长回来，至少有时我可以感觉到"她"在长，那是当我发现自己清晨醒来不再竖耳谛听楼下的响动——天天每天早上自己弄早餐吃，然后出门上学。我也渐渐不会在下午快三点时等待他推门进来愉快地叫唤："回来喽！"我不再会在两点多钟取完信回屋时把大门虚掩着等他回家，或者在外面时急着要赶回家——孩子不喜欢放学回家时家里空空的没人。（但也有些新的情绪在滋生：每天黄昏时分，我会有一股模糊的焦躁与恐惧：七点一刻是死亡的时刻。）我渐渐在改变自己情绪上的习惯，试着习惯生活中不再有他，试着接受这个事实。

然而那又是多么多么的难啊。便是每一趟买菜对我都是令我鼻酸的苦差事：菜场架子上全是熟悉的东西，他喜欢的、不喜欢的，两岁时喝的、五岁时吃的、十岁时讨厌的、现在正爱的……而市场对面便是那所高中，他今年秋天就要去念的。我的心被一把小刀一次又一次地刺戳着，但我逼着自己几乎每隔一两天就去；我想：再疼的伤口，刮上千百次也就麻木了吧？

昨天，我又给自己一个考验：是他死后整整五星期，他的钢琴老师办了这一季最后一次演奏会，也是为着纪念他的。我去了，一方面因为要捐出音乐奖学金，一方面实在想念那些他弹熟了的曲子，想听听别的孩子们弹。我作了简短的致词，居然也没有失态。可是一旦学生们开始表演，我听了两三首就控制不住起身离去——同样的曲子，由别的孩子弹出来竟是那样不同。天天对每一首乐曲有他自己的诠释，当我听着机械的音符时感到是别的孩子在假扮我的孩子、扮得完全不像……我回到车里已是眼泪流了一脸，却还是舍不得，把车窗摇下继续听着厅里传来的琴音——纵是不像，也略胜于无啊。

他的房间，除了多了一幅丧礼时用的放大照片之外，一切仍然保持着原状，满墙的奖状、桌上的文具、架子上的笔记杂物、床边的书包……好像他随时会回来。连夜间也照他的习惯点一盏台灯。可是这还要持续多久呢？书上说不能这样的，我必须学会面对事实：他永远不会回来了，他不再需要他的书包、笔记、衣物，我该把他这些东西收起来，否则那间房会像个陈列馆……然而我做不到。我觉得自己在做一种徒劳而又矛盾的挣扎：一方面要让时间来治愈我的伤痛，另一方面却顽强地抗拒时间冲淡我对他的记忆。我要持续对他的一切记忆，一切点点滴滴，只要是有关他的，我连他随手写下的纸条也舍不得扔。他已完完全全离我而去，且带走了一部分的我，我剩下的唯一便是对他的记忆，如果连这个都将随时间褪色消逝，我还拥有他的什么？对他的思念是对我极大的折磨，但如果这份折磨停止，我便会觉得是对他的一种背叛。于是我在与时间作一种极其不可理喻的矛盾的拔河。我难以忍受时时刻刻思念的痛苦，但我更不能忍受遗忘。

你录给我丁尼生的诗句："宁可爱过而失去，总比从未爱过好。"我从前一向赞同这句话，可是如今才感到要同意这话有多难！纵是如此之难，我还是同意了。《小王子》里那些话，正是我的小王子会对我说的：

"晚上，你会仰望星空……对于你，我的星星是其中的一颗，于是你会爱着天上所有的星星……他们全是你的朋友……我会住在一颗星星上。我会在那里笑，当你晚上看着天空时，会像是所有的星星都在笑……你——只有你——拥有会笑的星星……

"当你的悲伤平复之后（时间会缓和所有的悲伤），你会高兴你认识过我。你会永远是我的朋友。你会要同我一起笑。有时你会为了这桩乐事而打开你的窗子……你的朋友们可能会奇怪你看着天空发笑！

"你就会对他们说：'是啊，星星总是让我发笑！'……"

我等着那一天的到来——我与我的小王子遥远的约定。

外一篇

给一位（或两位）陌生人

我不知道你的姓名、性别、年龄，甚至不知道只是一个你，还是两个"你们"。我只知道你是一个失明者，正在苦苦等待一个奇迹——一只或一双珍贵的眼角膜移植到你的眼球上，让你重获光明。

在一个春天的晚上，医生通知你：有希望了。

你一定很想知道捐出眼角膜的那个人是谁。你的医生只会告诉你：那是来自一个十三岁的男孩子。他们不会告诉你更多的。你大概会很好奇：那是怎么样的一个男孩？才十三岁，是怎么死的？他的父母亲，是在怎么样的心情下为他作出捐赠眼角膜的决定的？……

你的问题永远不会有答案，正如同我永远不会得知你是谁。我曾动过这样的念头：想问医院你的姓名、你的下落。但我知道他们是绝对不会告诉我的。

我曾幻想如果我找到你，我一定会常去看你，带一束鲜花和几本书，坐下来跟你谈谈我的孩子，然后就静静地坐在一旁看你，看你用你复明的眼睛欣赏花朵的色彩、阅读一页又一页的书。我会看着你的眼睛，看得痴过去。那里有我孩子身体的一部分——虽然是那么小的一部分，但那部分曾经带给他那么多快乐与智慧；他用那双眼睛看了无数的书本、图画、乐谱、许多处美丽的风景、许许多多温爱友善的笑脸……

你见到我一定会道出许多感恩的话语。但你可知道，我才要向你道谢。我孩子的躯体将随春泥化去，你却带着他这一小部分存活下来，珍惜它、滋养它，并且善加利用它……你是在延续着我儿子的一小部分的生命啊！我不该感谢你吗？

然而我无法这样看见你，我只能作另外的想象，想象我走在茫茫的人潮中，忽然一双陌生的眼睛吸引住我，我无端受到极大的震撼，于是我以母亲的直觉明白了：就是这个人，我的孩子的肉身一部分在他脸上……

有时，我走在人群中或开车在公路上，就会痴痴地想：在这一百万人的城市里，有两只眼睛，曾是我孩子的一部分，也是我生命的一部分，咫尺天涯，也许这两只眼睛的主人刚与我擦肩或错身而过；也许他此刻正在眺望蓝天碧海，或者聚精会神地阅读一本好书，或者无限深情地凝视着一张爱恋的脸孔……

我多想知道你是谁，你在哪里，你有没有善待珍摄你的眼睛。

这些想法是多么傻啊。然而一个母亲的痴心，是胜过于世上任何一种痴情的。做母亲的心，纵是疼成了碎片，每一片还是痴爱。

（选自《悲怀书简》，作家出版社1999年11月版）

叩问篝火

［美国］刘荒田

刘荒田（1948— ），广东台山人。在家乡当过知青、教师、公务员。1980年移居美国，现在旧金山一家酒店工作。著有散文集《唐人街的桃花》、《旧金山浮生》、《纽约闻笛》、《“仿真洋鬼子”的胡思乱想》等。

1

太平洋的边沿，我扶墙而立。老厚的砖头所砌就的围墙，年深日久了。它的功用，首先是防波，一如最初，长城的齿堞是为了架弓弩而不是为了让游客搁背囊一般，所以造得坚固粗豪，宽达一英尺的墙头，虽然在一百年间被千千万万双看海人的手摩挲多了，泛出端砚一般的青色，表面在沉沉而下的暮色里，近于透明，映着天上最后的红霞。“栏杆拍遍”，这一富古典的怅惘的雅举，该只适用于竹栏或木栏，在阁、殿或者榭前，面对着故国苍茫的江山。

这般地嵬然独站，如果盗用卞之琳看风景的名诗，我找个替身，站到右侧高处去，从面临海狗山的“悬崖酒吧”的窗前鸟瞰，我这“风景”实在没看头——瑟缩着的、半老的异乡人，和他被暮色一点点吃掉的影子。

大海，泛着最后的辉煌。围墙外往下低凹五尺许的沙滩，排列着成千上万的小窝，不知是人的脚印还是海浪冲刷成的，都被均匀地灌满赭色的暮霭，荡漾着，有如年份不足的红葡萄酒。天没全暗，海鸟活像搭末班车往家里赶的上班族，掠过被重重叠叠的云山压得打哆嗦的天空。海越发繁琐起来，粗看有三层：极目处，刚刚绞下壮烈无比的落日的海平线，和天空沆瀣一气地黑下去，带着丝缕深蓝，那是晚霞的裙裾横着曳过天边时的余韵。浪的细纹流畅地舒卷，让人想起美人在无人处肆意伸展的懒腰。中间部分，是纯黑，无论穹顶还是天边都不能把夕照分给它，它只好破罐破摔地一黑到底，黑得带着恐怖，你明明知道那里尽是汹涌的巨浪，却在黑的包裹下大智若愚地静止着。近处倒好，怪异的光勉为其难地撑持，那是白天残余的亮色。背后的金门公园，业已整个儿失陷于夜。防风林中耸立的荷兰风车，不知歇工没有，螺旋叶片是断乎看不到的了。鹳鸟嚯嚯地叫，声音的流星，从公路上空划一道尖利的弧，再落进黑洞洞的桉树丛。

在黑色所盘踞的公园和如古典油画般浑厚的海之间，是灯光的领地，路灯、车灯、明灭的烟头，洇出了谷黄的光带。我处于明与暗的结合部。

我在做什么？一个无所事事的人，这般站着，是为人疑窦的，排除了当间谍、私人侦探和防治投水自杀协会义工等可能，我最大的可能就是等待。罗曼·罗兰的《约翰·克利斯朵夫》里的主人公，到了中年，最亲密的朋友死去，自己也陷入疯狂的情欲，在灵魂濒临灭顶的时刻，曾经独自呆在树林里，等候“复活”。他是天才，创造的无论是崇高还是罪戾，都火焰般炫目。我没死，所以爬不到“复活”的高度。我在等候，等候夜。

黑暗果须殷殷期之，像愤青期待昭雪一般吗？它自然而然地降临，一如老不必期待，痛苦不必期待，死亡不必期待。

纯粹的黑夜，和纯粹的黑夜里的海洋，都教人悚惧，你有过在伸手不见五指夜走路的经验吗？你会被压死在毫无重量的夜下面，尸身如夜一般空洞，却具有水银分子的密度。

2

逼视着被夜色全部吞没的海，我瞎了。前面的黑暗，几乎没有缝隙，没有松散地漏出光明的小角落。明明知道，只要转过身，街灯和车灯就涌过来，把我重新包装为凡俗的人。

我揉揉被黑夜销蚀的眼睛。忽然看见，左侧远处的沙滩上闹起火警来，这边一丛，那边一丛，十来丛烈焰，肆无忌惮地吞吐。从前的哲人论述软和硬的辩证法，说软总能战胜硬，证据就是：牙齿丢光了，舌头还在。火焰的舌头，该是最能和黑夜纠缠的对手了，它在黑色的核心盘踞，一个劲地舔、舔，夜色被舔下薄薄的一层，更浓重的一层填补进来。火固执地舔着。二者的战术，都是从海潮那里抄袭的。

我兴奋莫名，向火焰小跑。从前，在白天到这里来散步，看到东一堆西一摊的黑炭，以为是流浪汉们在半夜偷偷摸摸干下的杰作，间或看到断桨和被水泡得千孔百疮的树干，便推测柴是在海里捞来的。原来火焰，这般地光明正大。

我缓缓步下石阶，踏上沙滩。影影绰绰的人看到了，从巨大火焰中蹦出来的火星，流萤似的飞到远处。火焰的四周是人的围墙，围墙后是黝黑的大海。这景观，很像一幅年代久远的黑白照，色泽带上化石的质地。风起了，火焰蓬地蹿起，有如一条吞天的蟒蛇。

沙地是多情的陷阱，你走每一步都被它温柔地牵扯着，其实它的承托力有限，刚够托住陷下一寸光景的鞋子。踏浪的感觉，些微的湿润。一条狗像印第安的飞去来器，在和浪交界的地面来回奔跑，把黑暗牵起来，旋为陀螺。

我走进火焰的光圈，古铜色落在肩上，火给我的披风。

我忽然踌躇：我能被火焰接受吗？我能被火焰所映照的人所接受吗？

不管，大不了被赶走，总不致被许多双野蛮的手抬起，在哼唷的号子声中，扔进大海吧？

3

沙是如此的软。非马有《脚与沙》：“知道脚/历史感深重/想留下痕迹/沙/在茫茫大漠上/等它们。”今夜，我的脚能当史笔吗？有鞋子，其次是袜子，脚与沙还隔两层。所以，脚即便有不朽的奢想，也无从实现。这是沙的悲哀还是人的悲哀？

刚才在暮色中所见，满滩的椭圆形浅窝，如果不是潮汐的雕刻，绝大部分也不可能是脚的印记，顶多是鞋子的印记。即便是脚的印记，也太多了，太密了，历史是不屑于照单全收的，它只收带血的脚印，带泪的脚印，收尸骸和怒吼，收绝望的呻吟与光明君临之初的霞光。

然而，柔软的沙充满着诱惑啊！每踏出一步，都在被黑暗掩埋的同时劈开一层神秘。沙层下，是水，咸的海水，于是，鞋子下，吱吱的微响成了神秘的耳语。我所担心的，却不是历史和我的关系，而是鞋子会不会被水洇入，教袜子和脚先后潮湿起来。一种警戒。

而在沙里，艰难然而轻松地，执著然而犹豫地向火焰前进，是前所未曾体验过的探险。其刺激，一似情郎在半夜攀爬，向着深闺的窗户——半卷的帷幕隐隐透出目光般的灯。

火焰的千手招引着我。沙子在鞋底下辩论。背后是人间，前面是黑而冷的无限。火焰在人间和大海之间，是明与暗的平衡术吗？是自然与社会的折中吗？是永恒与短暂的中和吗？

第一堆篝火，属于西班牙语。男女老少，都在用这种在南美洲流行的语言祈祷。该是教会的一次活动，在天幕下，宗教增加了博大；在大海前，教徒靠近了寂静的永恒。一位五十来岁的女教徒，穿戴像印第安人，她是主讲者，火焰温柔地在她庄严的脸上盘旋，热度的爱抚使她的说词像炭一般灼亮，我隐隐嗅到灰烬的焦味。圣歌唱起来了，没有共鸣的天穹里，音符有如飘散的落叶。

第二堆篝火，带着少男少女的汗气。该是高中生的聚会吧？被黑夜泡过的人影，仍旧那般鲜活，火既已给皮肤涂上了釉似的光，人体本该成为色调沉厚的古董的，可是他们依旧生机勃勃。我很快发现，这未必是他们自身的魅力，而在于人影后面的参照物：背包、汽水罐、横七竖八的木板、被单。我光顾看火，几乎踩上一侧肩膀，原来有人蜷在睡袋里！

第三堆火，一群同胞。都是哥们，看模样一个个已从大学毕业，有了工作。人手一罐“百威”啤酒，另外一只手伸进裤袋里，有节奏地动着，好像在为海浪打拍子。火苗倏地蹿上半空，啪啪爆开，有如烟花。看神情，话题都是当年如何如何，唉，迫不及待地预支的伤感。

第四堆火，是一对恋人吧？静静地对坐，男子有一搭没一搭地给火堆添木条。

第五堆火，是一对父子吗？年轻的父亲半卧着，嘴里的香烟倒是笔直的，向着穹顶上的北斗星。孩子在火堆旁边撒欢，一会儿用长木条撩拨火堆，被“嘭”一下蹿起的火吓得哇哇叫；一会儿从远方的黑暗里抱来几根木头，小心翼翼地放进火堆的边缘。

第六堆火，三个男人，一堆空啤酒罐。第七堆，四个大人和十多个儿童。都是上幼稚园的年纪，却会享受野趣了。一位妈妈模样的中年女子，就着火光，读一本精装书，我远远看得到插图，有城堡，有黑衣女巫，还有会冒烟的嘴巴。

第八堆，将近熄灭了，可是人没散，于是篝火勉为其难地拿死灰再燃烧一遍。

我走遍了所有冒出火苗的地点，鞋子居然没湿进里面去。每处火光都在身上留着余温，各具风格：第一堆庄严，有如酒精所燃点，纯粹的蓝。第二堆活泼，火舌如无毒蛇的信子，不断吞吐，让你心跳，却不乏安全。第三堆仿佛藏着哭泣，充满遭到大海嘲笑的软弱，我受不了任何年龄段的思古幽情。第四堆最教我低回，如果我有恋人，我也要备上一车木条，和星星比赛，谁更耐烧……

我走上石级，回到围墙后面。这就是我刚来时逼视黑夜占领全过程的所在。此刻，它成了不隔岸而观火的瞭望台。我问自己：刚刚结束的火之旅，可曾经真的叩问过火焰？即使不指以身殉火的壮烈举措，我连火的周边，我连围绕火焰的人群，也没有进入过。从头到尾，我是冷漠的旁观者。也许，如果我主动向大家打招呼，自我介绍，礼貌地问一句：“我能在这里待一会吗？”各个圈子都会伸出欢迎的手，让我也投进一两根木柴，甚至吃上一两块架在火上的鸡翅膀和意大利红肠，使我的手乃至夹克带上好闻的烟火气。如果我向拥有第一堆篝火的基督教徒，倾诉对耶和华的信仰，他们怎会把我隔离在人圈之外？即便是那父子档，也不会排斥我这个有儿女的男人。然而，我没有进入任何一个以火焰为圆心的群体，活该挨冻。

4

我仍旧旁观。离开故国这二十多年间，一直充当着这样倒霉的角色：在边缘看，无论热闹还是不热闹，无论走运还是不走运。不是从来不曾参与，总统大选日前去投票就是，然而，我不能剑及履及地进入迥异于故土的天地。买六合彩票，恐怕是最放肆的投入，但总被推出来。

所谓到处杨梅一样花，火焰，无论是知青年代熏黑了鼻孔的松明火，乡村八仙桌上结出精巧灯花的煤油灯火，还是洋房里的壁炉由木糠压成的柴薪所冒的火，都是通红的，火舌都是能言善辩的，然而，这里的篝火，烤不出从心底升起的熨帖的暖意。是异乡所有的火的通病吧？以篝火论，顶多能烘热向火的半侧身体，背火的一面，总是冷的。在海边，冷热上失衡的感觉格外敏锐，为了背后是无边无际的黑浪。想起了王尔德的《渔夫和他的灵魂》，故事里被渔夫爱着的美人鱼声言，人的影子并非身体的影子，而是灵魂的影子。那么说来，在沙地上摇摆伸缩的影子，是篝火拿我的灵魂来做牵线木偶了。

好在，无法进入，是一个边缘人的先天性缺陷而已，不关篝火的事。我对这里的一切，并无任何影响。假想我不曾移民来这里，而仍旧兢兢业业地在家乡的小衙门起草《关于执行××市<关于执行省委第××号文件的通知>的通知》一类公文，在这里，篝火一样依时点燃，一样依时熄灭。

时近十点，海风渐凉。不远处的篝火旁边，一个女子从圈子走开，到堆放衣物的角落去，翻出一件外衣来披上。别的人，则以更靠近火光来御寒。

这阵子我发现，重头戏在后头。一位青年白人，从我面前兴冲冲走过，到停在街灯下的卡车去搬木头，来回好几趟。远处，几个人边哼歌边托着木架子往火堆走去，木架都是用来承托重型机械的，木架又粗又密。一个在火里正烧得兴高采烈，木条排列成的火焰滔滔地奔流，有如瀑布。这样的大木架，还有五六具，够烧到半夜了。我想，这些人肯定有纵火欲，不然，不会这般忘我，从家里把可供搭房子的木料尽情往这里搬。当然，放火数这里安全，救火车不会来，一如强盗不抢劫监狱。

我用力拍打围墙，没有铿锵的声音，我也没有随拍子吟哦辛稼轩的词："江南游子，把吴钩看了……"

旁边是一对年纪和我相仿的情侣，他们看够了火，说冷，要躲回车里去。

到启明星上班时，篝火旁的人会走光，只剩下余烬，由早潮善后。

（选自《香港文学》2005年第5期）

爱，就注定了一生的漂泊

［美国］刘　墉

刘墉（1949—　），原名刘镛，北京人，生于台北。台湾师范大学艺术系和美国圣若望大学研究生毕业，纽约哥伦比亚大学博士班毕业。曾任台湾中视驻美记者、圣若望大学专任驻校艺术家及副教授等。1990 年移居纽约长岛。著有散文集《萤窗小语》等。

飞机起飞了两个多钟头，心里始终不踏实，觉得好像遗忘了什么，看见有乘客拿出一卷长长的东西，才想起为纽约朋友裱好的画，竟然留在了台北。

便再也无法安稳，躺在椅子上，思前想后地怨自己粗心，为什么临行连卧室也没多看一眼，好大一卷画就放在床上啊！想着想着，竟有一种叫飞机回头的冲动，浑身冒出汗来，思绪是更乱了。

其实一卷画算什么呢？朋友并非急着要，隔不多久又会回来，再拿也不迟，就算真急，常有人来往台美之间，托带一下，或用快递邮寄也成啊！但是，就莫名地有一种失落感，或不只因那卷画，而是失落了一种感觉。

从台北登车，这失落感便浓浓地罩着。行李多，一辆车不够，还另外租了一部，且找来两个学生帮着提，免得伤到自己已经困扰多时的坐骨神经。看着一包一包的行李，有小而死沉的书箱，长而厚重的宣纸，装了洪瑞麟油画和自己册页的皮箱，一件件地运进去。又提起满是摄影镜头和文件的手提箱，没想到还是遗忘了东西。

什么叫做遗忘呢？两地都是家，如同由这栋房子提些东西到另一栋房子，又从另一户取些回这一户。都是自己的东西，不曾短少过半样，又何所谓失落，遗忘？

居然行李一年比一年多，想想真傻，像是自己找事忙的小孩子，就那么点东西，却忙不迭地搬过来搬过去，或许在他们的心中，生活就是不断地转移、不断地改变吧！

当然跟初回台湾的几年比，我这行李的内容是不大相同了。以前总是以衣服为主，穿来穿去就那几套，渐渐相通了，何不在两地各置几件，一地穿一地的，不必运来运去。从前回台，少不得带美国的洗发精、咖啡、罐头，以飨亲友，突然间台湾的商店全铺满舶来品，这些沉重的东西便也免了。

取而代之的，是自己的写生册、收藏品和图书，像是今年在黄山、苏州、杭州的写生，少说也有七八册，原想只挑些精品到纽约，却一件也舍不下。书摊上订的《资治通鉴》全套、店里买的米兰·昆德拉、《李可染专辑》、《两千年大趋势》，甚至自己写专栏的许多杂志，都舍不得不带。

算算这番回纽约，再长也待不过四个月，能看得了几本《资治通鉴》？翻得了几册写生稿？放得了多少幻灯片？欣赏得了几幅收藏？便又要整装返回，却无法制止自己不把那沉重的东西，一件件往箱里塞。

据说有些人在精神沮丧时，会不断地吃零嘴，或不停地买东西，用外来的增加，充实空虚的内在，难道我这行前的狂乱，也是源于心灵的失落？

不是说过这样的话吗：

“挥一挥衣袖，不带走一片云彩。其实东半球有东半球的云，西半球有西半球的彩，又何须带来带去！”

但毕竟还是无法如此豁达，也便总是拖云带彩地来来去去。

所以羡慕那些迁徙的候鸟，振振翼，什么也不带，顶多只是哀唳几声，便扬长而去。待北国春暖，又振振翼，再哀唳几声，飞上归途。

归途？征途？我已经弄不清了！如同每次回台与返美之间，到底何者是来，何者是往？也早已变得模糊。或许在鸿雁的心底也是如此吧？只是南来北往地，竟失去了自己的故乡！

真爱王鼎钧先生的那句话——

“故乡是什么？所有故乡都是从异乡演变而来，故乡是祖先流浪的最后一站。”

多么凄怆，又多么豁达啊！只是凄怆之后的豁达，会不会竟是无情？但若那无情，是能在无处用情、无所用情、用情于无，岂非近于“无用之用”的境界？

至少，我相信候鸟们是没有这样境界的，所以它们的故乡，不是北国，就是南乡！当它们留在北方的时候，南边是故乡；当它们到南边，北方又成为祖先流浪的最后一站。

我也没有这番无所用情的境界，正因此而东西漂泊，且带着许多有形的包袱、无形的心情！

曾见一个孩子，站在机场的活动履带上说：“我没有走，是它在走！”

也曾听一位定期来往于台港、两地都有家的老人说：“我没有觉得自己在旅行，旅行的是这个世界。”

这使我想起张大千先生在世时，有一次到他家，看见亲友、弟子、访客、家仆，一群又一群的人，在四周穿梭，老人端坐其间，居然有敬亭山之姿。

于是那忙乱，就都与他无关了，老人似乎说：“这里许多人，都因我而动，也因我而生活，我如果自己乱了方寸，甚或是对此多用些心情，对彼少几分关照，只怕反要产生不平，于是什么都这样来这样去吧！我自有我在，也自有我不在！”

这不也是动静之间的另一种感悟吗？令人想起《前赤壁赋》中“盖将自其变者而观之，则天地曾不能以一瞬；自其不变者而观之，则物与我皆无尽也。”苏轼不也在动乱须臾的人生中，为自己找到一份“安心”的哲理吗？

但我还是接近于陈子昂的“前不见古人，后不见来者。念天地之悠悠，独怆然而涕下。”也便因此被这世间的俗相所牵引，而难得安宁。

看到街上奔驰的车子，我会为孩子们担心。看见空气污染的城市，我会为人们伤怀。甚至看见一大群孩子从校门里冲出来时，也会为他们茫茫的未来感到忧心。而当我走进灿烂光华布满各色鲜花的花展时，竟为那插在瓶里的花朵神伤。因为我在每一朵盛放如娇羞少女般的花朵下，看到了她被切断的茎，正淌着鲜血。

而在台北放洗澡水时，我竟然听见纽约幼女的哭声。

这便是不能忘情，却又牵情太多、涉世太深的痛苦吧！多情的人，若能不涉世，便无所牵挂。只是无所牵挂的人，又如何称得上多情？

临行，一个初识的女孩写了首诗送我，我说："以后再看吧！马上就要登机了，不论我看了之后有牵挂，或你让我看了之后有所牵挂，对我这个已经牵挂太多的人来说，都不好！"

只是那不见、不看、不读，何尝不是一种牵挂！

猛然想起，有一次在地铁车站，看见一个衣衫褴褛、躺在墙角的浪人，大声对每个走过跟前的人喊着：

"你们爱自己的家，你们睡在家里面！"

"我爱这个世界，我睡在世界的每个地方。你们都是我的家人，我爱你们！"

也便忆起前年带老母回北京，盘桓两周，疲惫地坐在返台飞机上，我说："回家了！好高兴！"又改口讲，"台北是家吗？还是停几周飞美时，可以说是回家？但是再想想，在纽约也待不多久，又要返台了！如此说来，哪里是家？"

"哪里有爱，哪里有牵挂，放不下，就是家！"

"世界充满了美，让我牵挂；充满了爱，让我放不下！"我说，"台北是家，纽约是家，北京是家，巴黎是家，甚至小小的奈良也是家！"

爱，就注定了一生的漂泊！

（选自《爱就注定了一生的漂泊》，台北水云斋1991年版）

他乡的天空

[美国] 北　岛

北岛（1949—　），原名赵振开，祖籍浙江湖州，生于北京。1968年毕业于北京第四中学，曾做过建筑工人和编辑。1978年底与诗人芒克在北京创办《今天》文学杂志。1989年后，他在欧洲六个国家居住过，1993年迁居美国。著有诗集《北岛诗选》、《在天涯》、《零度以上的风景》、《开锁》和散文集《蓝房子》、《失败之书》等。

一

头一回见到D是五年前。我和一位美国女诗人在我们小镇的书店朗诵，由D主持。按惯例，朗诵会后大家一起到附近酒吧喝一杯。D坐我斜对面。我们岁数差不多，而他像个青少年，正做牙齿矫正，满嘴钢箍，笑起来难免有些狰狞。人跟人相识往往靠机缘，有时只是一个词，像暗号对上了。D提到他家新铺地板上的鱼化石。我很好奇，于是他请我到他家做客。

由于鱼化石，我被卷入他的生活。每周二晚上，我跟他到加州首府萨克瑞门托（Sacramento）的一个老年中心，参加由他主持的诗歌工作坊。那都是些身处社会边缘的散兵游勇，因为热爱诗歌走到一起来了。由D掌控时间流程，俨如法官。每个人轮流读自己新作，读罢由大家评点，任人宰割，最后才轮到作者说话。有人忍不住提前辩解，只见D口中一亮，喝住。散了会，大家到附近一家名叫卡柔斯（Carrow's）的美国餐馆，其饭菜可怕，无论点什么都得后悔。有人提议换家馆子，但由于价格、距离和惯性的左右，使我们依然忠实于卡柔斯。那儿的最大好处是空旷，以及因空旷带来的自由轻松的气氛。我们聊天写联诗，直到夜深。那多少像个秘密团体，准备语言的暴动。大概由于远离中心，加上老弱病残，恐怕连FBI都懒得记录在案。

他父亲是银行家，十多年前病故。他不少诗是写给他父亲的，有一首诗写的是生死临界处的父子情。他告诉我，二战期间，他父亲在美军潜水艇服役，常躺在鱼雷发射管里睡觉。若战友使坏，一按电钮，他就会从梦中射向大海。奇怪的是，那幽闭恐惧症竟会遗传，跟潜水艇一起深入D的潜意识，再呈现在他的诗中。人的经验是不可重复的，但却会通过别人的体验得以延伸。我猜想，D的梦境多半在深海，而他的情人就是潜望镜中的敌舰。

在他看似光滑的生活中，死亡是个巨大的阴影。他家哥儿五个，他居中。两个哥哥一个弟弟都因病先后去世。最近的死亡是他大弟弟，住圣地亚哥，去年感恩节还开车来看他，回去后就不行了。对D来说，死亡好像是个谜语，而谜底是现成的。

D是上高三因失恋开始写诗的。他在被迫选修的数学课上写诗，被老师发现。他跟老师讨价还价，最后达成协议：老师容许他在课堂上写诗，但不给学分。他年轻时生活混乱，大学没毕业，更换工作也更换女友。里尔克在《秋日》中写道："谁没房子，就不要建造房子。谁孤独，就永远孤独……"D反其道而行之，没房子就非得建造房子，最后还成了建筑商；孤独却偏不甘孤独，近四十岁和B结婚。B在州政府工作，专管捕鱼和狩猎。她是那种有定力的女人，像锚，把他这只船留在港湾。

他是个现在进行时的美国建筑商，我是个过去时的中国建筑工人。建筑是男人的行业，语言粗鲁直率，但挺有人情味。若要盖栋房子，他先把小算盘拨拉一遍，再把活分派给各种小公司承包，既得懂专业又得懂人情。有时候跟他到工地转转，他跟师傅们打招呼，仅三言两语，什么都在其中了。待一天的活安排妥了，他溜回家，关起门来写诗打瞌睡。

他是我认识的唯一一个写诗的共和党人。两年前，我们到旧金山度周末。在外面先喝了一圈，街道和路灯开始摇晃起来。我俩像难兄难弟，互相搀扶，回到旅馆的酒吧接着喝。他趁醉慷慨解囊，请坐吧台的每个人喝一杯。电视正在播放总统大选的进展。我问D支持谁。他一下酒醒了，嘴一歪，露出亮闪闪的钢箍。他嘶嘶地警告我说，别在这儿问，周围的人会杀了我。原来旧金山是民主党的大本营。

今年D五十岁。生日那天，我们到一家意大利餐馆吃晚饭。D的牙箍终于摘掉，露出整齐雪白的牙齿。他告诉我，他弟弟病危，活不了几天了。他强作欢颜，笑容是一寸寸展开的。他眼角有一滴泪，不易察觉。

二

一个城市对于一个人，往往就是中心，不在于其大小地理位置重要与否。这就好比每个国家出版的世界地图都把自己置于中心，好在地球是圆的，用不着为这打架。北加州的小镇戴维斯（Davis），对我来说就是世界的中心。这道理也简单，无论我飞到哪儿，最后都得回来——我家在这儿。

如果戴维斯是中心的话，那么我的活动半径就是本文所涵盖的范围。依我看，在这个汽车时代，人的活动半径应在一百二十公里左右，开车往返应在三个小时以内，这意味着对上班族来说每天可以回家。按速度比例，当年在北京骑车，活动半径是二十公里——我最远骑到香山的工地上班。旧金山正好在我的活动半径内，可算作戴维斯的卫星城之一。

像大多数美国人一样，我是为工作而搬到戴维斯来的；不同的是，我并没有因失去工作而搬走。从九五年秋天起，我在加州大学戴维斯分校教了两年书，最后老板找我谈话，她神色凝重，鼻子上有一道深深的横纹。我竟对她产生同情，好像被解雇的是她而不是我。我琢磨，她在说这番话前，内心得经受多大的折磨。

由于家庭变故，我在外晃荡了一年多，女儿回北京读书，我们把房子租了出去。在此期间，有一次我到湾区出差，从机场租车开回戴维斯。下八十号公路转一一三公路，再沿拉索大道（Russell Blvd）出口。一进入戴维斯，暮色苍茫，华灯初上。突然一股致命的乡愁袭来，我强忍泪水。戴维斯于我意味着什么？这个普普通通的美国小镇，就是我的家，一个人在大地上的住所。对于漂泊者来说，它是安定与温暖的承诺；对于父亲来说，它是守望女儿的麦田。

当年我师傅常对我说："哪儿的黄土不埋人？"这话虽有穷人的无奈，但也包含了一种绝对真理。说实话离开故乡久了，家的概念变得混乱。有时我在他乡的天空下开车，会突然感到纳闷：我在哪儿？这就是我家吗？

我家，在不同的路标之间。

戴维斯坐落在加州首府萨克瑞门托（Sacramento）以西十二英里处。一八六八年，当铁路穿过一望无际的麦田，在这里停留，连车站带小镇得名于本地农民兼财主戴维斯。命名的过程至今是个谜。当一个人成了一个城市，这城市必然会塞进那人的性格。我仔细研究了有关戴维斯本人和这小镇的记载，发现有不少共同点。比如，这小镇正如戴维斯其人，重农轻商。这儿有全美最好的农学院，但市中心一点儿也不繁华，我女儿常抱怨没商店可逛。还有，由于继承农民戴维斯日出而耕日落而息的传统，除了外来的大学生，几乎全体居民都得了嗜睡症，一到晚上九点，家家户户都闭门熄灯。

我家住在戴维斯西边的帝国大道（Imperial Avenue）。但愿这街名别给人非分之想，这和纽约那些大道毫无共同之处。本街的居民，多是些对世界漠不关心而过分礼貌的帝国主义者，大家准是被嘘寒问暖这一套礼仪折磨得疲倦不堪，尽量缩在家里，毫无向外扩张的野心。这是条相当僻静的小街，一眼就能望到头。草坪像绿色补丁错落有致，缝补着灰色的道路。我家和邻居的猫蹿来蹿去，互相串门。七年前我们搬进来时，这里还处于城镇边缘，后院面对另一种历史——风吹草低见牛羊。

我去信箱取信，邻居家的两条狗像往常那样狂吠。我站在帝国大道上，望着冬天苍白的太阳，叹了口气。

三

开车去旧金山。过海湾大桥，阳光明媚，无风也无通常沿海湾涌来的浓雾。十二点整到F家。通过内线电话，女主人请我们在楼下稍候，他们马上下来。见面时难免拥抱握手，由于男女有别内外有别，局面一时有些混乱。若男人抱拳，女子道万福，则会免去不少麻烦。这方面最繁琐的是法国人，见面分手都是左右贴三次腮帮子才肯罢休，助长了流行性感冒的气焰。

我推坐轮椅的F到附近的餐馆。F是加州大学柏克利分校的教授，是中国历史的权威，曾担任过美国历史学会会长和美国社会科学院院长。他夫人H是上海人，意大利文学博士。她心直口快，凡事爱刨根问底。

进德兰西（Delancey）餐馆，坐定。H告诉我们，这家餐馆是由监狱办的，从传者到厨师都是服刑犯人。这真是个好主意，为他人服务改造自己，表现好的减刑，让他们最终融入社会。F 提到上次陪他父亲进餐，一时找不到大衣，问侍者，答曰被偷了。这种犯人的自嘲倒应该广为提倡，尤其在知识圈，他们犯了罪却不自知。

F 的表情像孩子，眼睛湿润，时不时闪着调皮的光。他话并不多，而突然爆发的大笑能震碎杯子。H 对丈夫情意绵绵，那是令人心动的爱情。她说起在一次聚会上，朋友们让 F 交代他俩的恋爱史。没想到见过大世面的 F，拿着麦克风突然哭起来……

我们点菜时，F 打开我送给他们的诗集，翻到头一首诗《岁末》。“白金尺。”他念叨着，像调音师在寻找绝对的辨音力。他是那种很特别的智者。他一生坎坷，涉猎极广。其实知识也是一种权力结构。F 既在这权力结构的顶层，又同时置身其外。汉学只不过是为他人生提供了一种向度，并未覆盖一切。依我看，不少汉学家毁就毁在这儿：汉学既是饭碗，又反过来主宰其精神世界。这种互相占有的结果，使他们失去了“白金尺”。

说到真实（truth），引起一番争论。说来真实是由交叉小径组成的花园。一个人的真实，只在某一点和他人的真实交叉。

F 讲起他在哈佛读书时，也写过诗办过诗刊。有一天，诗友戴维（David）拉他去拜访佛罗斯特（Robert Frost）。他们找到他家，敲门。佛罗斯特出来了，他七十多岁，身体硬朗。戴维壮胆说：“我们也是诗人，特地来看望您。”佛罗斯特摇着食指说：“你们不能管自己叫诗人。”他俩愣住了，转身撒腿就跑。

午后时光慢下来，甚至停顿了，杯中的残酒即证明。H 提议我们换一家咖啡馆坐坐。起身出门，时间又继续流动了。

我们穿过一片相当豪华的住宅区，全都属于劳改局，犯人们就住在里面。这可是旧金山寸土寸金的地段，连一般中产阶级都负担不起。咖啡馆和那家餐厅一样，都属于劳改局。里面很大，兼卖书。桌椅大小高低不齐，有沙发纵横，可立可坐可卧可打盹儿做梦。我们点咖啡和红茶，F 要了杯白葡萄酒。H 告诉我们，在这里服务的犯人是属于戒毒中心的。我不禁犯嘀咕，他们自己戒毒倒不要紧，可别顺手给我们下点儿蒙汗药什么的。

说起前两天哥伦比亚航天飞机的爆炸，H 告诉我们，F 这两天为此很难过，而他的中国学生认为，那是典型的美国式思维，是人类无限度自我扩张的结果。

我说，若生不平等的话，在死亡面前是人人平等的。那七位宇航员至少是自愿去死的，而炸弹下的阿富汗农民和饥饿中的非洲儿童则没有选择的余地。F 又提到白金尺。他说，人的很多努力是非实用的，但有意义。他的话有道理。但我接着说，这种死亡是被美国媒体无限夸大了，成为民族国家神话的一部分。这样做，起码是不尊重死者应享有的宁静。

F 又要了一杯白葡萄酒。时间不早了，我们还要到唐人街办事。H 提议再坐一会儿。在 F 上厕所的时候，她突然哭了，她为她丈夫的身体担忧。

回家的路上，我记起我那首诗的结尾：“这是并不重要的一年/铁锤闲着，而我/向以后的日子借光/瞥见一把白金尺/在铁砧上”。

四

戴维斯人民公社成立于若干年前，这和合作开荒发展农业或以推翻资产阶级政权的集体谋反都没关系，而是一些住在戴维斯的中国人为了巩固友谊消磨时光而凑成的松散团体，自诩为“人民公社”。主要活动是吃中国饭喝白干嗑瓜子闲聊熬夜打牌钻桌子。X是画家兼美术设计，憨厚正直，助人为乐。他们两口子好客，加上房子大，顺理成章成了公社的据点。每到周末大家事先不打电话，破门而入。满屋欢声笑语，通宵达旦。

B是一家复印店的老板，可算本地侨领了。他为人和善，笑容可掬，说话有时吞吞吐吐，故得“保密”的雅号。他身为老板，克勤克俭，尽买些二手复印机自己翻修。拆装擦洗中，总会多出些零件来，他顺脚踢到一边，只要复印机运转就行了。要是人的生活在拆装擦洗后能还原就好了，而那多出的零件正是感情中未知的部分，闲置时有潜在的危险。B表面上满不在乎，内心必有疯狂之处，要不怎么无端端信了“天功”，还成了本地骨干。他自以为有了魔法，可呼风唤雨，让外星人调节室内光线，但每回表演都以失败告终。

L曾一度领导戴维斯中国女性时装的新潮流，后来搬到硅谷，眼见着这里女社员们花一般全都蔫了。逢年过节，她回娘家似的风风火火赶回戴维斯，一身时髦打扮，照亮了我们暗淡的生活。她是那种天生不发愁的人，永远乐呵呵的。有人说过，幸福是一种能力。果然如此，她原来那份工作让我羡慕不已——在实验室砸核桃，既轻松又不费神，还能顺手吃俩补补脑子，外加各种福利保险。可人家一甩袖子把那活儿辞掉，转身生孩子去了。

J来自北京军区大院，可一点儿也没染上那颐指气使的傲劲儿。五年前她来戴维斯考察美国生活，想顺便找个如意郎君。于是公社作为一项重大任务布置下去——纲举目张。当时领导潮流的L正在善于保密的B的复印店打工，引起中国小伙儿H的注意。可L名花有主，于是提到待字闺中的J。这一网就捞了条小尾巴鱼。他俩虽住同一小镇，可先通了三天三夜的电话，昏天黑地订了终身，然后再见面约会。说来也巧，这位在美国长大的H用英文写诗，报考加大戴维斯分校是冲我来的，可还没等学生到老师已被解雇了。他边读书边打工铺地板，花钱如流水，欠了一屁股债，满脑子乌托邦梦想。有一回，我们一起去海边野营，他边喝啤酒边开车。他对我说，他要建一座城，把我和别的艺术家养起来……

一石激起千层浪。几年前，从北京来了个跟我们沾亲带故的女人，先住我们家，后搬出去自立门户。她耐不住这小镇的寂寞，于是开始勾引公社的男社员，一度几乎主妇们人人自危。要说她人并不起眼，打哪儿来的魅力？后来才明白，她在公社分配浪漫梦想。用诸如温莎公爵的故事和巴黎温柔之夜的承诺，拉拢腐蚀革命干部。等大家猛醒把她扫地出门，才意识到，我们这儿缺的就是梦。

去年感恩节，公社社员从美国各地匆匆赶来，男女老少共二三十口子，只能打地铺。这回除了多年的革命传统外，还增加了新节目，由 X 为女社员拍艺术照。只见个个浓妆艳抹，风情万种。X 忙乎了三个星期，用电脑修版配背景，那些玉照最终制成挂历，或买或送，为新的年景增色，一时传为佳话。

五

常有一些不速之客敲我们家的门。首先是上帝的黑衣使者们，多半在周末，随门铃叮当一响现身。他们彬彬有礼，诚恳耐心。久了才知道他们来自不同门派，有天主教、福音新教、摩门教、基督见证人，还有些边缘化的神秘邪教。

他们不仅带来各种语言的宣传材料，而且有联合国才具备的众多翻译人才。有一天是刘伯伯开的门，他被黑衣使者说懵了。我赶来解围，说他不懂英文，只会中文和俄文。那人伸出食指问，哪种语言更好？我顺口说俄文。本以为糊弄了事，没想到下个周末人家真带来个俄文流利的教友。我估摸，若说只懂斯瓦西利语，他们也准能从非洲派个黑人牧师飞过来。

一般来说，跟他们谈话无趣，让我想起"文革"期间的毛泽东思想宣传队。其中大都温文尔雅，只是规劝我跟他们一起上天堂。也有极少数狰狞的，嘶嘶地用世界末日吓唬我。我这人心软，从不敢让他们进门，否则每个周末我非得跟他们跪下来一起祷告不可。而东方宗教就没有这样的侵略性——信不信由你。

再就是比世界末日更可怕的推销员。五花八门，卖什么的都有：从杂志到厨刀，从游艇到杀虫剂。他们说得天花乱坠，一不小心就得中圈套。有一回，我被一个模样和善的小伙儿说动了，花七十美元买了一本优惠券（coupon book）。光是其中一张就把我乐坏了：终生免费洗车。

我第二天一早兴致勃勃开车到那家车铺，一头钻进机械旋涡中，但还没等烘干，指示灯就把我赶了出来。我冲进办公室，要讨个人间公道。只见那胖子在优惠券上啪地盖了个"一次性使用，作废"的图章，说他们从来没给任何人永久洗车的特权。这下把我气疯了，发誓不揪出阶级敌人绝不罢休。我按优惠券上的电话号码打来打去，最终发现全都是空号。

去年春天，我贪小便宜，放进个推销吸尘器的壮小伙子，他说可以免费给我洗地毯。我家地毯脏极了，何乐而不为？他让我取来我家的吸尘器，和他带来的吸尘器肩并肩。他拿出一袋细沙，扬手撒尽，再用手拍进地毯。我暗自叫苦。他先用我的吸尘器来往数遍，然后再用他的一带而过，奇迹般，细沙都聚集到那玩意儿透明的肚子里。随后他像刽子手，把电线绕在我家吸尘器的把手上。他对我说，在西部牛仔时代，这样的笨蛋是该绞死的，还不趁早扔了。我虽羞愧万分，但想想这吸尘器是刚买的，真有点儿舍不得。

接下来他用他的吸尘器表演洗地毯。他边说边演示，前后折腾了两个多钟头，大汗淋漓，像刚从海里捞出来的水雷。我心悦诚服。当他开出价码来，吓了我一跳——两千四百五十美元，够买辆汽车的。在我犹豫之间，他痛心疾首，一减再减，似乎为了我的健康和幸福，他得瞒着老板，自己赔本赚吆喝。最后减到一千四。我真怕他因破产而跳楼，刚要开支票，我女儿冲过来，坚决反对。她说我要买，就一个礼拜都不跟我说话。这比什么都管用，我只好谢绝了。

那推销员像泄了气的皮球，闷坐在那儿喝可乐。我过意不去，跟他攀谈起来。他说到自己时为之一振。我俩角色开始调换，我不再是那个能承受昂贵消费品的有钱人了，而是他。他说，他从十四岁起就当推销员了。如今他开好车，穿名牌，吃香的喝辣的。再过几年他就是百万富翁了。我想起《推销员之死》，看来这出戏该改改了，得有个喜剧的结尾。

六

我家来了个房客。去年秋天，我要去威斯康辛教书，只剩田田一个人在家，不放心，于是通过朋友介绍认识了 P。初次见面印象还不坏。她四十出头，看起来挺文静，细皮嫩肉的。她在大学的生物实验室工作，每天跟细菌打交道。她丈夫另有新欢离弃了她，于是分家卖房。她临时转租了个小单元，居住条件差，空调不灵，每天晚上都一身大汗。我动了恻隐之心，让她马上搬过来，说好先不收她那个月房租。

待我教书回来，为感谢她对田田的照顾，我从巴黎给她带来手绘的丝绸围巾作礼物。她眉飞色舞，转眼和围巾一起飘然消失了。

她是踩着钟点生活的：下午五点半下班，晚九点半睡觉，早上七点半起床，差一刻九点骑车上班。我算了算，加上中午打盹儿，她每天睡十一个钟头，按她自己的说法是“昏吃闷睡”。周末她倒忙起来，把十岁的儿子接来住，围着他团团转。她儿子踢球，几乎每周末都有比赛，她场场必到，为儿子呐喊助威。

我们一起做晚饭。我掌勺她切菜洗碗，配合默契。我说话，她会像回声般应和，就是拖得长了点儿。“这菜挺新鲜。”我说。“可真新鲜，你说它怎那么绿呀。”她说。“进来只苍蝇。”我说。“一只大苍蝇，它还会飞呢。”她说。“下雨了。”我说。“这雨下个没完，天上地上全都是水。”她说。

要说她可算好房客了：从没人来串门，她手脚麻利，爱干净。她轻如风，走路悄没声的，魂儿一般出没，有时怪吓人的。她关起自己房门，毫无动静，好像下决心从此消失了。我琢磨她要么打坐，要么坐在我书桌前向外张望。

她虽住在书房，可没见她读过一本书。有时我跟田田看录像，她会探头探脑，可一见暴力镜头，她就大呼小叫，落荒而逃。她更怕我们家的两只猫。一天早上，田田看见 P 带领儿子像两个蜘蛛人紧贴墙壁，蹑手蹑脚侧行，屏住呼吸，满脸恐惧，原来是哈库四脚八叉躺在过道呼呼大睡。

她有一天兴致勃勃喊道：“北岛，你来看。”原来她从北京拍了一本艺术照。她灿若明星，令人刮目相看。她不停说：“你看看，这多像我，跟别人的艺术照就是不一样。”

我问起她的爱好。她自豪地说：“我嘛，最喜欢古典音乐和芭蕾舞。”可她既无录音机也无随身听，对我那几百张古典音乐唱盘不闻不问，来美国十好几年了，甚至连场音乐会都没去听过。“票太贵了，好几十，你说那玩意儿谁听得起呀?”她解释说，“赶明儿吧，我回北京去看芭蕾舞，那什么气派；再不，买唱盘回来好好享受享受……”

我发现有两个问题是碰不得的。一是嫁人。“美国人只知道 SEX，好可怕呦!”她眼镜片愤怒地闪亮。我说那就回国找吧。她跳起来，脸憋得通红，缩着肩膀，脖子往前伸，斗鸡般怒斥道：“没门儿，那些人动机不良，利用我来美国，休想!”再就是房子。因地价攀升，我劝她早点儿买房子。她嘴角倒钩下来反驳我，好像我在跟房地产商串通起来给她下套。

若田田不在家，晚饭变得越来越安静，能听见厨房挂钟滴答走动和那只总也打不死的苍蝇嗡嗡盘旋。我对她产生某种同情。她的世界又小又封闭：没有朋友，除了儿子就是住在北京的父母，外加那离弃她的丈夫。“不管怎么样，”她对我说，“我认为他永远都是我丈夫。”

今年年初，P 从北京探亲回来，因房租问题变得暴躁。她整个变了个人，头上顶雷脚下带火，动辄拍案而起，嗓门儿大，跳着脚跟我们嚷嚷。最后不欢而散，她搬走了。我回到我的书房，会见那些久违的中英文书籍。我坐在书桌前，忽然想到 P 和她的寂寞。从这儿望去，绿树红瓦在闭合的百叶窗后隐隐闪烁。

七

C 和夫人女儿一起来我家做客。他夫人漂亮高雅，有四分之一中国血统，还有墨西哥和白人血统，是混血中成功的例子。C 在波士顿的赛佛尔（Zephyr）出版社工作，出过我的散文集《蓝房子》英译本和《今天》的英文选集。其实这家出版社就他这么一位专职编辑。Zephyr 是从希腊文来的，意思是西风。这西风从俄国诗歌刮向中国文学，于是 C 从编书进入我的生活。

午饭后，我们开车去萨克瑞门托。老城沿萨克瑞门托河散开，码头与火车站相连，当年忙于向外输送黄金和小麦。那昔日的繁荣，折射在西部电影中常见的老朽的木头房子和艳俗的旅游纪念品上，显得有点儿凄凉。

我们直奔老城边上的加州铁路博物馆。这是我的保留节目之一，但来的次数太多，以至于到了痛恨的地步。

十九世纪的高科技无疑是火车，它彻底改变了人类地理和文化的概念，使东岸的美国人开始往西眺望了。那时从东岸到加州，乘船要五个月，乘马车日夜兼程也要好几个礼拜，且路不好，非颠得半死不可。

一八五四年，当朱达（Theodore Dehone Judah）收到信，请他去设计加州第一条客运铁路线时，他年仅二十七岁。他有个梦想，有一天成为贯通第一条州际铁路的工程师。同年五月，他和他夫人安娜（Anna）长途跋涉抵达萨克瑞门托，一到马上开始投入工作。第一段铁路从萨克瑞门托向东，铺到内华达山脉脚下。而内华达山脉是铁路通向内地的主要屏障，下一步可就难了。

一八五九年，朱达前往华盛顿寻求支持。他和妻子在国会山布置了一间展览厅，展示各种图表草案和调查报告，向议员和官僚们解释太平洋铁路的重要性。但他的提案最终搁浅。一年后他无功而返，回到加州。

朱达进山勘测。当地居民都认为在山里修铁路根本不可能，只有他的好朋友，住在荷兰平台（Dutch Flat）小镇的药材商支持他。他们俩一起翻山越岭，实地考察。有一天，他们和风雪搏斗，从山上扛着设备回到荷兰平台，疲惫而兴奋，他们终于确定了铁路过山的路线。

带着勘测报告，朱达开始到旧金山和萨克瑞门托寻找投资，但他的游说往往被痴笑。甚至有人说，朱达发疯的巨大铁路计划将会消失在内华达山脉的云端。他一再碰壁，终于出现转机。在一次小规模的演讲会上，他以最快的回报及最小的风险，说服了在场的萨克瑞门托的商人，六人同意组成加州中太平洋铁路公司，其中四位实力雄厚，被称为“四大亨”（Big Four），包括两年后当上加州州长的斯坦福（Leland Stanford），斯坦福大学就是他用铁路赚的钱建的。

一八六一年十月，朱达再次到华盛顿的国会山游说。太平洋铁路法案终于通过了，由林肯总统签字生效。贯通州际铁路的庆祝典礼在萨克瑞门托河边泥泞的岸边举行，很多市民都来参加，朱达也在其中。他准是在暗自微笑——在奋斗了七年后，他的梦想终于要实现了。

但在修建过程中，朱达看不惯资本家的贪婪做法，据理力争，最后他和他的支持者被公司辞退，他只拿到十万美元的股份。一八六三年十月，他和安娜乘船离开。四天后，中太平洋公司第一辆火车头“斯坦福州长号”卸在萨克瑞门托的码头。经过巴拿马运河时，朱达染上黄热病，几周后死于纽约。当他下葬时，铁轨正沿他设计的路线深入内华达山脉。

进博物馆不远，有三个留辫子的华人泥塑在峭壁上运送一桶炸药，他们正准备炸开内华达坚硬的花岗岩，为火车开道。因劳动力短缺，当时主管建筑的老板打算用失业的中国矿工来填补，遭到他助手的反对，理由是他们没有开山凿石的经验。老板反问道：“他们建造过长城，对吧？”事实证明华工吃苦耐劳，出勤率高，工资待遇低。那时他们的月薪只有三十到三十五美元，还不管吃住。华工曾一度占修筑铁路劳力的百分之八十以上，干的是最苦最危险的活儿。据统计，自一八五四年到一八八二年，有三十万华工在美国修铁路。在铁路带来的美国的繁荣后面，有多少辛酸的故事？如今只剩下一些数字，还有这三尊泥塑——无名无姓。

八

田田的笑那么清纯自然，会让人惊奇。不，我是说让我惊奇。

她十八岁了，生日正赶上周末。星期五晚上，她要请朋友来聚会，望我回避。当天中午，我请芥末帮忙做寿司，买来酒水鲜花气球。布置停当，老父告辞了，到一个美国朋友家过夜。我每半个钟头给她打电话，以确保无酗酒吸毒火灾之意外。当聚会顺利进行，有一刻田田躲进自己房间。“真无聊!”她在电话里叹了口气，对我说。

田田从我这儿继承的是流浪的命运。她三岁就随我们到英国住了一年，并去了欧洲八国。过海关时她总是昏睡不醒，对国界基本没概念。八九年后，她三次到欧洲来看我，跟我周游列国。九五年全家团聚，她从北京搬到美国。她那年十岁，英文一窍不通，在学校的喧嚣中沉默了一年半才开口，没想到初中毕业她竟拿到总统奖。紧接着家庭破裂，她随母亲回北京，上了两年国际学校，去年夏天再搬到美国，和我在一起。

去年夏末，我从机场接她回家，她坐在厨房炉灶旁吧嗒吧嗒掉眼泪，想念北京和那儿的同学朋友。两天后她和朋友到伯克利过夜，喝得酩酊大醉。我正要去中西部教两个月的书，不禁忧心忡忡。每次打电话回家，她都安慰我：“我挺好的，你就放心吧。”待教书归来，果然云开雾散，她笑盈盈围着我团团转。她已有不少新朋友，功课也跟上了。

她很久不弹钢琴了，这回从北京带来一首电影主题歌《星语心愿》的琴谱，有空就反复练习，只弹这一首。乍听起来这是首挺欢快的曲子。她弹得遍数多了，我都能背下那旋律。

我乐观得太早了。我们聊天时，她对人生意义提出怀疑。我想起我们年轻时，外在压力大，反而缓解了内心焦虑。我给田田讲我们时代的故事，似乎离她的现实太远。在她看来，毛泽东得算古代人物了。有一天，她坐桌前望着窗外发呆。树影摇曳，午后的阳光闪烁。我摸摸她的额头，她凄然一笑，指指电脑上的一首英文诗。写的是季节转换与生死，红叶与青春血液，风与虚无。我问谁写的，她不好意思地点点头，“我。”

我琢磨是田田的天性救了她。我正读星相学的书。说到田田，那位隐身的星相学家忍不住赞叹：“世界上没有比O型双鱼座更好的人了。”“双鱼座女性拥有流水般柔软且纯朴的性格……适应力好到令人吃惊的地步。”我信。

田田的朋友圈几乎清一色亚洲人。问她怎么回事，她说在北京的朋友倒有不少欧洲白人，但就是受不了美国人。这不是种族歧视吗？在她看来，除了在国外住过的，美国人脑袋总体出了毛病。美国病的主要症状是感情肤浅表面化，视野狭窄，极度自我中心。她说她自己就得过美国病，不自知，两年前回北京被朋友们一通修理才治好。最近在学校讨论课上，大多数美国同学都支持打伊拉克。“美国就是要当超级大国!”“为了石油流点儿血也是值得的。”田田真想大喝一声：要是把你们都送上战场就不会这么说了。

友情可替代家庭的温暖。田田的朋友遍天下，但在戴维斯，她的友情尺度不得不重新调整。L是个皮肤黝黑的日裔女孩子，她生活中最大变化是从四十英里外的城市搬到这儿。她俩一起开车上学吃饭逛商店，形影不离，但几乎天天吵架，都是为些鸡毛蒜皮的小事。她至今还没有男朋友，理由是他们又丑又没意思。我跟她开玩笑说："你这辈子可别嫁不出去了。"

自田田出生到现在，我们分开的时间加起来有八年，今年秋天她就要上大学了。心中难免戚戚然。我开车送她上学给她做饭熨衣服。有朋友说："女孩子就是要惯的。"此话有理，当然也不能过头。最近我开始教她烧菜，逼她学开车，把我写的东西念给她听。我们成了无话不谈的好朋友。

在美国报考大学可谓人生大关，其程序之复杂表格之繁琐，让人发疯，更何况对一个生活巨变中的孩子。我硬着头皮读那些城砖般的参考书，跟她一起彻夜填表，请懂行的美国朋友做参谋……我自幼不喜欢上学，跟高等教育更是绝缘，可传统正召唤我带女儿回到人间正道上来。

我刚摆好饭菜，田田突然跳到我跟前，用她的小哑嗓朝我高唱《星语心愿》："……怪自己没有勇气/心痛得无法呼吸/找不到你留下的痕迹/眼睁睁看着你却无能为力/任你消失在世界的尽头/找不到坚强的理由/再也感觉不到你的温柔/告诉我星空在哪头/那里是否有尽头/就像流星许个心愿/让你知道我爱你。"

九

O马上要搬回上海了，临走前我下厨掌勺为他饯行，另请了几位朋友作陪。席间我打开瓶"五粮液"，他滴酒不沾，今晚破例，让我斟上小半杯。他抿了一口，叹息人生短促，老之将至。说到此，在那风吹日晒的黝黑脸膛闪过一丝无奈的自嘲。

他原是上海造船厂的工程师。九六年搬到萨克瑞门托，和表妹表妹夫合开了一家生物切片公司，但生意不好，他们只好各干各的，凑钱纳足美国的苛捐杂税，以营造公司正常运转的假象，为了合法居留，盼着有一天能拿到绿卡。表妹夫无一技之长，去餐馆打工；表妹学过中医，在一家中国人的诊所扎针灸；O则是能工巧匠，又身强力壮，从铺草地粉刷墙到修汽车跑单帮，从上房揭瓦刨地三尺到自动化发明精密仪器设计，他无所不能。

我们是通过朋友介绍认识的。在美国买房子置家产负债累累且不说，维护它比治国还难。单安装椅子就把我治了，那说明书看似简单，越琢磨越糊涂，颠来倒去，不是螺丝拧歪了，就是腿装反了……O成了我们家的上帝，几乎所有比安装椅子更复杂的活儿全都包了，只见他挥手之间，万物各就其位。

可每回结账都闹得面红耳赤：讨价还价是反向的——我坚持多付他非得少要。三年前，他买房子时有两个月无住处，我正好出门，请他和表妹来看家。此后收费就更难了，有时只好自己动手，对付对付算了。

他虽脑力劳动出身，却是那种毫不惜力的人：早出晚归，一年三百六十五天从不休息。九年来他只歇了三天，在朋友裹挟下去了趟迪士尼乐园。我估摸，那疯狂过山车让他对美国的印象更加眩晕。留在国内的妻子女儿都以为他在公司上班，衣冠楚楚，哪儿想到他整天日晒雨淋苦力地干活。他和家人分开了九年，这离愁别绪会平添多少白发。幸好这世上有电话且美国电话费便宜，他们彼此越洋呼叫，甚至连女儿做算术题都要由他指点。

女儿是我俩生活的共同主题之一。我跟我女儿分开了六年，他跟他女儿分开了九年。每回他笑谈起他女儿，我的心都会紧缩。他表面上是个乐观的人，总笑呵呵的，恐怕内心苦不堪言。他说他现在什么都信，无论何方神圣。

劳累之余，他纵身投入股票市场，把钱压在电子股上。在股市上扬的好年景，他日进斗金，每天出门干活前打开电脑，暗喜。谁知道其凶险深不可测。转眼间美国泡沫经济衰微，首先始于电子股，只见他买的股票直线下跌。其中一家让他热血沸腾的公司，从六十多美元一股的高峰先跌了一半，喘了口气，再一路下滑到每股五十美分的谷底，最后索性倒闭，血本无归。那阵子他每回上网都两眼发黑，一身冷汗。有时一天损失五千美元，干活挣的那点儿钱连零头都够不上。碰到抠门压价的，他干脆说今天义务劳动，分文不取，让人家目瞪口呆摸不着头脑。后来他不敢轻易上网了，偶尔为之，要先服镇静剂，打坐运气祈祷，免得犯心脏病。

再就是美国移民局和律师的“合谋”。移民局明知道这类小公司的困境，却照收苛捐杂税。他为了办绿卡，不得不请号称成功率百分之百的名律师，但费用昂贵，每小时二百五十美元，连打电话咨询都掐着表。终于熬到和移民官员面谈那一天，律师坐商务舱住高级宾馆好吃好喝好招待，费用计算精确，连打喷嚏在内，那一趟总共花了近万美元。最后移民官员摇摇头，让他回家等信。这一等就是半年多，税照缴不误，律师费一分不少。最后律师出主意，让他再花五千美元向最高法院上诉，讨个公道。三个月后被驳回，他只好卷铺盖回家。

那天在一家日本餐馆吃午饭，我们相对无言，像两台旧蒸汽机对着叹气。美国是许愿的土地，但对多数受苦受难的人来说却不肯兑现。当马丁·路德·金说“我有一个梦想”时，他内心充满了绝望。O也有一个梦想，就是在美国合法留下来。我想所谓命运，都是一种对失败者结局的合法化解释，其中包含强权的意志。O是个真正的发明家。由他设计的家庭自动音乐喷泉很受欢迎，完全应申请专利；他边干活边通过电话指点在美国造船厂的上海老同事，帮他解决难题……关键是他没有合法身份，只能处于地下状态。他告诉我，这些年他在美国损失了五十万美元，那都是按钟点挣来的血汗钱，如今两手空空，无颜面对父老乡亲。

酒酣耳热，他说临走前会把我家草地的喷水系统修好，另外他有个聚宝瓶传给我，叮嘱我多扔些硬币进去会带来财运。临近启程的日子，我多次打电话，只有他怪声怪调的英文录音：“这是某某生物切片公司，我暂时不在……”

那天我回家，一个聚宝瓶立在我家门口。

十

戴维斯的历史有很多疑点。比如，一八五〇年，当J. C. 戴维斯娶了J. B. 查尔斯上校的小女儿玛丽（Mary），有多大成分是政治与经济的联姻。从照片上看，玛丽可以说相当丑。来自俄亥俄州的戴维斯，仅十来年的工夫已成了本地首富之一。除了上万公顷的农场，他开了本县第一家乳酪厂，又和查尔斯上校等人经营过河的缆绳摆渡，仅此一项，他每个月所得近万美元。缆绳摆渡使他跨越了阶级界限，成了查尔斯上校的座上客，转而娶了比他小十二岁的玛丽。但不幸接踵而至。他们的独生女三岁早夭，连年的干旱和病虫害，加上内战后的高税收，逼他陆续把地卖掉，搬到萨克瑞门托，晚年当了个小芝麻官，郁郁而终。

戴维斯有一种农民的淳朴和狡猾，这两者在某些关键时刻相得益彰。但可悲的是，他即使爬到他家后院那棵最高的树上，也无法看见地平线以外——干旱病虫害南北内战，还有老年的孤寂。

我在市中心溜达，琢磨一个人和一个城镇的关系。自J. C. 戴维斯在这儿定居已有一百五十多年了。由于铁路，戴维斯从一个人成为村落。二十世纪初，由于教育的推动（加州大学伯克利分校的农场变成农学院），戴维斯从村落成为小镇。从五十年代至今，由于美国战后经济的繁荣，戴维斯从小镇成为城市。而戴维斯本人早就被遗忘，在人口急速而盲目的流动中，历史正被消解。

写到这儿，我上网打开邮箱，有一封来自阿姆斯特丹的姆伯基（Mbeki）先生的电子邮件，标明为商业机密。最近我交了财运。电子邮箱尽是非洲来信，有前总统的侄子，流亡将军的寡妇，被迫害的民主斗士的女儿。在悲惨故事的结局都有笔巨款，要通过我过户转到美国来，提成比例高达四分之一。眩晕之余，我也有些含糊。眼前这位发信人是津巴布韦黑人农民的长子。由于慕加贝（Robert Mugabe）总统推行的土改政策，很多富裕农民被杀害，他父亲也在其列。不知怎么回事，姆伯基先生现在跑到荷兰政治避难。他告诉我，死前父亲带他去约翰内斯堡，在一家私人保安公司存入毕生的血汗钱，折合为两百三十万美元，这笔钱将用来在瑞士购置农场。看来只要我点头配合，就能发笔横财。

这封信就这样进入我的写作——一个被谋杀的黑人农民试图取代我的J. C. 戴维斯。而连接两者的是历史的虚构性：一个是美国西部开发时代的老掉牙的传说，一个是非洲动荡政局外加金钱诱惑的电子版演义。若戴维斯当年收到这封来自非洲同行的信的话，他肯定会上当受骗的。有意思的是，电脑这个虚拟空间让J. C. 戴维斯和我，外加个身份不明的国际骗子聚首，而戴维斯的版图也因而扩展到非洲和欧洲，而政治避难国际资金流动正改变土地这传统话题。

我因分神而苦恼，也为某种共时性的幻觉而激动。可能的话，我想给戴维斯本人写信，问问他娶查尔斯上校的小女儿的动机。

十一

盖瑞·斯耐德（Gery Snyder）在我们小镇的索嘎斯（Soga's）餐馆门口等我们。他刚从日本开会回来，坐了十几个钟头的飞机，却毫无倦意。待坐定，女招待旋来转去，展示她那美好的身材。盖瑞先声明今晚由他请客，他在日本挣了一大笔日元。他知道，中国人会为争抢付账恨不得打起来。我说了声“好吧”。

当年在北京的旅馆房间头一次见到他和金斯堡，屈指一算快二十年了。记得他们行色匆匆，一个小时后要去机场。谈话是通过我的英译者杜伯妮（Bonnie S. McDougall）进行的。翻译是过滤，使对话变得像纯净水般单调乏味。他和艾伦有一种互补关系：艾伦好奇多动，像水银；盖瑞沉静自持，像水银容器。

没想到自九五年起，我竟和盖瑞成了同事——在同一所大学教书。我们可算得君子之交，打电话写信寄书致意，偶尔见见面。当我九七年夏天丢了饭碗，他拍案而起，联合其他英文系的教授上书给校长，未果。

他多次约我到他家做客，却一直未能如愿。首先是山高路远我没方向感不认识地图；再就是我们俩都是世界旅行者，很难找到重合的时间；接着他夫人得重病，不便打扰。这七年前发出的邀请至今有效。

盖瑞从这次的日本之行讲到《论语》，说到他最近重读时的感受。他说他年轻时就迷上了《论语》，其影响甚至超过了佛教道教。“那是一部伟大的书。”他感叹说。他是在西雅图祖父的奶牛场长大的，每天除了挤奶，就是面对单调的风景线。他对东方宗教感兴趣完全是偶然事件。十二岁那年，由他亲自喂养的小母牛生病死了，他悲痛欲绝。去教堂问牧师，小母牛能不能上天堂？牧师摇头说，动物是不能上天堂的。他很生气，既然小母牛不能上天堂，他也不想去了。而听说佛教强调众生平等，于是他转向东方。他自幼喜欢爬山。当看到几幅中国古代山水画时，他大为震惊：中国人画的山水才是最真实的——大概是由于西雅图的山和中国的山相似。

他大学毕业后，到加州大学伯克利分校读人类学和日文。在那儿结识了艾伦。一九五六年春，他在“垮掉一代”运动趋向高潮时急流勇退，告别了女友，东渡日本，在京都削发为僧，一待就是十二年。他本想去中国，但中国当时不开放，后听说日本仍有辩经的传统，这一点深深吸引了他。杰克·克鲁亚克（Jack Kerouac）以他为原型写了本小说《佛法游荡者》（Dhama Bums）。

女招待出现了，问是否可以收走盘子。她面无表情，涂红的嘴唇像冰雕一般。若她读过《佛法游荡者》不知会有何感想。

说起那些穷欢乐的日子，他眯缝的眼睛亮了。去日本前不久，他和艾伦一路搭车从伯克利向北。到了西雅图，他们走进华盛顿大学英文系，向在场的教授说：“我们是诗人，想为你们免费朗诵。”幸好那教授听说过他。朗诵会来了三百多人，艾伦朗诵了他的《嚎叫》。那时候除了年轻，他们什么都没有——身无分文。朗诵全都是免费的，好歹学校管饭，有热心人安排住处。第二年春天，他和艾伦又去印度朝圣。他从日本乘客船，艾伦从埃及搭汽艇，在庞培汇合后他们一起前往尼泊尔等地……

问他为什么不再当和尚。他神秘一笑，说："我太喜欢女人了。"他在京都和一个日本女人结婚还俗，师傅为他取名"听风居士"。搬回美国，他们在内华达山上自己盖房子建禅堂，生活多年后离异。前妻和他的好友结为连理，就住附近，一直还有来往。他和一个美国女人的婚姻没维持多久。在禅堂打坐时他认识了卡柔（Carole）——在美国出生的日本女人，终成眷属。卡柔不仅信佛，且喜欢爬山，可谓志同道合。他俩经常打背包上山数日，餐风饮露，听八面来风。

问起他是否有出世入世的困惑。他摇头否认说："这是中国文人的问题。"看来"远来的和尚好念经"这话是有道理的，他不会受限于经文与社会传统之间纠葛不清的互文关系。他是本地反砍伐林木运动的倡导者，经常开会演讲谈判，把那些私人木材商送上法庭。同时他也是国际环保组织的发言人之一。在他看来，环保是个全球性的问题。"全球化不仅破坏每个角落的生态平衡，也在消灭所有的区域性文化和弱势文化。"他警告说。他从日本给我带来礼物，是一块长方形的布，上面印满带鸟字部首的汉字。"天空鸟飞绝"，我想其中很多鸟已绝种了，这是篇悼文。

女招待闪现出来，问要不要甜点。这回她极力推销，好像她是那冰冷世界派来的代表。我们选了块巧克力蛋糕一起分享。

说到中东危机，他认为"只有时间可以溶解（dissolve）仇恨，只有通过一代代人的共存才能达到和解。而现任的美国政府是愚蠢到家了，他们只相信武力"。

最后说起他的青年时代——革命、性和毒品。我讲到自己抽大麻写诗的经验，当时觉得挺棒，醒后发现什么都不是。盖瑞笑着说："大麻狡猾狡猾的。看来你是个好诗人，没上当，而大多数抽大麻写诗的人醒后照样自以为了不起。"

餐厅空了，只剩下我们和几个坐在旁边叽叽喳喳聊天的女招待。门外，灯光与夜交融。我说好这个星期天上山到他家做客，以践七年之约。

十二

我跟S是在汉娜（Hannah）家认识的，那是九六年夏。女诗人汉娜曾做过钢琴老师。由她召集的诗歌小组，平均一两个月在她家聚一次。后来不知打哪儿来的加速度，大家都越来越忙，很难凑上合适的时间，只好散伙了。

S是那种一见难忘的人。她眼神坚定，面部线条明确生动。她说话快，似乎为证明语言的局限。她的诗中混合着女人的温情和伤痛。

诗歌小组解散后，我和S的联系如虚线般断断续续，但却有所指向——我们在互相辨认中老去。她长我两岁，转眼已满头花白。去年春天我参加代表团去看望围困中的巴勒斯坦作家，随后她代表一个国际诗歌网站采访了我。我女儿报考大学遇到危机，绝望中我想到S，她做过私立学校的学生顾问。头一次她跟田田谈话，仅三言两语，就解除了孩子心理上的紧张状态。我和田田都被美国大学的表格吓坏了，在S的引导下，我们终于走出了迷宫。

那天下午我们说完田田的事，S讲到家世，让我想到她那些让人心疼的诗句。秋天阳光没有穿透力，停留在我家白纱窗帘上，随风飘荡。

她父母相遇在旧金山，婚后第二年S出生了。父亲刚从欧洲战场回来，因战争创伤开始酗酒。S出生后不久全家搬到夏威夷，和一些画家住在一起。自然风光与画的互相投射，加上家庭危机的阴影，构成了她早年幻觉的来源。“那儿甚至有个茶楼（Tea House）。”她突兀地说，显然那是她童年生活的高光点。她后来成了画家，无疑与这一经历有关。

他们搬到南加州。因经济犯罪，父亲带全家逃往俄克拉荷马，那年S仅八岁。警察找上门来，押送父亲回加州服刑。保释出狱后，他在一家电台工作。母亲改嫁，弟弟跟父亲住在一起。父亲酒后越来越狂暴，追打虐待弟弟。当时刚上大学的S赶去，坚持要把弟弟带走。父亲威胁说，如果把弟弟带走，他就会死。S还是把弟弟带走了。一个月后，父亲因心脏病去世，年仅四十九岁。

说起父亲，S的脸被痛苦与骄傲的双重光芒照亮。“不喝酒时，他是个了不起的人，聪明能干。他没受过多少教育，却创办了北加州第一个脱口秀。”她转而感叹道，“我们家有那么多灾难和噩梦。”她父母双方都有家族精神病史，那是个巨大的阴影。

也许是自强不息的个性拯救了她。由于家庭动荡，从小学到中学她转了十三次学。六五年高中毕业后，她先上社区学院，再转入大学，半工半读，直到七七年才大学毕业。又花了十年工夫，当她拿到英文与创作的硕士学位时，已四十岁了。她成了她的家族头一个受过高等教育的人。

经历了一次失败的婚姻后，S在一家书店打工时结识了楼下开餐馆的D，他们很快就结合了。他们家庭和睦美满，一儿一女，已长大成人。“可就在结婚两周后，我年轻的丈夫患心肌梗塞，做了搭桥手术。”S补充道。

他们住在萨克瑞门托市中心一个安静的地段。那是个美国普通人的住所，陈设简单舒适。让客厅生辉的是S的画和雕塑。她画的是那种稚拙画，多为人物肖像，由响亮的平涂色块构成。这或许是再现童年经验的努力——重返半个世纪前的夏威夷，让那个在茶楼观景看画的小姑娘沉湎于奇妙的幻觉中。或许是她内在的光明，使她最终能过滤苦难的重重阴影。

D人高马大，慈眉善目。我们喝加冰的苏格兰威士忌，佐以饭前开胃小菜。D是一家厨具公司的经理。他总是笑呵呵的，能看得出他对S的百般呵护和由衷欣赏。他说他是“艺术的守护人”，这话是三十年前结婚时跟S说的。由于对艺术女神的爱，这三十年前的诺言至今有效。在他的支持下，S辞去了私立学校的工作，致力于写作画画，并照顾母亲。五年前她母亲中风，住进老人特护中心。S是我见过最孝顺的美国人，她每天早晚两次去医院陪母亲。

S为女为妻为母，养家写诗画画攻读硕士，其性格坚韧可想而知。我想是她从父母的悲剧中认知，必须保护自己的孩子不重蹈覆辙。那是历尽苦难的女人的心——宽厚坚强而无私。

“我有个秘密，不想带到坟墓里去。”她突然压低声音对我说，“孩子们不知道我的第一次婚姻。今年圣诞节他们回来度假，我打算告诉他们。”她显得有点紧张。我劝她说，孩子们会理解的。

今年除夕，我请S夫妇及其他朋友在中餐馆吃饭。我悄悄问她是否透露了那秘密。她眼睛一亮，徐徐舒了口气。“他们真伟大，一点儿也没责怪我。”

十三

一八二六年秋天，在瑞士一个小镇举办一场静悄悄的婚礼。这婚礼是必要的，因为孩子第二天就要出生了。孩子他爹叫约翰·萨特（Johann August Sutter），儿子跟他同名同姓。老萨特那时只有二十三岁。他曾在出版社学过徒，热爱书籍、华服和各种娱乐。后来做干果布匹生意，都失败了，因债台高筑而面临牢狱之灾。一八三四年五月十三日，他越过边境进入法国，再乘船到美国，留下债务、老婆和五个孩子。

他在新大陆到处闯荡，寻找机会。伪造了个军衔，他转身成了“萨特上尉”。一八三九年六月他乘船抵达现在的旧金山，那时还只是个小村子。墨西哥总督会见他时，被其殖民梦说服了，把方圆几十英里未开发的土地许给他。同年八月中旬，他和手下人乘帆船沿萨克瑞门托河（Sacramento River）逆流而上，在与美国河（American River）的交汇处落脚。接着他用土地为信贷，买下一家快要倒闭的俄国皮毛公司，连同牛马枪炮一起运到定居点。为防范持敌意的印第安人，他决定建造要塞，并用拉丁文命名他的王国为新瑞士（New Helvetia）。

我们一行三人来到萨特要塞（Sutter's Fort）。四年前德国的顾彬（Wolfgang Kubin）教授一家来做客，他的德文导游书把我们引到这儿。顾彬把解说词咀嚼一番，长叹了口气。顾彬叹气是常事，但那口特别。我琢磨，准是老萨特的非理性精神和虚荣心让他恼火。说来这要塞甚至比不上一个中国的地主宅院。土坯围墙约摸十五六英尺，其中包括面包炉铁匠铺木工房酒窖马棚。午后的阳光让人困倦。我们最后进入位于要塞中心的三层楼房，这里是制高点。

老萨特坐在他的办公室。他是个殖民时代的梦想家，其梦想是辽阔的疆土。在鼎盛时期，他占地近五万公顷，有牛马羊无数。他慷慨大方，为那些新移民免费提供食宿，派人上山营救困在风雪中长途跋涉的队伍。而瑞士的老婆孩子却挣扎在贫困线上，没任何资助。他感到内疚，以长子的名义要求扩充地盘。战乱爆发了，他为墨西哥出钱卖命，从冒牌上尉摇身一变成了民兵将领，总督赏给他更多的土地。墨西哥战败。一八五五年，美国联邦土地局起诉他，没收了三分之二的土地。

一八四八年一月二十四日下午，老萨特午睡后正在写信，只见他派去建锯厂的马索尔（James Marshall）匆匆赶来，神色怪异。他把一包金矿石放在桌上，说是在挖漕沟时发现的。老萨特叮嘱他千万保密。但这消息不胫而走，于是浩浩荡荡的淘金大军从四面八方拥来。

那黄金照亮的瞬间，成了老萨特一生的转折点。这种稀有矿石，本来能让他成为加州首富，最后却毁了他。转眼间，刚建立的帝国秩序土崩瓦解。他手下人纷纷辞职去淘金，外来者任意侵占他的土地。要塞成了输送矿工的中转站和各种交易的集市，人们顺手牵羊偷走他的财产。

同年九月小萨特抵达，目睹了席卷大地的淘金热。在被遗弃了十四年的儿子面前，老萨特感情复杂，让他羞愧的是其王国的衰败。他债台高筑，当年向俄国皮毛公司借的钱一拖再拖，对方要求以土地抵偿。他不得不把其财产转给小萨特。一八四九年年底，要塞以七千美元的低价卖掉。不久他妻子和另外四个孩子从瑞士来，全家团聚。老萨特决定退休，和家人住在他的豪克农场（Hock Farm），直到一八六五年夏天他们的房子被大火吞噬。

由于淘金热，萨克瑞门托河的码头附近日趋繁华。小萨特接手父亲的产业后不久，动了修建城市的念头。他出售土地，开始着手城市规划，大兴土木。他本想命名为萨特市（Sutterville），遭到另一地产商的反对后随即放弃。一八四八年年底，这未来的加州首府正式得名萨克瑞门托市。

消息传来，退隐农场的老萨特气坏了，他朝思暮想的王国——萨特市，因为这个不争气的儿子而灰飞烟灭。他试图从中作梗，但为时已晚。为此他一直不肯原谅小萨特。

小萨特不断出售土地以还清债务。他和父亲一样毫无商业头脑，不知道梦想与现实的界限。他的律师和地产商合伙坑骗他。病困交加中，他离开萨克瑞门托，在墨西哥一个港口城市定居。一八五五年，他回到加州，通过律师提交了一份完整的陈述，说明他和父亲是怎么上当受骗的。它六十年后得以发表，描述了淘金热中那些肮脏的交易，成为重要的历史文献。

老萨特去华盛顿告状，他想索回被剥夺的土地，并试图得到因当年帮助移民的某种补偿。这位殖民主义的冒险家，离开加州时一名不文。他和家人定居在华盛顿附近的小镇。这场官司旷日持久。一八八〇年六月十六日，国会休会，并未通过萨特法案。两天后，他死在国会山附近的小旅馆里。六个月后他的妻子病故，和他安葬在一起。

一九一五年夏天，小萨特的遗孀带女儿来到萨克瑞门托。小萨特的女儿写道：我和母亲作为墨西哥革命的难民回到萨克瑞门托，这实际上由我父亲创建并得益于他捐赠公园的城市，不仅没有对我们的某种认可，甚至可以说对我们关上大门。

十四

去年春天，艾略特（Eliot）从纽约来伯克利开会，我们一起去旧金山看望他的老朋友 G。他住在离金门公园不远的住宅区，相当僻静。G 长我一两岁，小个儿，蓄着胡子，说话快，多少有点儿神经质。他夫人 D 是尼加拉瓜诗人，雍容大方，有一种难以捉摸的美。那是两室一厅的单元，陈设简单，有一种匆忙的痕迹。原来他们刚搬家，书还没来得及拆包。聊了一会儿，我们去附近一家上海馆子吃午饭。G送给我他刚出版的诗集，以及他翻译的D的诗集。

一个多月后，我接到G的电话，他们夫妇要来戴维斯朗诵，约好一起吃晚饭。我们在“芥末籽”（Mustard Seed）意大利饭馆见面。由大学请客，连主宾带学生外加我们跟着蹭饭的，满满一长桌。一个尼加拉瓜女学生坐我身边，对D充满景仰，说她是她心目中的女英雄。席散兴未尽，我请他们夫妇到我家再喝一杯。杯觥交错中，只见他俩眉目传情，心有灵犀，要说岁数可不小了，竟有年轻人一般的恋情。那一晚，从美国底层生活到诗歌，从越战到拉丁美洲的革命，词语跳跃闪烁，在昏暗中拉开一幅历史的长卷。

G出生在匹兹堡一个工人家庭。爷爷是钢铁工人，因工伤失去了两条腿，却未得到赔偿。父亲是运送冰块的卡车司机，自幼他就常跟着父亲干活。他是个梦想家，常去博物馆图书馆闲逛。有一天，他从图书馆书架上抽出一本绿色封皮的书，装帧精美，让他叹为观止。这是十九世纪版的惠特曼的《草叶集》。就这样，一个大诗人和一个穷孩子相遇，前者把后者照亮。就在那一瞬间，他决定以后做个诗人。

由于跟父亲关系不好，他十二岁离开家。头两年还时不时回家看望母亲，以后就慢慢断了联系。他露宿街头，靠干各种苦活维生，但一直坚持上学。他常常泡在图书馆。在惠特曼的指引下，他开始写诗。十八岁那年他决定去当兵，这是继续受教育改变命运的唯一出路。

作为医务护理员，G先在利比亚的美军基地待了一年半。一九六九年三月，他被转到越南的野战医院。刚一到他就对那场血腥的战争充满厌恶，在每天的死亡面前，国家的谎言是多么苍白无力。这厌恶很快转变成行动：从秘密张贴反战标语开始，到拒绝每天早上的出操。一九七〇年年初，他被送上军事法庭。

“自一八九八年美国出兵跨过自己国界，这战争从来就没停止过，从媒体到政治家谋略，模式相似，但规模越来越大，越来越残酷。”G感叹道。

他在军事法庭上赢了。退伍后，他回美国上大学，最终拿到文学硕士，他搬到旧金山。他热爱东方文化，从中国古诗词到日本俳句，又从日本俳句转向武术。一九七八年，他去日本京都拜师习武一年，靠教英文维生。后来日本一家基金会请他去做访问学者，又是一年。

除了写诗教书办文学刊物，他还从事一项庞大的计划，即把诗歌贴在全美十六个城市的十四万辆公共汽车上。我就参与过这种集体阅读活动。由于车厢拥挤一旦你被卡在某个角度，那非读不可。

六年前，G在一个诗歌活动上遇见D，坠入情网，使两个传奇故事连在一起。

D出生在马那瓜（Managua）的一个文化世家，其家族成员几乎个个对尼加拉瓜的政治文化都有影响。她是在天主教学校那保守刻板的气氛中长大的，十七岁刚上大学她就卷入政治旋涡。在反对索摩查（Somoza）独裁统治的革命期间，作为民族解放阵线的战士，她一直从事地下斗争，最后成为流亡的山第诺电台（Radio Sandino）的播音员。革命胜利后，她进入尼加拉瓜新政府，做了文化部副部长。“那时我们的内阁成员大都二十多岁，每次出国开会都让人眼睛一亮。”她骄傲地对我说。

她在任期间，和当时的文化部长著名诗人卡丹泰尔（Emesto Cardental）密切合作。她主要负责的是拯救尼加拉瓜艺术，开展全国性的识字运动。他们组织各种诗歌工作坊，甚至连拳击手都在学写诗。这一传统持续至今。

他们告辞了，平行的车灯在黑暗中摸索。此后都忙，除了寄书写信发电子邮件，一直无缘见面，直到前不久，我们在爱尔兰的诗歌节上重逢。我朗诵时，由G介绍我并读我的诗的英译文。我们一起泡酒吧，在喧嚣中干杯。

我路上正好带着D的英译本诗集《凶猛的泡沫》（The Violent Foam），这书是他俩合译的。G在序言中这样写道：“D和我在本书互相转换，几乎可以说融化在一起，以至于她的童年成了我的童年，她的家庭成了我的家庭，反之亦然，在我们相遇之前，我们已有交融艺术理想的特殊经验。当我们相遇，诗歌成为我们双方生命的基础与动力……”

十五

去年春天，我在加州大学伯克利（Berkeley）分校教了一个学期的课，用中文教中国当代诗歌。三十来个学生多是华人子女，仅四五个美国人，都是学中文的研究生。据说伯克利分校亚裔已超过一半，而华人又占亚裔中的大多数。我这些年一直在英文的旋涡中挣扎。这回改用母语教书，踏实多了，像在浴缸泡澡。

我每周开车去伯克利两趟，课集中在周二周四。去时顺，回来因高峰时间堵车。倦意袭来，我掐大腿拧耳朵都无济于事，只好高唱革命歌曲。

伯克利校园西门总是热闹非凡。一路排开各种摊位，从环保宣传到反战呼吁，从学生会竞选到同性恋团体摇旗呐喊。大门外临街处，每天都有个瘦小枯干的中国人，像个北京七十年代的上访者。他站在凳子上，搂着个糊满莫名其妙的中文字的木头支架，声嘶力竭地用英文重复叫喊：“Happy O Happy!”细听下去，让他如此幸福的是中国加入联合国主办奥运会，故伯克利理应多用中文授课。常有个美国流浪汉跟着凑热闹，指鼻子破口大骂。但“上访者”骂不还口，继续为幸福呼喊。要说这类怪人多了，都集中在那一带，以上岁数的白人为主，或演讲或唱歌或自说自话。在我们办公楼前的草坪上，几乎每天有两个老头，用类似智力游戏的圈套把旁观者卷进去，乐此不疲。我估摸，这是六十年代造反的后果，那些在新时代找不着北的人无所适从，最后疯了。

美国政治主流总体来说是温和保守的，但也另有一种激进的传统，六十年代伯克利的学生运动即证明。六十年代是美国历史的重要转折。美国随着战后国家秩序的重建而进一步体制化，使年轻人在物化世界的压力下寻找内心资源。而大学生的成分也发生了变化。五十年代末，来自中产阶级家庭的孩子取代了免费上学的二战老兵，他们有更多的精力与时间从事课外活动，关注社会与政治，内心骚动开始向外寻找出路。矛头最先指向的是工作歧视，示威者们冲击旧金山的大百货公司，和警方发生冲突。一场波及全美国的人权运动开始了。

一九六四年秋，不顾校方严禁政治结社的规定，一个名叫言论自由运动的组织（SFM）在伯克利分校成立了。十月一日，一个原伯克利学生杰克·温伯格（Jack Weinberg），拒绝从学校行政大楼前的一张桌子上离开，被校警逮捕。于是上百名学生包围了警车，双方僵持到第二天晚上，温伯格被困在警车里长达三十二个小时。最后校方和 SFM 的谈判代表达成了协议，主修哲学的学生马瑞奥·萨维欧（Mario Savio）作为 SFM 的发言人，站在警车顶上让示威者“平静地站起来，有尊严地回家”。

不久，由于校方勒令 SFM 的领袖停课而导致新的冲突。十二月二日，在 SFM 的号召下，上千名学生拥进行政大楼静坐。第二天下午加州州长命令清场，六百名警察把学生一一抬出来。接着 SFM 号召罢课。十二月七日，校长在全校和解大会的讲话后，学生领袖萨维欧冲向讲台要求发言时被校警拦住并架走。第二天，校方放弃了严禁集会结社的禁令，SFM 赢了这一仗。

造反运动开始从校园转向社会。作为电视时代的第一代人，他们懂得如何用这种媒体。比如他们的集会通过电视台的晚间新闻深入人心，而杰克·温伯格那句名言“绝不信任三十岁以上的人”（Never trust anyone over thirty），也是通过电视广播而家喻户晓的。

一九六五年，约翰逊总统决定出兵越南。反战把伯克利的学生运动推向高潮。示威者们涌向奥克兰（Oakland）军事基地，要给那些即将上前线的官兵上课。与此同时，黑人运动从南方农村向全国大城市蔓延。一九六六年，“黑豹党”（Black Panther Party）在伯克利附近成立，提出暴力革命的主张。

与政治对抗相伴随的是文化及生活方式的反叛。有些年轻人提出用“性、大麻和摇滚乐”代替革命，由此形成的嬉皮运动一直持续到七十年代。这无疑与诗歌的影响有关。自五十年代起，旧金山就成了“垮掉一代”的大本营，包括金斯堡、斯耐德、邓肯和克鲁亚克等人。金斯堡和斯耐德还是在伯克利相识的，那时盖瑞·斯耐德是伯克利东亚系日本文学研究生。

由学生积极分子、露宿街头的嬉皮士和黑豹党成员共享的领地中，最著名的是人民公园。这块属于加州大学的空地，临时用作停车场。一九六九年春，一份当地最有影响的学生报纸，号召把它建成西方世界的文化政治的另类中心。五月十五日凌晨，人民公园四周被拦了起来。响应学生领袖号召，大家出发去占领公园。冲突中，一个围观者被警察开枪打死，上百人受伤。当时的州长里根宣布在伯克利戒严。五月三十日，大约两万五千人参加了盛大的和平集会。那更像狂欢节，大家唱歌跳舞抽大麻，把鲜花插在士兵的枪口上。我在一部纪录片中，看见蓄着大胡子的金斯堡在那游行队伍中。

那年夏天，一些理想主义者创建了一系列免费服务项目，造福于社区。其中最重要的是免费诊所（Free Clinic），一直持续至今。人民公园一案多年悬而未决，如今成了流浪汉的栖息之地。

进入七十年代，造反运动开始退潮。大多数学生积极分子毕业后成家立业，重新加入美国中产阶级行列。“性、大麻和摇滚乐”所代表的是一种在资产阶级内部的波西米亚式的反抗，对整个西方世界的影响是深远的，其后的西方主流文化都不得不作出相应的调整，包括多元文化等。以至于今天新一代的资产阶级形象，都带有六十年代经历的痕迹，融合了波西米亚人生活的风格与品味。这种只有六十年代形式而缺乏六十年代精神的整合，骨子里是相当保守的。当钟摆朝激进一方摆动时，它将会成为未来反叛的目标。

十六

早九点我和D开车出发，沿八十号州际公路转四十九号公路，过幽巴河（Yuba River）穿内华达城（Nevada City），在山里绕来绕去再上土路。按他事先传来的手绘地图和指示，还是迷了路。里程表显示为一百零五英里，即使刨去弯路，也超出了本文原定的范围。但盖瑞·斯耐德是例外，他生活在常人的想象以外。

盖瑞身穿牛仔裤棉坎肩，正在扫地。他夫人出远门看女儿去了。这是栋木结构的日本式房子，周围是附属性建筑，诸如劈柴棚工具间洗衣房和厕所。近有池塘，远有谷仓改建的书房。他说他有一百顷林地。“那么谁来照管呢?”我不禁问。“自然本身，”他说，再用中文重复：“自——然——”

他把我们让进屋，以茶待客。老式火炉烧着木柴，噼啪作响。室内高大宽敞，房顶呈圆形，是用红松圆木搭建而成的，光从天窗漏进来。D是建筑商，对其结构叹为观止。这房子是一九七〇年夏天他和几个朋友亲手建的。当时他们住帐篷生火做饭。五年前这房子翻修扩建，加出两间卧室和现代化浴室厕所。盖瑞领我们参观。卡柔患癌症多年，她的书桌上悬挂着各种颜色的纸鹤，共一千只，是她的亲戚们叠的，祝愿她早日康复。几幅唐卡十分醒目，主卧室挂的是药师王。他对唐卡中的每个人物及细节都了如指掌。

出门，细雨润无声。一种石兰科灌木含苞欲放，是春天最早的信号。穿过树林，我们来到一栋日本式的禅堂。脱鞋入内，宽敞明亮，可容百余人打坐。多是本地人，也有远道来的。这禅堂二十年前由大家义务劳动建成。

盖瑞走到香案前，燃香，双手合十，盘坐，击磬摇铃敲龟壳，念念有词。他用日文背诵摩诃般若波罗蜜多心经。完毕起身，再用英文解释：“色即是空，空即是色，受想行识亦复如是（Form is exactly emptiness/Emptiness is exactly form/Sensation, thought, impulse, consciousness are also like this）……”

我们来到由谷仓改建的书房，摆满书架。他的书桌井然有序，中间是笔记本电脑。盖瑞有五本书的计划，把我吓了一跳。他说每本书几乎都是靠长期不间断地写笔记完成的，前两年出版的长诗《无尽的山河》（Moutains and Rivers Without End）先后花了四十年工夫。

我们参观了金斯堡当年盖的房子。和盖瑞的相比，简直像个小土地庙。八十年代初，这小庙刚盖好后艾伦还常来小住。后来他从师于一位喇嘛，每年夏天改去科罗拉多州包德尔（Border）修行，于是连房子带地转卖给盖瑞。现在由他儿子住。D问起他当年为什么会选中这块地方。一九六六年春，他、金斯堡和另一朋友开车上山，到这里转了一个钟头，当场决定由他们三个人共同买下这块地，每公顷仅二百五十美元。

回到家中他准备午饭。我们围坐在火炉旁，吃火腿三明治外加朝鲜辣白菜，喝我带来的德国啤酒。说到即将来临的战争，他那饱经风霜的脸蒙上层阴影。他写了反战的诗，参加了东京的反战游行。但显得多少有些无奈，这毕竟不是六十年代了。我提到我女儿对美国病的诊断，他完全赞同。

谈到美国诗歌，他认为有两个传统，即理性的幻想（rational fancy）和诗意的想象（poetical imagination）。前者倾向于智力游戏，较抽象，使用文雅的书面语，从T. S. 艾略特到纽约诗派；后者往往处于边缘，时不时卷入政治，挑战正统与权威，使用活生生的口语，从布莱克（William Blake）、庞德（Ezra Pound）到邓肯（Robert Duncan），也包括“垮掉的一代”。说到时髦的语言派（Language School），盖瑞认为他们先写理论再写诗，其理论比诗有意思。

他刚退休不久，我问起他的教书经验。他告诉我说，即使他在学院里教书，仍是旁观者，英文系至少有一半以上的教授不理他，他倒也无所谓。他上创作课先告诉学生，别把写作当成职业，那最多只是张打猎许可证而已。

盖瑞说到东岸人和西岸人的区别，首先是地理位置。由于离欧洲近，东岸知识分子和艺术家受欧洲特别是英国的影响大，尤其在新英格兰，以中产阶级的白人为主，教育程度高，注重书本。而西岸和墨西哥接壤，与亚洲隔岸相望，受西班牙和东方的影响大。移民多，再加上印第安人，带来文化风俗上的多样化。再就是由于空间广大地势起伏，耕种采矿伐木等各样的体力活，使西岸人更注重和土地的关系。

他走到一张大幅的加州地形图前，从腰间抽出把折叠刀，用刀尖引导我们从地处平原的戴维斯出发，最终深入到他那隐藏在大地褶皱中的家。内华达山脉像人脑的沟回般展开。那刀尖又往重重高峰上移动。他和卡柔经常打背包爬山，到人烟绝迹的地方去。

临走，他送给我和D各一本他的选集。他先认真试笔再签名，字体苍劲有力。他说当年做守林员独自在瞭望台时，自己研墨，苦练中国书法。翻开这本厚厚的选集，扉页的英文题记来自《论语》：“子曰：‘学而时习之，不亦说乎？有朋自远方来，不亦乐乎？’”

（选自《香港文学》2005年第5期）

ABC 学中文

［美国］吴玲瑶

吴玲瑶（1951—　），女，福建金门人。高雄师范大学英语系毕业，中国文化大学西洋文学研究所硕士，美国洛杉矶加州大学语言学硕士。现旅居美国加州，专事写作。著有散文集《女人难为》、《幽默心情》、《比佛利传奇》、《非常幽默男女》等。

为什么要学中文？

许多在美国的华人父母，最忧心的是孩子的数典忘祖，如竟然会问出这种话："为什么一定要吃中国菜？为什么要说中国话？为什么要上中文学校？"一连串的认同问题，听得爸妈心惊不已。

问题是父母有时也说不出一套比较能服人的道理，有的只会说：中国人受了不少苦难，五千年文化受过多少摧残……如果这一点没有让"小二世"感动，就开始讲自己的童年有多苦，如何从艰困中走出来，混到今日能提供孩子丰衣足食的生活，再加上："你爷爷更可怜，他不但参加过八年抗战，还逃过难。"但就是说不清家族的颠沛，时间的辛酸，和某种凝聚的意识以及孩子学中文的关系。

听得似懂非懂的"ABC"模糊地觉得，他对上一代的受苦要负责任，眼睛开始迷茫起来："噢，就是这个原因？我必须维持中国传统？但我不想吃苦，不想管那些 stupid 的中国事情。"

"孩子啊，你很聪明，我告诉你，我们中国人在美国，永远是黄皮肤黑头发，你没有读过前一阵子《华尔街日报》的一篇报导吗？百分之八十在美国的中国人，还是认为自己是中国人，看中国报，吃中国饭，和中国人来往，你可不能当那百分之二十的例外啊！"横亘在两代间的是无奈，有可能因为不能熟练另一种语言而变得更隔阂。

也许老爸老妈是工程博士或管理硕士，但是提起中国文化却说不出个所以然，不知道是不是以前考理工科系不考历史地理的原因，想来想去想不出什么具体的道理。而在国外又不能用接近暴力的话说："没有为什么，只因为我是你老子，老子的话说了算。"最多只能说："你长大以后会懂的，那时候你会感激爸妈逼你学中文。"问题是孩子觉得现在的日子就过不下去了，还管你长大以后怎样？周末的时间被笨笨的中文学校占据了，不能打球不能参加美国学校的活动，是很遗憾的事情。有时爸妈突然想讲点中国古老的忠孝节义故事给孩子听，但却发现自己记得不够完整，每星期为孩子不肯去中文学校而烦恼，天天讲条件，各种威迫利诱各种手段都用尽了，不知收到多少成效。父母去除不了那种隐忧，那种焦虑，是捧之弃之，还是近之远之的矛盾？

误听误说笑话多

因为是被父母押着来的，要引发他们学习的兴趣，变成做老师家长的责任。在准备教材上，老师家长总得想尽办法来“娱乐”孩子。教中文横写由右到左或由左到右的问题，要能举出有趣的例子，说不能把“好学不倦”看成“倦不学好”，把“长生不老”读成“老不生长”；招牌上的“手扒鸡”不是“鸡扒手”；卖房子的广告上说的是“绝不淹水”，不会是“水淹不绝”。

教孩子标点的时候，老师得先讲故事，想到的是：一个妈妈，留纸条给孩子说“大便当里装的是饭，小便当里装的是菜”；如果不加标点，会变成了：“大便当饭，小便当菜”，断句的地方不对就意思全错了。

在陪孩子学中文的路上，许多家庭都经历过又好气又好笑的事情，一路走来有太多可以分享的经验，中文学校的老师收集了一箩筐孩子造词造句的怪话。

教造词造句时，一个“发”字，他们能造出“发明”和“发现”的词，接着是“我爸爸发现了我妈妈，发明了我”。这样的句子也算是有创意的了。要他们用“一直”造句，说的是：“我一直是一个人。”算对还是算错？“陆陆续续”造成：“天黑了，我的爸爸陆陆续续地回来了。”他们能懒到用最简单的字句来搪塞老师的规定，甚至想出“我不知道什么是 XY”的句型来套用在任何需要造的词句上，如此做完一排造句，还是不明白其中任何一词的意思。

为美国孩子设计的中文 SAT 考题，已经是尽量考量这儿的情况，非常生活化，但还是常常看他们出笑话，“今日公休”孩子说是“今天是祖父休息的日子”，问他们说如果店门口贴的广告写的是：“本店名菜是北京烤鸭，这个店里卖的是什么？”还是有孩子回答说是：“宠物店。”

回首认同

年年难过年年过，在与孩子学中文的拉扯上有输有赢，有可能养出了一些外黄内白的香蕉，但许多父母还是传来捷报，说高兴的是孩子大到自己能思考、会认同的时候，寻根成为父母最喜欢听到的话题，到了大学想选修中文，交同文同种的朋友，Asia Studies 能引起他们的兴趣。

朋友间流行着几则笑话，一位妈妈兴高采烈地叙述她的女儿在大学里选中文的趣谈，因为女儿的老师是北京来的，她也因此满口京片子，听在台湾来的妈妈耳朵里有时候还真怪怪的不习惯，一次女儿问妈妈说：“妈妈，什么叫恶心？”妈妈想了想竟然回答她说：“说中国话不该卷舌的地方卷舌，别人听了鸡皮疙瘩全起来，这就是恶心。”不知道孩子能不能体会这种幽默？

另外一位上柏克莱大学的孩子，中文不怎么好，能听懂，但大字没认得几个，比较文言的话和成语，常常有麻烦，却被分配到和一个台湾来的中国孩子住，有一天接到孩子的电话说："妈妈，刚才我的室友约我出去玩，我说明天要考试不能和他出去，他说了一句什么成语我听不懂，好像是说我 Rotten Melon，是不是骂我的意思？"

解释了当时的情况，妈妈总算弄懂原来孩子的室友只是说他："你要把书念得滚瓜烂熟不成？"并没有骂人的成分在内，经过了这样的尴尬误会，孩子觉得他应该去选修中文，才不至于把"武则天"听成是百货公司打五折的日子；把"不白之冤"想成是黑人受了冤枉；把"口若悬河"认为是一面说话一面喷口水；把"绝代佳人"误会成没有生孩子的美人；把"雪霁天晴朗，腊梅处处香"唱成"辣妹处处香"。

东学一点西凑一些，每个"ABC"成长的过程中，都抵不过父母的坚持，多少能说一些中文，如果再经过认同寻根，能背李白的"床前明月光"，低头思起爸妈的华夏故乡，已经让父母十分安慰了。

（选自《美国华人名家散文精选》，中国青年出版社 2001 年 1 月版）

一个中国女子与一个美国外交官的婚姻

［美国］严歌苓

严歌苓（1958— ），女，出生于上海。十二岁参军，学习舞蹈，从军十五年。在部队时即开始文学创作。1986年发表第一部长篇小说，1989年赴美留学，在美国芝加哥哥伦比亚艺术学院获得硕士学位。现居美国。著有长篇小说《绿血》、《一个女兵的悄悄话》、《雌性的草地》、《人寰》、《草鞋权贵》、《扶桑》、《第九个寡妇》、《一个女人的史诗》，短篇小说集《少女小渔》、《海那边》、《吴川是个黄女孩》等。

媒是我的一位幼年时期女友做的。半夜，她打来长途电话，语气热烈地介绍道："他是外交官！中文讲得跟我一样好！……认识一下有什么关系？成就成，不成就拿他练练英文嘛！"

我想，女人千般百种，但在爱逛商店和爱做媒这两件事上，大多相似。此女友是我幼儿园里的小伙伴，从第一次婚姻中走出来的我即便对全人类都没了信赖，对这女友，我还是有一句听一句的。当然，对于一个年轻的美国外交官，我也难按捺油然而生的好奇。

六点半左右，我在女友的公寓准备晚餐。听叩门，我迎去，一个大个子美国青年站在门口，脖子上的细链吊着一块牌子：上面写"美国国务院/劳伦斯·沃克"。我们握手的一瞬，谁也不曾料到这块进入美国国务院的牌照将会是那么一种下落。更没想到，这个随意的相会在我和劳伦斯的生命中埋伏了那么戏剧性的一笔。

劳伦斯的确操一口标准国语，不时还带出北方人的卷舌音，说"一会"，他是"一会儿"；说"花"，他必说"花儿"。一问，原来他在美国驻中国沈阳的领事馆任了两年的领事。他的随和、健谈立即冲淡了这类会晤的窘迫。我挂好他的外衣后对他说："抱歉，我还得接着做晚饭，你先在客厅坐一会！"

他笑嘻嘻地说："我可以在厨房里陪你聊天儿！"

他于是一条胳膊肘斜撑在厨房餐柜上，跟我东拉西扯起来，三句话必有两句会逗我大笑。幽默至此的人，我还是头回遇见。谈了近一小时，我发现不是我拿他练英文，而是让他拿我练中文了。晚餐备好，女友回来，看着已谈得极熟的劳伦斯和我，打趣道："我感觉自己是个陌生人，错闯到别人家去了！"

不久，劳伦斯和我真处成了好朋友。他常领我去参观各种博物馆，从艺术到科技，从天文到历史。他进每个博物馆都免费，因为他每年收入的一部分都捐到各个馆中去了。一天，我跟他走过国务院大楼附近的一条街，他神色有些不对劲，那种天生成的嬉闹逗趣，忽然全不见了，眼睛里有的只是警觉。他对我说："你最好装着不认识我。"

“为什么?”我纳闷地问。

“我不想让熟人碰见。”他有些尴尬地说。

“为什么?”我自认为自己还不至于使一个并肩走路的男人尴尬。

他支吾。

等我们在一个饭馆落了座，我仍是耿耿于怀，半打趣地问他：“怎么啦，跟一个中国姑娘一道走有伤体面?”

他忙解释，绝对不是因为我。他微拧眉头，身子凑我近些，说：“你知道，美国外交官是不允许跟共产党国家的人结婚的。”

我头一个反应是：他在胡扯，要不就是逗逗我。

“有那么严重?”我问。

“我希望没那么严重。不过在我们关系没确定之前，我还是应该保护自己，也保护你。不然他们会来麻烦你的。”

我想，保护他自己该是最真实的顾虑，美国人嘛，保护自己，是顶正当、顶正义的一件事。我还是认为他在故弄玄虚，在他们美国人太过温饱平和的生活里制造刺激。

我笑了，对他说：“你是 CIA 吧?”

“不是。是也不会告诉你。”他睁着诚实的蓝眼睛。

“那你肯定是!”我靠回椅背，感觉脸上的笑容已狡黠起来。

“真不是!”他又急又委屈。“是的话，我绝不会答应去见你！我只是一名普通的外交官！美国在 50 年代初制定了外交官纪律，跟任何一个共产党国家的公民建立密切关系，都要马上向安全部门汇报。”

我又对着他瞅一会，才认定他不在开玩笑。

“那就不要和我建立密切关系。”我说，带一点挖苦。

“我想辞职。”他说。

我吃一惊：“值得吗?”

“我宁愿牺牲我的职业。”他说到此沉默了，似乎在品味这场牺牲的意味。对于精通八国语言的三十二岁的劳伦斯，做外交官应该是种最合理的选择，甚至是仅有的选择。他天性爱游走，着迷于全世界的各种人文、地理，辞去外交官的职业，无疑是一种不得已的放弃。

“就没有其他通融方法了吗?”我问，焦虑起来。

他笑笑：“我辞职，比他们把我踢出来好。”

几天中，我脑子里一直盘旋着这个问题：难道我与他的结合必须以他失业做代价吗？难道他在我和他的事业之间必须做一场哈姆雷特式的“To be or not to be”的抉择吗？好在我们并不在一个城市，我的学校在中部，距离可容我将这事冷静地思量。我俩都想安安稳稳相处一个阶段，一方面加深相互间的了解；另一方面，他必须暗中联系工作，一旦外交部向他发难，他不至于加入失业大军。

一年后的一个下午，我如常来到学校，一进教室，几个同学眼神异样地瞅住了我。

我是系里唯一的东方人，所以我习惯被“瞅”。然而这回却不同。课间，一个年纪小的男同学跑到我身边来：“你干了什么了?”

我反问：“我干了什么了?”

“上课前有个FBI的家伙来找系主任和几个同学谈话，调查你的情况！我估计他是反间谍部门的……”

那么就是说，我正被怀疑为间谍?我吃惊得说不出话来。

“你敢肯定你什么也没干过?”他又问我，故意压低声，还机警地四处看看。虽然他们常在法律边缘挑衅，但真正让FBI操心的时候还不算多。

“FBI怎么会知道我?”

“听说是因为你的男朋友，是他把你的资料提供给他们的!”

回到公寓，我马上给劳伦斯打长途。的确是他“供”出了我。在不久前的一次外交官安全测试中，他在表格中填了我的名字和我的背景材料。在他对我俩关系的阐述中，他老实巴交写上了“趋向婚姻”。

“你没必要现在就讲实话呀！你不是在争取被派往罗马吗?”我急问。

“我们宣誓过：对国家要百分之百的诚实!”他答。

电话中他还告诉我，刚填完“安全测试”表格，他便收到去罗马的委任书。我早了解到他对罗马和意大利的向往。他兴奋地开始计划，他将带我去看哪些建筑、哪些博物馆；他还告诉我，他的意大利语已通过了考试，但他仍找了位私人教师，个别辅导他的口语。我的心似乎松下来，也许美国在冷战时期建立的规章已名存实亡，我和劳伦斯的关系或许不会给他的事业带来太大的害处。我告诉他：只要能帮他保住外交官这个不错的饭碗，我不介意FBI的打扰。

“FBI?”他吃惊道，“他们找你干嘛?”

“他们不是根据你提供的资料调查我吗?”

“不可能！我填的安全测试表格是国务院安全部发的，FBI绝没有可能拿到它!”他疑惑道，“你是不是听错了，把别的安全部门当成了FBI?即使是FBI，也不会这么快——我刚刚在表格上填了你的名字，他们已经找到你学校里去了……”

我说但愿我搞错了，还希望这是那男同学跟我开玩笑。

然而，就在当晚，我接到一个陌生人的电话。是个十分和气的男声：“……别紧张，我是FBI的调查员。”他说，“请你明天上午到我办公室来一趟，好吗?”

我答应了，心“突突”直跳。这个约会辞令已很不美国化了；男人约见女人，首先该问女人何时最方便，由女人决定时间，而这位调查员却指定时间、地点。挂上电话不久，铃又响，拿起听筒，竟然还是那位调查员！这次他一字不提我和劳伦斯，天南海北跟我聊起来。他的中文带浓重的山东口音，我得费些劲才听懂。他的话题渐渐转向他的女儿——一个从南韩过继来的小女孩。整整一小时，他在与我探讨这个三岁的南韩小姑娘的心理与行为。我只得捧着电话认真应付他，心里明白他的“闲话”不闲。

第二天上午，我准时来到了FBI的办公地点，却不见任何人在会客室等我。十分钟过去，从侧门走出一个二十七八岁的男子，以标准的中文对我说，约见我的那位调查员生了病，只得由他代替来与我谈话。我跟他走进一间很小的房间，里面的陈设一看便知是审问者与被审问者的席位，四壁无窗，气氛单调得怵人。审问者倒是客客气气，不断提问，我回答时他就一一往纸上写。不一会我发现他的提问兜了个圈子回来了，我原本流畅地对答，变得越来越吞吐。我发现他在摧毁我的逻辑，而逻辑是我的防卫。我看着他带有白种人冷漠的礼貌的脸，突然弄不清自己是好人还是坏人。

几天后，两个朋友给我打电话，说他们都受到了 FBI 的盘查，中心内容是核实我的证词。

我开始抗议，拒绝跟这帮调查员再谈一个字。马上，劳伦斯那边感到了压力。他打电话给我，口气很急："为了调查能尽快结束，请你忍一忍，配合一下！"

"我是个中国人，你们美国要做得太过分，我可以马上离开这个国家！早就看够了这种事——我从小到大的生活中，有这种审问的记忆！我以为美国是个最自由的国度……"我又悲又愤，哑了口。

"请你忍一忍，好吗？等我们结了婚……"

我厉声打断他："我宁可不结婚！"

劳伦斯在那边顿时沉默了。他意识到我生活中的宁静的确是被这婚约毁掉的；我的确因为他而失去了跻身于无名之众的安全和自由。我不敢肯定我的每个电话，每次外出是否处于某种监视之下。最大的讽刺在于：我是在美国懂得了"人权"这字眼，而懂得之后，又必须对这个神圣的权力一再割让。亦或许，他们的人权是有种族条件的，对一个我这样的外国人，他们以为只要有十层虚伪的礼貌就可以全无顾忌地践踏过来。

劳伦斯在电话里流露出恳求的语气："你一定要忍耐，就算为了我，好吗？"

我答应了。我已意识到在这里做外国人是次等人种；次等人的人权，自然分量质量都不足。

转而，他兴奋地告诉我，他已收到了美国驻意大利使馆的欢迎函，以及他的职务安排、住房、津贴计划，等等。我想，也许我的忍耐会给我俩带来美好结局，那么就忍吧。

半个月过去，那个带山东口音的调查员再次露头。他请我去他的办公室会谈，却再次迟到半小时。此调查员先生四十岁左右，个不高，有无必要都张开嘴哈哈大笑，有种乱真的山东式豪爽。当你看到他一双油滑的灰眼睛时，你知道他的心根本不会笑。

"请坐请坐，我们已经是朋友了！"他哈哈道。

我不置可否。

"怎么样啊？你和劳伦斯什么时候结婚？"

"还没计划。"我笑笑。

他装着看不见我脸上的疲惫，和挣扎着压下去的反感。

又是一间不见天日的小屋。他开始问我父母的出生年月日，以及我自己在哪年哪月哪日做了哪件事。我仔细地一一答对，一个数字上的误差就会被认为成谎言。谎言不可能被精确地重复。

“这些问题，上次那位调查员已经问过四遍了！”我终于苦笑着说。

“是吗？不过我是头一次问你，不是吗？你的每件事对我都是闻所未闻！”他摇头晃脑地用着成语。

我突然意识到，上次他根本不是因病失约。他成心让那个年轻调查员先盘问我，目的是找出我两次答对中不相符的地方，那将是他们揭开我“真相”的索引。

问答还算顺畅。我有什么好瞒呢——出身于文学家族的我十二岁成为军队歌舞团的舞蹈演员，二十岁成为小说家，祖祖辈辈没出现过政治人物的家族繁衍到我，政治观念已退化到了零。

“Is your father a member of communist party?”

他突然改成英语问。我明白他的用心：他想制造出无数个“冷不防”。我在母语上的设防，极可能在第二语言中失守。一瞬间犹豫，我说：“是的。”

问答又顺畅起来，如此持续了半小时，他无缘无故再次山东味十足地哈哈大笑起来，说我的合作十分理想。我心松弛下来。他一面收拾桌上的案卷，一面不经意地对我说：“有件小小的事还得劳驾你协作。”

“什么事?”

“假如我们要做一次测谎试验，你是否会答应?”

这太意外了，我企图看透他似地睁大眼。

“绝不会费你太长时间，”他开导我，“这样可以大大加速调查进程。”

一时间我想到劳伦斯的话，“请一定再忍耐一下，就算为了我！”

我点点头。

晚上我在电话上冷静地告诉劳伦斯，我接受了做测谎试验的要求。他那边炸了：“你怎么可以接受这种无理要求？这简直是人身侮辱！只有对犯罪嫌疑才能提这样的要求！”

“那我怎么办？你以为我情愿?”我气恼并充满委屈。

“我要起诉他们！这已经成了迫害！……”他冲动地喊起来。

“让他们测验好了，我反正句句是真话，怕什么！”我也大起声，心里更屈，觉得自己忍让至此，他倒毫不领情。

“这不仅侮辱你，也是对我的侮辱！你不应该答应！”

我抢白道：“我也不应该接受你的求婚，不应该来这个貌似自由的鬼国家！”我一吐为快地说。

我挂断电话，独自坐在没开灯的房间里，一种寄居异国的孤独感头一次那样真实可触地浮现了。原来，我并没有着陆；这个国家不允许我着陆；我仍在一片茫然中孤零零地飘。

劳伦斯第二天突然飞抵芝加哥，他很不放心我的情绪。我告诉他，我不愿为这场婚姻给他和我的生活造成那么多麻烦；我不想任何人推测我怀有某种意图来靠近一个美国外交官；如此推测是对我尊严的侵犯，是对我人格的贬低。并且我也看到，我和他之间存在着两个国家，两个为了各自政治目的而斗争了近半个世纪的国家。

“你别再跟我来往了。”我说。

“事情不像你想的那么严重，也许这只是例行的调查。”他安慰我，心里却十分没底。

劳伦斯回去后，打电话告诉我，他赴意大利的行期已定，他已向上级递了通知：在赴任前和我结婚。

“现在没事了——也许这场调查的结果是令他们满意的，否则他们早就该取消我去罗马的调令了……”他说，带着侥幸者的喜气，“他们再不会要你去做测谎试验了！”

我也感到了释然，情绪好转，与他讨论起罗马的旅行来。电话刚撂下，门铃响，从窥视孔看出去，我又傻了：来者竟是那个矮个调查员。

“很巧，我散步时发现你几乎是我的邻居！”他笑哈哈说道。

第一个直觉便是：几天来他监视了我和劳伦斯的行动。

我让他进门，让他以“浏览”为名侦察了我房内的一切。

“最近你忙什么呐？”我问道。

“很忙。”他答非所问。

“是不是你们必须创造一些事来让自己忙？”

他看我一眼，大概在琢磨我的出言不逊是出于坏的英文还是出于坏的教养。

“对了，我上次忘了告诉你日期，”他说，“你不是已经答应了吗——就是那个测谎试验？我想请你去填一张表，签个名，表示自愿做这个试验。”

我看也不看他，忙说：“好的。”心想，事情还能坏到哪儿去呢？坏到头，就该好了吧？

几天后，我却又接到一个电话，那人自我介绍道：“我是外交部安全部的，我可以和你谈一次吗？”

交谈开始前，我告诉这位友善得多的先生，FBI 已无数次向我提问过。

“FBI？”他大吃一惊：“这事与他们有什么相干？这属于外交部内部的安全问题……FBI 怎么可能知道这件事的呢？”他逐渐显得愤怒和困惑，“你有把握这些人是 FBI 吗？”

“我去了他们在芝加哥的总部。”我说。

“活见鬼，他们有什么权力干涉外交官的安全审查？”他瞪圆眼睛，向我张开两个巴掌。

我拿不准他们是不是在跟我唱红脸、白脸。

他带推敲地说：“我接到上级通知，说劳伦斯宣布和你结婚，我才来对你们例行调查。完全是例行公事！FBI 告诉你对你审查的理由了吗？你不觉得这是很无理的吗？”

我摇头耸肩，我不能完全相信他的话，尽管他比 FBI 少了些警察气。对话完毕，我问：“下次谈话在什么时间？”

他惊讶地笑一下："下次？我想我们这次谈得很成功，不需要下次了，不是吗?"

我长吁一口气。他送我出门时又说："你看上去很焦急，千万别。你们一定会结婚的，一定会一块去罗马的，我预先祝贺你们!"

星期四我上完了课，如约来到FBI总部，坐在接待室那张熟悉的沙发上等待。矮个调查员满面春风地迎出来，手里拿着一张表格，嘴里打着惯常的口不由衷的哈哈。

我刚要伸手接表格，他却突然一缩手，说："我希望这里面不带任何强迫。"

我无表情地咧咧嘴，意在表现一种"死猪不怕开水烫"的大无畏。

"我希望这完全是出于自愿。"他更强调地说。

我说我明白。表格被郑重地递到我手中。我拿出笔，用力瞅他一眼。往这张表上签名的是什么人？骗子？小偷？杀人犯？……没有比让一个说尽实话的人做测谎试验更屈辱的事了。

我还是像一切骗子、小偷、杀人犯一样顺从地签了名。

回到家天已黑，答话机上信号灯闪烁，我打开它。上面竟是劳伦斯气急败坏的声音："……今天下午一点半，我得到国务院通知：我已不再有资格进出国务院大楼！……我去罗马的委任令也被撤销!"

我不相信自己的听觉，马上打电话过去。劳伦斯正愤怒得冒烟："他妈的！安全部刚刚来人让我马上交回国务院大楼的出入证……"

我立刻回忆起第一次见他时他胸前挂的那块牌子。

"你交了吗?"我问。

"我坚持要他们拿收据来，我才交……"他口气越来越急，我怎么劝他也安静不下来。从他不太成句的话里，我完全能想象他最后那个激烈却徒劳的行动：他接过收据后，将那张出入证一把夺回，狠狠用剪子铰成碎片。

我突然意识到，在我往测谎试验的表格上签字时，劳伦斯的命运其实已被决定了；就是说，FBI在向我强调这个测谎纯属我自愿的时候，已知道了外交部对劳伦斯的处置。为什么还不放过我呢?

我们在电话的两端沮丧着，沉默着，同时感到我们各自背负的国家是多么沉重。20世纪末了，我和劳伦斯的结合还必须经历如此一幕；似乎古典，似乎荒诞。

"还没完呢——我还得去做那个测谎试验。"我说。

"让他们去见鬼!"劳伦斯说。

"可我今天已经签了名，同意做了……"

"从此以后，他们要再打电话来烦你，就直接对他们说：嗨，去见鬼!"

我想这大概是劳伦斯有生以来最愤怒的一次。他连夜给他认识的一位女议员写了信，将此事做了控诉性的陈述。几天后，女议员回信了，非常震惊，说她无法相信美国竟存在着这样的一条规戒，更无法相信这条规戒真的被用来处理了一位普通外交官的婚姻选择。震惊之余，她表示遗憾，因为她不能为我们的损失做任何补救了；她所能做的，是在国会提案，争取改变这条规定，不使任何其他人重复我们的不幸。

一九九二年秋天，劳伦斯和我在旧金山结了婚。他得益于自己的语言天赋，很轻易便在德国政府资助的商会找到了工作，并负责西部分会。日子是宁静的、明朗的，但我仍会冒出这么个念头：他们真的放我长假了吗？我身后真的不再有眼睛、电话上不再有耳朵了吗？会不会哪一天突然跑来个人，又客套又威逼地邀请我去做测谎试验？

……谁知道。

（选自《回忆的季节》，中国工人出版社 2001 年 4 月版）

走过四季

［美国］吕　红

吕红，女，20世纪60年代生于武汉。毕业于武汉大学中文系。现为美国华文文艺界协会副会长、《红杉林》文学刊物主编。著有长篇小说《美国情人》、散文集《女人的白宫》、小说集《红颜沧桑》等。

秋 Autumn

俄亥俄州的秋天总给人一种凄艳的感觉，高速公路两旁漫山遍野的各色植物火一般地燃烧，宛若绚丽而短暂的梦。而雅典城（Athens）的秋，自有几分醉意迷离的美。

然对于初到异邦步履蹒跚前景渺茫的我来说，却是少有心境去欣赏那落叶缤纷、风摇廊铃的满园秋色了。在这1804年就已经诞生，春来冬去、花开花落经历了近二百年风霜的大学城，我开始了旅美的第一程。

天空阴沉沉的，西北风刮得人凉丝丝的。刚刚过了感恩节——老美的家庭团聚日，类似于华人的中秋节吧。学校及各公共场所放假四天，到处关门，冷冷清清，一片慵懒景象。圣诞节前许多留学生都跑大城市去为教会摇铃了，小城显得更加人烟稀少。

仅仅一周，秋日那斑斓而丰满的深红或金黄色树叶已经落光，一下子变得像个垂暮的妇人，灰秃秃的，失去了往日鲜活的生气与动人的魅力。这时节，谁能看出是众人仰慕的美国？

通宵写作"开夜车"到凌晨5点多，故稍迟一些起床，随便弄了点吃的填填肚子，就到门外瞅瞅有没去学校的车。正踌躇着，忽然对面二楼窗户"啪"地打开，一个男生的头探出来问："你在等谁呢？"他脸上笑笑的，似表示关切。我说在看有没有顺车搭。问他今天是否去学校？他说要等吃饭以后，大概1点钟吧。我这才发现他在桌前作业。三十好几的人这般苦读书，奔波在外也怪不容易。小伙子原在北京某部委工作，干得好好的，忽然说走就走了。据称实在看不惯某些不良风气，且抵挡不住出国留学的诱惑，跑到小城市来受这份洋罪。可见这年头能在美国混的都不简单，也都有一本难念的经。

看时间差不多了，我上楼去找他。厅内显得人丁兴旺，做的做吃的吃，与我住处的冷寂形成对比。小伙子正埋头大嚼馒头和胡萝卜丝炒肉丝。他说要先去修轮胎后才能去学校，所以我要再等上20分钟。我问，那地方有卖车的吗？他说，那是专门修理轮胎的。你真是想车想疯了。我说那当然——最主要就是不想麻烦别人。折腾数月，买车梦几乎快成泡影。随便聊了两句，不想打扰人家进食，便说等你吃完叫我吧，转身正要走，他忽然说：噢，我想起来，我 4 点钟才有个 meeting，其实我完全用不着这么早去学校，真是，我最烦和那班小毛孩在一起了。他的眼睛看着我，咕噜几句。我一听，急忙问："你意思是我搭不了你的车？""I'm sorry."他耸耸肩。

他话音未落，我拔腿就走，同时也丢一句"对不起"。回去立马蹬上自行车匆匆往学校方向疾驶。路上还在恼火：像这样的不爽快的人以后还是少搭理为好，免得耽误功夫又影响情绪。记得有次他请我看电影《西藏七年》——一部好莱坞有倾向和争议的影片，两人在窗口排队购票，说话中见他拿钱，我赶紧掏皮包说"我来吧"，谁料他冷不丁冒一句"各付各的"。我先一愣，没回过神，因为这在中国是无法想象的。当一位男士请你看电影是什么表现？那电影票还不是小菜一碟吗？况且还没打算让他付账，我已准备请客了。一句"各付各的"叫我差点哑然失笑。随即释然：这样好，AA 制，美国式的做法，很轻松，谁也不欠谁的，很好。想不到中国人来美国一下子就被同化，学得真够快！

但我同时又想起了另一个人：老岳。他，不也是从中国来的？不也是在拼命学习的间隙苦苦打工，挣点美元准备养家吗？可待人处事完全不一样，非常诚恳厚道。见人遇到大小难处，总是尽其所能，及时伸出救援之手。譬如新生初来乍到难题不少，他悉心指点迷津；若谁有急事，哪怕他刚回屋饭还没吃一口，二话不说开车送一趟；甚至当你遇到需要经济证明却又手头拮据的尴尬，他也能借出多年的打工储蓄帮你渡难关……每当我独步在夕阳西下秋风扫着落叶的异乡小镇，穿过偶尔有声鸟啼再也见不到半个人影的墓园小道，浮上心头的就是人间至情。在孤身飘零的异乡，有同胞关切，哪怕只有一点点，也会让人感动得直想流泪。

不说人人都要像老岳那样古道热肠，至少，别损人吧？

满身大汗到办公室，打开电子邮箱一看，嚯——好家伙，一堆邮件！忙不迭查看详细内容。忽然主任——那位和蔼的白人老太太鲍莱过来告诉我有电话。我忙接听，竟是他打来的。你刚走我就往你屋里挂电话你不在，他说，我是准备送你一下的，结果你已经走了。我看你好像有点不高兴？没什么。我平静地说，不过你有事应该早点言明，免得耽误人家。

还能想着及时打个电话来解释解释，还算有心，可惜这会儿不是闲聊时间，办公室人人都忙，随时都有电话打进来。那么以后再说吧！他说 OK，放了电话。

在美国生存就这样，似乎随时都能遇见各式各样的人和事，不管你愿意不愿意，喜欢不喜欢，你都会阅历各种色彩的面孔，尝尽人间冷暖。

冬 Winter

早晨醒来，感觉窗外光线很强，显得耀眼，不用开百叶窗帘就知道，今天一定是个晴好的天气。忍不住探身轻轻将窗帘卷起——噢，果然，蓝天白云下一片银装素裹的雪景！

大口呼吸着窗外吹来的冷空气，心情为之一爽。

不知不觉到这大学城已半年了。窗外的风景由初时的绿草如茵、繁花似锦，已然变化到平淡单调。如果日子过得不是像打仗似的紧紧张张并有所希冀、有所寄托的话，真不知道曾经身处闹市、并因为记者职业关系常常周旋于宴会舞场歌厅的我，能否忍耐这样两点一线、周而复始、山宁水静的小城生活。

过去我仅知道希腊有雅典城，后来才发现，在美东有不少名叫雅典的小城。上万人口的小城，经济运转全靠大学生消费推动。一批批毕业生鸟一般飞往远方，一批批新生又来此地栖落。

周末之夜，是那班美国大学生放松身心的大好时机，一群群男女高声喧哗着，狂饮着，扭动着，跳迪斯科泡酒吧至深宵凌晨。而中国学生多半在寒窗苦读，或去教会领略一下美国的宗教文化，感受另外一种话语，或寻找一点同胞慰藉。

大学城的生活说平静也不尽然，如果碰上特别的日子，也会出现令人惊叹的骚动，譬如说鬼节之夜，从四面八方汇聚拢来的人流竟达十多万，把一个平日只有两三万人的小城拥挤得水泄不通。还有，每当调整夏令时的周末晚上，你看吧，总有大几千人在街上作乱，并发生与警察对峙暴动的情景，被捕者中有数十个是那些平日看来颇温文尔雅的大学生。这是一个多么荒唐而有趣的反差！

我居住的地方被冠名为“雅典花园”。属于政府提供优惠的低收入住宅区，以中国学生为多。也有少数白人和印度人。一般相处尚可，井水不犯河水。天热时，常常可见只穿三点式露着白肉的女人们躺在绿茵茵的草坪上晒太阳，若无其事一点不怕人参观，我偶尔路过，她们还会热情洋溢地打声招呼“哈喽”，让我回应她们灿烂笑容的同时生出几分羡慕来。

如今窗帷外那白雪地上见不到鸟儿觅食，显得有些空落落。初见那些肚皮儿红红的大鸟，真是颇为新鲜，听它们欢快地鸣叫，在草地树丛自由自在地嬉戏追逐，一派极乐世界的感觉。眨眼间，热烈绚烂的景致无影无踪，留给我一个冬的圣洁和宁静。

周围居家已经有圣诞树装饰，门外树丛垂挂着节日彩灯，闪闪烁烁地提醒人们，温馨的合家团聚时刻指日可待。在淡淡临近的圣诞节气氛中思念家乡亲人，尤其是天性敏感而内向的孩子。

——在美国的一个小城给你写贺年卡，这辈子也许是这一次，感慨万千。因为这张贺卡要穿越很长的路才能到你手中，说不定你收到它时新年已经来临。

比起故国，西半球这边的节日气氛仍是相当浓的，有钱或没钱的人家都点上了烛光，扎好圣诞树，期待圣诞老人带给他们一份祝福和一个美好快乐的新年！我也是同样的心情，希望圣诞老人借给你一双飞翔的翅膀，飞到美国看一看，看世界是多么大，多么奇妙，多么值得去奋斗，去好好的生活……想你爱你的妈妈。

这年冬天看了一场催人泪下的电影。是与朋友敏和她的儿子一起看的。

敏来美国已十多年，已拿了一个硕士学位，现在拿第二个，亦属顽强女人一类。儿子跟着离婚的他爸在美国东部的大城市生活，敏每天都在固定时间和儿子通电话，联络感情，逢圣诞节或暑假才能母子相聚。

圣诞节前夕，我陪敏驱车前往哥伦布市机场，接回她瘦小还带着一口矫正牙套的儿子，半途中他嚷嚷着要看最新影片，于是，在南卡斯特购物中心电影场同看了这部无论是耗资还是特技还是音乐都堪称一绝，有很强烈的视觉冲击力的好莱坞巨片。

回雅典城的路途中，敏在前面开车和儿子叽咕影片的感染力，我独自坐在后面默默品味，一时泪如泉涌——电影中最打动心灵的一句台词："Don't give up no matter how hopeless，promise me."是的，不管多么没有希望都不要放弃，答应我。

春 Spring

天空蒙蒙细雨飘落，勾起心头迷惘的万绪千丝……走在异国风情的小镇，想着这样的日子就要结束，仿佛若有所失，一时不知该何去何从。

东方的春节过了，西方的情人节也过了。该说的说了，该做的也力所能及地做了。好比花样溜冰，要在规定的时间内完成既定的高难动作，还要有自由发挥，还要不失误，还要精彩。确切一点说，更像是在平衡木上玩杂技——在有限的时间空间里舞出自己的绝技，可见是难。若想顶住精神的、物质的、国内的国外的多重压力，难中取胜，更是难之又难。一旦这样压力重重的日子就要结束，准备启程回国了，却又如此这般地丝连藕难断。

放下所有的事，先去商店挑了一包礼品。出店门时雨下得愈发急了，一会儿就湿了头发、脸颊、还有衣衫……

在十字街头红绿灯处略停片刻，正待要走，迎面遇见刚过街来的卡柏森教授和留学生莉。"噢，刚刚还给你留了条子，在办公室门上。"莉一见我就说。

我知道他们一定等我了。虽然彼此没有约，但早已形成默契。我已有两节课没去上。快要走了，手头一大堆事要处理，头脑里乱糟糟的，哪来的心思上课呢?

"你最近很忙?"卡柏森教授关切地问。

我苦笑一下，答非所问："我的机票过期了。"

"怎么，你要走了吗?"莉很惊讶。

"顶不住，没办法。你们看我还买了一大堆纪念品。"在一起去餐馆的路上随意聊着。卡柏森见我面有难色情绪不高，极想帮我。他主动提出，"要不要我给你们领导写封信?"我感激地望了望他，说，考虑一下。我不知道有没用处，但不妨试试吧。这个时候我才体会到何谓"孤注一掷"，竭尽全力的一搏。

在给卡柏森及其他教授抢拍电视纪录片时，他说，如果四月份拍外景和人物都会好看得多。我说，也许你说的对，可惜，不知道我能不能待那么久?

想舒解我的郁闷，逗我开心，卡柏森教授不停地幽默讲笑话，还说南韩经济危机有它好的一面：可以考验人的承受力。我说他们航空公司吃掉我的机票也不赔偿分毫。他说坏的方面当然是给个人带来许多损失。我说，但有一个好处，看见卡柏森教授慈善的眼睛闪出一丝惊讶，我一笑，“让我在美国多待几天。”大家全都乐了。

教授问，你明天上课吗？见我几分迟疑，他说，你有两次没来，总有人在问，为什么你不来听课了？

咦，真想不到，自己的存在竟变得这么重要？我不禁对这种关怀心存感激。再听卡柏森教授说，明天他教的南韩女生要拍照，说大家同学一场，一定要留个纪念。你最好能去。我说，行，我明天去。

童颜鹤发的卡柏森教授是一个虔诚的基督徒，长久形成的助人为乐的习惯，使他言谈举止充满了人情味，亲切、自然，凡接触过他的人，都会在不知不觉中受到感染。难怪有不少中国留学生会称他“爹地”，会不约而同在父亲节的那天，从美国其他州发来电子邮件、贺卡或电话致以诚挚的问候。

一句平平淡淡从从容容的话，让我想了好久好久。回眸白发教授缓缓走进新闻系白色小楼的背影，眼眶竟有些潮湿。——喜欢这样的含而不露的关切与鼓励，希望永远都有人对我说，你明天上课吗？希望永远是希望。你明天，去上课吗？

细雨绵绵，校园里的草木已有些微绿意，静悄悄地预示：残冬将去，新春不远。

夏 Summer

或许，人生绚丽多彩的夏天就是这样突然来临的——

一份崭新的文学刊物翩然而至，散发着淡淡芳香，整体设计典雅，编排亦大方，令人爱不释手。长长短短的篇章，写尽海外炎黄子孙往昔离乡背井中的漫漫求索，及今日相同或不同心灵的相互寻觅。哦，还有我的《美国梦寻》呢。一本新刊物，洋溢着诸多耕耘者期盼蓓蕾初绽、繁花满园的欣慰之情。那是艺术家才华、智慧和意志力的凝聚；是旅美华侨沧桑经历和难以磨灭的记忆结晶；是北美大地永不熄灭的灯火……

曾经有人给我算过命，说是在我最困难的时候，总有贵人相助。这话虽然带有一点唯心色彩，却似乎常常应验。这天中午，卡柏森教授请我和敏去福华楼吃中餐，餐后照例会有一个小小馈赠，简直就像算命似的——你猜“签语饼”上是怎么写的吗？

You will soon take a very pleasant and successful trip.

Lucky Numbers 4，9，17，18，20，43

哈！美国就是这样一个不断地给你以刺激，让你不停地冒险和追求的社会。无论好坏，一切都要靠尝试，靠努力。机会就在创造之中。成功的机率与付出的努力成正比，相信冥冥之中幸运女神一定在什么地方等着你。否则，就是你投入得还不够，你的心还不够诚，你的意志还不够坚定，毅力也不够坚强。看看那些成功者，无一不是毅力超群者。侥幸中彩的不是没有，但凤毛麟角，不足为凭。你唯一能做的是，让岁月证明，你往日所有的忍耐就是为着未来的辉煌一刻！

回想前一段，当我独自在灼热的晌午穿过那段废弃的小火车站，穿过人迹罕至的桥墩下面……沐浴着夏季眩目逼人的阳光，忽然没来由地伤感起来。初到雅典这座小城，房东第一次带我走这条路——据称是去大学校园最近的路，一切都是那么陌生而新鲜。如今，再没有当初的胆怯、忐忑不安，却多了一层熟悉的疲乏，和一种对不可知的未来苦苦追寻的焦虑。

夜晚找人帮忙打印信、送录像带，深夜两三点还在打国际长途电话……4点多才躺下。清晨7点爬起来骑车赶到要回国办事的留学生莉的住处，送歌词及100元，说是怕给她北京乘出租车的钱不够，其实是以示郑重。此心情此作法，都从未有过。经过一段奔波跋涉，连续地拍摄制作录像带，通宵苦干，仿佛心力体力都耗尽了，一下子竟变得极其虚弱、疲惫。支撑自己成功信念的大厦摇摇欲坠。孱弱得如同冬天里的一棵小草、长途放飞的一只孤雁、汪洋中漂泊的一叶小舟……

又一次在阳光灿烂的晌午穿过那段废弃的小火车站，穿过人迹罕至的桥墩下面……一群野鸽子在桥墩下面悠然自得地觅食、小憩。那是它们的王国。

房东曾经对我说，在北京他是非常喜欢鸽子的，可谁知来美国后他不仅不喜欢它们甚至都有些恨了。每当周末他回到哥伦布市的家，与妻相聚，想睡个懒觉都不成。那些讨厌的小东西就在阳台上、窗口上一个劲地吵吵闹闹，且不说，还到处洒满稀不拉儿的鸽屎！倘若不是美国人有动物保护法，他简直恨不得操家伙把它们一个个都干掉。哼！

听房东妙趣横生地侃大山，望着那些幸福得肆无忌惮的野鸽子，当时我那个乐呀，不停地咯咯乱笑。这一切仿佛还在昨天，仿佛又离我是那么遥远……遥远得就像一个童话了。仅仅一年过去，我的心境有了如此之大的改变，这也是我没有想到的。

我不由得放慢了脚步，轻轻地走近——我不想惊动它们，我只是想和这群大自然的宠物和谐相处。让我疲惫的心小憩一会儿，只是一会儿。

见我走近，那些精灵般的小东西呼啦啦地飞起，唯有一只胖胖的像个绅士的鸽子倔倔的不肯飞，摇摇摆摆，和我一起踱步。我走哪它走哪，与我不远又不近！

那一瞬间，我的心泛起了甜酸苦辣，驰过了春夏秋冬，似乎一年间所有的跌宕起伏都化为传说，若隐若现……挥挥手，对它们说再见，然后你就得匆匆忙忙继续你的苦累，你的奔波。美国就是这么现实，容不得你脆弱、伤感、虚妄，甚至你还来不及道一声“累”，叹一声“苦”，你就得背起行囊上路。简简单单，匆匆忙忙。

远远的，蓦然再回首，那群野鸽子又旁若无人大摇大摆地嬉戏、觅食。任你继续漂泊，任你苦苦拼搏，那只曾经和你一道不近又不远地踱步的鸽子呢，它是否早已将你的心思猜透？至于那只瘦瘦的鸽子在干吗呢？觅食？嬉戏？还是在沉思？苦苦地追逐，想知道偶尔相遇的孤雁别来是否无恙？是否心理负担依然未减，环境压力不让其喘息？颇想去有水的地方看看，散散心。然后再图长飞……或者干脆中途退场，回到老巢去安安静静休养生息？或者累死在异国他乡，也算得一个失败的英雄？至少还有一只两只鸽子为其喝彩，是吗？

又是红叶如醉、凄艳无比的秋天。我收拾行囊，前往美西，开始另一段奔波与漂泊的人生旅程。长风摇动了路旁小屋门廊上的风铃，轻轻送来一阵阵悦耳的音乐。秋叶翩翩起舞，仿佛送我无言的祝福。我，就这样挥挥手，告别了那片醉人的秋色！

（选自《美华文学》1999 年夏季号）

欧洲

维也纳的一场秋雨

［奥地利］马　力

马力（1963—　），女，出生于北京。1986 年毕业于北京师范学院中文系，并于同年在北京市物价学校任教。1990 年移居奥地利维也纳攻读德文，后半工半读于维也纳大学比较文学系。1984 年开始发表作品。

“喂，秋景，你好！”

我的心一沉，泪水顿时涌了上来。这是她给我打电话时从未改变过的问候，但却失去了那种我熟悉的语气（泪流下来）。我知道，我永远地失去了它。

“你好，阿青，你怎么样？你到底怎么样？你好吗？我，我，我们都想你。”我先呜呜地哭了。

那边，她也在抽泣。我的问话其实毫无意义。

“我，还可以。我早收到你的信了，没给你回信，因为，我心情不好。”

“我知道，阿青。你要……阿青，我也不能相信，真的。可你要……托马斯特别地担心，我父母写信来让我问你好，阿青，就不知该说些什么，不知该怎样安慰你，这么久才终于给你打电话，是因为不敢。你要想开点，要坚强，你瞧阿青，我……我们俩，都想你。”

我哭着。她也哭着。

“我，还可以。”她的声音让我的心又是一沉（那曾快活的声音让我无法忘怀）。这哀伤的声音多么无力。“有时候，我觉得他还在。我不能相信。太突然了。”她说不下去。他的样子又一次闪现在眼前，我清清楚楚看见他笑着，风尘仆仆中有一份宁静。“太突然了。”她喃喃地重复说，“前两天，我去看过他了。”

“我把他的骨灰带回来了。葬在故乡。我不懂，这是怎么回事，太突然了。”

“没有办法。也许，是上帝的安排，可这又太不公平了，阿青，我只希望你多多保重，……孩子怎么样？”

“孩子也去了。”

我和阿青同时呜呜地哭着。

“也走了。我不愿意他……你知道，他特别爱孩子，没有他，孩子怎么能快乐，再说，我不愿意他一生下来就没有爸爸。”

“这也许是最好的选择，阿青，我觉得这样更好一点儿，没有必要让孩子从一开始就忍受这种痛苦。我真希望你能……”能怎么样呢？连我自己也说不清。我已经意识到，我所有对阿青的希望，都是一个局外人的客套，尽管我的悲哀也是悲哀，但同时失去了丈夫和胎儿的却是她。我希望她从痛苦中走出来（这愿望是来自心底的，来自我们之间的友情，但它是多么残酷）。她怎么能？

“听说你已经上班了。”我问。

安慰，对她来说，此刻，多么多余、过分、不近人情。

“在一家公司。从一月份开始上的。”

“怎么样？”

“我，就是有一搭无一搭的，就这么干着。”

“我觉得挺好的，没有事情做更不好，人总该给自己找点事做。你说呢？”我不知她是否在听。

“哎，我，现在，都一样了。”

“阿青，别这么说。”

“我不明白。”

“阿青，别……你还回维也纳吗？”

“恐怕不会了吧。”

“在国内，也挺好的，有父母在。”

“我，现在，都一样了。在哪儿，都一样了。”

“阿青，别这么说，别。你得好好的。啊！”

她哭着，答应着。

放下电话之前，我不断地重复着，要她好好的。同时想到：哀莫大于心死。

阿青和他从来那么忙碌，用大陆来的中国人的说法，他们是做“跑马客”。他们有个自己的公司，摆摊卖自己从大陆运来的各种工艺品。

我认识阿青是在维也纳大学德文补习班。我们不在同一个班上课，但只有她的温和与微笑，加上那好听的南方口音，让我情愿与她交谈。课间，关于维也纳，关于国外感触，以及乡愁，我和阿青，两眼潮乎乎地相望着，开始了友谊。我们的丈夫们自然也加入了进来。

我和托马斯从来都热情地款待这对忙碌的人。他们最缺少的就是时间和钱（当然，这和大多数人一样），但他们所富有的是勤劳、乐观和友善。每当他们跑马客回来，没有疲惫的抱怨、哀叹，尽管他们每天都很累。好多时候，我都羡慕地想，自己要是能像阿青他们那样生活该多好，那样单纯地热爱着生活；那样乐观地为生活得更舒畅而劳作着；那样有着明确而实惠的目标。

他从来都是风尘仆仆，但他从来都是那么宁静；他的笑容分分明明地表达着他的幸福。他会说：太饿了，一天还没有吃饭，有没有什么可吃的？那份潇洒！阿青会嗔怪而羞涩地笑，然后开冰箱，自己动手，问我酱油在哪里，那份温柔！他们来时，从来是晚上八九点。聊到晚，说声再见。再见，谁也不知是哪一天。

来去匆匆，淡淡如水，却又牵挂着，相互喜欢。

我们一家，和阿青夫妇，就这样。

都是而立之年。诗人很难，跑马客也很难。但他们坦然地活着，热情地活着，没有怨天尤人，悲悲切切，不会念生不逢时，更不会想到放弃生命。

“嗨，阿青，你好，昨天我们刚从北京回来。”

“对不起，我不是阿青。现在我住这儿。”

“哎？我是阿青的好朋友，阿青他们呢？”

“哎呀，你是她的好朋友，你还不知道她家出的事呢，哎哟，真是的。”

“出事？她怎么了？”

“去年十月，她丈夫去世了。”

“什么？”我的脑海出现了一片空白，“这怎么可能呢？”他轻轻松松跨进我家门的样子突然格外清晰。

“是呀，就是这么可惜。我本来不认识阿青，出事之后，她急着回国，有人介绍，我就把房子租下了。”

“这怎么可能呢？到底是怎么回事。”

“是出了车祸。听说人马上就死了。他死的时候，阿青已经怀孕三个月了。”

“什么？阿青怀孕了？她怎么能承受这么大的悲痛呢？”

我泪水模糊地望着他送给玛丽亚的那条项链。红漆坠上那几个字让我的心一阵疼痛：岁岁平安。

为什么？怎么会这样呢？他就这么匆匆地走了。

我们知道得太晚了。写信比电话好。

亲爱的阿青，你好。

我和托马斯都很想念你。昨天刚从北京回到维也纳，给你打电话，才知道你巨大的不幸，我的心与你一起痛哭。我们因为没能给你帮助、不在你身边、分担你的痛苦而更加难过。

……

我写走了的人一定是带着美好的愿望走的，他最大的愿望一定是阿青能幸福。写她是一个刚强、豁达的女子，她会好好地生活，让他放心。写如果她回维也纳来，我们家，永远欢迎她。写了这许多，却不知这对阿青有没有一点安慰。我知道，如果有，那也仅仅是让她知道遥远的维也纳，还有我们经常想起她，怀念她和她的丈夫。但这于她心中巨大的伤痛，却不能有任何补救，没有什么可以弥补。如果有的话，那就只有时光，它的流逝，也许会让她心的创伤，稍稍愈合。

时光一点一滴地流逝着。我的眼前依旧时常闪现他的形象。我的玛丽亚还未出生之前，他就兴高采烈地宣称：从此，他就是舅舅了。真的从那天开始，我们就叫他舅舅了。他是个好舅舅，因为看得出，他全心地喜欢玛丽亚，是从心里喜欢。他扬言一定努力生个儿子，一定娶玛丽亚到他们家。

有一天，推着玛丽亚散步。一个陌生女子突然叫住我，问我是否认识阿青。她曾在阿青家见过我一次。是她讲了阿青的事。

我知道他们从来是一起开车出去。尤其是好天气里，他们的生意会很好。两个人一起，顾客多时就能照应得过来。但那天天沉沉的，阿青又有妊娠反应，他就一个开车去了。晚上十一点多，他从外面给阿青打电话，说他很快就到家了，让她放心。过了些时候，来的不是她丈夫，而是警察，通知她，她丈夫出了车祸，人已经死了。当时阿青的心情，只有她才能再度回忆得起。任何旁人，都只能去想象。

她必须一个人处理他的后事。在这凄风苦雨异国他乡的深秋，运用陌生的语言，与各种陌生的机构、法律条文打交道。她的心，曾经是怎样的剧痛？

她唯一的愿望就是把他的骨灰带回中国，带到他生长的故乡，把遗体火化之后，她就放弃了一切，只身回国了。她的心，也随着他，死在了美丽的维也纳。

那个晚上，天下着小雨，他为了早一点见她，与她分享一天的收获，为了回到那个温暖的家，便加快了车速。天黑路滑。他在奥国清明节的第二天，走向了永恒。他的灵魂，活在另一个人的心里，依旧温存。

“我不明白，秋景，这是为什么？”

阿青在电话里这样说。远在中国，她的声音这么清晰，但她的气息，她的迷惘，却比中国还遥远。她是一个乐观、心胸博大的女子；然而，面对突然失去丈夫，接着又失去孩子的这种打击，阿青的确无法理解。

其实，他们最大的愿望就是过几年，获得奥地利国籍，能有足够的钱，买一座带花园的房子，育孩子，一家人能温温馨馨、团团圆圆地过美好的日子。就这么简朴、无华，就这么纯朴地活下去。

他走了，留下她，那一刻，她心死过。

活着，好好地活着，是普通人普通的愿望。

“等我心情好一点，也想找个人谈谈。”

“对，阿青，别自己苦自己。”

“我知道。”

“阿青，好好的。我知道你。”

这么说着，我的心中也出现一片茫然。这么美丽的维也纳，对她，竟这般无情。窗外下着雨，我没有告诉她。

（选自《华人女作家海外散文选》，珠海出版社1996年10月版）

喉咙病与三种女人

——欧洲语言与民族特性

［丹麦］池元莲

池元莲（1940— ），女，祖籍广东番禺，生于香港。1961 年毕业于台湾大学外文系，继之赴德国慕尼黑攻读德国文学。1968 年在美国加州大学柏克莱分校获得东亚学硕士学位。1970 年与丹麦人结婚而定居丹麦，曾任丹麦外交部语言学校中文教师和丹麦政府翻译员。著有散文集《北欧缤纷》等。

"中国的方言很多。"这是欧洲人脑子里的一个成见，但他们常忽视了中国在两千多年前早已统一了书写的文字，这也是巩固中华民族最坚强的要素，近五十年来更有口语的同一化。

今天欧洲在搞统一，是件历史大事。西欧共同市场十二个成员国目前只提倡政治、司法、币制和军事上的统一，但从未提及语言统一。各国的代表在比利时的欧洲国会开会时，都用自己的母语发言，演讲辞由翻译员当场译成别国的语言，一切公函文件也一定要翻译成十二种文字。

每个欧洲民族都热爱自己的语言，同时认为自己的语言是世界上最优美者。我是个老欧洲，站在客观的立场来看，我认为欧洲人的语言文字就是他们民族面貌的眼睛，从这双眼睛可以透视到一个民族的特性，正如眼睛是一个人灵魂之窗户。

在今天的欧洲最有影响力的国家是德国。其他的欧洲人在理智上都尊敬德国人的本领，但内心则不太喜欢德国人，可是为了通商贸易都非得学德语；自从德国统一后，欧洲人学德文之风更盛。

德国的国语是高德文（High German）。德国本土有许多方言，很多德国人在家里讲方言，但一踏出家门便改说标准的高德文。高德文发音清晰明亮，有非常分明的规则。文法虽然繁多累赘，但规律井井有条，有不变性，也有逻辑性。语句冗长多环节，每一环节用严谨的文法联结起来。外国人说德语，最刺耳的错误是文法上的毛病。

德文是一面镜子，把条顿[1]民族性的显著特征都反映出来。这些特征可分列成下面种种：刚强、善组织、守纪律、效率高、做事求彻底、人生观认真、缺乏容忍力、民族优越感强。

德国人在科学、哲学、音乐和军事各方面的成就都非常高，那也是因为他们的思想

---

① 条顿人是古代日耳曼人的一个分支，后世常以条顿人泛指日耳曼人及其后裔。

受着极有纪律之语言的影响。再者，德语可以说得铿锵有力，也可以弄成呆板死闷，正好表现条顿民族的灵魂具有黑白分别的两面，且其民族作为常走极端：贝多芬所创造动人肺腑的交响曲就是条顿民族登天堂之举，希特勒组织精密的集中营就是他们下地狱之为。

荷兰和丹麦两国的民族性在欧洲各国中最为相似。它们的语言结构在原则上也和德文平行，但缺少了捆绑德文那条坚硬的文法链条。

同样的，荷兰人和丹麦人都具有德国人那种刚强、善组织、守纪律、做事认真等各种特性。但他们之间最大的差别可以这样概括地说：德国人是服从权威的集体行动者；荷兰人和丹麦人则是不愿接受权威命令的独行者，所以这两个民族思想最开通，民主意识最深。

而且，荷兰人和丹麦人都发展了一种颠倒阴阳的反话式幽默感。举一个典型的例子来解释："只有最聪明的人才有能力学会丹麦文，所以世界上只有五百万人会说丹麦话。"这句自我赞美的夸大话其实是自嘲："丹麦国小人少，其语言不受别人重视。"

以局外人的眼光来评断，丹麦文和荷兰文实在不容易学，主要原因是两者的发音太特别，丹麦语把应该发音明显的地方都吞进喉咙里，结果是发音含糊不清。

故此，外国人常说，丹麦人是嘴里含着一个马铃薯来说话的，荷兰文更糟糕，好像漱口一样，把语言先在喉头咯咯声地滚一下才吐出来。怪不得荷兰语被别的欧洲人称之为是一种喉咙病。

假如说属德语系统的语言是阳性的，那么，拉丁文派就是阴性的语言。欧洲的语文教师喜欢这样说：法文是上等时髦，意大利文富有异乎寻常的情调，西班牙文则是用途广泛。我自己个人认为可以把这三种拉丁语文比喻为三个性格不同的女人。

法文是一位雍容华贵的中年艳妇，衣着讲究，满身珠光宝气，香水芬芳。她深知世故，有自信心，但化妆有点过浓，态度有时趋向造作。法国人的文化优越感很厉害，他们认为法文是世界上最漂亮的语言，法国文化占全球的领导地位。法国政府也是当今世界上对本国的作家最重视和捧场之官方。

欧洲的上层社会人士也都以能操一口流利的法语为荣，但也有众多的欧洲人略识法语，到了法国在法国人面前班门弄斧，结果到处被法国人冷眼相待，连在餐厅点菜也被傲慢的法国侍者冷落。因为法国人最不高兴外国人把他们美好的语言说得乱七八糟，简直是一个文化侮辱。

法国人的思想渴求宏伟，隆重及辉煌，法文是表达这种思想的最佳工具。听法国大政治家演讲，语句像后浪推前浪似的，隆隆然地从口里滚出来，不禁令听者的脑海里浮现出法国的宏大建筑物，法国人在凯旋门前摆出来的壮丽仪式场面。

意大利文是一位热情活泼的女郎，有一种天生的魅力，婀娜多姿，爱调情、爱淘气。意大利人是最讲人文主义的欧洲民族。她们的人生观是：做人的目的就是好好地享受这短暂的人生，尽量地去追求在这不完美的尘世上所能找得到的美好东西。

意大利文是一种歌颂人生的语文。语文的本身就是一种音乐，轻松、愉快、罗曼蒂克、感情丰富。意大利歌剧的发达，并不是偶然之事。意大利的中世纪诗人但丁便说过：意大利语文中自有其王国。

很多人认为意大利语比法语更好听，这只是爱好问题。外国人讲意大利话最忌态度含蓄，一心要把心中的喜怒哀乐喊出来、叫出来、唱出来。

西班牙文是一个卖菜妇，体格粗壮，精力充沛。她在高兴时会满脸笑容地和顾客喋喋不休地聊天；当她不高兴时便会泼辣地破口大骂。她不注重时间和守信，但自尊心很重。

西班牙文听起来像一种市井之语，音调略为粗俗，但充满活力，快如瀑布之水。西班牙人正和法国人相反，只要外国人肯说几句拙劣的西班牙文，他们便眉飞色舞，不断称赞："你的西班牙文说得真好！"

哥伦布在十五世纪时发现新大陆，西班牙人随踪而至，在美洲开拓殖民地。以令至今天从墨西哥开始，整个中美洲、南美洲（巴西为例外）都是西班牙语地区。所有说西班牙文的国度之人民都受到西班牙人的思想感化。最明显的一点就是不重视时间。

西班牙人的口头禅是："明天吧！明天吧！"什么事都喜欢推拖到明天。和西班牙人约会八时见面，他九时才到。等者等得一肚子气，但西班牙人毫无歉意，认为迟到一小时是理所当然之事。

英文是现代不成文的世界语文，任何外国人聚集一堂的场合，大家都不约而同地用英语交谈、讨论。第一个原因当然是因为美国继十九世纪的大不列颠帝国成为当今的世界首强。美文与英文在发音和拼字方面稍有不同，但仍然是个双胞胎。

英文受世人欢迎的另一个原因是因为它是西洋语文中最活的一个。任何国籍的人都可不大费力地把英文学到相当好的水准，说英文有口音亦不伤大雅。

英国人主观地认为英国是历史上最文明的国度。客观地说，英国民族性最值得提的特征是：有涵养、容忍量深、伸缩力大。这些特征都具体地表现在其语文中。

英国语言的内容丰富，用之不尽；表达的方式多而自由。写英文可以高攀，也可以低就；可以风格富丽堂皇，也可以简单精确。这样活的语文最适合文学的发展，所以英国文学史的内容充实与精彩，为历代之最；所以今天的世界文坛受着英美小说的统治。

世界上没有一种语文和华文相像。但英文和华文具有平行性：两种语言所包含的文字之多，辞藻之丰富，有如两个深阔的海洋。华文的白话文是一种活生生的语文，可以千变万化，其容量和伸缩性媲美英文。

华文尚不是现代吃香的国际语言之一。但我认为华文是有光明的前途的。目前的世界开始进入意象的时代。中国的象形文字是世界上最漂亮的文字，每一个字都是一幅写意画。

外国人每见中国字总是称赞其形之漂亮。唐诗是世界上最美丽的诗歌。有些欧洲人听人吟诵唐诗，虽然听不懂，也会被感动下泪的，因为他们能经过动人的声韵而意会诗中之情意。最好的唐诗都是平易近人的，这样五言诗和七言诗的美丽诗格和平易近人的现代白话文仍然可以结为一对知心好友。

目前，华文的白话文尚是一棵幼龄树。它长在肥沃的中华文化土壤中，谁说它将来不会长成一棵浓阴大树，给国际过路人带来遮阳避雨的益处？

（选自《北欧缤纷》，人民文学出版社2000年3月版）

卖炭翁，悠游欧洲歇汉堡

［德国］谭绿屏

谭绿屏（1947— ），女，祖籍广东，生于南京。原为江苏省旅游品销售公司外宾部现场画师，1984年游学德国。著有《扬子江的鱼，易北河的水》。

接了一个电话，朋友的店来团，要找几位临时帮手，照看一小时的货品橱柜。听说是台湾来的旅行团，我顿生一股亲切感，马上一口答应。

身着一件黑色针织直身筒装，一时没找到合适的腰带，便在腰间系上一条对角折叠的意大利碎花薄纱披巾，傍肩下侧挂上一个镶铁血石的银质别针。我愉快地站在礼品柜台后，感觉很是轻松利落。

四五十人的旅行团，男女老少都有。如蜂拥蝶舞，攒动在花样缤纷的欧洲名牌产品之中。我递这样、送那样，又尽快趁着客人流动之间，把翻乱了的货物顺手理齐。偶尔扫视全店满室远道而来的血缘同胞，很是新鲜。心里暖烘烘的，他乡遇故人啊！

明亮的玻璃门边，站着一对老人。六十开外的年岁，像是老夫妻俩。中等偏瘦的身材，干净的休闲装，朴实的外表，棕黑的面孔。我几次抬眼，隔着柜台和川流的人群，都正好面对他们站立的位置。他们默默无语，仅是慢慢地转动方向，这边看看，那边看看，看他们虽然不想买东西，却又毫不躲避这人声鼎沸的热闹场地。好像一对天外来的仙人，爱上了人间，却又不即不离，不食人间烟火，使我感到十分有趣。

预定的一个小时将尽，我负责的柜台，客人逐个散去。埋首归拢集中货物。再抬头时，却看见刚才立于门旁的两位老人已经站在我的柜台前。我兴奋起来——他们动凡心了，想来买东西了！我接连说着："欢迎！欢迎！"动手把货物再度摊开，请他们挑选。不料，他们并不理会我的话，自顾自轻声说了一两句我听不懂的台语。此刻，我赫然看到他们伸出的一双手：骨节粗大、肤色黝黑。啊！长年辛劳、风吹日晒的双手！白居易诗中的卖炭翁的形象，一下子跳进我的脑中。"卖炭翁，伐薪烧炭南山中。满面尘灰烟火色，两鬓苍苍十指黑。"这已经是一千多年前的人物了。

眼前这位清洁无尘、心满意足的"卖炭翁"，接过老伴从内衣袋里掏出的荷包，两人很是默契地合作。一个拽开拉链，一个倒翻荷包。满满一兜大大小小的马克硬币堆集在我面前的玻璃柜台面上，闪闪亮如一座小小的金银山。

我正想告诉他们，买东西要去右边的银柜付账，而且我的右手已经指向了右方。却见两人轮流向我做手势，要我把钱币收起。看着他们慈祥的目光，我惊愕万分，百感交集，连忙摇头又摇手："不用！不用！这里不收小费的。"虽然我还并不富有，这堆硬币是足有几倍于我一小时站柜台的报酬。然而，这些钱可都是他们辛勤劳动的血汗钱啊！

两位老人定定地看着我，又互相望望，明白了我的意思。于是我恭恭敬敬帮着他们将柜台上的硬币捡回钱袋。老人放好钱后，慢步回到刚才门边的位置，继续东张张，西望望，好像什么事情也没有发生过一样。

事情过去已经很多年了。两位老人平静的表情、安详的眼神、粗糙的双手，却牢牢铭刻在我的记忆中。“卖炭得钱何所营？身上衣裳口中食。”千百年来，多少帝王改朝换代，千百年来，何曾有过中华子民之中手指骨节粗大如卖炭翁的劳动者，能够出海不是打工谋生而是旅行消闲的？如今他“卖炭翁”不仅能够悠游欧洲，歇脚汉堡，甚至还能向一个出身于书香门第的女子大方布施。

我不自觉地在心里一再为他们祝福，每闻台湾土地上有何天灾人祸，我都想到他们，虽然我既不知道他们的姓名，也不知道他们的职业，但是我收下了他们金子般的心。他们金子般的心伴随着我，扶助着我。我感到他们也在为我祝福！

（选自2000年4月28日台湾《人间福报》）

情泊巴黎

［德国］罗茵萁

罗茵萁（1963— ），原名罗丹霞，女，江西人。1984年毕业于上海交通大学，获工学士学位。1989年毕业于复旦大学新闻系，获硕士学位。1990年移居德国柏林，进入柏林自由大学学习。发表小说、散文、评论若干。

月夜，就像一颗阿拉伯的算命先生用毛了的黑玻璃珠，中心凝着一团神秘和诱惑。我，一个世俗的凡人，石化了似的立在窗前，固执地凝望着夜的黑珠，仿佛要一眼望穿我的命运。但珠中的那团黑，朦胧得令人绝望，于是我凡人的那双肉眼，耗尽了精血，最终却还是望不穿参不透我的命运，我合上眼，有如新近守寡的少妇，哀怨地叹息起来……

抽水马桶放水的声音，惊动了窗外栗子树里的鸟儿。有一只鸟“扑扑”地飞腾起来，窝里的“啾啾”尖叫着，栗子树一阵“沙沙”地响，旋又全都沉静下去了。

我听见凌子出了厕所，打开了我的门，“啪嗒”一声将电灯打开了。我倚着窗沿，没有动。

“你怎么啦？”凌子问道。

“累了。”我用厌世的口吻答道。

凌子觉得好笑，“吭嘿”笑了起来：“累了就去睡嘛！”等了片刻，见我毫无动静，就又问：“你到底怎么回事呀？”

眼泪无声地落在我的胸脯上。我抑制着自己，一动不动地面向黑暗，有如一只受攻击时装死的甲虫。

“你干吗不说话？”凌子仍站在门边。

沉默了片刻，我说道：“嘴皮子已说破了。”

“你总是这副酸样子。叫你说你又不说，说不过又要嘴硬。我也没话好说了。唉！好了！我去看电影去了。再见！”

“祝你愉快！再见！”我咬住了嘴唇。听着凌子关了我的灯，拉上我的门，然后关上了居室的大门，飞步冲下楼去了。一切又归于沉静，黑暗如铅粉似的在屋中弥漫开来。我腿一软，坐到地上，呜呜地哭出了声。

今日是凌子和我成家的周年纪念日，今夜凌子却不会回来。他和他的友人相约了去看长夜电影去了，今天这个日子，凌子已经忘记了，即便提醒他，这个日子也味同嚼蜡，没什么好回味的了。成家数年，到如今真正是相爱亦难别亦难，有室无家两心残。出室各营各人钱，入室听风对月眠。家中坐地，真比坐针毯还要难熬。我自悲自怜地哭了一阵，想到明天的旅行，起身到盥洗室，用冷水冲眼睛，又取了冰块，盖在眼皮上，红肿方消退了不少。

躺到床上，眼泪却又如急雨似的落下来。月夜灰蒙蒙的时候，我方沉沉地睡着了。

第二天，阳光热热地照着栗子树时，凌子的屋里仍没有一点动静。我不知凌子是还睡着，还是尚未回家。我留了言在厨房里，还有成家纪念日的礼物，便拎了包，悄悄出了门，和女友会合了，登上了往巴黎的旅游车。

车进巴黎郊区时，天边正发着乳白的光。我睁开疲倦的双眼，只见路旁的小房舍，恰如老农的茅屋似的，不但颓唐老废，而且乡气得很。剥落的墙壁上，蒙着一层黄黄的灰尘，正写出了自己的心境。原想来巴黎逃避一番，不想却正撞了个满怀，失望之余，闭了眼，一路无言进了巴黎。

我的女友是巴拉圭人，我们就住在她的也说西班牙母语的朋友们家里。他们都从拉丁美洲来，除了母语和法语外，便不会其他的了，而我除了中文和德文，也仅只会几句破英文，要交流便只好靠女友做翻译。我正没情绪，坐在一边，低着头吃着面包，却吃得很少。阿根廷人多泥见大家伙儿都有说有笑，唯我一人向隅，寡寡不欢，便坐过来，拍着我的手说："你要学法语。"

我看着多泥胖乎乎的像小孩童似的脸盘，油光褐亮的皮肤上看不见一丝皱纹，好像从来就没有经受过苦难似的，我点了点头，心中对他的生存能力有点惊异。

多泥便说起来了："兔也嚼梨。"

我乌鸦学舌地跟着说了一遍。

我的女友正跟人聊着天，听了赶忙翻译："他说你很漂亮。"

我羞涩地说了一声"梅合希（谢谢）"，然后对多泥说，"兔也嚼梨。"

多泥听了，大拍大腿，问他的女友，她是不是听见我说的话了。他抚着我的头发，好像我已经是他的姐妹，兴奋地说："兔上因得立菌的。"

这回我不用翻译已听明白，他在夸我聪明达理，我便说道："胡说八道！"

多泥听了翻译，撞了我一肩膀，冲我乱笑，像个大顽童。我跟着笑了。大约是数月来头一次笑吧，脸上竟有点生疏的感觉。

我们一伙人便这么叽叽呱呱地在巴黎四处玩起来。看过了四通八达的凯旋门，登上了壮丽的埃菲尔铁塔，见巴黎建造得美轮美奂，全不像刚进巴黎郊区时推想的那样，那成年郁积着结了又结的心事，方被我丢开了。

我们七八个人中，就我一个中国人。其他都是说西班牙母语的。虽然多泥常从他的女友那儿走过来，牵着我的手，跟我一块儿走一块儿看，但若要跟他细细交谈，却总是不可能。玩了三日后，我决定独自出门一天。多泥一定要陪我，我拒绝了。

这天正是我的生日。独自出了门，来到卢浮宫前，偏偏这天关门。于是，沿着赛纳河乱走，一路看人看桥。逛到一个宽大的广场前，广场上几乎见不着人影，正吻合了心中那份孤寂，于是在广场上的一条长椅上坐下了。

炎热的阳光在我的黑发里只顾乱钻乱烧，就像一窝刚孵出窝尾巴就着了火的小蛇。

我怔怔地望向空中，我多么希冀在我生日的这一天，能自由自在地生活，快乐地爱和被爱。哪怕一年中就这么一天，我也愿意。但我的生日，似乎被生活压扁了，被雨水冲得褪色了，被人们忘却了……

忽然，由远而近的脚步声，打断了我的沉思。只见从广场的那边，斜着走过来一个年轻的白人，步履很是潇洒。走近我时，他慢了下来，见我抬起头来，他便迎着我的目光，笑着说："棒球（你好）。"

我轻声地回问了"棒球"。

陌生人把臂下夹着的两三本书换到另一边，立住了脚，又说了一句。

半晌，我用英文说道："我听不懂。"

陌生人又笑起来，也坐到了长椅上。"听不懂？我教你法语。"他用英文说道。

"不必了。谢谢。"我轻声地推辞道，眼望着空中。

陌生人便用手指指着自己，然后指着我，哗啦啦地说着法语。我转过脸来，见他在说他是巴黎人，叫乔日，我便用英文说："我是中国人。"

乔日摇着手，好像在跟老朋友说话似的连说着"不不"。我奇怪他怎么能一直笑得这么自然。他说着法语"我是中国人"，然后开怀大笑地指着我，重复了又重复。

我不明白他在这毒热的太阳下为何这般开心，又厌烦这种不请自来的教授，便把嘴唇闭成一根线，凝望着空中。

乔日期待地把脑袋伸到我眼前，截住我的视线。我烦不过，勉强跟着说道："我是中国人。"

"对了对了。"乔日手舞足蹈起来，像个热情的南方人，他告诉我他是学艺术的大学生，然后又问我教我。我跟了几句，终觉无趣，又把头扭开了，望着没什么望头的广场。

这学艺术的便打开他带着的书，给我念起诗来，法语本来就婉转动听，乔日的声音又很美很多情，我虽听不懂，但光听那个声儿，人已如在叮咚泉水边，疲劳干渴已从脑顶上一层层退了下来。念了三四页，乔日顿住了，呆呆地瞧着我，说："兔也嚼梨。"

这句子我已在多泥那儿学会了。在柏林生活了数年，没什么人这么恭维我，可到巴黎才三天，连过路人也要专程坐下来向我说上这么一句，我打量着自己：上着绿色紧身短袖，下着红裙裤，脚上褐皮凉鞋，把我的黄皮肤，衬得一片天然。头上一弯蓝丝带，耳垂上垂着一对白耳坠，映托着一张被太阳烧红了的脸，虽然自己看不见自己，但在一个法国人的眼里，大约我是十二分地可爱吧。想到这，我心里一动，抬头打量他。只见他粉黄的头发披向一边，椭圆形的脸庞上罩着一股秀气，一对银灰的眼睛正定定地打量着我。我站起身，一言不发地走开去。

"嗨，你走哪儿呀？"乔日跳了起来。

"博物馆。"

乔日把书夹在臂下，跟了上来。我说他走错了，他先前走的可是另一个方向，他便问我可不可以陪我。走了半个多小时，来到了军事博物馆门前，管理人员刚好把门关上

了。我拍着铁门，里面的人只朝我摆手，叫我看开放时间表。我沮丧地走开了。乔日走上前，跟里面的人婉转地交换了几句法语，那人竟出来开了门。乔日便跑过来拉我，“你看，该学法语是不是?”

我摇筛子似的摇着头，和他走进了博物馆。最后还是忍俊不禁，笑了。

“你一笑，就成了另一个人；你要不笑，就伤感得很。”乔日说道。

我被他说中了心病，眼望着一架大炮，怔住了。是啊，柏林就是我的伤感之地，而我过两天就要回柏林去了。

我用双手推开他，叫他离开我。他定定地看着我，直看进我的眼里看进我的心里去。他的眼睛里，充满了温柔和哀求，看得我的心都融化了。偏偏法兰西人会有这种勾魂摄魄的眼神，而凌子却……我怕被乔日这么看着，看得我手也软了，扭过身来，就朝反方向跑。一跑便绊到一个炮墩上，差点摔了个跟头。

乔日忙跑过来，拍去我脚上的土，见我腿上的皮擦伤了，便蹲在我脚前，给我吹着。

“乔日，我在巴黎只是游客。过两天就回柏林了。”

“给我你的电话号码好吗？还有地址。”乔日仍蹲着。

“你该走了。”我退了几步，等着他走开。

“让我们明天再见一次面好吗?”乔日站起身，走过来。

乔日再三不肯走，我便说，明天上午卢浮宫前见吧。

乔日这才走开。走了几步，又哀哀地、不信任地回过头来：“嗨，中国人，明天我等着你啊!”

第二天，我迟迟来到了卢浮宫前，远远地看见乔日坐在玻璃金字塔旁的喷池边，手里翻着一本书，我闪到一根大石柱后，悄悄地望着他。他穿着一件柔软的花衫，风中飘飘欲仙，实乃英俊一美男。忽然他抬起头，四下张望着，我闪身在石柱后，心跟着砰砰跳了起来。我怕伤感的故事又一次重演，我怕又经历一次幻灭。镇定了片刻，我装成老太婆，披散了头发，一瘸一拐地从柱边走远了。

第三天，我的女友和多泥要给我补开生日宴会，使我分不开身。但我的第六感觉告诉我，乔日又在卢浮宫前等着我。宴会上，有人唱起了《生活乃是一朵玫瑰》。我在意念中感觉到，有人送了一朵百合与我，我把它抛在赛纳河上，让那胭脂般的红，顺水流去了。于是，我的自卑和伤感，也随着赛纳河的水，悠悠地远去了。

不久，我便离开巴黎，重又回到了柏林。我终于做出决定，要结束旧的爱情，开始新的生活。我果然做到了。

在我快乐的新生活中，我会不时回想起乔日，回想起温暖了我的心的但却再也见不着的巴黎人……

（选自《华人女作家海外散文选》，珠海出版社 1996 年 10 月版）

看蒙娜丽莎看

［法国］熊秉明

熊秉明（1922—2002），云南人。1944 年毕业于西南联大哲学系。1947 年考取公费留学法国，入巴黎大学哲学系攻读美学。1948 年进入巴黎高等美术学院，学习雕塑。1960 年在瑞士苏黎世大学教授汉语及中国哲学。1962 年受聘于巴黎东方语言文化学院，曾任中文系教授兼主任。著有《中国书法理论体系》、《关于罗丹——日记择抄》、《诗三篇》、《看蒙娜丽莎看》等。

一

面对一幅画，我们说“看画”。

画是客体，挂在那里。我们背了手凑近、退远、审视、端详、联想、冥想、玩味、评价。大自然的山水、鸟兽、草木，人间的英雄与圣徒、少女与孩童、爱情与劳动、战争与游戏、欢喜与悲痛，都定影在那里，化为我们“看”的对象。连上想象里的鬼怪与神祇、天堂与地狱、创世纪和最后审判；连上非想象里的抽象的形、纯粹的色、理性摆布的结构、潜意识底层泛起的幻觉，这一切都不再对我们有什么实际的威胁或蛊惑。无论它们怎样神奇诡谲，终于是以“画”的身份显示在那里，作为“欣赏”的对象，听凭我们下“好”或者“不好”的评语。

欣赏者——欣赏对象。

这是我们和画的关系。我们处于一种安全而优越的地位，享受着观赏之主体的愉快、骄傲和踌躇满志。

然而走到蒙娜丽莎之前，情形有些不同了。我们的静观受到意外的干扰。画中的主题并不是安安稳稳地在那里“被看”、“被欣赏”、“被品鉴”，相反，她也在“看”，在凝眸谛视，在探测。侧了头，从眼角上射过来的目光，比我们的更专注、更锋锐、更持久、更具密度、更蕴深意。她争取着主体的地位，她简直要把我们看成一幅画、一幅静物，任她的眼光去分析、去解剖，而且估价。她简直动摇了我们作为“欣赏者”的存在的权利和自信。

二

也并非没有在画里向我们注视的人物。

像安格尔（Ingres，1780—1867）的那些贵妇与绅士，端坐着，像制成标本的兽，眼窝里嵌着瓷球，晶亮、发光，很能乱真，定定地瞅过来，然而终于只是冰冷的瓷球。这样的空虚失神的凝视当然不给我们什么威胁。

像提香（Titian，1490—1576）的威尼斯贵族男子肖像，眼瞳里闪烁着文艺复兴时代贵族们的阴鸷和狡诈，目光像浸了毒鸩的剑锋，向你挑战。他们娴于幕前和幕后的争权夺利，明枪暗箭，在瞥视你的顷间，已估计了你的身世、才智、毅力、野心以及成败的机会率。

像林布兰特（Rembrandt，1606—1669）的人物，无论是老人、妇人、壮者以及孩子，他们往往也是看向观赏者的。他们的眼光像壁炉里的烈焰，要照红观者的手、面庞、眼睛、胸膛，照出观者腑脏里潜藏着的悲苦与喜悦。把辛酸燃烧起来，把信念燃烧起来，把观者的苍白烘照成赤金色……

这样的画和我们的关系，也不仅只是“欣赏者—欣赏对象”的关系。它们也有意要把我们驱逐到欣赏领域以外去，强迫我们退到存在的层次，在那里被摆布、被究诘、被拷问、被裁判、被怜悯、被扶持、被拥抱。

三

而蒙娜丽莎的眼光是另一样的，在存在的层次，对我们作另一种要求。

她看向你，她注视你，她的注视要诱导出你的注视。那眼光像迷路后，在暮色苍茫里，远远地闪起的一粒火花，耀熠着，在叫唤你，引诱你向它去。而你也猝然具有了鸱鸮的视力，野猫子的轻步，老水手观测晚云的敏觉。

四

有少女的诱惑和少妇的诱惑。

少女的。在她的机体发育到一定的时刻，便泛起饱和的滋润和鲜美。皮肤的色泽，匀净纯一之至，从红红到白白之间的转化，自然而微妙，找不到分界的迹象。肢胴的圆浑，匀净纯一之至，你不能判定哪是弧线，哪是直线，辨不出哪里是颈的开始，哪里是肩的消失。你想努力去辨析，而终不能，而你终于在这努力里技穷，瞠然、哑然、被征服。少女自己未必自觉吧。一旦自觉，也要为这奇异的诱惑力感到吃惊，而羞涩、不安、含着歉意，但每一颗细胞，每一条发光的青丝并不顾虑这些，直放射着无忌惮的芳香。

有少妇的诱惑。她在心灵成熟到一定的时刻，便孕怀着爱和智慧，宽容与认真，温柔与刚毅，对生命的洞识和执著。她的躯体仍有美，然而锋芒已稍稍收敛了。活力仍然充沛饱满，然而表面的波轮已稍稍平静了。皮下的脂肪已经聚集，肌层水分已经储备，到处的曲线模拟果实的浑满。她懂得爱了，而且爱过；曾经因爱快乐过，也痛苦过、血流过，腹部战栗过，腰酸痛过。她如果诱惑，她能意识到那诱惑的强度，和所可能导致的风险。她是那诱惑的主人。她是谨慎的，她得掌握住自己的命运，以及这个世界的命运。虽然诱惑，她的生命并不轻易交付出来，她也不许你把生命轻易拿来交换。如果她看向你，她的眼睛有着探测和估量。

蒙娜丽莎的眼睛是少妇的。

五

她知道她在做什么。她向你睇视，守候着。她在观察。像那一双优美的叠合的手，耐心地期待。

她睇向你，等你看向她。她诱惑你的诱惑，等待你的诱惑。

假使你不敢回答，她也只有缄默。假使你轻率地回答，她将莞尔报以轻蔑地微笑。假使你不能毅然走向她，她决不会来迎向你。她在探测你的存在的广度、高度、深度、密度，她在测探你的存在的决心和信心。

她的眼睛里果有什么秘密么？你想窥探进去，寻觅，然而没有。欠身临视那里，像一眼井，你看见自己的影子。那里只有为她所观测、所剖析的你自己的形象。像一面忠实的明镜，她的眼光不否定，也不肯定。可能否定，也可能肯定，但看我们自己的抉择和态度。她的眼光像一束透射线，要把我们内部存在的样式映在毛玻璃上，使骨骼内脏都历历在目。她的眼光是一口陷阱，将我们的过去、现在和未来都一并活活地捕获。如果那眼光里有秘密可寻，那就正是我们的彷徨、惶悚、紧张、狼狈。爱么？不爱么？To be or not to be?

她终不置可否，只静待你的声音。她似乎已经料到你的回答，似乎已经猜透你的浮夸、轻薄、怯懦，似乎已经察觉你的不安、觉醒，以及奋起，以及隐秘暗藏的抱负。——于是嘴角上隐然泛起微笑。

六

神秘的笑。因为是一种未确定的两可的笑。并无暗示，也非拒绝。不含情，也非严峻的矜持。她似关切，而又淡然。在一段模棱不定的距离里，冷眼窥测你的行止。

她超然于有情和无情之上，然而她也并未能超然于有情无情之上。她的命运也正是你的决定所造就。她的凝视，正是凝视她自己命运的形成。她看自己命运似乎看得十分真切，以致她可以完全平静地、泰然地去接受。而此刻，她在有情与无情之上，将有情，而却尚未有情。

尚未有情的眼光是最苛求的。如果真是爱了，那爱的顾盼有宽容、溺爱。它将容忍我们的缺陷，慰藉我们的尚未坚强，扎裹我们的创伤。而尚未有爱的顾盼则毫无纵容的余地，它瞄准我们，对我们的要求绝对严、无限大。它在无穷远的距离，向我们盯视、召唤，我们只能是一个无穷极的追求，无休止的奔驰。

七

芬奇是置身于这可怕的眼光中的第一个。而他就是创造这眼光的人。他在这可怕的眼光中一点一点塑造这眼光的可怕。

世界上的一切，对芬奇来说，都一样是吸引，激起他的惊异，挑起他的探索，是对他的能力的测验、挑战。

向高空飞升，自高空而降的陨落；水的浮，水的流；火的燃烧，火的爆炸力跨过齿轮，穿过杠杆，变大、缩小，栖在强弩的弦上。他制造了飞翼、飞厢、潜水衣、踩水履。他已恍然感到凌空凭虚的晕眩，听长风在翼缘上吹哨，预感到翼底大气的阻力、阻力系数。像描绘波伏的柔发，他描绘奇妙的流体力学的图式。他使水爬过山脊到山的那一边；他使水在理想都市的下水道里听从地流泻。他制造的火花飞到夜空的星丛之间，明灭缤纷；他用凹面镜收聚太阳的光线；他计算从地球到月球的路程……

云的形状，山峰的形状，迷路而化石在山顶的海贝，野花瓣萼的编制，兽体的比例，从狮子的吼声到苍蝇翅膀的嗡嗡……都引起他的讶异、探问、试验。他从此刻的山、云、海的性质样态，幻想造山时代峻岩怪石的迸飞，世界末日的气、水、火、风的大旋舞。他剖开人体，看血管密网的株式分布，白骨的黄金分割，头颅脑床的凹形，心脏的密室。他画过婴孩的圆润，老人的棱角嶙峋，少男少女的俊秀，从千变万化的面貌中演绎出圣者智者以及龙钟憨蠢的丑怪。从面貌的千变万化中捕捉心灵的阴晴风雨，幸福与悲剧。生的微笑，死的恐怖，犹达斯的凶险惶惑，其余十一个门徒的惊骇、悲伤、无助、绝望，人之子大爱的坦然，圣母玛利亚的温慈，圣母之母的安详。

他画过尚在子宫里沉睡的胎儿，画过浑圆的孕妇的躯体，画过被吊毙的囚犯，在酣战中号叫的斗士。他守候过生命在百龄老人的躯体里如何渐渐撤退。他买回笼鸟，为了放生，却又精心地设计屠杀的武器；而冷钢的白刃却又具有最优美的线条，一如少女的乳峰；设计刺穿一切胸膛以及一切盾的矛，并设计抵御一切暴力和一切矛的盾……真正是矛盾的人物。神与魔、光与影、美和丑、物和心都给他同等研究、探索、描绘的欲求和兴致；不，没有神，也没有魔鬼。没有恐惧，也没有崇拜。一切都必须看个明白、透彻。浮士德式的人物。

他的宇宙论里没有神，只有神秘；没有恶魔，然而充满各种魔力的蛊惑。

八

但是，女人，这一切诱惑中的诱惑，他平生没有接近过。他不但不曾结婚，而且似乎没有恋爱过。翻完那许多手稿，几乎找不到一点关于女人在他真实生活里的记录。他不是没有见召于当时的绝色而富有才华的伊莎伯代思特，受到其他贵族奇女子的赏识和宠遇，他何尝不动心于异性的妩媚和风采？他不是精微地描绘过她们的容貌的么？他不是一再画过神话里的丽达的裸体的么？但是他的智慧要他冷眼观察这诱惑的性质、作用。

像一个冷静的科学家，他对于那诱惑进行带着距离的观测。他要从自己激动的心理状态中蝉蜕出来，把自己化为两个个体，精神分裂开来，反观自己，认识诱惑现象。

他像一个炼金术的法师，企图把“诱惑”这元素从这个世界里提炼出来，变成一小撮金粉，储藏在曲颈瓶底，给人看。

又像一个羞涩、畏怯的男孩，他只窃窃地躲在窗子后面，望街转角上她的身影，不吻、不抱。他满足于观察她的傲然、矜持，而又脉脉的善意的流盼。他一生就逗留在这青春的年纪，少年维特的危险的年纪。

芬奇和蒙娜丽莎，也就是芬奇和女性的关系。而芬奇和女性的关系，也就是芬奇和这个世界一切事物的关系。一切事物都刺激他的好奇、追问，一切事物于他都有一种诱力。而女性的诱惑是一切诱惑的集中、公约数、象征。

这种诱惑与追求之间有一形而上学的距离，如果诱惑者和被诱惑者一旦相接触了，就像两个磁极同时毁灭。没有了诱惑，也没有了追求。所以，这微笑的顾盼是一永远达不到的极限，先验地不可能接近的绝对。于是追求永在进行，诱惑也永在进行，无穷尽地趋近。

九

芬奇不是一个作形而上学玄思的哲学家。他的兴趣是具体世界的形形色色，和中世纪追求理念世界的哲学是相背道而驰的。他的问题在形形色色之中，也只在形形色色之中。他的哲学是这可见、可度量、可捉摸的世界的意义，这意义及其神秘，也就是形色光影所构成。他的哲学可以看得见、画得出。他要画出这世界的秩序、法则，以图画解说这世界，以图画作为分析这世界、认知这世界、征服这世界、改造这世界的工具。他要画出最初的因，最终的果。他要画出生命的起源，神秘的诞生。他要画出诱惑的本质，知性的觉醒。

十

而有一天，一切神秘，一切鬼睒眼的诱惑的总和，他恍然在这一个女人的面庞上分明地看见了，像镭元素从几十吨矿砂中离析出来，闪起离奇的光。那是一对眼波，少妇的，含有激烈的、必然性的、命令性的意味，而尚未含情，冷然侧睐。那眼光后面隐藏着一切可能的课题，埋伏着一切鬼睒眼的闪熠，一切形形色色都置根在其中；又似乎一无所有，只是猜不透。

然而他必须把这眼光捕捉到，捕捉这不可捕捉的。即使芬奇毕生不曾遇到这一个叫做卓孔达夫人的蒙娜丽莎，总有一天，他终要创造出这眼光来的。他画的圣母，圣约翰洗礼者不都早就酷似这一面型、这一笑容么?

卓孔达夫人的笑容竟是怎样的?由另一个画家画来,会是什么样子?是芬奇心目里的女人的神秘的笑酷似卓孔达夫人的笑呢,还是卓孔达夫人的笑酷似芬奇心目里的女人的神秘的笑呢?两个笑容互相辉映、叠影、交融,不再能分得开。

十一

这或者是一件平常甚至凡俗不足道的事——画家和模特儿的故事。哥雅(Goya,1746—1828)曾画了裸体的玛亚,玛亚的丈夫突然想看画像进行得怎么样了,哥雅连夜赶出了《着衣的玛亚》。

富商卓孔达先生聘请芬奇为他的爱妻作肖像。画家一见这面貌便倾倒了。那面貌似曾相识,给他以说不出的无比的吸引。但画家不愿走近模特儿一步。这一面貌是对他的天才的挑战。他用了世间罕有的智慧和绝艺刻画她的诱能,并且画出他所跨不过去,也不愿跨过去的他和她之间的距离。

这或者是一件平常、很可解释而并不足为怪的事——精神分析学家的一个病例。他不能真的去拥抱女人。恋母情结牵引起来的变态心理,他只能把女性放在远处去观照。他不肯把歌赞、爱慕兑换为肉体的接触。但是他把他的追求和心捧出来给人看,不,把她的诱素隔离出来给人看。他所画的已不是她,不是诱惑者,他直要画出"诱惑"本身,把诱惑提炼了、结晶了,冷藏在画框中。诱惑已经和性别分离开来而成为"纯诱惑"。有人甚至疑心到蒙娜丽莎是少男乔装的女人。芬奇的圣约翰洗礼者正有这样离奇地微笑着的柔和的面孔。但是蒙娜丽莎的那一双手难道也能乔装么?而且便退一百步说,若真是乔装的少年,那么依然是冒充了女性的特征,依然是"女性的"诱惑了。

十二

没有发饰,没有一颗珍珠、一粒宝石,没有一枚指环,衣服上没有丝微绣花,她素淡到失去社会性、人间性。只要比较一下文艺复兴时代女子的肖像,就立刻可以发现这一点。她的魅力不依赖珠宝的光泽,锦缎的绮丽。只伴以背后的溪流,一段北意大利阿尔卑斯山嶙峋峥嵘的峰峦,蜿蜒而远去的山路,谷底的桥。她在室内么?在外光么?她在两者之间的露台上。浅绿的天光像破晓,又像傍晚,像早春,又像晚秋,似乎在将放花的季节,又似乎空气里浮荡着正浓的葡萄酒的醇香。模棱两可的时刻的模棱两可的空间。没有田园,没有房舍,在这寂寥的道路上,没有驻足的可能。人只能从这峡谷匆匆穿过。而路那么曲折,使旅人惆怅而踟蹰。而此时没有人影。

曦色,或者夕色,抹在她的额上、颊上、坦着的前胸上、手背上。没有太阳,没有月,没有星辰。她混入无定的苍茫的大自然之中。汇合了一切视力,这一对眼睛闪烁着,灿然、盼然、皎然,如一自然的奇景,宇宙的奇象。

引起另一双眼睛无穷极的注视。

十三

对于具有无穷之诱惑、绝对之诱惑的眼光，只能以无穷追求的心、绝对追求的心去捕捉、去刻画。在生存层次具有无穷诱惑的魅力的东西，那形象本身也必定有无穷尽的造形性的诡谲微妙。敢于从事无穷的追求的人，能感到无穷寻觅的大满足，永远画不完的大欢喜。像驰骋在大草原上的骏马的酣欢，因为它跑不完这辽阔的草和天。他必须画出那画不出；他必须画出那画不出之所以画不出。他要一点一点趋近那画不完。而他要画不完那画不完。芬奇曾经把生命消耗在那么多各种各样的作业上，而一无所成，因为都有个止境；而他不愿意有止境，他只得放弃。而这一桩工作本身是不可能完成的。不可能的作业，非时间之内的作业。

一年、两年、三年、四年……大诱惑的、而淡若无的笑，渐渐在画布上显现，得到恍惚的定影，得到恍惚的定义。然而既是永劫的诱惑和永劫的追求的角逐，绝对零是没有的，总保留着稀微的恍惚、浮动、模棱，总剩余那么一个极限的数字，那一小段不断缩短的遥远，总还留下那么一成未完成。而在这残酷、美妙而遥远的眼光下，画家老了。潇洒的长髯，浓密的长眉，透了白丝，渐渐花白，而白花，而化为一片银光、银雾。银雾里的眼睛，炯炯的鹰隼类的目光也渐渐黯淡了，花了，雾了。在她的凝眸里，画家临终时，可能还曾在那最后一段不可测度的距离上走上前一步吧，在微妙的面庞的光彩之间添上一笔吧，而画家终于闭上衰竭的两眼，让三尺见方的画布上遗下他曾经无穷追求的痕迹。

十四

而此刻，我们，立在芬奇坐着工作了多少晨昏的位置上，我们看蒙娜丽莎的看。在蒙娜丽莎目光的焦点上，她不给我们欣赏者以安适、宁静，她要从我们的眼窍里摄出谛视和好奇，搜出惊惶与不安，掘出存在的信念和抉择的矫勇，诱惑出爱的炽燃和爱之上的追问的大欲求，要把我们有限的存在扯长，变成无穷极的恋者、追求者、奔驰者，像落在太空里的人造星，在星际、在星云之际，永远飞行，而死在尚未触到她的时分，在她的裙裾之前三步的距离里。

1970 年

（选自《看蒙娜丽莎看》，百花文艺出版社 1997 年 12 月版）

水城文波

——写在威尼斯

［法国］卢　岚

卢岚（？—　），女，广东珠海人。1962年毕业于中山大学外语系，曾在中山大学、广州外语学院任教。70年代初赴法国定居，进巴黎大学法国文学系深造。著有散文集《凡尔赛的喷泉》、《乡眺》、《山盟水约》等。

自从托马斯·曼（Thomas Mann）的《死在威尼斯》发表以来，年年月月都道是，威尼斯要死了，威尼斯快死了。但是，威尼斯还在那里，风里浪里雾里，年年月月站在水边。运河上的黑色摇橹船“贡多拉”依旧穿梭往还，每年二月的嘉年华会依旧鬼影魅魉，“叹息桥”依旧在叹息……不，威尼斯没有死。

到过威尼斯的人都说，你去威尼斯就不会只去一次。当年我第一次到访时，也不打算只去一次。这位亚得里亚海上的老婊子，啊，不，老皇后，年华是随风而逝了，却依旧的风华绝代。她清愁、神秘、冷艳，拒人千里之外，却使无数人趋之若鹜。作家巴雷斯（Maurice Barrès）说过：

> 想起我世上的至爱，我想不会是一个男人，甚至不会是一个女人，而是威尼斯。我的一生，就是在威尼斯决定的。

巴雷斯这番表白，不知得到多少作家的认同。一个世纪前，那些舞文弄墨的人，敲遍了现实生活的一千道大门，突然发现十九世纪给他们带来的，是一个转型的社会。工业的发展，使烟囱林立，环境污染，他们为此感到窒息。唯独远在水中央的威尼斯，与工业世界脱节，而且专门出售梦想和神秘。于是，他们都纷纷跑到那里去，找寻灵感、情爱、慰藉、幻灭，甚至死亡。拜伦在那里如鱼得水，他说：

> 如果我的生命像锦缎的纺织，上面也织着一些快乐的时日，美丽的威尼斯，一部分就是你的颜色。

威尼斯人还记得这位跛脚诗人，一下水就变成一条鱼，曾经用四个小时一口气从丽岛（Lido）游到圣马可广场；瓦格纳在那里完成了他的乐章《特里斯丹》（Tristan），一八八三年，在旺特拉明宫（Vendramin）死去；乔治·桑和缪塞，还有那位夹在他们中间的帕席罗（Pagello）医生，三个人在那里谱了一首浪漫的、一直流传到今天的爱歌；尼采在科黎奥那（Colleone）的雕像下，进行他的“超人”的哲学构思；科黎奥那将自己的财产，全部捐赠给威尼斯共和国；海明威对着运河的落日，写了一部引起争议的小说《河的那边和树下》（Across the river and into the trees）；阿拉贡想到那里去自杀……

最新的关于威尼斯的书，是一九九六年出版的《威尼斯的星期天》（Les Dimanches de Venise），作者是法兰西学院院士米歇勒·莫尔（Michel Mohrt）。长期以来，每年冬天，他裹在一件陈旧的大衣里，带着画架画箱，在威尼斯的运河、小巷或桥头作画。“在威尼斯，每一个日子于我都是星期天。”他说。

百多年以来，这个没落的水城像一个大众情人，使无数作家、艺术家神魂颠倒。但有谁想到，这个美丽得像一出歌剧布景的小岛，以及它周围无数的岛屿，一千四百多年前，只不过是一汪渺无人迹的烂泥潭？

威尼斯的祖先，是意大利东北部的威尼托人（Vénétie）。公元五世纪，当罗马帝国崩溃的时候，他们被哥特人（Goths）不断地烧杀抢劫，逃到那些满是烂泥的小岛上，用木桩打进沼泽里，在上头建立自己的家园。威尼斯的诞生，几乎是一种不可能的选择。他们以水作城墙，来抵御敌人和外来的骚扰。岛上唯一的敌人，是生活在海沟和沼泽地的水陆两栖的海狸鼠，它们把打进烂泥里的木桩啃掉。威尼斯人的精明、狡诈和喜欢要手段的性格，也许是在艰苦的建城时期形成的。由于水上交通方便，他们通过君士坦丁堡和亚得里亚海来垄断东方的贸易。在那个年代，欧洲人讲的是天主，是十字军东征，是骑士风度，但威尼斯人只讲发财。他们每天翻阅的不是圣经，不是书本，而是账簿。

十二世纪的时候，他们提供战船给十字军东征，到十三世纪初，君士坦丁堡陷落，威尼斯人连本带利，从十字军手中取得了对君士坦丁堡的主权。他们把土耳其的四匹铜马搬了回来，放到圣马可大教堂的屋顶上。何止呢，就连大教堂里面供奉着的圣马可的尸体，也是两个商人从埃及的亚历山大港偷回来的呢。发了财的威尼斯商人，成了威尼斯的贵族，却依旧地发财不立品。莎士比亚的《威尼斯商人》，就有着典型的描写。到文艺复兴时代，他们还算懂得赞助艺术，于是画家提香（Titien）、韦洛尼斯（Véronèse）、丁托列托（Tintoretto）笔下软绵绵的裸体女人，开始布满了殿堂的屋顶。十八世纪是威尼斯享乐的黄金时代，那时候，它的嘉年华会，每年持续六个月之久。

但是最初到威尼斯旅行的作家，如孟德斯鸠、卢梭、蒙田等，在水声舟影、雾霭沉沉的华丽城市面前，几乎不为所动，尤其不齿于威尼斯商人的奸狡行为。孟德斯鸠这位十八世纪的道德伦理学家，一七二八年时候曾经到过威尼斯。在他的《从格拉茨到海牙之旅》中写道：

> 威尼斯使我大饱眼福，但我的心与神就不是那么回事了。我不喜欢一个不致力于使自己变得可爱，变得有道德的城市。甚至它给我们的逸乐，那些作为补偿夺去了一切的逸乐，也开始教我不悦。

卢梭在《忏悔录》中描写了威尼斯的神女，和他本人嫖妓的经过。由于他是个穷酸书生，在意大利默默无闻，威尼斯人的大门都不为他打开，他只好放荡于露水姻缘。有一回，他惊讶地发现，服侍他的那个女孩子不但年轻，善良，还美丽得像女神。这样一个女孩子，应该是皇孙公子拜倒在石榴裙下的对象，但她却不得不以出卖色相为生。卢梭为此竟忍不住号啕大哭。

第一个惊艳于这座水城，并为它主持公道的是歌德。这位《少年维特的烦恼》的作者，晚年为完成一部作品而旅行意大利。在他的《意大利之旅》中，他生动而充满怀念地描写了威尼斯的海：

> 我听到海涛喧腾，这一定是大海，便朝岸边走去。我脱掉衣服。时当正午，正是退潮时候。迄今我也亲眼目睹过大海，那次站在退潮时留下的沙滩上，听任大海退去。我真希望孩子们来拾贝壳，我自己也孩子气地拾了许多贝壳。
>
> 一个从早到晚的美妙日子。

他还写对抗海水的堤坝，雨天将大衣弄脏的泥泞，贡多拉船夫的歌，小岛上的渔夫。圣马可广场上的铜马他也写了：

> 从下往上看，我轻易地看到马群都有斑纹，一部分有很好看的黄色金属光辉，一部分变成铜绿色。

歌德为威尼斯揭开了面纱，以它最美丽的角度示诸他人。跟在歌德脚跟后面的，是老家英国对他冷淡，却誉满欧洲的拜伦。在他的长篇叙事诗《恰尔德·哈洛尔德游记》（Childe Harold's Pilgrimage）的第四歌中，诗人手握曼陀林，以最高的音阶唱出了对威尼斯和意大利的赞美。打从“叹息桥”开始，他歌颂了威尼斯和意大利的古老建筑，歌颂意大利的光荣伟大，把她称为“世界奇妙的花园”，“一切文化和艺术的十字路口”，“自然美的一面镜子”。皇宫，圆拱顶，圣彼尔大教堂的宽阔无边，历史和艺术的名胜，都是他歌颂的对象，就连废墟中的残墙瓦砾，也觉得潇洒可爱。诗人的恋慕之情，使一个老去了的文明光辉重现：

> 我站在威尼斯的叹息桥上，
> 一边是宫殿，一边是牢房。
> 我看着高楼从浪花中冒出，
> 仿佛魔术师棒下的奇迹。
> 千年岁月的阴暗翅膀包围着我，
> 将逝的光荣向着遥远的过去微笑，
> 曾记当初，多少城邦回头仰望，

那插翼雄狮的大理石柱旁。
威尼斯以皇者姿态坐镇在百岛之上！
……

记得我初读《游记》时正当文革，从图书馆借得此书如获至宝，关起门来读得如醉如痴。而门外呢，是铺天盖地的大字报。每看一回"打倒打倒"，便悄悄逃回房间，将房门紧锁，遁入诗中世界。那时拜伦那管神笔带领着我畅游希腊和意大利，就像佩德莉采引导但丁畅游上界天堂。却怎么也不曾想到，如今自己流连在诗人笔下那方天地中。"叹息桥"，"一边是宫殿，一边是牢房"，还有那"插翼雄狮"，有了当初那种特殊环境下的阅读，这一切于我，便不显得陌生疏远了。

这首第四歌可以说源出威尼斯，它一开始就提到"叹息桥"，犯人被押解上法庭，必须经过这座桥。想起在法庭上等待自己的不知是怎样的命运，难免在桥上叹息。跟着下来，他把威尼斯比喻成头带三叠皇冠的斯白丽海神，"身披紫袍，她的宴会上，有着受宠若惊的各国君王"。这首响亮的歌，成了拜伦和威尼斯的定情之物。威尼斯一时红光满面，不胜娇羞，一头栽到拜伦的怀抱里。从此，他成为威尼斯众多情人中的第一号情人。

拜伦从小深爱着这个城市，他曾经说：

打从童年开始，我就喜爱威尼斯，我心上的城，梦中的城。它建立在水上，充满欢乐；奥特韦（Otway）、拉德克利夫（Radcliffe）、席勒和莎士比亚已经将它的形象印到我脑子里。眼下的她依然美丽，现在的破落，比起她往日的辉煌，还显得更加可爱些。

威尼斯熏陶着诗人的心，诗人亦最知威尼斯的心事。因着威尼斯，拜伦写了第四歌，因着第四歌，他的《游记》成为思想最丰富，内容最广泛，篇幅最长的一部长诗。

对于拜伦在威尼斯的情况，司汤达在《罗马、那不勒斯和佛罗伦萨》一文中，有这样的描写：

威尼斯，一八一七年六月廿七日——是在一场表演中人家把我介绍给拜伦勋爵的。这是一张天使般的面孔，不可能有更美丽的眼睛了。啊！一位才气横溢的美男子。这位英国的，也可能是世界的第一诗人，几乎不到二十八岁呢。当他听音乐时，简直是一张最完美的希腊面孔。

也许是文人相轻，夏多布里昂这位十九世纪法国的文坛巨人，对拜伦笔下的威尼斯不以为然。不，全不是那么回事！虽然明知道在诗歌方面永远无法与拜伦匹敌，去跟这位诗人着实算了一回总账，在他的《墓畔回忆录》（Mémoires d'outre-tombe）中写道：

卢梭和拜伦对威尼斯的感受如出一辙，无论哪一个都不欣赏艺术。具有音乐奇才的卢梭，好像不知道在旭里热达附近还有绘画、雕像和名胜……至于拜伦，他讨厌鲁宾斯地狱般灿烂的色彩，他轻蔑那些充塞着教堂的有关圣人的主题。离他思想一里之内的绘画和雕塑他全看不见。他不喜欢那些骗子艺术，宁可喜欢那些山啦，水啦，几只马儿啦，莫里的某只狮子啦，看着它在埃克塞特吃宵夜的一只老虎啦。这一切难道没有点偏见么？

他索性变个花样儿，跟拜伦唱对台戏，将威尼斯这个“反自然”的城市打扮成另一个雅典，另一个迦太基。以他天生的忧郁个性，给威尼斯唱起了哀歌。瓦格纳给他作了回应，写了三幕的抒情悲剧《特里斯坦》。在这个悲剧中，只有死亡将特里斯坦和绮瑟两个情人结合起来。德国著名作家托马斯·曼也来了，一九一二年他的《死在威尼斯》问世。一九七二年，小说在丽岛拍成电影。在这部闻名遐迩的著作中，他描写了一位以知识建立了自己的崇高地位，为世界和国人所尊崇的艺术家艾森巴赫，在威尼斯的丽岛酒店遇上了一位美少年，惊为美的化身，而陷入了同性恋的渊薮。这位信奉希腊理性主义，追求和谐和古典美的作家，从此溃不成军。一生的文化修养被破坏得荡然无存，道德规范彻底破产。他在运河，小桥，窄巷到处跟踪美少年达斯奥，在精神上跟他作柏拉图式的对话。像热恋中的人，害怕失去对方而感到痛苦。为讨对方欢喜而刻意打扮自己，衣服干净笔挺、配上漂亮的领带，理发店也去得更勤了。他讨厌自己的衰老，白发，和瘦削的身躯。当时威尼斯发生了虎列拉瘟疫，人们开始离开城市，美少年一家也准备返回波兰。他深感绝望而了无生趣，最后在海滩上看着美少年被同伴殴打虐待，看着他在沙洲上远去的影子，终于心力交瘁死在丽岛的海滩上。

从此，丽岛海滩变得惨淡凄凉；从此，威尼斯也变了调调儿。威尼斯要死了，威尼斯快到尽头了，这首越唱越劲的副歌把我吓得匆匆忙忙跑到那里去。一看那水城，觉得夏多布里昂还是对的。泡在亚得里亚海上的，果然是一只垂死的天鹅。心想，天鹅终究是要死在水里的。

八年后的今春二月，我第二次到威尼斯，目的是想看看假面具嘉年华会。尽管九六年底那里有过一场大水，水位高涨超过警戒线一米，圣马可广场积水达一点四米，几乎淹没了广场上露天酒吧的台椅。但，威尼斯还在那里，不曾沉到水底或跟洪水走了。我想，这要归功于竖立在水城周围的木桩吧？

出发前在巴黎一家旅行社订酒店，指名要达尼热里（Danieli）。闻说这间酒店住过不少著名的文人，如瓦格纳、狄更斯、巴尔扎克、普鲁斯特、科克托等等。但我想寻找的，是缪塞和乔治·桑的风流足迹。一八三三年这对才子才女到威尼斯去寻爱，就住在这间酒店的十号房间。一个是从二十岁开始便成为浪漫派宠儿的诗人，一个是著名小说家，结伴到这浪漫水城，既为情爱，也为在灵感上寻找某种秘密启示。但不幸得很，缪塞得了脑热病，请来了帕席罗大夫，乔治·桑和他一起照料病人，二十多天的危险期中，两人衣不解带守护着他。也许是这位年近三十的妇人的习惯性多情，也许是共同工作把他们连结在一起，这对异国男女双双坠入爱河，竟在病人的床头相爱起来。病眼昏花的缪塞，还看见他们搂着亲嘴，在同一个酒杯里喝酒。这段插曲，在一代又一代的文人笔下和口中流传。但如何判断这件风流公案？乔治·桑的说法是不痛不痒的：

两个情人之间，有那么多的事情，只有他们自己才能判断。

但对于年仅二十三岁的缪塞，他的世界从此被弄得天翻地覆了。

一八三四年三月底，病愈后的缪塞，知道自己的地位已经被帕席罗大夫代替了。

我独自垂着头，长久望着墙和路。

诗人已经别无选择了。他作别了继续留在威尼斯的乔治·桑和大夫，携仆返回巴黎。

共同出发，独自归来，情海翻波使缪塞伤透了心。但爱神不幸诗神幸，“痛不欲生之歌是最美的歌”。俯仰唏嘘叹息间，仿佛听见诗神对他有所呼唤：“诗人，拿起你的琴来；给我吻一吻，野蔷薇蓓蕾绽开，春由此夜生……”于是，以成就最高的《五月之夜》为首，把浪漫主义发挥得淋漓尽致的《四夜组曲》诞生了。这组绝唱使缪塞成为十九世纪法国最伟大的爱情诗人。从组曲中，我们可以看到诗人的泪痕和一颗滴血的心。

记得我大学毕业后，有一段时间晚上仍然和年轻教师一起到梁宗岱老师家里上课。《四夜组曲》就是那时候跟他学的。浪漫的绝唱，由一个多少有点浪漫的诗人来讲解，自然是绘声绘影，信手拈来。上完课后，一行人腋下夹着书本，歪歪倒倒在清风静夜中返回宿舍时，那野玫瑰新出的嫩芽，那月夜芦苇丛中幼小塘鹅的嘤嘤其鸣，就夹杂在宗岱师一大堆“牵牛上树”，“水过鸭背”之类的责骂声中，一路萦绕脑际。

缪塞和乔治·桑在威尼斯决裂后的情况，在《十二月之夜》中，有很形象的描写：

在威尼斯可怕的丽岛上，
苍白的亚得里亚海，
消失在一个坟头的青草中。
浩瀚天空下每一处地方，
我的心与眼都感到厌倦，
永不痊愈的伤疤依旧滴血。
……
沿着道路的任何地方，

我双手抱着前额，
啜泣得像女人一样。
我到处像绵羊，
把羊毛留在荆棘上，
心灵逐渐颓丧。
……

这个浪漫得几近滑稽，却具有长久魅力的爱情故事，不但造就了一组永恒的情诗和诗人的其他一些作品，如《世界之子的忏悔》、《给拉马丁的信》、《回忆》等，还使达尼热里酒店名声大噪。我自然订不到这间酒店的房间了。旅行社向我推荐了摩纳哥酒店。

到威尼斯那天，遇上冬季经常性的大雾。入住摩纳哥酒店时，推开面向大运河的窗户，外面浓雾滚滚，窗下码头边的贡多拉船、汽船、行人，都烟里来雾里去，像个虚假的世界。到次日浓雾变淡，才发现酒店与对岸的圣玛利亚大教堂遥遥相对。

酒店离嘉年华会的中心圣马可广场，只有两三分钟路程。为了这种近便，连续两个晚上，我游荡在浓雾弥漫的圣马可广场上。在那寒风袭人的隆冬夜晚，半明半暗的码头灯和街灯下，距离十米上下，人已像鬼影憧憧。黑袍、面具下的威尼斯人，欲行不行，幽魂般在雾中摇摇晃晃，或泥塑木雕般倚着残墙灯柱静止不动。仿佛千年前死去的人，一夜间都回到威尼斯来了。神秘，颓丧，没落，死亡，就这样年年月月铸造着威尼斯人的灵魂。

嘉年华会最后一天是个高潮，广场临时搭起的舞台上，有宗教审判等节目表演。广场上人头攒动。拱桥，小巷，柱廊，到处载歌载舞。远离中心的一些院子还有乐师奏乐，与夜间鬼影飘浮的神秘气氛形成强烈对照。游客与化了装的威尼斯人碰上了，随搂随跳，跳完了还搂着亲脸颊，亲个没完没了。

为避开喧闹，我们乘船到圣拉萨尔（Saint-Lazare）岛去，拜伦在那儿生活过。汽艇离开威尼斯后，在两边打着木桩的航道上行进，走了二十来分钟便到达了。拜伦于一八一六年来到该岛，在那里逗留过三年。三年当中，他在丽岛和威尼斯间来来去去，这小岛也因诗人而成名。那天知道门路来参观的外国游客也不算少。

徐志摩称之为“一个美丽的恶魔，一个光荣的叛儿”的纨袴诗人拜伦，有着强烈的个性，心灵永远躁动不安，却在威尼斯，在圣拉萨尔岛上得到安静和慰藉：

在寂寞的海岸上自有一番销魂的欢欣，
在大海之滨，有一种世外的境界，
没有人来打扰，海的咆哮里有乐声。

圣拉萨尔岛上有一间亚美尼亚修道院，属天主教，受梵蒂冈管辖。修士都是清一色的亚美尼亚人。他们都是些博学、熟读圣经、深谙艺术、在孤寂中与上帝对话的人，对当时在祖国遭遇冷淡，饱历沧桑的拜伦的到来，表示挚诚的欢迎。他们尤其欣赏这位才气横溢、诗名远扬的浪漫诗人。当时有好几位画家，以拜伦到达该岛以及在岛上的生活为题材，作了好几张画，如今还保留在修道院的博物馆里，作为他在小岛上生活的见证。

拜伦对于这个命运类似犹太和希腊的亚美尼亚民族，表示了深厚的同情。他与修士间关系十分和谐，几乎每天都跟他们坐在小岛的树下闲谈，还跟神父奥赛尔（P. P. Dr. Aucher）学习亚美尼亚文。他天资聪颖，半年时间已经掌握了这门语言。三年留住时间中，他帮助奥赛尔神父编写了两大卷亚英和英亚字典。后来奥赛尔旅居伦敦，给亚美尼亚人编写了英语语法，又给英国人编写了亚美尼亚语语法，都得到拜伦的鼓励和帮助，并承诺资助他出版。

岛上有一个小山丘，也因拜伦而成名。据说《游记》中的第四歌，就是他坐在小山丘的橄榄树下写成的。小岛周围茫茫大海，像重力般压在诗人的脑子里，向他道出了最深沉的道理。当他歌颂过意大利的光荣、伟大、壮观之后，最后为之折服，为之顶礼膜拜的，还是那无边无际的地中海这幅“永恒”的肖像：

> 你岸上帝国兴亡，只有你容颜不改，
> 亚述，希腊，罗马，迦太基今安在？
> ……
> 你永恒不变，除了变幻不羁的波浪，
> 时间不能划皱你苍翠的面颜，
> ……

威尼斯就这样成为英国和世界文学的摇篮，成为浪漫派作家的麦加圣城。后来修道院的一位神父阿里桑（P. L. Alichan）把《游记》的第四歌翻译成亚美尼亚文，在圣拉萨尔岛上的印刷厂印刷出版。

目前修道院里有二十四位修道士，所有藏书、古董、宝物都是亚美尼亚人捐赠的。这所修道院也像威尼斯的建筑物，显得相当残破。周围海域水浅见底，浅水中浮着绿色的海藻。比起威尼斯的喧闹，这里像被遗忘在静寂中的世界。

次日清晨到圣马可广场，昨日的热闹已曲终人散。经过了个把星期的狂欢后，威尼斯摘下了面具，懒洋洋地回到现实生活中。广场上行人稀少，临时舞台、道具全部拆走，地上也打扫得干干净净。圣马可广场，像个散场后的剧院。只有岸边汩汩的水声，在水中跳荡的谜一般的空船，在向人们提起那个令人讨厌的老问题：二十世纪水城已经下沉了二十五公分，一九六六年十一月四日的洪水，超出零的标记一点九四米，贡多拉船浮到广场上来，飘荡在教堂的柱廊间，殿内积水曾达一米半。平常日子，超过零点七米警戒水位线是家常便饭。所有这一切都是沉没的先兆。尽管有个挽救威尼斯的“摩西计划”，但摩西能够带领威尼斯人从水中突围么？威尼斯人像当年“伦敦大桥倒下来”时，依旧在桥上跳舞的伦敦人那样，他们关心的是嘉年华会、假面舞会、赌场上的一掷千金，还有女人、文学、艺术。闻说威尼斯人甫除下面具，已经开始设计下一年度嘉年华会的服装和面具了。威尼斯人就是威尼斯人。威尼斯就是威尼斯。作家泰纳（H. Taine）说得好：

威尼斯是个除了做梦，什么都不可能做的地方。

梦，使他们忘记了老跟在后面的阴影，就连三年前上任的市长卡斯亚里（M. Caciari）也宁可选择回避现实，他说：“那些关于威尼斯的丧气话该刹住了，托马斯·曼已经不住在这里啦!”

这个在水中建立起来的乌托邦城，千百年来在乌托邦中经历它的辉煌与衰落，却没有忘记不断地向世人出售它的乌托邦。小说家、诗人、音乐家、艺术家去到那里，往往第一眼便认定这个城是自己的知音、最爱、密友，向它倾诉自己的痛苦或心事，又从他们的笔下生出无数的乌托邦世界。这个世界的常用建筑材料便是一个“最”字：最美丽的，最神奇的，最神秘的，最魔的，最真的，最假的……但所有“最”字当中，最可怕的恐怕还是法国作家莫朗（Paul Morand）那个“最”字，他说：

威尼斯沉到水底去，恐怕是它最美丽的结局吧？

1997 年 3 月 12 日

（选自《巴黎读书记》，中央编译出版社 1998 年版）

站在时间的回廊里

［法国］吕大明

吕大明（1947—　），女，福建南安人。1969年毕业于台湾艺专，曾任光启社节目部编审、台湾电视公司编剧。1975年旅居英国，进牛津学院高等教育中心进修，1977年转入利物浦大学研究文学，获硕士学位。法国巴黎大学博士，现旅居法国。著有散文集《这一代的弦音》、《英伦随笔》、《写在秋风里》、《南十字星座》、《冬天黄昏的风笛》等。

1. 时间的谜题

黄昏，我坐在门坎边儿，欣赏落日余晖染红了白桦林，一个日子又失落了。日子就紧握在我手中，我只是张开手掌心，让它像雁排人字逆风而去，扫开了三月雪，迎着雁群也许是千岩万壑，烟涛万里，莽莽旷野……

其实我们都不像自己想象那么单纯，我们都活在谜样、玄秘、不可解的时光迷宫里，时间的存在使生活依然如故，时间的消殆，就让生命成了断垣残壁。

年复一年，我们总是给朋友说些吉祥的话，我们不曾说荒芜岁月的荒田已不堪耕耘。看到镜中出现了岁月的痕迹，也总是委婉含着几分轻愁地说："又老了一年啦！"但旅程中的山楼水阁，街市的华灯晃荡，江海河湖的锦帆，透过时间都蓦然在记忆里化成海市蜃楼……

春天法国森林中的蓝铃花如蓝鸟飞翔。展眼四望全是蓝得令人愁的羽翼，轻轻敲叩"唯美"的一扇门，门里住的都是掌握诗歌、艺术、音乐……的缪斯女神。依照古希腊女诗人莎孚的说法，美的事物不堪攀折。一位法国老太太经不起美的诱惑采了一束蓝铃花，带着几分歉意的眼神朝着我说："春天很短，蓝铃花很快就像春天一般凋萎，我采一束蓝铃花搁在案头，回忆自己的青春……"我忽然触起谜样的伤感，那柔荑纤纤，拨弄时间的弦音，款款道来：众生都活在时间的迷宫里，时间是帝王，人是时间的奴仆。

眼看千丝万缕的锦云在我眼前飘浮，年年盼望春天，年年送走春天，一盼一送之间，岁月像轻烟似的溜了，但时间的帝王仍然端坐在华丽的座车上，那座车装的是飞跃的轮轴。

年复一年，我们总是给朋友说些吉祥的话儿，我们不曾说：荒芜岁月的荒田已不堪耕耘。

That euds this strange evenfal history, is second childishnese and mere oblivions sans teeth, sans eyes sans teste sans everything ——*William Shakespeare*（这段稀奇古怪历史的结束是第二度幼儿期，全然遗忘，没有牙齿，视觉，味觉，失去一切——莎士比亚）

那柔荑纤纤，拨弄时间的弦音，款款道来：众生都活在时间的迷宫里，时间是帝王，人是时间的奴仆。

2. 古国来的旅人

我遇到一位古国来的旅人，
他说，两条巨石雕塑的腿，
站在沙漠中，躯体已经损毁，
半沉埋在黄沙里。
那粉碎脸的轮廓颦眉蹙额，
皱褶的嘴唇呈现出鄙夷的凛凛威风。
雕塑师似乎早已揣测出失落的君心，
他的心如灵泉流注，
在没有生命的石上留下残存的激情。
塑像的石座上镌刻着铭文：
我是奥齐曼迭斯，王者之王。
请看我的功业是何等辉煌，
又何等绝望！
从这塌坏庞大赤裸没有界限的
残骸四处张望，
只有寂寞的黄沙蔓延不断。

（译自 Percy Bysshe Shelley *OZYMANDIAS*）

雪莱不是史学家，像叙述亚历山大大帝的功业，自其父亲马其顿的菲立浦娓娓道来，他写奥齐曼达斯不是叙述丰功伟业的鼎盛衰亡，雪莱的主题是“时间”，时间形成诗人内心的失落、绝望……

雪莱、济慈、拜伦都在极年轻时就逝世，1822 年夏天雪莱为了迎接友人，在回程旅途中船遇到暴风雨，死于海上，他的口袋里还藏着济慈的诗稿。雪莱死后火化，骨灰葬在罗马新教徒墓园，旁边就是济慈的墓，人生因缘聚散，时间与华美绝伦的诗篇都是谜中谜。

荷马史诗《奥德赛》那位住在埃及附近海岛上的老人普罗透斯是位智者，他未卜先知，一一细说特洛伊战争英雄的遭遇：埃阿斯归途葬身大海，阿加曼侬回家后被谋害，尤利西斯被留在卡吕普索海岛上每天泪洒异乡……

但就是智者普罗透斯也不能解答时间的谜题。

只有古国来的旅人略带几分沧桑叙述属于时间的故事。源于尼罗河和美索布达米亚平原的文明都保存在时间的废墟里……

透过绵长悠远的时间，智慧的果实已经成熟，在残破的古庙宇、古石柱、古墙、古墓，时间所形成的灾难中，揭开的正是一个属于过去光辉灿美的时代。

3. 斑骓、青虬与白螭

乘坐在斑骓上一定是多情的李商隐，他想起有位女子以凤尾香罗裁成帽子，在更深人静一针一针地缝，月亮的清魄似团扇，难以掩遮她羞怯的面孔……

诗人终于感叹地说："曾是寂寥金烬暗，断无消息石榴红。"

汤王的盘，孔子的鼎，所谓汤盘孔鼎，虽然器皿已不存在，文字仍然流传后世。

李商隐乘坐在斑骓上，跨过逆时间之旅，跨过千古，正因为他留下瑰奇幽丽、感时伤逝的诗章。

《涉江》一开始，我们看到华丽的场面：屈原头戴古冠——切云，身上的玉佩皎洁如明月，驾着神兽青虬、白螭与虞舜同游瑶池仙圃，攀登昆仑山，在幻想的境界日月光辉，地久天长……在幻想的境界时间是不存在的。

一回到涉江现实的场景，时间追随屈原的旅程辗转推进，屈原渡过长江、湘水，秋天刮起冬天的朔风……

就如法国金发少年 *Jhierry Amiel* 以水晶碎裂般的声音唱出艺术老歌《蓝色的字》(Les Mots Bleus)。

Le vent cl'hiver souffle en Avril（冬天的风刮在四月天里）

阴郁冥暗的森林都是猿猴出没的地方，山高蔽日，幽晦多雨，霰雪纷纷，云霏霏，天茫茫……

屈原盘转在时空交错、幻想与现实接替的境域里，时间对屈原并没有形成摧毁，时间成就他与日月并灿的"屈赋"。

4. 夏满冬虚，日迁月移

岁华消逝时如一出舞台剧的终场，布景中的道具全搬走了，舞台空了，只有故事中的主角，演尽了沧桑世事，演尽了悲欢离合，自个儿泪溅空荡荡的舞台……

在旅次中我见到野草盈路，倒塌的栏杆，荒废枯干的池子长满了青苔，夕阳在那儿穿渡，仿如过客，夕阳的焰火如剩柴残炭般光度十分微弱，呼轳轳的风声就是说故事的角色，铿锵深沉，抑扬顿挫地述说时间的故事……

时间对沉沦在痛苦深渊的人是枷锁，他们吼叫着："流逝吧！连岁月仅存空幻的梦想也带走吧！"宁愿将人生这杯苦艾酒恭奉给时间的帝王，让他独自吞噬这杯苦酒，不要泼洒半滴到人们唇间。

但我却愿独自饮尽人生这杯苦艾酒，对我来说它是法国诗人拉马丁（*Alphonse de Lamartine*）笔下掺杂花蜜与胆汁的酒，是一杯生命之酒。

有时人为逃避悲伤，急于要喝忘川——列特河的流水，一饮就能遗忘时间的蚀伤。当我走入凡尔赛秋的林中，秋正在举行一场丧礼的仪式，还记得繁夏时绿叶密乱的影子倾泻在我额前，如今连残余的一抹线也消失了，大自然繁盛的佳期已进入尾声，古人以五声来形容季节的变幻，春是角声，夏是徵声宫声，秋为商声，冬为羽声。商声伤声，秋风低啸，鸦鸟哀吟……这是大自然诀别前留恋人间最后的眼神，是慈母将闭上双唇前最后对孩儿喃喃的叮咛，也是她弥留人间最后的唏嘘与庇护……

我不再渴望喝忘川的流水，我恭敬地擎起人生这杯苦艾酒。

（选自《香港文学》2005 年第 2 期）

飘零感

［瑞士］赵淑侠

赵淑侠（1931— ），女，原籍黑龙江肇东。瑞士应用美术学院毕业，曾任世界华文作家协会副会长、欧洲华文作家协会会长。著有短篇小说集《西窗一夜雨》、《当我们年轻时》，长篇小说《我们的歌》、《塞纳河畔》、《赛金花》，散文集《异乡情怀》、《海内存知己》等。

今年的夏天来得特别晚，已经六月了，气候仍然阴阴冷冷的，时常起着大风。风力不但强劲，还夹着黄沙，不管是窗框还是门槛，用布一抹，总是厚厚的一层黄颜色。据说这风是从撒哈拉沙漠吹来的，所以夹带着黄沙。我就怀疑，撒哈拉离开瑞士上千里，中间还隔着大海，就算那风厉害吧，怎么会一吹就吹得这么远呢？但报上、电视里都这么说，我也就只好姑妄信之了。

今天风较小，阳光又好。午后，先生上班，儿子上学，我带了小女儿在后院的树荫下。她拿了一堆笔，在纸上用心地涂着颜色，画得好起劲。我靠在躺椅上看书，看着看着，被初夏的熏风吹得昏昏欲睡，竟迷迷糊糊地打了个盹。就在那十来分钟的睡眠里，居然还做了梦，依稀地仿佛置身于台北的街头，满眼都是熟悉的面孔，我曾那么欣喜于又回到了自己的地方。直到小女儿推醒了我，才恍然一惊，发觉那原是空空一梦。惆怅立刻像个擅长操纵的魔术师，控制了我整个的情绪。

原打算休息片刻后写写东西的，纸笔早已拿出来，放在遮阳伞下的圆桌上。我握着笔，对着纸，思索再三，踌躇再三，竟是毫无文绪，枯坐良久，那张纸上还是一片空白。于是，我丢下笔，倚在椅背上，对着蓝天，对着满院骄阳，让思想如野马般地驰骋。

环顾四望，只见周围是层层叠叠、深深浅浅的绿树，是一耸一耸褐红色的尖屋顶——典型的欧洲式屋顶。院子侧边，隔着一排茂密的莓子灌木，传来邻居太太和人谈话的声音——那是我听惯了也说惯了的德语，但却不是自己的语言。枝间的鸟鸣清新悦耳，几只彩色的蝴蝶环绕着一堆盛开的玫瑰翩翩而舞，多么美好的季节，多么绚丽的世界！然而，我被围在那些屋顶与绿荫之间，竟像置身于深山之谷，孤独而茫然。满心满身，都是汹涌而至的乡愁，都是挥不去掸不开的飘零之感。

前天，有个朋友来，随便聊起。她说，瑞士是世界上最太平的国家，你的生活这样安定，交往圈子又高尚，真叫人羡慕。她又说，你在欧洲一住十几年，一定早习惯了这里的一切，怕已经成外国人了吧？我微笑着无言以对，要我怎么解释呢？安全和上等的物质生活就是一切吗？高尚的社交圈子就能洗去那份浓重的乡愁吗？住得倒是够久的，但那就会使我觉得自己真变成了外国人吗？我流着中国人的血液，背负着中国几千年来的文化背景，脑子里是中国思想，脸上生着中国人的五官，除了做中国人之外，我永远无法做别的什么人。只是，我深深感到，我们这一代的中国人，正像那些由撒哈拉吹来的黄沙，分散在世界各个角落里，只浮在表面，仿佛大风一吹随时都会高高扬起，永远摆脱不了那份不落实的感觉。

圆桌上摆着一盒方块字，我教小女儿念中国字，她的小脑袋很精灵，一学就会了。我夸奖她，也感到安慰。想起以前也这样教儿子的，他上学之后，因功课忙，没时间也没兴趣再继续学，几年下来，就连原来会的字也忘了。我几次说："你该继续学中文的。"他倒反问我："为什么别人都不学，单是我一个人要学呢？做完了功课，××就要来找我去踢球呢！"这正是很多中国孩子说过的话。有人说："不学中文又有什么关系？反正他们生在这里，长在这里，是道道地地的洋人。不像我们这一代，长成这么大一个人才出来，无论如何，摆脱不了中国人的思想和习惯。"我倒说：他们不会是道道地地的洋人，因为他们明明是中国人。不同的只是，我们这一代虽然摆脱不了那份飘零感，尚可以怀怀乡聊以自慰。他们的悲哀是，也会有同样的飘零感，却因不知乡在何处，以至无乡可怀。

（选自《紫枫园随笔》，中国友谊出版公司1984年版）

那些一

［英国］杨 炼

杨炼（1955— ），生于父母出使的瑞士伯尔尼。1974年到北京昌平插队，1977年返城，考入中国广播艺术团创作室。现居英国。著有诗集《太阳，每天都是新的》、《礼魂》、《荒魂》，散文集《鬼话·智力的空间》等。

1. 抵 达

小小的车站隐藏在树林里面。铸铁的栏杆，漆成暗绿色。另一些枝条，刻了花，上个世纪的陈旧图案。有的地方斑斑驳驳。那些凹陷和背面，避开人手的触摸，像充满时刻表的世界上，唯一不怕误点的。月台，列车开出后空空荡荡，像列车到来前一样空空荡荡。雪，白色的空。覆盖到处时，空，独一无二地充斥了一切。车站本身在无尽地旅行。

脚步声。只有这时，才听见自己的脚步声。打着滑，小心翼翼绕开积水和泥泞。都是水泥的：站台、楼道、阶梯、走廊的四壁和天花板，每走一步都发出回声。连咚咚的心跳也像回声。最后一缕阳光，正在染色的玻璃窗上变软，瘫下去。第几次最后？这已是第几次，走出终点站？脚步敲着听觉，用一个疑问迟疑地触摸着起点。这么慢地走，似乎在品味，是否有一个距离，让终点和起点之间，至少存在一点区别？至少，一个盲人，除了那听惯了、听腻了，却还逃不出的脚步声，还剩下一些什么东西。但是不，眼睛闭着也已知道，万物都在单调地重复。回声，在一页地图上复制出来。这从未到过的小站，就从未离开过。不如此想，怎么读懂一生的经历。

小报摊在右边，熟悉的花花绿绿。出口，在左边。又是雪，北方小镇永远的风景。天空暗下来，一个下午四点钟必然的背景。街道上，已弥漫着黄昏。只隔一扇门，就能加入匆匆回家的人群。握住这只冰凉的黄铜把手，用力拉开，晚餐的香气就会扑面而来。灯火，像一个个邀请。瓶装的醉意，有橡木和琥珀的颜色。又一个被壁炉和烛台烧暖的冬夜。又一次，在几毫米之外。玻璃和一刹那，拖迤着世界，磕碰在雪地上，既迫近又遥远。

寒冷扑面而来。出鞘的刀子，精心打磨过，猛然捅进鼻孔、嘴、喉咙。沉甸甸发亮，像股倾注进血管的水银。渗透每一条缝隙，又从所有毛孔中钻出来。分叉的舌头，咝咝响。舔就是剜。好舒服啊，这种剜，能剜到记忆的深度。从一个地点剜下去，挖开血肉中一条隧道，能通向无数别的地点。一个一个北方，用闭紧眼睛的黑，在梦里亮着。一大块固体的冷，把穿过它的奔跑变成一次。回顾保持在零下。精致的细节中，视力无限向后退去。又一片雪花黏在睫毛上，转瞬雕成一粒水晶。看见它才看见过去了？总是这样，越远，越渴望抵达；越快，越不能抵达。而一次又一次抵达，是不是在互相抵消？永远抵达不了。一场记忆中的雪，储存于何处又消失于何处？而此处，是另一场或同一场？只轻轻一擦，就没了。眼前，还是小镇。一样的灯火、人行道、结冰的路面。两盏车灯停下，等着行人过去。

没有名字的小路，通向没有名字的湖畔。长跑者，回答问题时也在颠簸。地址颠簸着，像冰层下嘲笑的鱼眼。那就站住，站在这儿，靠着柏树墙，看，一生中这没有地址，也没有方向的一分钟。冬天的暮色中，小湖是一块微微反光的白。迷路者，是小湖的空白。一分钟够长，够认出，一生迷失的道路，都刻在脚下的冰层中。冰缝的纹理，雪白而细致，与冰面垂直地落下。一个丝绸质地的剖面。几乎会飘荡。太晚了，孩子们的冰刀放弃的地方，更多孩子放弃过自己的疯狂。每天丢失一点，可所有丢失的，又被日日退入暮色的天空保存着，成为此刻眺望的一部分。甚至不是记忆，眺望使天空只有现在。只要抬头，无限延伸的一分钟，就显现一个珍珠母光泽的轮廓。赤身裸体的，被柳枝狠狠抽打着，把摔满冰屑的年龄、叫喊和已无须看什么的眼睛，留在同一边。

那还有哪儿需要去抵达？除了这无所不在的一分钟，谁，能终于抵达什么？车站，迷宫似的小路。教堂像一个传说，忽左忽右地旋转。都无非一只表盘上，夜光闪烁的数字。小镇，在每一个转弯处抹去自己一次。直到，它变成它自己的鬼魂。而访问者，像鬼魂体内寄生的鬼魂。一个回来的时间，意味着面对面撞上一直躲在自己画里的隐身人。那总能躲得更深的——冬夜和眼睛，互相成为视野的一部分。房子、树丛越来越黝黯。它们仍在每天一次无须一双眼睛地黝黯。无须，意即没有什么是能被拉近或推远的。一个窗口泻出的灯光，把雪地染成一小片淡黄色。一颗大星，刚刚开始照耀。一座多少年代纹丝不动的白色站台，垂下一双死鸟的翅膀。深处，没用的，只是距离。

一座红砖的三层楼房，从来没见过，却与记忆中一模一样。记忆把它弯成了自己的形象？把一双犹豫不决的手，从轻轻叩着门板的，删改成按下电铃的。一个声音响在到处 ± ±或许根本没有手，黑暗中这扇门始终洞开着；根本没有门，站在外面的也早已站在了里面。从第一天起，就没离开过。因此，这块棕色黏垫是假的。黏垫上踩过的脚、擦着的鞋、那些污垢，是假的。一盏塑料小灯照亮的号码下的名字，像塑料一样不真实。太熟悉了，因而足够陌生。这房子，是另一座车站。梦中旅行的终点，抵达时，又被梦远远移走。秒针的尖端，那一丁点儿金属，与时针重合的一刹那。教堂巨大的钟声，越过小湖传来，摇动，墙上假寐的长春藤不知是否会醒来。

2. 水晶阁楼

旋转一块水晶。

他到了。这里，一个内与外汇合的地点。阳台上一道小铁门。他向外看就像向内看。一个夜。松树把白雪衬得更白。邻人和风声，被关在外边同时关在里边，像深深浸入一杯酒的浓度。窗帘厚重地垂下。倾斜的屋顶和木梁，让他想起一只船内部的结构。龙骨。没有锚地漂。天空就不远了。晕眩，一阵阵变暖，沿着某只内脏的边缘缓缓溢出。而足迹，留在身后如此清晰。一步一步，宛如器皿内侧的手工刻花。他闭上眼，心里亮晶晶的，空空如也。

水晶的透明度，令人对它内部一无所知。

也许有一张桌子，橡木的，花纹仔细琢磨过。一个世纪的光泽，每天早晨，必有一双手，擦拭它也被它悄悄审视：从皮肤光滑耀眼的，擦到手背上隐隐显现一条细细的皱纹。一页白纸上最初的摺痕。动作，也慢了，硬了，再后来，不像在擦，倒像是两块木头互相恶狠狠地敲。互相，听着彼此的劈裂声。终于完全停下来。间歇一会儿，换成另一双，还没尝过衰老滋味的。太琐碎的轮回，因而无所不在？

大自然得花多少时间创造一块水晶？

又是时间，庸俗的主题。正因为庸俗，才成为没完没了的主题？还不如说是一个主题掰开了那些嘴。还不如，让这朵花来谈，插在一只长颈水瓶中，那精美玻璃的高高领子，簇拥一颗刚被砍下的头颅。嘴唇，惊愕咧着，还怔在剪刀或斧刃闪耀的一刹那。还没决定，该合拢或张开？不合拢也不再张开，香，就成了幽暗的、隐密的。死后，被他抽出地铁站湿漉漉的水桶，卷进旧报纸，穿过人群。这种美，不怕成为更弱的、淡黄的，让人欣赏能怎样安静蜷缩着度过另一种岁月。它什么也没说。血不一定非得鲜红。

团体的水。

非得是节日。等了那么久，都是在预约，一个日子深处的日子。圆，既无起点也不会有终点。再走，还是在同一页乐谱中。他想：走不出时，冥冥中有一个演奏者，在一首歌里反复哼唱一个世界的词？甚至从未超出一间阁楼。大海，平铺在地板上。从墙到墙，无数的时差。他坐下，一只小沙发，就被上千条地平线紧紧怀着，想回避也回避不了。他什么也不回避，这个节日，已命名了自己所有的疼。多么好，他喜欢被选择。

用舌头舔，水晶的味道。

书架上那么多书，让他回到另一座图书馆。大街北面，从喧嚣中拐进门，就只剩下纸页声，扇着翅膀，轻轻拂过他的肉体。一点一点松弛下来，再一次，习惯荫凉高大的影子了。黝黯的宫殿式窗棂，筛下串串光斑。谁都在阅读着什么，只有他，在阅读那个“阅读”的意象。焦点，仍在深褐色长桌尽头，墨绿色灯罩下一道被压低的眉毛。也是一册书，翻开邻座那个人。一个手势停在空中，不停比喻着允许他读进去的深度。只到这里。一小时一小时无底的“这里”。而后突然，到了一个合上书、把笔记本扔进书包的片刻。大门带着生锈的铁钉关上。他的昨天在一把锁之外，隔着封面，却回味无穷。

咬它。

都该像银器，学会不怕时间。一只牛奶壶，小小的精致的乳房。镶象牙的柄儿，没人知道，那用剩的生命丢在哪儿？一块骨头，不在乎腐烂才有亮度。一套专为家族设计的汤匙，专用来挖，一代一代注册的血肉？遗传的名字，深深铸进了银子。质地的冷，在壁橱里。小鱼子们拧紧玳瑁或琥珀的盖儿。薰香的尸首留下指甲。日子出上，依旧好看。

转到另一侧还是同一块水晶吗？

屏风，这儿一扇那儿一扇。屏什么风？古色古香的东方情调。金漆描绘的小美人，手上的瓶子永远倾下来，却没有水。水神秘地消散在空间里。空间，被隔开才存在。曲曲折折，一间阁楼里无数座园林。假山或太湖石后面，谁总像会盈盈转出来，素不相识又似曾相识。嫣然一笑，倏地飘入另一个故事。他做声不得，只呆呆发怔。

水晶是一座从顶端向下建造的塔。

阁楼里还有楼梯，陡直地上下。上或下？半边留给自己，另半边，留给一个鬼魂。踩着音乐走，钢琴声，有一种慢。从上面传来或从下面传来？哪儿都不传来？它自己活着，漂浮于空中。那样，鬼魂就是木头本身了。一个躯体的重量，压出储藏在自己里面的吱嘎声，向上，在阶梯上气喘吁吁，才知道这些年向下的深度了。年龄，从不是增加，是减去。一个人目睹自己一点点被减去，学到颠倒全世界建筑物的通用的减法。那么，最后一间阁楼，就是海拔最高的一间地下室。鬼魂的领地，周围，群山变白。睡着，不知不觉中，什么人一夜间已完成了件杰作。他知道，他只有一夜。因为，塔是从顶端开始建造的。塔，建了一生。还远远没碰到地面。

换一只手拿。

三角形窗口，可以眺望雪色朦胧的小径上，孩子的背影。三角形的黑夜，在高处，却不可能不听清，一串喃喃的抱怨声。小小的流亡者，不可能懂，为什么自己被放逐？被目送就像被推着，没入大片无动于衷的松林。孩子，谁更像一个隐身人呢？隐身的目光，触到你柔软的棉衣上，反弹、放大、笔直地射回，在刺痛哪双眼睛？谁该原谅谁啊——当此刻，疼痛不放过任何一个人？

瞧，水晶深处也有黑暗。

蜡烛光，既明亮又黑暗。必须侧过头来看，一块赤裸的皮肤在灯下流，油脂滴滴融化的速度，和声音，嗞嗞响。肉充溢着香味儿，从一座香炉中升起。弥漫。蛇群扭曲、滑动、攀上高高的胯骨。凹陷里，阴影加倍活着。色情的习性，是逗留在一处弯弯的伤口上。把月牙形的伤疤，亲成一朵花。摇曳的爪子，非物质地移动。一个纯移动？从耳垂的透明轮廓，直到脚趾，让敏感显形。这肉体不是自己的，它寄生在影子上。光流过哪儿。皮肤就被揭示成神秘的漩涡。湖水，震颤，触到一个岸，波纹涟涟漾回。一个纯生命，受不了生命自己时，不得不一次次死。阁楼里，烛光加深黑暗之处，遍布明媚的死。整个世界就寄生于这一个死亡。远看，阁楼是不是像一场连绵不绝的火灾？火星飞溅，四散的蛾子，无从拯救，才终于配这片夜空。

一切都是折射。

加入一。那些一。抚摸是一个故事。一只稔熟按摩的手、一个背、骨节年代久远的疼，是一个历史。熟睡的片断，阳台再次被雪盖满。处女雪，只有一枝梅踱过。梅的足迹，五瓣殷红，浮泛在空中。那干干净净，从不留指纹的，重叠按下，重合的烫伤。再来一次。互相折射的痛苦中，再插进当初的鲜艳一次。无数次相加仍是一。

一模一样的孤独，再多经历也填不满——他摸到，肉里密密麻麻梅花的爪印！

水晶无穷无尽。

早上七点，钟声，像一尾鱼，游入他的耳朵。钟声来自小湖对面的教堂。在提醒什么呢？也许有死者，平行于阁楼的高度。树林沉甸甸一片银白，连绵不绝的送葬者。这仪式，是一个人的还是一个世界的？每个人一个世界。所有的世界又被封存于唯一一具躯体之内。就是说，那些一还是一。不多不少。他数着自己的老。钟声钻进，每一刻钟裂开的一条缝隙。每一小时，先听不同的口音唱，再清清楚楚，锤下数字的钉子。二十四小时一个轮回，已经太长了。钟声，难道不比人更厌倦？时间的主题，如此轻而易举，就变成非时间的主题。他要的无非一张床，一口能把万物盛在自己外面的石棺，盖上盖子，随钟声荡漾。仅仅随着，阁楼就不大不小，刚好等于一个听觉。他躺进圆，四面八方是直径。到处是，无所谓始终的同一点。他从来在这儿：一个一。一中无数那些。回声震动。他不知道，或许有的唯一一次敲击发生于何时。只听见，自己绿锈斑驳的青铜外壳嗡嗡不停。

（选自《香港文学》2002 年第 7 期）

大 洋 洲

中国的莫理循与我

［澳大利亚］沈嘉蔚

沈嘉蔚（1948— ），生于上海。中央美术学院油画系进修结业，原辽宁书院专业画家。以油画为主，从事过插图与连环画创作。作品多次入选全国各类美展，多个代表性作品获奖并被中国美术馆与中国革命博物馆收藏。1989年初赴澳大利亚，现居悉尼，专职从事艺术创作和活动。编撰有大型历史照片图册《莫理循眼里的近代中国》等。

一、冗长的题解：莫理循是谁

中国的莫理循？对，Chinese Morrison这个英文称呼译过来正是如此。你也可以把它译成“中国人莫理循”。不过，莫理循其实并不是中国人，否则倒不必强调Chinese了。那是一个约定俗成的称号，或许是莫理循自己所始料不及的。莫理循是澳大利亚人，生活在大约一百年前，所以同时也是一个大英帝国的子民。他生前希望被王室授勋，这样他便将成为Sir Morrison，也就是莫理循爵士。他实在也是够格的。但不知何故，阴差阳错，还未来得及授予，他便不幸去世了。但是在我看来，这个“中国的”称号对于他更加荣耀，也更加合适，这个称呼，在他生前便叫开了。伦敦的《泰晤士报》是全球有名的。在本世纪头二十年中，这份报纸有多少读者，便有多少人知道这个Chinese莫理循。当他开始在北京的驻华记者生涯才第四个年头时，他便有幸处在全世界——当然，在那个时代主要只是指西方世界——的注视焦点之中，我指的是一九〇〇年的庚子事变，也就是义和团在慈禧太后的纵容下，攻打北京使馆区的那会儿。而莫理循当时正是置身于东交民巷围墙之内，而且一度还受了伤，外部世界的西方读者还以为他已命丧黄泉。从那之后，莫氏声誉日隆。自然，并不是单靠这一次的经历，而是由于他渊博的专业知识以及特立独行的时评。仅仅指出这一点便已可以推知他如何在“中国通”中排名第一。他在庚子事变那年，便已拥有一个藏书室，内容全部与中国及东亚有关，并在那一年幸免于兵灾。后来当他去世前三年把全部藏书卖给日本的岩崎家族时，已为数两万册以上。这批被称为“莫理循书库”的文化财富，至今还在为中国与东亚的社会、历史研究者们造福。

在庚子变乱之后，莫理循在王府井大街置地造房，一住近二十年。据有心人考察，至今那个院子的一部分房子还在，大约是百货大楼的职工住宅。而王府井大街中段那家瑞士钟表店，便是他住宅的另一部分。我们可以想象九十年前的王府井大街既没有百货大楼，也可能还没有东安市场。只有王府的那口井要比这个名叫莫理循的洋鬼子不知年老多少倍了。所以中国人自然一直管它叫王府井大街。但在洋人圈里，却约定俗成地管这条街叫

Morrison Street，也就是莫理循大街。这也很自然，好比假如一条胡同里最有名的一个大宅是史家的，北京人便管它叫史家胡同一样。但也有人考证说，在中国，当然是指旧中国，租界以外以外国人名命名的大街，仅此一条。我不知准确与否，只录此以存。

虽然据我上面这么只是粗略地描述一通，你也可以领会到莫理循在与中国历史有关系的洋人之中，不是等闲之辈，但是直到目前为止，绝大部分中国人对他一无所知。中国的报刊，从未介绍过他的生平。一九八六年，上海知识出版社以《清末民初政情内幕》为书名，出版过两册他的书信集。是由堪培拉澳洲国立大学的骆惠敏教授编辑的。但此书印数不多，以至仅隔十年，要找到这本书已如大海捞针一般了。除此以外，没有一本莫氏或有关莫氏的著作在中国（包括台湾）出版过。甚至他借以成名的畅销书《一个澳大利亚人在中国》，也无人翻译出版。

莫理循如此受到中国人的冷遇，是栽在两个原因上。一个是中国人不大懂得西方世界的新闻记者与政界人物有什么区别，只要是洋鬼子，总是帝国主义分子无疑；另一个是莫理循在他生命的最后几年，部分出于经济的考虑，辞去了泰晤士报记者的职务，受聘成为新生的中华民国政府顾问。这样，从特立独行的记者，变成了从政的幕僚，在西方人眼中，便不那么掷地有声了。那么他帮中国政府做事，岂不是完全把屁股坐到中国人一边，更值得中国人称道吗？不幸，他做的是民国第一任大总统袁世凯的顾问。如此一来，袁世凯卖国称帝的罪恶，都脱不了他的干系，他便是跳进中国的黄河，也洗不清了。直到新近出版的历史小说中，还杜撰了他与他的朋友，其中还写到英国大使朱尔典面见袁氏劝进的情节。幸好还有莫理循日记存世，大约可以为他洗清不少冤枉。可惜骆教授费尽心血把它们从手稿整理成文，却迄今无出版社承印。不过据有心人考据，莫氏对袁氏称帝，内心是不赞成的。行动上亦十分消极，绝无劝进之举。何况，他的确是为中国人民做了好事的。正是他与年少他十几岁的同乡兼同行，后来也得了个 Chinese 称号的端纳，两人一道把一份被称为“二十一条”的外交密件，泄露给外部世界，及时刊登于西方各大报上。日本原打算趁西方列强在欧洲互相残杀之际蚕食中国，由于天机泄露而大受掣肘，中国政府因此有了喘口气的时间。莫理循根据他的考察，包括到满洲日俄战争战场实地巡视，早已洞烛日本侵略中国的野心。当时还是英日结盟时期，他已通过他在英国政界的影响，告诫英国政府提防日本，可惜他的见解早于时代。英国人直到吃到皇军飞机的重磅炸弹，才清醒过来。

看我提笔一写莫理循，便写了这么一篇，而这只是为了解释我文章的标题，而且只解释了一半。还有另一半呢！“我”是谁？

“我”姓沈，八年前已经从中国移居澳大利亚了，是个画家，所以假如套用莫氏称号的公式，可以叫做“Australian Shen”，也即是“澳大利亚的沈”，以区别于其他住在中国的“沈”。不过咱中国人好像没有这习惯，而且中国的姓与英国的姓不大相同，不大会单独用的。沈嘉蔚，迄今还没有碰到一个同名的，所以不必加定语。但是强调一下我住在澳大利亚却十分重要。因为接下来要说的是，“中国的莫理循”与“我”这两者有什么关系。

其实，这是我一幅近作的副题。那幅近作全名叫：“自画像，中国的莫理循与我”（Self—Portrait With G. E. < Chinese > Morrison）。这里强调“自画像”也是不准确的，其实是我与莫理循平分秋色，一人占一半画面。只是由于我打算把这幅画提交给澳大利亚最重要的一项艺术奖金角逐，而参赛条件是要画活人的肖像，所以只好委屈了莫理循，让他屈居配角。当我在确定中文标题时，便再给他部分“恢复名誉”，放到我前头来。

现在我要从头开始说，我是怎样“遇见”莫理循的，如何意识到已经与他结下不解之缘，又是如何通过他再与其他活着的澳洲人结缘的故事。

二、从海达的相机开始：迟来的信任

一九九三年，我决定请中央美院的校友罗清奇女士来做我新创作的肖像画对象。这幅画是为澳大利亚声望最大的重要艺术奖阿基鲍尔特肖像奖（The Archibald Prize）准备的。这个奖的角逐及其为二十几幅入围作品举办的画展，每年进行一次。作品被要求是在文化等方面有卓越表现的人士的肖像。罗清奇是悉尼动力博物馆——也即新南威尔士州的人文历史博物馆的亚洲部主任。她是完全合格的。

罗清奇与莫理循一样，这个中国化的中文名字马上就会让你想象一位中国女士的相貌。但是在悉尼没有人承认她这个早年在中央美院被叫响过的名字。因此我也习惯与她同胞一样称呼她克莱尔。克莱尔·罗伯茨（Claire Roberts）。一个有一双灰蓝色大眼睛、讲一口与相貌一样漂亮的普通话的澳大利亚女子。

那一年，是我移居澳洲的第四年，也是我艺术生命转折的一年。在中国时，我已是一个确立起声望的历史画家，当我由于非常偶然的原因，来到澳大利亚并决定定居下来之前，我正沉迷于清末民初的历史题材，计划画出一个近代历史人物画系列来。这个计划由于我出国而中断。又由于经济的严峻压力，在我一踏上澳洲土地的同时，便开始以肖像速写作为头两年唯一的谋生之道。直到一九九一年，才重拾油画笔，但改变了方向，出于两年实践培养起来的对肖像艺术的强烈兴趣，以及想在阿基鲍尔特奖的角逐中一显身手的愿望，我开始一系列的肖像画创作。其实，我在中国时也是一直画肖像画，只是那时画的是死人，现在专画活人。

我在澳大利亚的肖像画系列创作，从本质上说还是国内创作的合理延续。我选择与中国，特别是中国人文研究有关的学者作为肖像画对象。一九九二年画的《穿黑色和服的姜苦乐博士》，这年初次入选阿基鲍尔特奖画展，为我带来了第一个荣誉。现在画克莱尔，已是第三幅了。

成为肖像画上的“公众人物”挂在展览馆大墙上，任人评头品足，是克莱尔没有心理准备的。她犹豫了一个月才答应我的请求。而这时她正完成了一件重大工作，举办了一位名叫海达·莫理循（Hedda Morrison）的摄影家的作品回顾展。我便立即去看克莱尔的这个展览。

展览在动力博物馆的四楼。我立即被展览镇住。

那是三十年代北平的风情照片。我在出国之前，是一直埋首于这类照片的搜集与观赏之中的。现在在久违四年之后，那种震撼心灵的感动你可以想象。

震动之后，我立即对所有这些照片的作者产生了强烈的兴趣。海达，一个德国姑娘，十九岁便从希特勒刚上台的故乡移居中国北平，一住十几年，从一个照相馆助手，成为举世闻名的、拥有上万幅纪录老北京风土人情摄影作品的女摄影家。一九四六年她嫁给一位名叫阿拉斯戴尔（Alastair）的澳籍英国军官，在随夫去沙捞越等地住了多年之后，来到堪培拉定居下来。克莱尔也是在她晚年时在堪培拉与她相识。老太太于一九九一年去世。克莱尔办成这个回顾展，已是两年之后了。在我这个中国人看来，这两代澳洲妇女，以不同的方式做着同样的工作，便是在为西方文化与中华文化之间架设桥梁。她们做得是这样实实在在，又不动声色。

我很自然地产生了一个构思，打算把这两位妇女画在同一幅画上，掠过时空，让与克莱尔同样年轻的海达，与克莱尔并肩站在北京的中华门前。在激情驱使下，我立即开始画草图，并促请克莱尔与海达的丈夫、阿拉斯戴尔老人商量，看看能否提供更多的照片。

不料几天之后，克莱尔打电话来说，老人完全拒绝提供照片，而且不同意我画他刚去世不久的妻子。

这真是当头一盆凉水。据克莱尔说，老人不相信我可以画像我从未见过的他的妻子。

我在从失望中恢复过来之后，仍然决定不放弃基本构思。改用海达遗下的那架林霍夫相机来做文章。后来我才意识到，老人的反对事实上促使我采用了一个更符合艺术内在规律的构思。完成的作品变得含蓄因而更为有力。在画上，克莱尔的双手放在林霍夫相机旁边的玻璃展台上，玻璃中倒映的那双手，似乎是冥冥之中，海达的一双手，要再度举起相机。

画题也就定为："海达的相机"，这幅画在次年入选阿基鲍尔特展。

因为阿拉斯戴尔老人曾经表示过对我的不信任，使我对他敬而远之。虽然我的画获得了成功，我也没有主动向他展示。一晃竟过去了两年！

一九九五年八月，克莱尔告诉我，说老人问起那幅画，想看看照片。我立即挑了放大相片，连同相机局部，请克莱尔寄交给他。过了不久，我收到一个沉甸甸的大信封，寄自堪培拉。打开一看，是一本海达的老北平影集，由牛津出版社出版的，我当年在展柜中见到，却无从觅得，现在一见，大喜过望。

打开影集，附有一页手写的短笺。"亲爱的 Mr. Jia"（老人一定知道中国人名的第一个字是姓，但我恰恰入乡随俗地在英文中倒过来写了。）

"感谢你给我极好的克莱尔肖像。我一直未见到这幅画。我想它是一幅优美的作品，而且非常智慧和有点儿不可思议的谜一般的东西。我真为得到这幅照片而高兴，它是我所珍爱的。我把它挂在我书桌上方，与我最喜欢的海达照片并列。

真可惜！海达在世时不能见到你！

多谢你的慷慨！你诚挚的阿拉斯戴尔。”

我读了一遍又一遍，心想，我已经获得阿基鲍尔特奖了。

三、与中国的莫理循神交：使命感

现在我要把叙述再回到一九九三年七月，当我站在海达回顾展的展厅时。

我注意到海达的夫姓是 Morrison。我立即想起几年前我在中国借阅过一本书《清末民初政情内幕》。我记得那批书信的作者是一位驻华记者，后来当了袁世凯的顾问。但我只记得他是英国人，不记得、更可能是当时完全没有注意到他的澳洲背景。

我问克莱尔：“是不是那个 Morrison？”她答道：“是的，就是 Chinese Morrison。阿拉斯戴尔是他的儿子。”

克莱尔接下来说的话更使我兴奋不已！她告诉我，莫理循的全部手稿及资料都保存在悉尼的米歇尔图书馆，其中包括大量的图片！随即，她就给我一份详细的目录。

当我坐在米歇尔图书馆古老的天光大厅，用控制不住微微颤抖的双手捡出一张张发黄的相片时，简直觉得一百年的时光不复存在，而莫理循本人正在对我讲述庚子事变、晚清新政、辛亥革命的故事。我当时便很明确地知道，这宝藏一直在等一个人来发掘，这个人多半是一个中国人。而这个中国人正是我。这是我的宿命，也是我人生使命所在。

回到画室我久久不能平静。我从市图书馆借来了他在世时唯一出版的著作《一个澳大利亚人在中国》，克莱尔借给我她珍藏的莫理循传记《北京的莫理循》，此外还有报上连载的刘渭平先生撰写的莫氏中文传略，也都一一从图书馆复印回来。

莫氏的传记告诉我，他是澳大利亚与中国关系史上的先驱。一八六二年他生在维多利亚州的吉隆（Geelong），年轻时便爱好运动及旅行探险。从墨尔本大学医学院毕业后，他去英国深造。在获得爱丁堡大学医学博士学位之前，一八九四年，他从日本来到中国，先是去了天津一趟。到上海后他决定溯长江而上。他一身中国人打扮，甚至买了一条假辫子戴上。坐船直至重庆，再由陆路经贵州、云南，直至缅甸边界。在穿越缅甸到达印度之后，他大病一场，回到澳洲小住后，写完了那本《一个澳大利亚人在中国》的游记，便在英国读完他的学位。却不曾料到《泰晤士报》通过这本刚在英国出版的书，慧眼识英雄，聘他当驻华记者。从此他弃医从文，到北京一住二十年，期间遍访中国各地，成为著名的中国通。他结婚很晚。生有三子，一九二〇年五十八岁去世时，孩子们还在幼年，不久妻子也去世。他的长子伊恩（Ian）长大后继承父业，也成为《泰晤士报》的亚洲记者。一九五〇年朝鲜战争一爆发，他便以西方记者常有的职业使命感立即赶赴战场，却在数月后不幸被地雷炸死。当时他正与另一位后来闻名于世的女作家韩素音在热恋中。他的死讯传来后韩曾写一书记述他俩的爱情，这是后话了。

不久，大约在一九九四年初，也就是莫理循开始他的首次中国之行整整一百年之后，我有了第一个构思，就是现在我完成的这幅《自画像·中国的莫理循与我》。详细的草图当时立即画出，完成却在两年之后了。在这幅画上，我用自己同莫氏的对比，来展开中澳交往的历史章节。借用莫氏在贵州同他雇请的中国挑夫合影构图，画他中国装束，对照我的澳洲装束。画上还安排了一些细节，如他的中国官式的英国护照，与我的中国护照，他在一八九五年的签名，与我在一九九五年的签名，等等。

一系列别的计划，包括为生存的忙碌，使我在近两年中未能着手莫理循主题的创作。但是在一九九五年上半年，我回中国完成了一幅历史画《孙文见袁世凯》，内中对袁世凯着装的考证，正得力于米歇尔图书馆保存的几帧当时袁氏送给莫氏的照片。

而这一次的中国之行，重新使我检讨自己的创作走向。到大约这年的十月份，我逐渐明确了自己接下来要做的事，就是把莫理循的主题展开，把自己摆进去，用我最感兴趣的这十九世纪和二十世纪之交中国与列强关系为题材，去用画笔表现人类的文明冲突、人性的善恶等等永恒的主题。

我把将要用后半生去完成的这个系列，定名为《与中国的莫理循对话》。

《自画像·中国的莫理循与我》，可以算作这系列的第一幅。

四、结束的仅仅是开端

我把自己的系列构思写信告诉阿拉斯戴尔，他来信给予极大的鼓励，并写信给澳大利亚艺术理事会，建议他们给我资助。

今年二月，我完成《自画像·中国的莫理循与我》，提交阿基鲍尔特奖之后，再次入选阿展。这次展览中我的画面最大，占用了一大块墙面。人们的反应是我从未遇到过的。从他们的热情中我知道莫理循在他的故乡从未被人遗忘。有一位老太太曾在北京写作，在画前挥动枯瘦的胳膊，要告诉我她所知道的莫理循故事。而我认识的女画家乔把我拉到挨着我的画挂着的她的作品面前指给我看一个细节。原来她画的画架上，正好有一本莫理循的传记。真是巧得有缘分！

在展览之后的日子里，我收到了不少信。当然阿拉斯戴尔的信最重要。他说虽然父亲去世时他只有四岁，但他心目中父亲的样子，正是如我所画。他甚至认为，在他父亲去世后不久，他母亲请人画过一幅莫理循像，现在由国立图书馆收藏着，但那幅远不如我这一幅。

有一位女士把我的画写信描述给她的一位住在墨尔本附近小城的朋友听，原来那位朋友，一位老太大，是莫理循姻亲的后代。她后来与我通信，一再邀请我有机会一定要到她在那个小城的家里去小住，她要给我讲莫理循许多未为人知的故事。

今年六月份，一位叫彼尔·佛勒斯特（Bill Forrest）的先生从墨尔本给我来电话说他想买我的这幅画。

我当时十分意外。因为我的阿基鲍尔特作品，从未有人要买过。佛勒斯特很认真，立即给我寄来正式的信件，表达他的心愿。

原来，他曾祖父与莫理循，是叔伯兄弟，很近的亲戚。因此他深知莫理循的事迹。这影响到他对中国的兴趣，以至在一九九四年按莫理循的路线，也去中国旅行一次，眼下正在写书，记述他的旅行见闻。他本来已很注意并喜欢我的画，这次便更有理由看上这幅与他家族有关的作品了。他计划买下这幅作品，送给他曾长期工作过的阿瑟·罗宾森与海德威克法律商行（The Melbourne Law Firm Of Arthur Robinson & Hedderwicks）。作为商行艺术收藏的一部分，它将被永久性地悬挂在墨尔本柯林斯大街（Collins Street）五百三十号大楼第三十三层的接待厅里。

佛勒斯特的来信使我十分感动。我立即答应把画卖给他。由于画还在巡回展出，这件事要在明年初才能办完。彼尔来信说，届时要请我出席悬挂仪式。并在得知我的新创作计划后很兴奋，想早些与我见面。

这个机会不久便来到了。今年九月下旬，我的新作入选道格·莫兰全国肖像画展，画展在墨尔本的维多利亚国立美术馆开幕。为此我在来澳近八年之后，第一次到墨尔本，进行我的专业旅行。

我与彼尔·佛勒斯特的见面约定在美术馆门厅。这是一位仪表堂堂的中年人，与我估计中的莫理循个头差不多。只是他戴眼镜。在见面之前我只知道他改行做表演艺术方面的工作，却不知道具体是干什么。见面时他告诉我他是本届墨尔本皇家展览会的副主席，眼下正忙得不可开交。但还是挤出两小时来与我相会。我陪他看过画展之后，坐下来喝咖啡。他饶有兴趣地要我叙述自己的经历，在听到我曾经当过兵时，急急地问什么Rank（军衔）。我说，当时还没有军衔制，在我离开军队时，相当于上尉的级别。他听了很高兴，说他当过兵上了越南战场，也升到上尉。我说，我的上尉可是不拿枪的，只是一个布景与服装设计师。

接下来他开始急急地叙述他的历史。他长我四岁。我注意到他与莫理循同样毕业于墨尔本大学。后来又去哈佛深造，一直学法律与干法律工作。他出身于名门望族。在美术馆门厅的捐助人名牌上，他找到了佛勒斯特家族的一连串名字。尽管如此，当我提议与他在我画前合影时，还是遭到了守卫人员的坚决制止，直至他们的领导、一位女士出现才如愿以偿。随后我们在墨尔本典型的一场骤雨中握别，相约明年初再见。下个月，他将率领墨尔本芭蕾舞团去中国巡回演出。

我的故事现在要结束了。因为我无法叙述将来。而这故事在将来还长着呢。所以现在结束的仅仅是开端。

（选自《男儿远行》，海峡文艺出版社2002年10月版）

悉尼艺术家广场的兴亡

［澳大利亚］吴 棣

吴棣（1949— ），祖籍陕西。中央美术学院研究生毕业，曾为人民美术出版社编辑。1985年赴澳大利亚深造，1988年获悉尼新南威尔士大学绘画硕士学位，现为职业画家，业余从事文学创作。著有短篇小说《飞车党的葬礼》、《英王十字街的夜晚》，纪实文学《悉尼艺术家广场的兴亡》等。

1992年10月25日，我终于登上了向往已久的法国巴黎的蒙玛特高地。巴黎的秋天是个多雨的季节，这天虽然没有下雨，天却是阴沉沉的。鸟瞰整个巴黎市区，灰蒙蒙的一片，连雄伟的巴黎铁塔也显得影影绰绰。

这里就是世界著名的巴黎艺术家广场。

常言说得好：盛名之下，其实难副。真实往往和想象有距离。我想象中的巴黎艺术家广场应该是开阔的有着古雕塑的巨型广场，无数的艺术家在同时作画。蓝天、白云、到处飞着鸽子……可是这里（如果这山顶上的一小块平地也可以叫广场的话），只有一二十名艺术家，各有一个小摊位，环绕而坐。有的画油画，有的画水彩，大多数还是为游客画速写肖像。十月底的巴黎，天气已经相当冷，山顶上的风又大，游客极少，画家们都穿着大衣蜷缩在椅子里，有人经过就象征性地招招手，希望人们能坐下来。据说要取得这一席之地并不容易。这里是“终身制”，只有一位画家离开，另一位申请者才可以得到执照，常常要等十年以上。

我望着这冷冷清清的广场，大失所望。

我刚刚在广场边上的一家小咖啡馆坐下，就看见一阵大风把一个画家的阳伞连根拔起，那伞像一个五彩的大蘑菇，在灰色的天空里飘上飘下，给这冷清的气氛增加一点生气，所有的视线都被吸引过去。伞最后挂在一棵大树上，不少人跑去帮助那个可怜的画家把伞摘下来，我的思路却随着那伞，悠悠忽忽地飘了起来，飘回了澳大利亚，飘到了悉尼的环形码头。

一

环形码头是悉尼非常重要的交通枢纽和旅游中心。轮渡要从这里启航，巴士要从这里发车，火车也要路经这里。面向海湾，它的右侧是世界著名的悉尼歌剧院，左手侧则是旅游胜地——石头城。

1984年，我刚刚到澳大利亚的第一个周末，哥哥一家陪我去参观歌剧院，那时的环形码头，过路人虽多，但除了有一两个弹吉他唱歌的人外，并没有什么艺术广场的气氛，在去火车站路口的石柱边上，我忽然看见一个老太太，大约六十多岁，戴眼镜，她支起一个画架，上面有一张黑白素描人像，标价五元。她的对面空着一张椅子，等着顾客的到来。这时，一位带着孩子的妇女走到她的身边，悄悄说了几句话。老太太示意那小孩坐在椅子上，她就开始画起来。她几乎每画一笔就要用手指顶一下鼻梁上的眼镜，小孩开始不耐烦地扭来扭去，妈妈在旁边大声地呵斥着，老太太吃力地画着，我不忍心再看下去。

在回家的路上，我强烈地意识到这个码头将是我谋生的地方。我刚刚在悉尼城市美术学院注了册，周一到周五要去那里上课，周末到环形码头画像将是我最佳的，也是唯一的选择。

二

第二个周末，我就带着画具、小凳上阵了。老太太没有来，我选了另一个角落，把画好的肖像样子一字排开，样子一般多画一些名人，像麦克唐娜、杰姆斯·丁、猫王等等。两张小凳摆好，我坐下来开始低头看一本书，为的是不用直视过路的行人，只用眼睛的余光瞟着来来往往的人腿，各种各样的皮鞋。终于有一双腿驻足在我的面前，我佯装不知，还在看我的书。

“How much?”一个男人的声音。这是个满脸大胡子的中年男人用手指着我的画。

“Three dollars。”我不知为何没有按原来想的五元钱的价格说出口。

他一屁股坐在我的对面，我急忙拿起画板，动手画起来。画人像速写这本是学美术的年轻人的必修课之一，不是什么太难的事，可是用它来挣钱却还是头一次。况且有不少人来围观，我的手有点不听使唤，也不知怎么糊弄完这张画的，总之不像样子。可那人好像还挺满意，留下五元钱说不用找了。接下来就一张接一张地画。

在回家的火车上，我找了个角落，把揉得皱巴巴的钞票从兜里掏出来，一数有六十多元，我当时居然有种幸福感，心里觉得踏实多了。

三

除了五天的美术学院读书，我每个周末都风雨不误地赶到环形码头画像，价格也逐渐提高了。那位女画家只有星期六来，她说星期天是留给上帝的，她要去教堂。我尽量找一个远一点的地方摆画摊，以免干扰她。半年之后，老太太不知为什么再也不来了。

相隔不久，一位朝鲜老头来这里摆摊画像。朝鲜人架子很大，摆出一副大画家的派头，从不搭理人。他收费不是按每幅肖像而是按他花费的时间，15 分钟起价，半小时就要多一倍的钱。他画得很慢，被画的人常常看表，心情有点像不认识路的人坐上了出租车。朝鲜人在画样前还立了一块招牌，自称是著名的 International 画家。可他的画实在不敢恭维，全部是遗像效果。每张画无论男女老少都是一样的面孔，和他本人一样没有丝毫笑容，一色的永垂不朽。

有一次我正在给一位女士画像，一阵小风把那女士的头巾吹落，我忙放下画板去拾。一回头，发现朝鲜老头站在我的背后，他不希望我发现他在我背后看我画画，四目相对，他蔑视地哼了一声，扭头走了。

四

在画像的过程中，我结识了不少的朋友（英文也长进了），其中有一位白发苍苍的老太太。

她看上去约有七十多岁，嘴唇涂得血红，脸上施着厚厚的粉。这在西方世界并不稀奇，所以一开始并没有引起我的注意。

连续几周，每当我开始为游客画像时，发现这位老太太总是站在我的身后，对我的作品赞不绝口：

“啊，太像了！完美的作品！漂亮极了……”

我知道她的赞扬有些言过其实，但是被画的人听了却十分高兴，钱给得也痛快。围观的人也因此越来越多。我很想感谢她，可每当我收摊要回家时，她却无影无踪了。

有一天傍晚，当围观的人渐渐散去，我发现老太太没有走，她凑到我身边悄悄地说：

“你能给我画一张像吗?”

“那还用说，请坐吧!”我想这是一个最好的感谢方法，示意她坐到我对面的椅子上。

“噢，谢谢！不过我只是想请你帮我画一张照片。”说完，她从手提包里小心地取出了一个精致的首饰盒，打开盖子，里面只有一张旧得发黄的照片。照片上有两个人：一个高个子的青年军官和一位漂亮的金发姑娘。老太太指着那位姑娘说：

“这就是我。”

这是一个悲伤的故事——照片是在二次大战期间拍的，那位青年军官是英国皇家空军的飞行员，而姑娘则是一所战地医院的护士。在一次空战中，飞行员受了重伤，在年轻护士的精心照料下，他神奇般地恢复了健康。他们闪电式地恋爱了，爱得那么深。就在举行婚礼之前，英国人突然变卦了，他又爱上了另一位姑娘，并很快地与那个姑娘结了婚，一起回了英国。可以想象这对年轻的护士是一个多么大的打击！但是她并没有完全失望，她仍深爱着他，一直痴情地等着他，盼望有一日他能重新回到自己的身旁，一等就是四十年!

看着老人浓妆的面孔，想到她每星期都要到码头上翘望，我的心不由得颤抖了。直到今天她还期待着与那位负心人重逢！好一个痴心的女人，我的眼睛湿润了。

我把照片拿回家，精心地把它画成一幅油画。我知道这张普通的合影对这位老人是多么的珍贵，因为属于她的只剩下这一点破碎而陈旧的回忆了。

五

一晃就到了1985年底，整个环形码头开始大修，准备迎接澳洲国庆200周年。除了几个通道，火车站和对面的码头全部用木板围了起来。广场上到处堆放着施工用的材料。这种杂乱的场面反而使环形码头热闹起来。形形色色的艺术家纷纷来到这里。印象最深的有：一人乐队阿莱克斯，歌手露西姬，粉笔画家克劳思，木偶表演家约翰逊，吹奏“地就都”的土人乔，家庭合唱团戴维一家，另外还有法国来的漫画家，跳霹雳舞的美国小黑人詹姆……总之，整个广场每走一处就围着一圈人观看各种各样的演出。

这些人不少是国际流浪艺术家，他们从一个国家到另一个国家，到处以表演为生，人生的经历特别丰富。我非常羡慕他们，幻想将来也去世界流浪。

和这些街头艺术家一起，心里特别舒畅，没有丝毫嫉妒之心。除了朝鲜老头，大家都像兄弟姐妹般融洽，经常几十人相约一起去附近的酒吧喝酒。这些天性快活的人到了酒吧也是又说又唱，吸引不少人围观。

有一次我提议去文华社吃自助餐，大家热烈响应，我们一路说说笑笑走到文华社门口，可是守门人把手一横，拒绝放行，理由是服装不整。这伙身着破烂装、牛仔服的艺术家吃了闭门羹，只好垂头丧气地离开。可是没有五分钟，大家相互看看，又都哈哈大笑起来，笑得眼泪都出来了。人人都取笑对方的“怪样子”。人们常说“穷欢乐”，也许真是穷才有欢乐吧。

六

阿莱克斯是从捷克偷渡出来的难民，从奥地利转道移民澳洲。他对澳洲的自由看得比生命还要宝贵。他惊奇这里为什么还有愁眉苦脸的人。

阿莱克斯是个职业的街头艺术家，半年在澳洲演出，另半年去欧洲闯荡。他一个人同时演奏好几种乐器：手抱吉他，背着鼓，头顶着钹，用脚来控制牵着线的鼓和钹，口里吹着口琴，嘴闲着的时候还用沙哑的嗓子唱歌。他的“一人乐队”演奏时，时常吸引大量行人围观。他告诉我，他最爱演奏的是一只美国歌曲：Chinatown。

阿莱克斯的肌肉十分发达，体力和精力都相当旺盛，那时我和他及他的女友琳卡分租一套公寓。这种给穷人住的政府屋十分便宜，唯一的缺点是隔音差，阿莱克斯和琳卡几乎晚晚做爱，那惊天动地的响动对当时还是单身的我来说无疑像是受刑，我忍无可忍只好去敲他们的门，安静了五分钟，琳卡的尖叫和阿莱克斯的喘气声就又此起彼伏了。

阿莱克斯常对我说，他的演出是重体力劳动，一场下来往往大汗淋漓。所以他每天的早餐绝不马虎，总是一大块牛排，两杯热奶和几个煎鸡蛋（不像我是一色的方便面）。这样他可以一直坚持到下午三四点钟。休息一下再赶去英王十字街。

他往往深夜才回到家，先洗个热水澡，然后把沉甸甸的一大袋硬币倒在桌上，一边喝着葡萄酒一边慢慢数来，几乎每天都有三四百元的收入。

真不可小看这些街头艺人。

七

这天我刚刚来到环形码头，看到我平时画像的对面有一位抱着吉他的姑娘。她个子不高，但十分苗条，蓝眼，金发，有一种使人过目不忘的魅力。我开始在石柱上挂我的招贴，画还没有贴好，那个姑娘已经唱起来了。

一点也不夸张，这是我听到过的最美的歌喉。她面对着观众，脸上挂着微笑，蓝色的大眼睛里隐约看到一丝淡淡的伤感。她一边弹着吉他，一边轻轻地唱着，在这样开阔的地方，她的声音就像有扩音器一样传得很远。

一首歌唱完，围观的人们报以热烈的掌声，同时往她打开的琴盒里扔钱，她只唱一首，不再唱，又像我刚来时看见的那样，抱着吉他静静地站着。半小时后，她又唱了一首歌就走了。

晚上，我向阿莱克斯打听这位姑娘：她叫露西娅，16 岁去意大利学习美声唱法，二十岁回到悉尼，曾在悉尼歌剧团做专业演员，后来与导演不合辞职出来，幻想能唱流行歌曲出名，自己出唱片。

又一个周末，我正坐着无聊，这位姑娘不知从哪里跑出来，坐在我对面的小凳上，她用甜美的声音说：

“我看见你画的人像，画得很好。我没有钱，我给你唱一首歌，你给我画一张弹吉他的速写好吗？”这有什么好说的，我马上拿起了画板。

她用手指拨动着琴弦，轻轻地唱起一支伤感的歌，我迅速地用炭条在纸上画起来，她还没有唱完，我已经画完了。

她拿起画端详了一会，走到我面前，在我脸上 Kiss 了一下，就跑开了。

八

我头一次意识到我们的同胞开始在澳洲大批登陆，是 1987 年底的一个早晨。我还没有起床，两个过路人从我窗外走过，我清楚地听见谈话中夹着一句国骂：他妈的。

紧接着，环形码头开始有不少大陆人的形象出现。

有一个周末，我拿着画具去环形码头，看见一个戴眼镜的女孩子，一看就是从中国来的留学生。她蜷缩在一个角落里，墙上贴了三四张皱巴巴的人像样子，其中还有国内美术学院的石膏习作。她自己坐在小凳上，头都不敢抬。

“从哪儿来的呀？”我站在她面前大大咧咧地问。

“广州，你呢？”

“北京。”

她好像并不想继续对话，又低下了头。我讨个没趣走开了，找到我的老地方，熟练地把画样子贴到火车站出口的圆柱上，刚坐下就有人来问，一画就到了天黑。当我站起来活动活动累酸了的腰时，那姑娘早没影了。

第二天，我在相同的时间来到环形码头，一眼就看见我的位置已被昨天那位戴眼镜的女孩子“占领”了。她又多画了几张样子，也贴在那根圆柱上，也许她认为我画得多是因为这个地方的“风水”好。她仍然低着头，羞怯地看着自己的脚。

我耸了耸肩，连招呼也没打，就换到离她不远的另一个圆柱上去贴我的画样了。和昨天一样，刚刚将画具摆好，就有人来问，于是又一张接一张地画到了天黑。中间我偷眼看几次那个女孩子，她一张也没画上，只坐了一个多小时就走了。

一连几个星期，再也没有在码头看见她。

一次极偶然的机会，我们相遇了。从那天开始，我们再也没有分开过，她成了我的老婆。

九

从中国各个城市来的留学生越来越多，会画两笔的都想在环形码头试试运气。我来得最早，新来的都很客气地向我搭话，一般都是问颜色、纸、笔在哪儿买，样子怎样才能贴在墙上，画凳方便还是普通的海滩折椅好用等等非常具体。如果我有客人，他们就在后面看，有时一呆好几个小时。没有多久，环形码头就有四五个大陆来的画家摆摊了。

刚开始，大家互不干扰，距离拉得很开。为了引人注目，每人都画很多样子，一贴一大片。那时澳洲人对画像仍很新鲜，而且环形码头的外国游客非常多，也不在乎多几个画家。再加上唱歌、跳舞、弹琴的，反而显得更热闹。

由于码头修理，市政厅和警察也放松了对这个地方的管理，不少小贩也开始在这里摆摊。这里都是游客，又不用交租金，百分之百的赢利，吸引了几十个小贩。有的还越摆越大，架起了大桌子，卖衣服、玩具、邮票、古币、墨镜、热狗等等。有几个兜售清凉油的恐怕是留学生群里最早做生意的（那时还没有进口集装箱的气派，只是卖随身带来的小商品），他们一边往洋人的大鼻子上抹清凉油，一边大声吆喝：Tiger Bar！Tiger Bar！

这时的环形码头，不仅是艺术家广场，还是个大 Market，一到周末，人头汹涌，水泄不通。

十

1988 年，澳洲 200 年大庆，中国留学生的人数已达到相当可观的程度。大多数人是借了一屁股债来的，一下飞机就面临着打工挣钱还债的压力。特别是 Chinatown 的中国餐馆来了一大批廉价劳动力，工资压到两三元一小时，工厂工也很难找到。留学生们常常三四个人睡一间屋，一桶牛奶，两袋面包地度日。相比之下，在环形码头画人头像的就成了天之骄子，运气好的，一天可以挣个二百多元，所以不少人给国内准备来澳留学的人写信：你要是会画人头像就来，不会画像千万不要来！

也许是这个原因，更多的"画家"来到环形码头，大家见面都认识，都点头，但谁也不问对方姓名，特别是广东人，一色的英文名。据说是万一黑了就马上转入地下，不至于给查出来。所以在环形码头的人都用外号相称：像我自己由于来得早就被称为"老北京"。之后来的北京人就叫做"新北京"。"新北京"的弟弟来了就叫"新北京弟弟"（比日本名还多一个字）。还有"小上海"、"老天津"、"小天津"、"老广东"（后来简称"老广"）等等。有的外号是根据印象起的，像专宰日本人高价钱的，被叫做"大屠杀"。在 Kingscross 一带活动的画家被称为"老 King 狂"。"老虎机"当然是挣了钱就去喂老虎机的，还有叫 Rubbish 的，是画得最糟的，等等，五花八门的名字。

这时候，各自为战的局面不再存在，只要一个人抓住客人，其他人就蜂拥而上。我是"老革命遇到新问题"，一见人多就头痛，索性躲到角落去画。可我刚一画上，一看四周，早已坐满了画家。

市政厅和警察终于光顾环形码头了。

首先被驱赶的是小贩们，在被市政厅管理人员和警察多次罚款、没收货物之后，他们的摊位逐渐消失了。

画像的一开始仍被列入街头艺术家而不加管束。这也就使更多的人来到码头，连一些根本不会画画的人也滥竽充数地坐在那里瞎画。

"中国青年艺术家协会"酝酿成立了，这恐怕是留学生的第一个组织，它既不搞民运，也不搞居留，目的简单明确：保护先来者的利益，和后来抢饭吃的人斗争。组织的召集人是外号"党支部书记"的老陈，上海人。他是画像大军里的中坚力量。他想的、说的、做的离不开画像。这时画家们再不是周末来广场，而是一周七天地坚守岗位。像老陈每天还要给自己定一个挣钱的指标，不到指标决不回家。他有时坐到夜深人静才收摊，有一次实在太累，想叫辆出租车，可出租车一出现，本来想叫"Taxi"，可是他竟本能地挥着手高呼"Portrait！"

协会的成立并不能有效地阻止新来者的"入侵"。因为一画起来，谁也顾不上谁了。这时的环形码头成了只有夹着画夹子兜揽顾客的清一色黑头发、黄皮肤的画家广场。不要说洋人画家，连跳舞、唱歌的几乎也绝迹了，朝鲜老头也转移到英王十字街去了。环形码头的画家群最多时可达到五六十人，场面之壮观令法国巴黎的艺术家广场也自惭形秽。

不少澳洲人惊奇地问：你们中国人是不是都会画像？

十一

环形码头的画家群开始由“化整为零”而逐渐演变为大兵团作战，常常几十人聚在一起。这反而造成一种气势，过往的行人不得不停下来观看。这一看就产生想画的欲望，像变魔术一样，人们一排排地坐下，几十个画家全不闲着，当然，其中不乏滥竽充数之辈。但奇怪的是画得不好的往往挣得多。因为画得好的一画上，观看的人认为所有画家都画得不错，很容易就坐下了。但画得不好的一画上，观众摇摇头就走了，怎么拉也没用。

为了多挣钱，画像的速度也是惊人的，特别是身后有人等的时候，顾客刚点头同意，正在往椅子上坐的时间，他的一只眼睛已经画完了。一个乡下老太太给小孙女画像，刚掏出梳子给小孙女梳头，画家已把画好的像往她眼前一亮：

“画完了，您呢!”

刚来的人英文不好，常常也闹出笑话：一位澳洲顾客嫌画得不好，拒绝付钱，画家愤怒地揪住他：

“I look you no three no four，I give you a little colour see see！”（我瞧你不三不四，我给你点颜色看看。）

“党支部书记”老陈，也常常帮助别人，新来的往往视老陈为“样板”，他的“洋泾浜”拉客英文居然被录成磁带广为流传。刚来的画家首先要聆听他的“哼哼教导”，老陈也的确厉害，他画像时能做到自己手里画着，还能发现背后有客人来。

有一个杭州来的画家连老陈的“样板英文”也不会，自创一套，他见有客人来，大手一挥，示意客人坐下，客人一愣，摇摇头。他再挥一下，客人还摇头。他使劲再一挥手，客人就点点头，乖乖地坐下了。他因此得一美称：“砍三刀”，真是灵得很，三刀一砍，不坐下的客人也坐下了。

日本人是画家捕捉的重点对象，特别是度蜜月的年轻伴侣，一来他们出手大方，二来不会挑毛病，更重要的是不会英文，没法讨价还价，常常是被“宰”的对象。画家专门“宰人”的价格往往画完才亮出来，被画的人常常看了脸色发白。画家们的口头语是：

“不宰日本人宰谁？想想八年抗战……”

后来一见有日本人来，往往几个画家一起蹦过去，吓得日本人躲进附近的小店不敢出来，从货架的缝隙向外偷看，生怕画家追进来。当年抗战时期，如果这些画家上阵，日本人早投降了。

十二

随着画家日益增多，环形码头的交通也受到一定影响，于是铁路局、船务局纷纷向市政厅抱怨。市容管理人员和警察同时出动了。巡逻车开上了人行道，和当年对付小贩一样，见到画家就没收画具、坐椅，要交了罚金才可以取回。这等于断了画家们的生路，大家开始发愁，想办法。

被没收的坐椅没人去取，因为罚金比买新的还贵。画家们开始使用装牛奶的塑料筐，为了照顾客人的屁股，上面垫一张硬纸板。一画起来，广场中心上百个牛奶筐全部利用上了。画一画完，纸板一撤，用脚把牛奶筐一踢，走人了，真是又方便又经济。

每天中午，画家们陆续来到环形码头左侧的草坪上，观察动静，如果一小时过去，市容管理人员和警察没有出现，大家就悄悄地一人提两个牛奶筐开始摆摊。画样子再也不贴在墙上，而是一人只拿一张夹在画板上，直接向顾客拉生意，一谈妥价钱，马上就画。两眼的余光还要留意有没有警察。虽然这时胆小的人已不来画了，为了生存，还是有相当多的画家上阵，一画起来又是一大排人。这时，不知是谁小声说了一句：后面有警车。只见画家们以惊人之速度把画具一夹，拔脚就走，只留下一排目瞪口呆的客人：怎么一眨眼的工夫，画家突然踪影全无。连赶到的警察也丈二和尚摸不着头脑：一分钟前还看见一大片人，现在只剩客人不见画家。当然也有个别贪心的画家，拉着客人的手一起跑，跑到一个角落，气喘吁吁地接着画。

画家们称其为：敌进我退，敌疲我扰。

十三

200 周年国庆结束，整个环形广场反而更加正规，市容管理人员和警察交替出现，他们也摸透街头艺术家的规律，往往两头夹击，被抓住的画家甚至送到警局拍照留底。警察拿着拍好的照片问画家：你看我给你们的肖像怎么样？画家们的处境更加困难。不少人索性去打工，也有人跑到黄金海岸或者去赶小镇的集市。整个环形码头开始显得空荡荡的，只有一两个弹琴唱歌的人。警察是不赶唱歌的人的，他们说弹琴唱歌是听的人任意给钱的，而画像是明码标价属于买卖，所以要取缔。由于广场冷清，歌手的歌声听起来也有点凄凄凉凉的。

这时传来噩耗，老陈得了肝癌。

老陈在澳几年，几乎天天泡在环形广场，早出晚归。连近在咫尺的悉尼歌剧院也没有去参观过。他拼命挣钱但生活节俭，连 Chinatown 的快餐也不舍得吃，别人去吃饭，他宁可在门口等，别人笑他吝啬，他说：我们这辈人留学是骗人的，赚点钱将来供我的儿子真正来留学吧。

当他昏迷被送到了医院，医院马上动手术进行抢救，可腹部一切开，医生马上又给缝合了，癌细胞已全部扩散了。医生说他还有一个月的时间。

我们几个朋友去医院探望他，老陈还蒙在鼓里，他看上去精神很好。自以为动了手术就会痊愈，一好又可以重返码头画像，直到有一天他感觉到自己不行了，终于下决心回国，不能死在异乡。

飞机场的检票口，我们和老陈告别，他坐在轮椅上，面呈柠檬黄色，不断地向我们挥手。

国内有信来，说他死在八月十五中秋节那天。

十四

一度火热的悉尼艺术家广场也从此衰落了。

1993年9月于悉尼

（选自1994年9月15日悉尼《东方邮报》）

欧洲之梦（节选）

［澳大利亚］张奥列

张奥列（1951— ），祖籍广东大埔，生于广州。毕业于中国作家协会文讲所第七期、北京大学中文系作家班，获文学学士。1991年底赴澳大利亚。著有评论集《文学的选择》、《艺术的感悟》，小说散文集《澳洲风流》，纪实文学集《悉尼写真》，散文集《家在悉尼》，随笔集《澳华文人百态》、《澳华名士风采》等。

大不列颠的没落

也许是血缘的关系，大凡从澳洲到欧洲的旅行团，多以英国伦敦作首站。因此，伦敦便成了我对欧洲的第一印象。

我们是在清晨抵达伦敦希斯路机场的。虽说它是欧洲第二大机场，但躺在灰蒙蒙的天空下，显得懒洋洋。即使在伦敦奔波了一天，仍然觉得它是灰蒙蒙的一片。灰色的天空，灰色的建筑，连那著名的泰晤士河，也显得灰黄混浊。习惯了澳洲那明丽的色彩，对伦敦的混沌便有了强烈的敏感。

然而，这种古旧混沌却裹挟着一种古老的历史文化感。悉尼市区的维多利亚女皇大厦，已是澳洲历史的象征，然而它与伦敦满街古旧庞大的建筑相比，就像是还未发育成熟的小女孩，显得娇小年幼了。我初时很奇怪，为什么许许多多的大厦楼宇，顶部都涂上绿色，与那灰色斑驳的花岗石墙、沾满黑渍的大理石雕，并不协调。一问，原来那是铜锈，是上百年历史的见证。

英国人似乎生活在历史之中，处处渗透着一种浓烈的怀旧情绪。满街奔跑的“的士”，全是清一色的“黑甲虫”，仿如回到了二十年代。还有许多店铺门口，都镶有古典式的徽号。据说那是皇室人员购物之处，显示着物品的名贵及商号的身份。漫步伦敦街头，你犹如进入了历史博物馆。事实上，伦敦的博物馆之多，简直可用“三步一岗，五步一哨”来形容。几乎每条街上都可以找到各种名堂的大大小小的博物馆。

其中杜莎夫人蜡像馆与众不同。在那里，你可以看到世界古今各类名人，既有球星、影星、歌星，更有政治明星。在特定的光线与背景下，蜡像人栩栩如生，仿如与你邂逅街头。虽然我遇到了掀起裙子的玛丽莲·梦露，满身肌肉的史泰龙，但我更感兴趣的还是英国人对历史的现实态度。在政治家一群中，我看到邓小平端坐在中间，而列宁、斯大林、戈尔巴乔夫、叶利钦等，都围在旁边。也许英国人看来，邓小平是当今世界政治天秤中一个最有分量的砝码。至于澳洲总理基廷，在世界舞台上还未有什么发言权。则只好安排在一个不显眼的角落里，等候机会了。

当然，最值得英国人自豪的还是二百多年历史的大英博物馆。然而，世人都知它是一个抢来的博物馆，称其为强盗博物馆。博物馆里的每一件文物，无论是古埃及的木乃伊，希腊的雅典娜墓庙，还是中国的敦煌壁画，印度的佛雕，都显示着大英帝国的殖民面孔。每一件真迹，都是一种贪婪的掠夺。当年有位英国人，曾软硬兼施，哄骗希腊人，以六千英镑把巴比伦神殿的残迹买下，想高价转售发财，但没有一位收藏家能容下这庞大的神殿。既然没有买家，英国政府便以三千英镑买下这无价之宝，安放在大英博物馆。至今，希腊政府已多次要求归还神殿，但英国政府仍以种种理由拒绝。至于中国大陆、台湾及香港都没法找到的三件绝品：两千多年前的西周四足鼎、康熙皇帝手书的《忏悔录》、最精致的唐三彩，英国也是不会归还中国的。有位香港殷商，为了保护好流落他邦的东方瑰宝，出资为大英博物馆修建了堂皇的东方馆。

不过，无论你是什么人，当你站在大英博物馆里，面对着那些无与伦比的古物精品，你都会对这个世界的自然力，对人类社会的创造力发出赞叹。且不说那些文物的巧夺天工，就是把那些庞然大物从遥远之地完好无损地搬进博物馆，就令人不可思议。事物总是处于矛盾的两重性之中。大英帝国的横蛮掠夺虽令人不齿，但你又不得不承认，正是这种掠夺，也带来了一种文化保护。假若没有当年的掠夺，这些无价之宝大抵会荡然无存，我们今天也不可能有机会大饱眼福。

如果说，大英博物馆是英国强盛的标志，那么，现今的财政部大楼，则是其衰落的象征。依傍着泰晤士河的英国财政大厦，破旧得实在可以，雨天漏水，晴天渗水。堂堂的英国财神爷，竟然无钱维修自己的写字楼，唯有割让一半抛售，筹钱维修这座徒有其表的庞然大物。英国经济之衰退可见一斑。

我们走近唐宁街，正值中饭时间。只见一群政府高官步出写字楼，其中一位红衣女士挟着皮包，脸色阴沉，脚步匆匆，惹人注目。别人说，这就是即将下台的卫生部长。原来我们刚才看到的一座荒废的大医院，便是这位部长的“杰作”。因为政府经费不足，她下令关闭了一批医院，结果舆论大哗。“巧妇难为无米之炊”，这个穷家也实在难当。

不要说政府，连教会也不富裕。查尔斯王子与戴安娜王妃曾举行婚礼的圣保罗教堂，上面洁白如雪，下面漆黑如墨，一副“钟无艳”的相貌。一打听，才知教会原打算清洗教堂，谁知才洗了一半，就没钱继续洗下去，只好半途而止，由它半白半黑，古古怪怪了。

连伦敦的唐人街，也似乎不景气。英国的华人，虽是欧洲华人之冠，也才仅有二十多万。伦敦的唐人街显得比悉尼唐人街小一些，但离红灯区更近。它的店铺门面有点杂乱无章，连那牌楼的红漆，也给人一种铁锈的感觉。香港首富李嘉诚曾想在伦敦一显身手，在泰晤士河畔买了一片地兴建楼宇。岂知市道不好，他推出三年合约，一年免租金的优惠，也少有人问津，落得个惨淡收场。

乍一看，英国人与澳洲人没什么两样，一样的人种，一样的习俗，连衣着品味、气质风度，甚至走路的姿势，也没有多少分别。但有一样，英国人堪称为澳洲人的师傅。

在澳洲，一直都说澳洲人懒散，生活节奏慢，来到英国，才知是“小巫见大巫”。在酒店开房，在餐厅进餐，在商场购物，甚至在机场检票，你都可以领略到英国人的慢吞吞。你不能催他，一催他就慌了神，乱了套，更慢。英国人的“朝九晚五”更是雷打不动。上班先喝一杯茶，午饭前要来个早茶，午饭后还有个午茶，临近下班还要松弛一下，七扣八扣，干活的时间就剩下没多少了，反正英国人办事绝对按部就班。

英国人大概没有讲求效率的概念，交通一片混乱，你急他不急。驱车进入伦敦市中心的金融区，简直寸步难行、插翼难飞。这个区集中了全世界的大银行，包括中国银行、西太银行都在此插足。然而这块肥地，近几年却成了爱尔兰共和军爆炸的目标。为了保安，政府便把繁忙拥挤的七条街长期封闭起来，限制车辆出入。这种被动的防范，让人觉得政府的无奈与无能。

英皇宫白金汉宫前的交通也是一塌糊涂。明知这是一个旅游景点，每天围观着来自世界各地的游人，当局竟不采取疏通车流量的措施。

不管交通如何挤塞，白金汉宫的皇家卫队换岗仪式却日复一日地循例举行。它似乎为英国争得了一点面子。但如果你留意一下，就会发现一个颇有趣的景象，换岗的皇家卫队有着不同的表情和心境。仪式分三队进行。第一队是上岗的士兵，在雄壮的军乐声中，士兵的脸色个个都是阴阴沉沉，因为他们即将开始二十四小时枯燥乏味的站岗值勤。第二队则是下岗的士兵，他们欢天喜地得几乎没踏准军乐的节拍。二十四小时是怎样熬过来，其滋味他们心知肚明。而第三队是马队，立在高头大马上的骑兵，个个俨如让人观赏的木偶。

整个换岗仪式非常悦目，但明摆着一副装腔作势的派头。可惜这种皇家贵族的派头，也难掩饰大不列颠的没落。再想想澳洲总理基廷的“共和”言论，觉得不无道理，如果澳洲不摆脱保守落伍的英国的阴影，还能有什么发展呢？基廷所追求的，实质就是澳洲人的朝气，澳洲人的进取。

在我告别伦敦的时候，我觉得走马观花太匆忙了，作为观光，它确实有很多值得一看的东西。但作为一个长期的生活环境，它似乎太破旧、太灰沉、太散漫、太缺乏生气了。你总不能生活在历史中，还得面对现实。无怪乎，有那么多英裔人愿意选择长居澳洲。

鱼龙混杂的意大利

无论从哪一个角度来说，意大利都是名扬世界的。古有文艺复兴之美誉，今有黑手党坐大之恶称。意大利时装、意大利皮革、意大利家具，世界名牌；意大利足球、意大利男高音、意大利女郎，世界一流；意大利古迹、意大利小偷、意大利云石，世界一绝。因此，跑一趟七彩的意大利，不管感受如何，都会觉得不虚此行。

从小就听说“条条大路通罗马”，到意大利一看，这可是真的。无论你在意大利或邻国什么地方，只要顺着大路走，就必然走到罗马。这是古罗马帝国曾为欧洲中心的产物。如今，意大利还保留着这种国际观念，处处标有英文。但是，它的公路，却不敢恭维了。

欧洲行教会了我一条经验，看一个国家的贫富，最简单的方法，就是看其公路和厕所收费与否。德国的高速公路是世界最好的，宽阔平坦四通八达，免费使用。瑞士的公路隧道是世界最长的，邻近意大利一段，就一连穿过一百多个山洞，也是分文不收。意大利的公路，虽说也似模似样，但却处处设防，段段收费。驱车进入意大利，一路上走走停停，扔下不少"买路钱"。

最讨厌的还是厕所收费。意大利的厕所，可谓"一妇当关，万夫莫勇"。每间厕所，总有表情严厉的妇人把守，每人要扔下二百或三百里拉，才可"方便"。我曾眼见一位欧洲游客，不知就里，糊里糊涂扔下一千里拉，守厕妇人一声不吭，也不找回零钱。收费厕所，并不见得卫生舒适，还要经常排长龙。说来也怪，收费反而刺激消费。她越要钱，你就越有紧迫感，奔厕所的次数反而比平时多了。沿公路的厕所，常出现"蜂拥"的景象。欧洲人有风度的，便边轮候边聊天，亚洲游客迫不及待的，便打尖抢位。

威尼斯的圣马可广场，遍布和平鸽。那鸽子群起与游人争路抢食，可爱得又有点恐怖。但广场的厕所则更"恐怖"，收费跳高一档，五百里拉，且异味缭绕。走出厕所，才一身轻松，恢复盎然兴趣。但见广场四周有中世纪的叹息桥、拜占庭式的大教堂及高耸入云的钟楼，海水环绕，白鸽腾空，真是一派水都情怀。

威尼斯水城世界上独一无二，城在水中，以河代路，以船代车。我们乘上一种叫"杠多拉"的小艇船游河，并请了一位男歌手及乐师随船助兴。意大利盛产男高音，街上随便抓一个男子，都能引颈高歌。我们的船夫也是歌迷，边摇橹边用脚打拍子，情不自禁跟着放声和唱，情到浓时还反客为主。那歌手也不计较，反正他一边唱，一边向沿岸的女子抛媚眼。据说，意大利男人感情外露，见到女子便兜搭。不过，一些女郎对歌手的献媚不屑一顾。那歌手无所谓，有时也博得岸边妇人的掌声。歌声、掌声在水城回荡，放眼望去，城中楼宇破旧阴沉，除旅游景点外，几近空城。新一代居民早已陆续迁往新城区，只剩下一些老人抱守残缺。

上得岸来，我们直奔历史悠久的玻璃厂。会说两句中国话的老师傅，兴致勃勃为我们表演吹制玻璃的绝技，而我们却心猿意马，一个个偷偷溜去厂里的厕所。说实在的，威尼斯的玻璃烧制蜚声国际，那红的、绿的、透明的玻璃器皿，酷似水晶，简直可以假乱真。厂方接待我们，原以为可以做一笔生意买卖，结果只落得个免费提供如厕。

在比萨，我们领略了音乐厕所的妙处。比萨是因斜塔而闻名，斜塔至今仍在继续倾斜，牵动人心。曾有一位美国人，试图用一辆汽车把斜塔拉直。车上载满肥佬，车一发动，钢缆崩断，成为一出闹剧。这也吸引了更多游客慕名而来。游客一多，收费厕所便生意兴隆。当局见财眼开，在街头兴建了音乐厕所。这种投入硬币自动开启大门的音乐厕所，说来也算是一种享受。使用时，它会不停地播放悦耳动听的音乐。如果你听得太入迷坐得太舒服而忘记离去，时间一到，它临街的大门会突然自动开启，冷不防让你暴露在光天化日众目睽睽之下。如果有人想省钱，趁朋友刚出来而大门未关闭之际闯进去，厕所会突然喜降甘露，令你淋漓痛快变成一只落汤鸡，那是自动喷洗厕所的水。这种全自动的厕所，有时也会自动吞下你的钱。同行有位男士想尝尝新鲜，扔下五百里拉，岂知厕所门毫无反应，钱照收不误，当你没来。男士只好自叹倒霉，另寻他处。

在等候友人上厕所的时候，我又欣赏了比萨街头一景。那不是斜塔，而是斜塔外三三两两、一堆一堆的黑人。他们每人两只手上都戴满金表，从手腕直至大臂。你经过，他会拉着你，向你兜售"瑞士名表"。你望一望那五花八门的表，想想那光怪陆离的价钱，表示怀疑。他便竖起拇指称赞你："先生，你真行，识货，这都是冒牌的。看你内行，来，看看这几个，才是地道的'金劳'。"说着，他便从怀中掏出几只镶满钻石的金色劳力士。塞到你手上，一副如假包换的态度。如果你感动了，认可了这个价钱，便背上一只兴高采烈而去。没过几天，你便会发现那只"金劳"的碎钻会在表里四处乱跑，变成 Happy Diamond（快乐的钻石）。

意大利酒店的厕所，也别有风情。酒店房间的浴室，都有两个厕座，并排着，样子差不多，但一个是用来"方便"，一个是用来洗屁股的。因为意大利人不喜欢洗澡，每天洗洗那地方就算了。有的度蜜月的夫妻情侣，同一时间洗漱，见那洗盆干净洁白，有冷热水调校，便误作浴盆来洗脸，闹出笑话。不习惯冲凉的意大利人，不用浴缸，淋浴间也设计得很小，小得难以转身。但洒水喷头旁边，都吊有一条绳，那是怕被蒸汽闷晕的救命绳，拉一拉，侍者闻讯便会赶来抢救。也有人无意拨弄一下，侍者风风火火赶来闹出了尴尬。

在意大利，上公厕唯一不收费的地方便是罗马城中的梵蒂冈，但那是个主权独立的宗教王国。梵蒂冈虽是弹丸之地，只有几个瑞士雇佣兵，但却非常富有，与意大利形成强烈反差。梵蒂冈是瑞士银行的后台，是美国华尔街的业主之一。且不说世界各教会及信众每年的进贡，光是它博物馆内所收藏的各国礼品，便是无价之宝。那里有许多稀有珍品，民间尚未见过。每年它都抛出几幅名画，制成精美邮票发行，让世间流传。仅此，便是一笔可观的收入。

穿过博物馆，便是教皇主持的圣彼得教堂。这是历时一百五十年才建成的全球第一大教堂。教堂及其广场雄伟之极，难以想象。在欧洲旅游，少不了看教堂，教堂就是欧洲的历史，欧洲的文化。欧洲的国教多为天主教或基督教，故大教堂星罗棋布。一般的教堂大堂都很高，有种直插云霄与上帝对话的感觉。而圣彼得教堂的大堂则特别高，且很宽敞。堂里的雕像，远远大于真人的尺寸比例，站在那里，你会觉得神很伟大，人很渺小，有一种宗教的震慑力。若站在广场上，更觉天国的恢宏。那天广场上，适逢教皇保禄二世在主持世界大弥撒。身穿白衣的教皇念念有词，虔诚的红衣主教、黑衣神甫层层围着，密密麻麻一片，庄严肃穆。待活动结束后，我们才有机会溜达广场。巨大的广场四周，被众多的巨型圆柱包围着，站在广场里，你完全看不到广场外面的东西，被分几行排列的圆柱阻挡了视线。按宗教的说法，这是你未信奉天主，对世事混混沌沌，被无知遮挡了视线。若你皈依教会，便可洞穿一切。广场中果然有一个点，柱不遮目，广场外面看得真切。宗教又解释，这一点就是真理，上帝帮助你找到了真理，能看通透这个世界。其实，这是广场的设计者别出心裁，利用了几何原理罢了。但宗教箴言，信与不信，姑妄听之。

游览意大利，你会发现它有三多：车多、小偷多、古迹多。

罗马古城，处处是横街窄巷，马路九曲十八弯，大车、小车、摩托车，把交通挤得水泄不通。车多不打紧，要命的是行车不成规矩。罗马人勇往直前的精神气概，可与中国人媲美。双车道的路，常常并排走出四辆车，冲红灯已是雕虫小技，越过双实线追逐，也是司空见惯。在小巷里漫步，也常常得一步三回头，防备那些风驰电掣的摩托车。意大利女骑士特别多，飒爽英姿令人敬而远之。在罗马驾车及行路，你都得提心吊胆捏着一把汗。

还有，逛罗马千万要双手不离手袋和背包，否则，一不留神它就会不翼而飞。尤其见到那些吉普赛女人，你要格外小心，会有许多吉普赛女人拖儿带女可怜兮兮地向你行乞，但醉翁之意不在酒，她是试探你的钱包所在。她怀中抱着婴孩在你胸前晃来晃去的时候，周围的小孩早已神不知鬼不觉向你紧要处下手了。罗马街头小偷特别多，除吉普赛人之外，还有许多来自东欧甚至世界各地的扒手。他们都聚在罗马“揾食”，因而罗马也堪称小偷的世界都市。

意大利的黑手党虽然威震天下，但一般都不骚扰普通市民及游客。他们专走“上层”路线，吃大不吃小。你要提防的倒是那些生意人。每次购物，你都要看清价格点清银钱，他通常是故意少找贼零钱与你，你得当面细细点数，以免短少。意大利纸钞面额特别大，千和万只算零钱，动辄以十万百万。你一不小心便会看漏一个零，损失惨重。你若贪方便使用信用卡，则更要当心。他一般不在你面前“碌”卡，说机器坏了，而拿上你的卡进入小房间内办理。他“碌”了多少你不知道，待你回国拿到账单发觉多收了几倍钱时，为时已晚，无可奈何。

尽管意大利这些“花样”林林总总，但你还是会知难而进，因为意大利的古迹充满着极大的诱惑力。可以说，罗马的每一步都是古建筑、古雕塑及古喷泉。罗马古竞技场虽然奇迹般保存下来，但也几乎让观光客踏平了。在场内拥挤得你想转个身拍张照都不容易。许愿泉也是游客驻足之处，除外地游客之外，还有不少背书包的女学生在那里围观，也许她们总有许不完的愿哩。许愿泉因赫本主演的《罗马假日》而闻名，其实，在罗马它只是普通的一个喷泉，比它大比它悠久比它漂亮的喷泉还很多。

我曾在北京美术馆看过一个欧洲文艺复兴的展览，当时便深知佛罗伦斯的大名。如今来到意大利，自然不会放过一睹文艺复兴的中心之风采。最大的收益，便是观赏了佛罗伦斯三杰——达芬奇、米盖朗基罗、拉菲尔的许多作品真迹。达芬奇把山水背景融入肖像画中，米盖朗基罗专表现男性肌肉的力度，拉菲尔强调画面的明暗效果，这都是当时艺术上的创新。然而他们最大贡献，便是使艺术中的神变为人，开一代新风。从此，宗教画上的基督耶稣，头上不再有光环了。

意大利人摘去上帝的光环，也剥去自己身上的遮羞布。街头上到处是裸体雕像，多为男性，且三点尽露，惟妙惟肖。导游对我说，新年期间，他曾带一位香港阿婶到佛罗伦斯的米盖朗基罗广场上看著名的大卫像。阿婶气吁吁赶上山，一看，便叫嚷起来："新年流流，带我看这种不穿衣服的男人。"边说还边摇头甩手。唉，艺术就是艺术，怎能用俗人的眼光去打量呢！

意大利薄饼虽然风行世界，但意大利人只把它作为一种粗粮。最初是货车司机携带上路的口粮，既简单方便，又填肚实惠。倒是意大利时装、家具、皮革高档，领导世界潮流当之无愧。参观佛罗伦斯的著名皮革店，女店员费尽三寸不烂之舌向游客推销皮货。有位小姐听说我从澳洲来，欢喜雀跃，连声说自己是墨尔本人，还问，澳洲经济现在如何？我答非所问，说澳洲的意大利皮鞋似乎比这里便宜一些。她笑笑说，这可是货真价实的名牌呀！意大利人虽然穷，但名牌的时装、家具、皮货的价格却非常昂贵，真不知一般的意大利人怎能消费。或许，名牌货只是供外国人享受。这倒有点像原先的中国，好的东西出口赚外汇，国人只受用价廉质劣的产品。环游欧洲，虽然沿途都是田园牧歌、乡村风光，却看不到农夫。而在意大利，却常常可看到农夫耕作，看到破旧的农舍马棚，这也有如中国的农村。不过，传统的农田则越来越少，而葡萄园、温室花却越来越多，那是供法国酿酒和制香水用的，可提高农业的经济价值。

尽管欧亚背景不同，意大利人和中国人颇有点雷同的缘分。你看，在澳洲移民中，意大利裔和华裔人口，是数一数二（还有希腊裔），且有经商细胞，肯捱肯干，逐渐成为澳洲经济上不可忽视的民族社区。到意大利看看，便可悟出点什么。

风情万种的法兰西

欧洲游，最激动人心的莫过于巴黎。法国人的浪漫，巴黎的花花世界，都令人想入非非。坐上开往巴黎的TGV火车，总感觉不到火车在飞奔。

事实上，TGV火车目前已是欧美最快的陆上交通工具了，从伦敦到巴黎，穿越海峡隧道，也不过三几个钟点，因而有子弹火车之称。不过这种法国高速火车，有时误起点来，也常常是一两个小时。倘若误点三个小时，政府就必须给乘客以赔偿了。幸而我们这趟从法国南部乘坐的TGV火车，正点抵达巴黎。

乍一看，巴黎与伦敦有点相似，举目是有着说不尽故事的古建筑物、古雕塑。但巴黎的阳光明媚许多。尤其是阳光下，许多男女牵着各种名狗在街上溜达。这光景，比欧洲任何一个城市都突出。这也许是巴黎人的一种浪漫吧！

走在香榭丽舍大道，你领略到巴黎花都的浪漫与风流。这条西起凯旋门，东至协和广场的香榭丽舍大道，恐怕是世界上最漂亮最著名的大街。拿破仑所建造的巴黎凯旋门，无疑是欧洲最浮华的凯旋门。虽然希特勒的坦克曾碾过凯旋门，但却没法碾碎法国人的浮华浪漫，没有改变法兰西享受生活的民族根性。沿凯旋门东行，店铺林立，行人熙攘，橱窗琳琅满目令你眼花缭乱；从协和广场西去，则林荫幽幽，情侣相依，挡不住的春情令你心荡神摇。这就是令人陶醉的香榭丽舍大道。

当我在香榭丽舍的露天咖啡座坐下来时，发觉那些凳椅全都面向大街，人们喝咖啡有如观赏街头活报剧，宽敞的大街成了布景，神态各异的行人成了剧中的角色。我在街上漫步，有时都弄不清自己究竟是台下的观众还是台上的演员。

暮色下的香榭丽舍，更是妩媚迷人。尽管店铺早已打烊关门，但酒吧、戏院照样灯火辉煌，街上散步的男女有增无减。人们尽情地呼吸着花都的香艳气息，忘我地享受着夜巴黎的浪漫风流。

对我们来说，最富诱惑力的无疑是坐落在大道上的丽都夜总会。丽都的艳舞团绝对是世界一流的。有经验的人说，看过丽都的艳舞之后，世界其他的艳舞都可不看。巴黎跳艳舞的夜总会不止一家。最先起家的是红磨坊。但它带有点颜色，吓怕绅士淑女。而丽都却是高雅场所，票价虽然昂贵，接近二百澳元，仍场场爆满，大热大旺。看客有法国人、欧美人，更有东方游客。香港、台湾、韩国、泰国等旅行团蜂拥而至，大有迫不及待的架势。看客中，我竟见一位身穿灰袍的光头和尚晃来晃去。连清心寡欲的出家人都抵御不住这灯红酒绿香肌滑肤的诱惑，可见这艳舞的魅力了。

这艳舞听起来有点可怕，其实那是一种高度的视听享受。它把声色电光融为一体，把歌舞杂耍汇于一炉。那舞台设计，那场景构思，那歌艺舞技，绝对是高水准的，富于想象力的。所谓艳舞，只是裸露冶艳而已，那两点是从头到尾彻底开放的，但第三点则密封。它不同于脱衣舞，不以性挑逗为内容，而是喜剧形式的载歌载舞。不过，那几十个经过严格挑选身材一流的女郎，确实令你心旷神怡。那肤色，那线条，乃至质感，都无可挑剔。两个钟点的表演，一气呵成。从拉开帷幕到落幕收场，观众的眼睛都不愿眨一下。我那瓶香槟，不知什么时候落肚了。

没想到，艳舞中还穿插了一个中国的杂技节目。一个胖墩墩的华人男子的顶缸绝活，也让满场倾倒。看样子，那人必是从中国某杂技团挖角而来的。东方与西方，艳与雅糅合在一起，别有一番风情。我们离场时，已是十一时半，门口仍有一批持票的男女在等候午夜场呢！

夜幕下，欧洲早已沉睡，然而夜巴黎却意兴勃勃，毫无倦意。协和广场侧面的马德连教堂前，“阻街女郎”穿梭流连，捕捉猎物。当年安放断头台、葬送君主王朝的广场，如今聚满流莺野鸡。这虽不是挂牌的红灯区，但你可以放心寻芳，因为当局眼开眼闭。对于风流成性的法国人，你很难禁止它，倒不如划一区域，便于管理。其实，在路易十五之前，法国人一般是传统保守、斯文卫道的。自从法兰西王路易十五有了情妇并举国上下皆知以后，宫廷贵族、上流社会乃至民间百姓纷纷效仿，红杏出墙、偷情成了一种时尚。这位情妇，不仅改变了君王的形象，更改变了法国的社会风气。至今，换妻换夫、情妇情郎在法国颇为盛行。

风流的巴黎人，真是春色无处不在。协和广场前的塞纳河畔，那一对对热扭紧抱的男男女女，也看得你目瞪口呆。我们乘船游河，只见河岸的这一段，异性相吸，而那一段，则同性相恋，风情各异，眼界大开。有一对正在造爱的“基佬”，更是吸引了全船人的眼光。那男双目紧闭，倚墙而立，另一男则屈膝而跪，头埋在对方下腹，作法国式接吻。游船上的东方人唏嘘着纷纷举起相机，赶紧拍下这撩人的镜头。对着此起彼落的镜头，岸边的男男女女毫不在乎，早已进入忘我的境界。

我没有拍照，却想起一位女性朋友。她留学巴黎，短短几年也融入了这西方的行为方式。此君曾是南方一位出名的女记者女作家，她到四乡转一圈，就为报社拉回十几万元的广告。她年轻漂亮，风流倜傥，事业上情场上都是成功人士，很多男人围着她。那年她与先生分了手，扔下女儿，来巴黎闯荡，却无法适应法国的生活。她高不成低不就，无自立能力，只得依靠一位同性好友过日子，渐渐地情难自禁，如胶似漆。同居好友曾两次想与她分手，她却大哭大喊，最终还是把好友留住。这么一位女强人，终演变成同性恋者，确实始料未及。

乘船畅游，不仅一览沿河春色，更可把塞纳河畔的艾菲尔铁塔、巴黎圣母院、罗浮宫等名胜尽收眼底。巴黎市区的楼宇都一般高矮，建筑物高度有着严格限制。而艾菲尔铁塔却昂然挺拔，划破长空，直插云霄，这般气势，再披挂满身灯饰，与闪烁的星星相辉映，自然成了夜巴黎的标志。不过，走近观之，它却是一堆生锈的钢铁而已。事实上，它当初就是首届世界博览会的钢铁展品。后来发现它亦是巴黎一景，也就不再拆除而保留下来供人登塔赏景了。

夕阳下从河上望去，巴黎圣母院飞梁尖顶，古老阴森，透出一种神秘的色彩。记得幼时读过雨果的小说《巴黎圣母院》，后又看过同名电影，总觉得它有种毛骨悚然的感觉。但白天前往参观，才发觉它是一座华贵的哥特式建筑杰作。在阳光照射下，那彩色玻璃七彩缤纷，尤其是耶稣头上的光环格外耀眼，宛似上帝从天而降。法国浪漫主义作家雨果，却偏偏从这光环中，看到教会虚伪淫邪的一面，写下了催人泪下的经典名著。其实历史上并无书中所写的钟楼驼侠这个人物。倒是圣母院外墙有一个出水口饰物，似人似兽，非常古怪奇特。也许就是这个不显眼的头像，引发了大文豪的灵感，给圣母院蒙上了一层神秘的面纱。如今，圣母院门口那些行乞的老头，表演的街头艺人，兜售明信片的小贩，又为它抹上了世俗的色彩。

卧躺在塞纳河畔的罗浮宫，则给人一种深藏不露、容纳万物的感觉。欧洲有两座世界最大的博物馆，一是大英博物馆，一是罗浮宫。但大英博物馆有点不光彩，东西都是殖民时期强抢豪夺而来的，全无标明出处。而罗浮宫却名正言顺，或君王名流赠送，或民间搜罗收购，每件宝物都光明正大，标有来龙去脉。若要把所有展品细细观赏一遍，恐怕七天七夜也看不完。然而它最著名的是三件绝宝：断臂的维纳斯像、无头的胜利女神像、达芬奇的油画蒙娜丽莎。维纳斯的断臂，胜利女神的无头，蒙娜丽莎的微笑，都成了艺术家、鉴赏家、收藏家、考古学家永无休止的话题，成了千古文化的悬案。罗浮宫还有另一个争议话题，便是展览厅的入口。坐落在宫内广场中央的入口，宛如大小两座透明的金字塔，它是由著名的美籍华人建筑师贝聿铭精心设计的。这种现代派的设计与罗浮宫的古典风格似乎不甚协调，有人喜欢有人不喜欢。但它的独一无二别出心裁却是公认的。

法国人有其执著的文化品位，他们也自视为世界一流。事实上，法国的文化艺术也一直是世界的经典与楷模。法国文学、法国时装、法国香水、法国大餐，甚至法国的浪漫与风流，都是世界潮流。因此，自大的法国人对英美文化一直都有种本能的抗拒与排斥。

在历史上，英法之间曾有场杀得天昏地暗的百年战争。十八岁的法国修女贞德率领法军抗击入侵的英军而惨遭杀害，法国人一怒之下奋起把英国人逐出法兰西。自此，英法之间的芥蒂从未消除。被称为世纪工程的英法海底隧道通车，并未显示出英国人的绅士风度。英国人把伦敦的火车站命名为滑铁卢，幽了法国人一默。拿破仑惨遭滑铁卢已成为世人熟知的关于失败的典故，英国人不避法国人之忌讳，可见两个民族芥蒂之深。

法国人抗英的心理很能反映在语言文化中。英语是世界性语言，欧洲人都把英语作为第二语言教育，一般人都懂英文。我们在欧洲各国吃玩住行，只要说英文，一切畅通。但在巴黎，我们买麦当劳，售卖的小伙子怎么也听不明白，有如鸡同鸭讲，我们只好按图索骥。在街头上，有位男子莫名其妙用法语向我哇哇啦啦说了一大通，大概是兜售白粉之类。既然是做外国人生意，竟不懂说英语。在欧洲，法国人的英文普及最差，许多人仅懂ABC。相反，他们却大力推销法语，为旅法外国人免费提供法文课程。在他们心目中，法文是最优秀的语言，是欧洲文化的精髓，他们岂肯屈就其他语言。

对说英语的美国人，法国人同样有种抗拒感。虽然法国人曾把自由女神像送给美国，以支持美国人对英国人的抗争，至今塞纳河上还保留着一座小小的自由女神像原型，但法国人对美国文化并不认同。美国人把迪士尼乐园开到了巴黎，便左右为难。欧洲迪士尼乐园，其面积与美国的相同，但文化背景有异，经营效果差之千里，仅去年暑期就亏损五亿法郎。迪士尼虽然插满了美国旗，但却被法国人改造为法国式了。法国人认为，法国也有自己的古堡，无须用美国的，于是，那灰姑娘的古堡便改为又矮又小的法式古堡，大为逊色。在天幕影院，当米高积逊出场时，法国人却出奇的平静，而在美国，早已欢声雷动，全场沸腾了。迪士尼是美式的玩艺儿，法国人认为那种极度刺激不合法国口味，因此砍去了一些最富刺激而又最能赚钱的项目。连饮食也冷落美式而强调法式风味。我们在园内填充了一顿麦当劳，价钱竟是澳洲的两三倍。我们游园那天正好是星期天，整个巴黎的商店都关门，人们只好挤在迪士尼，倒也人山人海，处处长龙。若在平时，园内冷冷清清，工作人员比游客还多。你可以轻轻松松玩遍所有项目而不用排队。七天营业只做两天生意，哪有不亏损之理。

显然，法国人只有艺术眼光而缺乏生意头脑。不善经营的例子还可顺手拈来。法国的LV手袋是世界名牌，据说是火烧不烂。外国游客到巴黎，大都专门上公司购买。这本是推销的好机会，但公司却无甚反应，爱理不理，还规定每人限买两个，而不是多多益善。喜欢名牌的日本人，总是排长龙抢购。有些旅行团整车开上门，买了交给领队，拿回扣，而领队带回日本卖给店铺，赚回一笔。

巴黎购物街，游客光顾最多的是老佛爷和春天两大百货公司。欧洲各国有个规例，凡外国人购物上数百元者，都可以向当地政府退税，因为外国人无须承担消费税。退税一般为价格的百分之十三至百分之十九，只要你拿着票据，到任何离境的机场办理退税，即可取回现金，或转入银行账户。因此，在老佛爷和春天公司，常常可以看到这样一个场面，女的在前面兴致勃勃挑拣物品，杀开一条“血路”；男的则在后面打扫战场，全神贯注搜索地板，若发现别人购物后扔下的票据，便赶紧捡起来以作退税。当然，你最好在时装部、化妆部、工艺品部“打扫”，而不要到家具部，因为海关官员决不会相信你千里迢迢买走家具。

香港人游巴黎，都在疯狂购物。我对此却兴趣不高，总想多走多看。欧洲游历，在法国待的时间最多，但也觉得最短暂。短短几天里，对巴黎的万种风情只能窥其一二，无奈行程匆匆，唯有带着“未完待续”的心情告别巴黎。

（选自《澳洲风流》，香港开益出版社 1996 年版）

赛思和他的女人与狗

［澳大利亚］黄惟群

黄惟群（1953— ），上海人。曾在安徽凤阳插队八年。1986年起在《小说界》、《萌芽》、《星火》、《奔流》、《广州文艺》、《建设者》等杂志发表小说。1987年移民澳洲，曾任华文报社记者、总编辑。著有《不同的世界》、《澳洲风》等。

我是先和赛思通电话，而后才见到他的。电话通了半小时，他在那边不停地说，我在这里计算着电话的费用。赛思是那样一种澳洲人：他好像根本不知道长途电话收费与一般不同，说起话来也根本不考虑对方的经济承受能力，没有语调，没有间隔，词与词之间全部用上连读音，像一串连得很长的气泡，从电话线中滚滚而来。

我是因为那年初入小贩行列，尝到了些甜头，想扩大地盘，才打听到赛思的。朋友介绍说，他有十几年当小贩的经验，家住乌龙岗，那边的市集有他一个固定摊位。于是，我拨通了电话，托他帮我找个摊位。

按照赛思的吩咐，第二天一早我去乌龙岗市集找玛格丽特。赛思说，玛格丽特是他的女朋友，且是合伙人。

玛格丽特这个名字不仅因为与几本名著的女主角相同而远扬四海，它本身就散发出青春女性的魅力，与漂亮、温柔、聪明，以及稍稍有些伤感的优雅连在一起。这使得我这不算太老，对女性尚有想象力的男人精神振奋不少。我相信，我能找到她。

我在市集来来回回走了几圈，始终未见玛格丽特的倩影，正在灰心失望、怀疑自己的英语听力时，一个沙哑的声音几乎夹在我的颈眉之间响起："你是找赛思吧？"

"对对对。"我连声应着回过头去。

面前站着个已过中年的妇女，黑黑的皮肤，卷曲的头发，脚上套了双拖鞋。她，圆脸、圆鼻、圆眼、圆颧骨，一个个小圆组成的大圆明显地含有澳洲土著的特征。

"我是玛格丽特。"她缩了缩头却又扛起肩膀说。她没向我伸手，反而倒退一步，不很自然地看着地面，像是掉了什么。

世界上的玛格丽特可以有不同年纪、不同面孔，给人不同的印象，这是显而易见的，可我确是直到那时才醒悟过来的。

赛思是个救火员，前一天因上晚班，近中午十二点才在市集出现。赛思的出现也是奇奇怪怪的。他也没说他是赛思，在我的摊位看看这个，看看那个，问这又问那。什么都感兴趣的人是什么也不会买的。可我当时没这经验，我用足力气，循循诱导，希望他把看过、摸过、问过的这个与那个全都一起买去。直到他用又低又快又模糊的声音问起我货物的利润，我才开始怀疑他的身份；直到看到玛格丽特走到他身边，将她胸部的那段身体毫无顾忌地贴到他的手臂上，我才大梦初醒。

“你是赛思吧！”我惊呼一声。

他没给我相等激动的回报，好像昨晚电话中的倾心而谈根本没有存在过，他略略点了点头，“嗯”了声，声音低得几乎听不见，然后继续像产品检验员那样“检查”我的货物。

赛思看上去三十出头，处于男性最佳发挥时期；赛思强壮，塔一样巍然屹立，腿与胳膊之粗起码抵我两个；赛思的皮肤白得出奇，且有光泽，涂过清漆似的，阳光下，简直像镜子。赛思与他的女朋友玛格丽特站在一起，完完全全像是母与子，严格地说，是过继的母与子。

赛思卖的是礼品。赛思的礼品与别人不同。布娃娃，长的是东方人的脸，色彩丰富得近似“乡气”；挂花盆的绳托，黄麻搓成，上面吊着和尚念经用的珠子；座钟，半手掌大，钟座是红木的，也具东方色彩……“与众不同”是赛思的坚定主张，是他的生意经。

赛思的摊位设施也与别人不同：架子的铁管比别人粗，铁管上的焊接比别人多，架子上铺的木板也比别人的厚，而且都用螺丝拧住，随时准备对付八级大地震一样。

赛思每样货物的价格都是我估计的两倍。他不信“薄利多销”，只信“独特”，甚至不理会这种独特早已过时，不理会顾客的反应。

开始，我是抱着向有十几年的小贩经验的赛思取经的希望与他接近的，可是，接触他后，很快我便放弃了这种念头。我觉得，如果他稍微谦虚些，不那么固执己见的话，他有足够的理由向初出茅庐的我学习。我也相信“独特”，但我的独特为的是迎合不独特的大众；我也力求高利润，但我的高利润是建筑在顾客能够接受的基础上。当然，这是题外的话。

赛思身上有大大出乎我意料、值得我尊敬而且是我可望不可及的地方。他本身是消防救火员，除救火员外，他还做小贩。除了小贩与救火员，他还另有两份工作：一是做Amway直销员，已经做到百分之十五；二是每星期三晚，在一家拳术馆中教拳术。他把其他澳洲人去沙滩、去酒馆、去迪斯科舞场的时间用在工作、奋斗、赚钱上。他有多少时间留给睡觉呢？我常想。

认识赛思后不久，我就发现让他说话或不说话都异常困难。他不想说话时，会几个小时没有一点声音，面孔刚毅呆板得没有一丝皱纹；想说话时，一串串的气泡声又轻又模糊，不管你听懂听不懂直往你耳里灌。他的沉默倒好应付，他的说话热情却逼得我不得不想些办法出来。于是，我学着澳洲人的样子，不时故作惊讶地“噢……吔……”，或是鼻音拖得长长“嗯……Good”地应一句，关键窍门在于恰到时机。但是，哪怕用手遮着吧，手指缝里漏也会漏些进来。

我发现，赛思的谈话有个重大主题——房子。那是他的兴奋点。一碰到这个兴奋点，我的应付技巧就显得捉襟见肘。我往后退一步，他就往前进一步，我往右一转些，他也跟着转一些，总能面对面很近地对着我。他告诉我，他买了一块地，在一座山上，他将在这座山上的这块地上建一幢房子，五个睡房两个客厅……后来，这个主题更具体化了，发展到他把建筑图纸铺在我眼前，指着上面一个个方块告诉我，哪是睡房，哪是客厅，睡房朝向哪里，房里的光亮度如何，客厅的布局怎样，朝外看出去是什么……再后来，房子开始动工了，他又对我介绍起砖头的颜色、木料的质量，以及银行贷款的曲曲折折……

早就听说澳洲人个个渴望有一个“Dream Home”，但像赛思这样，“渴望”到这等程度的也许为数不多。同样，为这种渴望付出心血的也许也不多。大多数澳洲人都把home留在沙滩阳光中的dream里了。

一次，圣诞前，乌龙岗市集连开星期四、星期五两日，且星期四一直开到晚上八点。圣诞前的生意最好，不去不舍得，可往返雪梨两次又觉太累。于是，我打电话给赛思，希望能在他家借宿一夜。我料他会答应，他确是答应了。

踏进他家的一刹那，我还以为做梦走进了故宫博物馆。赛思的家暗暗沉沉，全部家具都是红木造的。床、桌、椅子、茶几、写字台，以及写字台上的摆设、笔筒没有一样例外，连地板和墙上贴的纸，也是红木的颜色。

“想不到你的家还具有中国特色。”我脱口而出。

“不，是泰国式的。”他纠正一句。

区分中国式与泰国式于我尚嫌难了些，他倒能够？

看完屋子，赛思和玛格丽特带我参观后院。开门刚踏入阳台，只见三条黑影“倏”地一下窜来，吓我一跳。是三条狗，大、中、小依次排列，爪子搭在阳台的栏栅上。狗们也顾不上对我这个陌生人喊叫，一条条朝着赛思和玛格丽特伸出舌头，大喘粗气，口水流淌，“鸡毛掸”一样的尾巴乱甩乱敲，好像主人们不及时与他们亲热一番，一个个都会痛苦得发疯一样。赛思平时挺稳重，动作都是不紧不慢，可见了三条狗，像变了另一个人似的，轻捷地弯下身，又摸它们的脑袋，又抖它们的下巴，动作快速而激烈，平常严肃的面孔竟还透出笑意来。

“它们是同性别吗?”我问。

“不。二男一女。”赛思边和狗们玩耍，边回答我。这回答也挺有意思。

“那没麻烦吗?”二男一女起码麻烦过二女一男。我想。

“女的已经骟掉了。”

骟掉的母狗不是母狗，这我知道，总算松了口气。

“吃得很多吧?”我问。我听说一条狗的花费都很大，何况是三条。

“不比人少。每天两顿，按时按量，晚上一顿有牛奶。逢年过节，每只还加一包牛肉干。周末通常给吃罐头。”玛格丽特在一边说。

“为什么喂三条狗，一条不够吗?”我又问。

“不，不是狗。它们是我们的孩子。”玛格丽特笑着说，“真的，我们叫它们大儿、小儿和三女。”

赛思不好意思地拧过头去，我和玛格丽特都笑了起来。玛格丽特边笑边告诉我：

“它们每天清晨和我们一早锻炼，三条狗大、中、小排好队，跟我们绕后院跑步十圈……”

玛格丽特笑弯了腰。这是我第一次见她笑得这么多，说得这么多。可是，不管笑还是说，她总给人一种萎萎缩缩的感觉，好像手脚伸不直一样。

赛思很久没说话了，他倚着栏栅，眺望远方。终于，他朝我努努嘴，抬起手，指着远处的一座山开口说：“我们的新屋，就在这座山后面的那座山。”

赛思这一指，给我指出许多想象来。那边山上有没有其他住户？是否都是树？有没有电线、电话、排水管？为什么要在那里建屋？这里不是很好，也算半山腰，又能见乌龙岗市，又能望大海，还有翠绿的树……可是我没问。这将是个没完没了的话题，赛思滚滚而来的气泡准得把我累死。

“已经很晚了。”我说，“差不多该睡觉了吧，还有明天的‘战斗’呢。”

我睡不着。外面传来他们的说话声，大多是玛格丽特的。玛格丽特的说话声，有时像女佣，什么都问一声；有时像母亲，什么都关照一下；有时像情人，含有“嗲”的成分。我最受不了的是她情人的那部分……后来，我用被蒙住了头，我担心，万一那里传来鱼水之欢声，恐怕我真的要受不了了。

次日生意很好。生意很好心情就很好。

中午时间，顾客少了些，赛思来逛我的摊位。他奇奇怪怪地绕着我走了两圈，两片嘴唇抖呀抖的，似有话说。我不知如何给他以勇气，只能任他再绕两圈。果然，他说话了，“我要结婚了。”他说。

“噢……”我这人反应敏捷，顿时惊呼一声：“恭喜你，赛思。”接着，我用最大的努力，作出最诚恳的表情，并且用最诚恳的语气压低声音对他说：“玛格丽特是个好女人。真的。你们俩都是好人。”这话并不虚伪。

许多貌似美满的婚姻往往不美满，反之，却常常令人称颂。我更确切的意思是，年龄差别并非问题，重要的是思想感情的接近与相通。尽管如此，我得承认，那一刻，我的良心对我说：应该为玛格丽特美言几句。

“不，不是和她。”赛思面无表情地看我一眼。

瞬时，我所有的诚恳都凝固住了，手脚也凝固了。我不知如何表示才好，只能用凝固的诚恳等待赛思的解释。

“她叫丽娜，泰国人。”

“噢，是的。”我不得要领地应和着，好像早就知道一样。

“我们认识已四年。”

“噢，是的。”

赛思从口袋里掏出一叠照片，共三十六张，是刚从照相馆取来的，他和丽娜在泰国的近照。

照片是最能欺骗人的，它能把丑女照成美女，把年老的照成年轻的，或者是相反。然而，三十六张不同角度的照片想要骗人则很难。丽娜漂亮，非常漂亮，而且看上去活泼、生动。但是，她像只小鸡，骨架小、五官小，什么都小，站在赛思身边完完全全像是父女俩，严格地说，是过继的父女俩。

赛思是用什么办法，同时拥有两个不同年龄的女人的？

“她很年轻，很漂亮。”我说。

“我认识她时，她才十七岁。今年刚刚大专毕业。”口气不无得意。

赛思有他独特的爱情忠诚法。四年等待，四年中，家具全都变成泰国式。他摊位上的货不用说也是泰国式的。我这样想。当然，我也明白，对一个年轻、漂亮，完全可做他女儿的女人，付出些独特的忠诚不算太难。

“玛格丽特知道吗？”我回到了问题的中心。

“应该知道。我每年去泰国两次。”

“丽娜知道玛格丽特吗？”

“会知道的。”他说。

“你们结婚后，玛格丽特怎么办？”我的良心再次要求我这样问。

“她会和我们住在一起。”赛思说。

我们谈话时，玛格丽特正在中午炎热的阳光下看守着她和赛思共同的摊位。

我已很久没做小贩了。很久没做小贩也就很久没见赛思了。去年圣诞前，赛思在泰国成婚后回来，给我打过一次电话，长达一小时，是他付的钱。我从没发现赛思说话说得这么清楚过。这也许得归功于丽娜，她同我一样来自非英语背景国家，难以分割赛思“那一串串的气泡”。电话中，赛思的语调还是没有起伏，可我已感到了他所有的得意。

赛思告诉我，他现已改卖上等泰国皮包，款式多、质量好，很受欢迎，生意额是以前的四至五倍。品种是他泰国的岳父母选定的，而且，他们还通过女儿向赛思传授了“薄利多销”的经典生意经。

赛思告诉我，他的那座山上别墅已经建好，建得很理想，他和丽娜、玛格丽特，以及三条狗都已迁了进去，彼此关系融洽。

赛思邀请我去玩，我托词回拒了。

有位先哲说过：“每个人一生都会有一个梦，有的实现了，有的没有，有的努力到一半放弃了。”

赛思的 Dream Home 算是建成了，建得奇特，给人太多想象和解不开的谜。作为主人，赛思还需许多高难度的技术性处理。一幢屋里，一男二女三条狗最终发展会如何？

说实在的，我很想去看看赛思的那幢山上别墅，可我又觉得把它留在想象中更好。这也是我至今没去那里的真正理由。

（选自 1995 年 5 月 26 ~ 28 日悉尼《自立快报》）

荒原上的红石头

［新西兰］胡仄佳

胡仄佳（1955— ），女，出生于四川成都。1982 年毕业于四川美术学院油画系，当过艺术师范学校美术教师、报社摄影记者和美术编辑等。新西兰籍。1989 年底移居澳大利亚，现居悉尼，自由撰稿摄影人。著有散文集《风筝飞过伦敦城》、《晕船人的海》、《天堂里的孩子——成长在澳洲新西兰》。

如果说悉尼歌剧院贝壳似的造型是现代澳洲的标志，那荒原上巨大的红石头“Ayres Rock”就是南太平洋大陆天生的陆标。终于走近红石头那瞬间，感觉上气给憋住了，灵魂出窍，静穆中话都说不出来。

澳洲荒原有种震撼人心的蛮荒苍凉，特别是几天开车在澳洲中部现代化的公路上。公路完美笔直，四周却人烟稀少，丛林荒原上袋鼠跳跃着，间或从公路横穿而过。偶尔还能见到牧人开着直升飞机赶牛，牛群在直升机卷起的尘土中冲突，丛林中便有了一派现代牛仔们的景象。车一直往北开，澳洲桉树和各种土生丛林退远，大片的沙丘荒地开始出现，正午时分的月亮苍白得像片云母挂在天的一角，太阳火辣辣地令天地对比强烈。没有丛林山脉作辅助标志，车开到一百四十公里的速度也不会觉得快。在热浪蒸腾中，才意识到澳洲牛仔们开着直升机牧牛的好处来。

红石头就在这样的时间空间里突兀平地拔起，上面寸草不生，天苍苍野茫茫烘托着，大气霸气得让人自觉渺小又渺小。红石头令人感觉它非人世之物，庞然有宇宙天外的气度。称它是石其实是大山，从某个角度看它有着月球的表面，山体上深深的痕迹仿佛来自陨石的撞击，也像是抽象雕刻。转到山的另一面，红石头横躺着宛如饱经沧桑的史前巨人化石，肌理奇妙地凝固在强大结实的壮年。时间在这里以亿年为分秒地移动，人世过客留下的痕迹微弱之至。风雨和日落日出，把红石头不动声色地玩出了各种色彩，眼花缭乱之际，时间分秒豁然有了纵横深度。

我曾跟着游人们顺山脊鱼贯而上，攀缘着粗大的铁链扶手。风集结而过，卷起了我的遗憾，这样的好风顺势飞起是太容易了。没有扶手栏杆的地方，光溜溜的山体让人失控，大家只好四肢并用地往上爬，险象环生。我注意到一只小铜牌，上面记录了失事者的名字和生死日期，静静的。好容易爬到山顶的铜坐标台前，签到簿厚厚地吸引着游人在上面留下自己的痕迹，跟别人一样我在风中东倒西歪地也签上自己的中文名字，风和太多的游客把它都翻残了。四望下去，红石头山顶竟然层层平坦，无论有多少游人上山都容纳得下。红石头并非平原上唯一的高处，一组山丘圆乎乎地远远对应着，大气模糊了平原延伸的尽头，苍穹如盖，天蓝似海。

下山来犹未尽兴，我们开车绕着巨石又转几圈，然后顺着山脚小路乱走。迎面碰到一个土著小伙子，眼睛很亮地笑着，打着手势要我们跟他走。他把我们带到山脚下的不大的山洞前，人突然不见了。正奇怪他要干什么，突然听见他的笑声从石壁外面传过来，石壁上有个低低的窗户一样的圆洞，他正兴高采烈地把自己的脸从洞里突出来，活像艺术家手下淘气的圆雕。他高兴地让我们拍了照，又快活地离开，像他来时那样突然。澳洲土著人相信他们的祖先神灵仍然居住在红石头的某些洞窟中，部落秘密代代在老人中相传，外人可以上山但不可以随便进入秘密洞窟的。

红石头庄严神秘，山体的巨大傲然，加上方圆几百里渺无人烟的地质外貌，令观者长啸，这片大陆独立自生了不知多少年。两百年前欧洲白人对这片大陆的“新发现”，彻底改变了土著人和后来澳洲人的生活。人们现在明白原始和现代的定义，并非是简单的先进与落后两种概念。如果能选择的话，“新大陆”再晚发现几百年可能是件好事。能够为人类自身保留一些丛林净水，保留更多的自然生态环境，已经成了许多人的梦想和追求目标。我非绿党人士，佛啊教啊的也从来与我无缘，到了这里却骤然理解了藏民或环境保护人士一路匍匐着“磕长头”，往心目中的圣地纳贡进香，甚至以身奉献的意境。

荒凉是美，巨石是美，它的美无法纳入任何人的腰包，或让一个人独享。和人类追求所有的奢侈物质相比，澳洲荒原上的红石头永恒得意味深长！

（选自《渴望绿色》，海峡文艺出版社 2002 年 10 月版）

你叫小木耳（节选）

［新西兰］谢　烨

谢烨（1958—1993），女，上海人。高中毕业后从事会计工作。1987年随顾城出访欧洲，并定居新西兰。著有诗集《雷米的诗》等。

我写这些给你和不能接纳你的胖
我们只有小心地走在边上才行……我对自己说

走的时候你不再哭了
你说："再见，妈妈。"
你说："谢谢你来看我。"
好像是对我，也是对你所有的故事

最初的旅行

你刚刚生下来时，什么也不会。之后你学会笑，又学会了走路。你开口说话很晚，但是在会说话前，已经能听懂别人说话的意思了，不论是我们跟你说汉语，还是朋友跟你讲英文。

你憋着嘴努力地使用你的象声词，比如出门，你是指着外边说："勃隆勃隆 Car。"若是问你："吃吗?"差不多不管什么时候，也不管你是否喜欢，你都会表示高兴地奔过来，告诉我说："阿吃，阿吃。"如果那东西不好吃，你就吃得很慢，最后停下来东看西看。如果好吃，你喜欢，当然不消说，一会儿就没有了。

要是有人对你说：给我一点吧。你会非常乐意地分出一份去。你大方而友爱，把自己喜欢吃的东西让给别人吃，把自己喜欢的玩具让给别人玩。有的时候像这样，你还真的不太小气。那回英子对你说：给我吃点葡萄干儿吧？你刚才手上拿着的葡萄干儿，已经吃得只剩下最后一粒了，你看了看英子，又看了看自己手里那粒最后的葡萄干儿，点点头，一点儿不勉强地说："Okay."（好的）之后自己咬下一半，把另一半放进英子嘴里。

哭的时候，你用各种姿势寻找哭的感觉，有的时候你只是想哭，但是你哭不出来。当你知道自己做错了事，妈妈不高兴的时候，你就试着去哭，可惜你笑惯了，不容易哭出来，我看你用各种样子咧开嘴，声音却总不配合，到后来你只能试着用手捂着脸，藏起来哭，也许，你以为这样一定能做出大声的哭来……可惜还是不行。唯一可能成功的，是一种真正的愿望和伤心。

你的眼睛紧紧地盯着那只船，那只被叫做快猫的渡轮。回忆起十月的事情。

你刚刚两岁半的时候，第一次离开妈妈离开家，随着与你同龄的小伙伴娜达琳和丝苔拉妈妈去了海上，乘着一艘由北欧开到这里来的大轮船。

我很难知道，是什么触动了你那柔弱的小生命：是太平洋淡蓝色的波涛，是海岸上的篝火野餐，是寂寞船员对这个意外的东方面孔的深情钟爱，还是这个世界真的悄悄告诉了你什么，我不能知道，总之那次回来，你对我说了很多。

最初是你看见我“思想”地承认：这是妈妈。之后你紧紧抱住唐纳尔叔叔的长腿说：“No，I don’t want to go back to home.”（我不要回家。）为此，丝苔拉妈妈轻轻地用英语说了好久，你才慢慢地放开小手，放开你无限神迷的记忆，你告诉我：那是一艘大轮船“Big ship，”你说，“You can see water，lot of，sea.”（大海，那么多的水，你能看见。）你和娜达琳在海角野餐，不记得那岛的名字，然而你恐怕永远也忘不了那个地方。（将来，所有的人都会忘记，你看见了什么，而你还会想起来，并把它想象得更加美好，你会去寻找它，没人能给你指点。）

那个晚上我看了整整三叠照片，都是在那只大货轮上照的。你神态活泼，换着不同的海员式小背心、汗衫和各种颜色的小短裤，在船舱、船舷上、甲板上、在你的漂洋海上的新朋友中间。他们喜欢你，谁都看得出来，你红红的脸被海风吹着，高高地坐在船长的肩上。

你指着照片说“Ye—s.”的时候，我正想着那只船。在那，你已经彻底的由一个婴儿变成了一个地道的小男孩。你把小小的手指并拢，上下翻飞，告诉我：“Airplane，back home.”（回来的时候是坐飞机。）还用手尽力地比出一个盘子，在船上吃了大冰激凌。你说话的时候，我看见一只彩色的气球，在你的眼睛里轻轻飘舞。

丝苔拉还说了很多话，对我也对你，这是第一次你有了如此深刻的记忆，也是第一次你忘了说汉语。回家的时候，我重新教你说“妈妈”，教你说“我是小木耳”。你竟然惊诧地对自己说：“Mummy got funny talking.”（妈妈说话真奇怪。）然后又轻轻地学着说：“我是小木耳。”还抬起头来加一句：“See，I can.”（你看，我也会。）

我们都能想起那一天，你回家一周后的一个下午。午觉醒来，你慢慢地喝你的水，英子说你像个小猪，她问：“你是小猪吗？”你清楚地说：“你是小猪。”英子以为你在学她，接着说：“Samuel是小猪。”

你说：“英英是小猪猪。”一点不傻，那个下午你又把汉语全都想起来了，运用自如。

平时你老是用英语说，我不喜欢那个，我喜欢这个，吃到好吃的东西，你说：“Mum，very nice.”（妈妈，非常好吃。）如果你自己穿鞋，把脚伸进鞋子里发现错了，你会说：“I’m got funny wrong way.”（我犯了个可笑的错误。）在弯弯的山路上散步，你说：“Hold my hand，please.”（拉着我的手好吗？）你把自己的小手伸出来给别人、给妈妈，也把你的快乐拿出来给别人，你使认识你的人，爱你。

然而，你毕竟还不到三岁，你还是会哭，你的眼睛紧紧盯着那只船，那只被叫做“快猫”的渡轮，你便想起了那次太平洋上的旅行。

“妈妈，我喜欢船，我要坐船。”你对我说。

“那就要离开妈妈了，你想离开妈妈吗?”我问。

“不!”你坚定地说，并且紧紧地抱着我的头，“但是，我喜欢船。”

我们只是来送约翰进城，我对你说，船长阿姨可以让你在甲板上站一会儿，但是我们不走好吗。你快活地下到地上，又伤心地攥紧拳头。忽然，你眼神一动。

“我想你不能自己走，你难道要自己坐船走吗?”

“可以的，妈妈，我可以自己坐船走。”你就这么一下没影了。我马上打电话告诉朋友去那边接你。

在船上，你对约翰说，你可以告诉他，哪一个是丝苔拉妈妈。

是你带着约翰走了，那一次，在最初的旅行之后。然而，你仍然是我的，我对别人说：你，叫小木耳。

给姬碧德的信

姬碧德：

你好。

我真的担心我们再没有时间坐在一起谈话了，这将使我非常惋惜和遗憾。上一次去你家，看见你热情而疲倦的笑容，我竟脱口而出，说你看上去老了。我总是这样用非常个人的方式，向你表达我的感情，而你也总是按照你的方式接受了，这使我很自在，为此，我感谢你，也正因为这样我更多地用我个人的方式在心里说：我喜欢你。

我们还会有机会在一起的，我想，如果你能原谅昨天晚上我的不能自持。

你的精力、热情和美让人觉得你终将会战胜生活，我好像能够看见，还会有那么一个晚上，你的孩子早已经睡去，你在书房又工作了几个小时以后，走进客厅和我坐在一起。你一边叠着两个孩子的小衣服一边问我：“那边的生活还好吗?”

你看，我们会有这样一个机会的，我知道你会原谅我的。我担心的不是你，而是我自己日趋脆弱的神经，总会在你对于孩子和家庭的幻想和爱中引起共鸣。一种病态的震颤，从心的深处产生，然后我便只剩下悲伤和对小木耳的无限思念了。世界离我越来越远，人也离我远了，我理性的自制力更是远远地离开了我。我只想一个人待着，想念他，我的根本不可能离开我，而又不能被我关注的小木耳。

昨天晚上，我就是这样离开客厅的，你们还在那说话，我没有向你们道晚安。我独自一人在书房里差不多一夜没睡。我竭力地企图保持自制，可是没用，没有什么还能听我的，好像只有眼泪和绝望的现实陪伴着我。后来，我还想试着让自己平静一点，再回到客厅去，用一种微笑继续和你们谈话。我先是坐了一会儿，接着看书，还照了照镜子。我真的惊讶我自己，甚至有点害怕了，一个人平时可以应付自如的情绪，竟然在那个时候丝毫不受阻拦地自由奔驰起来，它们如此快速地移动着，穿梭于我和木耳之间显出一幅幅色彩鲜艳的图像，同时构成一种音响，强烈地，不可遏止地变化，轰鸣起来，撞击着我。我翻开书，就从书里看到了我自己，我照镜子的时候，更加清楚地知道，我失败了，我再也不可能走回客厅，同你们道晚安了。我只能在今天提起笔来的时候告诉你：昨天晚上我只是嫌那面镜子太小，因为那里根本不可能放下，我所感到的疯狂，那种对我自己的背弃和反抗，那种说不清的绝望——我没有向你道晚安，好像仅仅是因为那面镜子太小！

今天上午，我坐着正在太平洋上行驶的渡轮，离开你回家，此时此刻我想念我的小木耳，也想你。想念小木耳是急切而且无奈的，因为走向他，我平静了。想念你则负着内疚，因为我不惯于让别人为我承担忧虑。尽管回去以后，我依旧地不能和我的小木耳生活在一起，我还是可以像往常一样从现实中找到一点虚幻的安慰。昨晚真是太可怕了。也许，作为母亲你可以领会到一个方面：就是离开了小木耳，对于我来说，生和死都将是悲惨的。我的尴尬是既不能真实也不能离开真实。

现在我安静了，安静地回到了昨天。

昨天我正好在你那儿，等你从北方度假回来。你们很晚才到家，你带着愉快的倦容，安排两个孩子相继睡下。你还想再和我谈谈。看上去你真的很满意，你请求丈夫证实：孩子们也是愉快的。你有个温柔的丈夫，而且，他总是迎合着你，我真喜欢听你说，你说北方的牧场，安静而美丽，你说你们在牧场每天喝的牛奶都是最新鲜的，有很厚的奶油，尚未被人为地加工过，自然而富有营养。（顺便我也会想起在城里的时候，你总是喜欢脂肪含量最低的牛奶。）我喜欢你的可爱，也喜欢你可爱的道理。你说小姑娘艾波尔到哪儿都招人喜欢。我不自觉地被你愉快的叙述带走了，我放下那本已经看了很长时间的书，慢慢思念起我的小木耳来。

我们总是什么都说的，从你的丈夫带着小姑娘艾波尔回北京，讲到孩子的个性，又从东方文化和西方文化的不同，扯到历史背景的差异。昨天，我糊里糊涂不知深浅地谈到了语言和儿童教育：我是说父母亲用正常的语言方式来影响孩子的语言自然生长形成。我举了一个例子，说有一个孩子说话咬文嚼字什么的。我一边说一边想另外一件事：小木耳已经不太会说汉语了，他学汉语的时候发音非常奇怪。我教他说“你好”，他学成“你火”。他太喜欢听我说话了。我脑子里竟连这种感觉都想了起来，而且那么清晰，我自惭无权谈及教育。我一下子忘记了想说明的问题，甚至忘了自己正在说的是什么。我应该听别人说话，那个时候我这么想，我知道我已经乱了，我的感情和思想已经被我的小木耳死死缠住了，接着我记得你问我，木耳好吗？我是无法回答这个问题的，可又神经质地想回答你。我想起所有关于他的事情。也许，你绝不会想到这个简单的问题，把我问得这么惊慌失措。我说：“他不错。”我能说他还不错吗？我想起不久前我做的噩梦，想起他那种小小的萦绕着我的思念，想起我和他之间彼此的孤独，想起每一次我去看他，分别的时候，他用小手拍着我，眼睛却看着别的地方，嘴里轻轻说：“等一会儿，再等一会儿。”他好像是在告诉我，最好不要让他知道：我，已经走了。同时，他又像是在告诉我：他害怕我的突然消失。“我的妈妈呢？”我好像看见他跳起来问着，跑遍珀格家所有的房间——找我。

“他还不错。”只能说明，他不经常哭。我不能忽略我心中的感恸和他无法满足的小小愿望。他需要我，我知道。需要我的爱也需要我的教诲，他需要和我在一起的快乐，当然也需要他自己的小小悲伤。尽管他才三岁，我们的需要却是彼此的。

“他还不错。”我糊里糊涂地为自己辩护，也不知是为了安慰自己，还是为了安慰他，他还太小还不会逃避，就离开了我。在我的记忆里他似乎连一个愿望都不曾实现，他睁着两只魔术般的眼睛，给过我很多谜一样的快乐，可是那双富于表现力的小手里却总是什么都没有。他已经离开了我，他是我的一份掩饰不住的悲哀。

“我给他买过一把小枪。”我说。同时想起前一次我带他进城，在什么地方看见了那样的一支枪，那一次他告诉我，他喜欢那支枪，但是我没有给他买。我记得特别清楚那东西很便宜，可能是因为我不喜欢。他经历过太多的失望，那一次算不了什么。可是对于我来说，和他在一起，就像浓缩过的生活一样，无论是什么都会让我留下格外深刻的印象。

昨天晚上，我就这么糊里糊涂地往下想，而且也是这么糊里糊涂地往下说。

“后来，我还是给他买了那支枪。”我说：“他简直高兴死了，可是珀格的丈夫不喜欢。他在我走了以后，把木耳的那支枪收了。他不喜欢木耳总是用枪对着珀格的那只虎皮鹦鹉，甚至在外面、在山坡上对着鸟的叫声也不行，他把枪收了，藏在他的红木沙发背后。木耳从此也就再也找不到它了。”

“我不明白，你为什么买枪给他。”你对我说，“后来你把枪怎么办了呢?”

“我又去珀格家的时候，知道他们不太愿意让他玩枪，就把它拿回来了。我知道每个人对生活，对孩子和他们的教育都会有不同的想法，我从来不勉强别人。”我在木耳的事情上是有点失控的，难能理智，总有生离死别的阴影笼罩着我，不能冷静自持，好像守着一只空巢等待着羽毛未丰的雏鸟还能回来，伤心而绝望。

你接着问我：“还想给木耳玩那支枪吗?”

我说：“是的，也许有一天他能回家，只要他还喜欢，我要留着，给他。”

当然，你不会知道我正在想的事情，我不怪你。你接着讲的是一种教育孩子的方法，一种为什么最好不要让孩子用枪一类的武器作玩具的道理。你还说了些什么我不记得了。我在努力地想笑一笑的时候，忍不住流下了眼泪。

“真的，”你告诉我，“在西方现在都不赞成孩子玩枪，暴力的电影、杀人的游戏都是不好的。”

亲爱的姬碧德，我还是听见了你的话的。道理只能和理智对应，而昨天晚上，我已经固执到了不可理喻。心正碎进一件件我和木耳共同的往事之中。

木耳已经住在珀格家有一段时间了，珀格家在我们家的山对面。如果他可以回家，我是不会在意这样短暂的分离的。而且我并不认为对于孩子来说母亲仅仅是唯一的老师，木耳住在珀格家，很大程度上是被迫的，而且很可能将是永远的。我根本无法接受这样的事实，但一时又无可奈何，谁也不能帮我。我是可以去看他的，我每天都想去看他，然而我又有那么多的顾虑。每一次去看他，我怕他大声恸哭，更怕他的那种隐忍。一个三岁的孩子总是对自己说：“所有人都爱我。”（我愿意让他这样想，但我没有教过他!）然后，快乐蓦然在他脸上消失，他低下头对我说：“再见，妈妈。很快就回来，再来看我。”说完以后眼睛看着别的地方。

珀格有一个外孙女，她叫小艾玛。一个好看的毛利族小姑娘，喜欢跳舞，也喜欢音乐。看见她也会使我想起你的女儿。她教木耳说话也跟木耳一起玩，她的父亲从来没有见过她。母亲就是珀格的女儿，珀格一家都喜欢小艾玛，只是不许她的父亲来看她，艾玛很漂亮，但不是个敏感的孩子，她还不知道自己有父亲。

有一天，我要带木耳进城去看朋友。我先是小心地问了珀格：我可以带他进城吗？得到她同意之后我才对木耳说：“我要带你进城。”小木耳高兴极了，他跟我说了很多的话，就是那天他看见了那支枪，并且告诉我他喜欢那支枪。他还指过一辆卡车和一架飞机，对于我来说给木耳买玩具，心理的需要一般总是大于现实的需要。我没有给他买过玩具，是因为那个时候我没有钱。我和木耳在一起讲很多的话，用汉语和英文。他好像可以忘记玩具，忘记一切他说过自己喜欢的东西，只要和我在一起。

我不记得带木耳进城有什么特别的节目，我没有带他去看电影，也不曾带他到儿童乐园，可是我却记得我们是怎样地沉浸在他一整天的快乐里。不论我建议他做什么，他都点点头大声地回答我：“OK!”（好的!）

我们就这样过了一天，回来的时候也是在这条渡船上，我想起儿时星期日给我的感觉：从太阳一出来就被注定的绝望，围绕着我，一直到它落山的时候，我就必须回到幼儿园去，离开家和母亲，去度漫长寂寞的下一个星期。我真的不知道木耳把他的这种感觉都放到哪里去了，是在他小小的心中呢，还是在他的脑袋里？

他的眼睛一直闪动着快乐依恋的神情。他不停地说话，和我，也和船上碰到的其他人。他在大船仓里玩玩具，让我念一段书，或者讲故事，一直到我们走下渡船。我开车送他回珀格家，在我离开他的最后一刹那，他自己悄悄地走进墙角……

第二天，我再去看他，珀格不那么高兴了。她说：“昨天木耳从城里回来，不愿意和艾玛一起玩。”我当然知道她不是在怪我。我说可怜的艾玛，也说可怜的木耳。那天我伤心了，我想着两个孩子。我没有走进去就离开了。

珀格曾经告诉我，有一次小艾玛指着珀格对木耳说：“这是我的外婆。”木耳毫不犹豫地大声告诉她：“她也是我的外婆!”没有人反对他，艾玛还不知道如何反驳他。我还是不太愿意让木耳对小艾玛也说这样的话：“这是我的妈妈。”后来几次去看他们，总是把他们两个一起带出来，让他们玩得一样高兴。

“木耳的妈咪来了。”艾玛大声地通报，并且准备好了迎接一个愉快的时间。现在她已经很习惯和我在一起了，木耳也不再离开艾玛一个人回想单独和妈妈在一起的时光了。然而每一次去看他们，我依然忧伤，我迎着他们的期待走去，我的顾虑也消融在他们的愉快时光之中。

又有好久没有见木耳了，上个星期六珀格没有带他去集上。珀格星期天给我打电话说：“木耳昨天晚上跳蹦床，扭了腿，今天上午喊腿痛。艾玛跟她叔叔阿姨去了海边，木耳没去，他不想去，我让他留在家里了。”

“我可以去看看他吗?”我问她，心里却在着急他不知怎么了。

“应该不是很厉害，也许没什么关系。我陪着他呢，还有他们外公，如果明天你有时间，可以带他去看看医生，明天我有事。”

“好的，明天上午，我约了医生就过来接他们，两个一块跟着我吧，艾玛不会有问题。”

放下电话我一直想他是不是摔坏了，又觉着如果骨折了，或者伤了筋他早就该痛得不支了，不会到第二天上午才叫唤，也许只是跳累了。跳蹦床那东西像跳高，可真是说不准，尽管珀格说没事，我还是应该去看看的。我就这么想啊想的，想了一天也等了一天，最终是挨到了星期一。我打了电话，约好医生，才去珀格家。

珀格已经告诉了木耳，明天星期一，妈咪来接你去看医生。我猜他一定高兴了整整一天，这样的明天必如节日般光辉灿烂地照耀了他。他独自一人在家喝水，吃饭，自己玩儿，然而他并不寂寞。他把一切都沉浸在那份小小的快乐中了。那个星期日对他来说，也许很长，但心情也许和我正好相反。

星期一早晨，他一早就醒了，他一拐一拐地跑来跑去，拿好自己的衣服，等着珀格为他洗澡，吃早饭。还催着小艾玛“快点！快点!”这样一拐拐地做完一切之后，他开始等我，直到听见我的声音在山下和什么人道早安，才一下子跳出来说:“妈妈，让我亲亲你，我的腿痛，你是来带我看医生去吗?”好像医生都变得亲近可爱了。我看了看他的腿，很结实的肌肉，还不知道是不是骨折了。他绕过我一拐一拐朝我停车的方向走去。看见我那辆车的时候，他开始跑起来，不再一拐一拐，我让他慢点，我说别跑。微微升起的纳罕被艾玛的叫声打断了:

“我愿意和你一起陪着木耳去看病，你愿意吗?”

“当然，艾玛，你应该先梳好你的头，再穿上你的鞋子。”我帮她一起做完这些事，领着她走了。木耳已经在车里坐着等了一会儿。

他们在车里一路说笑，大声地唱歌，我还想着木耳的腿呢，看他那么高兴，担心也减轻了许多。我们在约定时间之前到了诊所。

孩子们在候诊室里，玩玩具，看书，然后一位护士出来叫了木耳的名字，我把珀格说的情况告诉护士，她让我填了一张意外事故申报表。做完预检之后，护士走进里屋去了。不久医生从他的房间出来，送走一位病人，他抽出木耳的病历卡，一边看一边走向木耳，他蹲下身来问:

“你好，木耳，我喜欢的孩子，你碰伤了你的腿吗?”

“你好，医生，是我的腿痛。”他看着医生显出有一点怯懦的神情。医生将他抱起来进了他的房间。

“哪条腿痛呢?”他问。

“这条。”木耳指了指右腿，在他指的地方医生用手摸了摸，他没吭气。接着医生递给他一个小玩意儿，又在他手上盖了一枚小米奇老鼠的印章。木耳对他说:“谢谢。”

医生又问他:“你试过用一条腿跳吗?”

“我可以试试。”他说。

医生把他放到地上，他就用一条腿开始跳起来，医生蹲下，他也蹲下，医生换了一条腿问他行不行，他说也行也行。事情就这么简单，尽管他是一拐一拐走进诊所的，现在医生告诉我：“他的腿，不痛。”或者说：“他不痛了。”

木耳低下头，他也许奇怪，医生怎么知道他的腿不痛了。持续了整整一天的忧虑，忽然消失以后，我想起早上，木耳看见我的车，奔跑起来的情形：他的腿不拐。也就是说，至少今天早上，他说谎了。我知道他是多么珍惜这个小小的理由，就像我等着看他一样，他等着珀格找我，告诉我他的腿痛。此时此刻我还能说什么呢。

那天我们离开医生，从诊所里出来，我就带着木耳和艾玛去了海边，我们在外边吃午饭，一直玩到下午才送他们回家。

珀格问木耳的腿怎么样了，他就自己对珀格说：我们去了斯科特医生那儿，医生说我的腿不痛了，那就不痛了。我还是把医生的检查讲了一遍，如珀格那天告诉我的：没什么事，也许只是累酸了肌肉。艾玛笑了，珀格也笑了，术耳的腿不痛，他们全家都高兴，我也高兴同时又生出新的忧虑。

我该走了又要离开他回家了，木耳在这种时候，总是敏感到我还没有任何表示，就知道了。他走到我的身边，不愿意告诉艾玛，妈咪要走了。他就这么忍着，让我等一会儿再对他说再见。他把头靠近我的头，用手紧紧搂住我的脖子，他的脸贴住我的脸，然后对我说：“妈妈，我爱你。”声音轻轻的，但没有哭。

也就是那天我把那支玩具枪从珀格家拿走了，我真的把那支枪藏起来了，像藏起他所有的快乐和忧伤一样。

亲爱的姬碧德，我写这信，想要告诉你的也许仅只是：我要等他回来。我期待着有那么一天，我还能带着木耳一起去看你们，你的女儿想起你讲的故事，也会像这样问他：

“你，叫小木耳吗？”

后记

我讲着关于你的故事，你咿呀学语的神态、摇摇摆摆走路的岁月，便消失在我的回忆里了。我想念你，想你还什么都不会的时候，给了我无限乐趣的生活。

今天你对我说话，充满小男孩的灵机和生气，你带着艾玛去骑你绿色的小三轮车，你已经可以骑得很快，可以轻易地穿过窄窄的夹道。

我还是喜欢抱你，把你悠到空中。

走的时候你不再哭了，但我仍然能够感觉到你的悲伤。你说：再见，妈妈。你说：谢谢你来看我。好像是对我，也是对所有关于你的故事。

你长大了，在你自己的故事里，走进生活。你悲哀而快乐的日子，刚刚开始……

（选自《一个人的城市》，中国工人出版社 2001 年 4 月版）

编 后

近半个世纪以来，海外华文文坛名家辈出，佳作纷呈，在世界文苑已经形成一道独特的风景线。

中国大陆学界对海外华文文学的研究，是在改革开放以后才兴起的。三十多年来，已取得了丰硕的成果，且陆续进入高等文科教育的课堂。为适应广大高校文科教学的需要，中国世界华文文学学会策划并组织选编了这套《海外华文文学读本》，分为“中篇小说卷”、“短篇小说卷”、“散文卷”和“诗歌卷”四册，由刘俊、吴奕锜、袁勇麟、熊国华四位教授分别选编。

海外华文作家处于中外文化碰撞与交汇的前沿，他们的作品反映了炎黄子孙在世界各地为梦想执著前行的心灵轨迹。《海外华文文学读本》所选，是拥有较多读者的作品，是不受空间所限而具有审美价值的作品，是经过一定时间考验的作品，是“世界性”与“中国经验”相连结的作品。自然，也是需要我们在仁者见仁、智者见智的持续解读中受益的作品。这套《海外华文文学读本》可作为大学文科通识教育的辅助性教材，并与另一本《海外华文文学教程》相配套。

《海外华文文学读本》主要分为亚洲、北美洲、欧洲和大洋洲四个板块。每一板块以作者所在国别的汉语拼音首字母为序，同一国家以作者生年先后为序，同一位“多面手”的作者，原则上也只取其代表性文类的精品。

感谢暨南大学出版社对《海外华文文学读本》出版工作的鼎力支持与真诚合作。这套书的选编工作还得到海内外文学界、学术界、传媒界众多有心人士的热情鼓励和帮助，在此一并表示谢忱。由于篇幅、资料及选编者视域所限，难免存在失衡之处和遗珠之憾，恳望学界及广大读者不吝赐教，以便适时予以补充完善。

《海外华文文学读本》编委会

2009 年 3 月